Kompaß-Bücherei · Band 380

In ungestümer Hoffnung auf eine glühende Liebesnacht schleicht sich der Student Don Cleofas in die Kammer seiner Auserwählten. Doch die junge Dame hat ihn hintergangen. Vor der Tür lauern böse Buben mit dicken Knüppeln, um ihn zu verprügeln. Dem armen Don Cleofas bleibt nur die Flucht aus dem Fenster. So gelangt er in das Laboratorium eines Magisters und großen Zauberers, der den Teufel Asmodeus in eine Flasche gesperrt hat. Der Student befreit ihn. Zum Dank dafür nimmt Asmodeus ihn mit auf eine Reise über die Dächer der Stadt, die sich plötzlich öffnen und dem Betrachter einen Blick auf das gewähren, was sie sonst verbergen.

Alain-René Lesage

Der hinkende Teufel

Verlag Neues Leben Berlin

Titel des französischen Originals: Le Diable boîteux

Ins Deutsche übertragen von Theodor Lücke

Illustrationen von Harry Jürgens

ISBN 3-355-00954-7

Lizenz Nr. 303 (305/154/89)
LSV 7723
Umschlag: Harry Jürgens
Typografie: Ingrid Engmann
Schrift: 9 p Timeless
Gesamtherstellung: GG Völkerfreundschaft Dresden
Bestell-Nr. 644 735 0
00290

WIDMUNG

An den weltberühmten Schriftsteller
Luis Vélez de Guevara

Ihnen, Herr von Guevara, habe ich dieses Werk in seinem neuen Gewand gewidmet. Wenn ich es mir damals zur Pflicht gemacht habe, Ihnen diese Huldigung zu erweisen, so darf mich auch heute nichts davon abhalten, sie Ihnen wieder zu erweisen. Ich habe schon öffentlich erklärt und erkläre noch einmal, daß Ihr *Diablo Cojuelo* mir den Titel und die Idee für mein Buch geliefert hat. Darum erkenne ich Ihnen den Ruhm der Erfindung zu, ohne jedoch, wie ich Ihnen schon gesagt habe, erforschen zu wollen, ob irgendein griechischer, lateinischer oder italienischer Autor Ihnen mit Recht diesen Ruhm streitig machen könnte.
Ich gebe auch zu, daß man im Inhalt dieses Buches bei näherer Betrachtung einige Ihrer Gedanken wiederfinden könnte. Wollte der Himmel, daß darin noch mehr solche Gedanken enthalten wären und daß die Notwendigkeit, mich dem Geist meines Volkes anzupassen, mir doch erlaubt hätte, Sie getreu wiederzugeben! Ich wäre dann als Ihr Übersetzer berühmt geworden; doch war ich gezwungen, vom Text abzuweichen, oder besser gesagt: Ich habe ein neues Werk auf Grund ein und desselben Entwurfes geschaffen.
In der Form, die ich ihm zuerst gegeben, ist es in Frankreich immer wieder – ich weiß nicht wie oft – aufgelegt worden. Wir haben beide den Ruhm des Erfolges geteilt, den es überall gefunden hat. Aber was sage ich „geteilt"? Ich galt in Paris für Ihren Nachahmer und wurde nur an zweiter Stelle gelobt. Allerdings wurde in Madrid die Nachahmung ins Spanische übersetzt und verwandelte sich hierbei in ein Original.
Ich gebe jetzt eine neue Ausgabe heraus, die ich wieder Ihnen widme, Herr von Guevara; aber um sie noch würdiger zu machen, nach neunzehn Jahren wieder veröffentlicht zu wer-

den, mußte ich sie bearbeiten und sozusagen zeitgemäß machen. Obgleich die Welt sich immer gleichbleibt, erscheint doch in ihr eine fortlaufende Reihe origineller Werke, die einige Abwechslung in sie zu bringen scheinen.
Ich habe dieses Werk nicht nur verbessert; ich habe es gründlich umgearbeitet und durch einen neuen Band ergänzt, für den mir die menschlichen Torheiten ohne weiteres den Stoff geliefert haben. Es gibt eben eine unerschöpfliche Quelle von Büchern; doch habe ich nicht versucht, sie zu erschöpfen. Ich überlasse diese ungeheure Arbeit einem jener fleißigen Schriftsteller, die ein langes Leben gern dafür verwenden, sich ein entsprechend großes Regal in den Bibliotheken zu verdienen. Ich aber beschränke meinen Ehrgeiz darauf, meine Leser einige Stunden lang zu unterhalten; ich begnüge mich damit, ihnen im kleinen ein Bild von den Sitten unseres Zeitalters zu geben.
Nachdem ich anerkannt habe, Herr von Guevara, daß Ihr Teufel immer den Vorzug vor meinem Teufel haben wird, muß ich zur Entlastung meines Gewissens noch bekennen, daß ich einige Verse und Bilder von Francisco Santos, dem Verfasser des Buches *Dia y noche de Madrid*, entlehnt habe. Obgleich das Plagiat an sich unbedeutend ist, erkläre ich doch, daß ich es begangen habe, damit mich nicht irgendein schlechter Spaßmacher mit jenen Dieben vergleicht, die von einem irgendwo gestohlenen Tafelgeschirr das Wappen entfernen, um es ungestraft verkaufen zu können.
Möge das Publikum diese letzte Ausgabe ebenso günstig aufnehmen wie die erste. Ich darf mir freilich mit solchem Glück nicht schmeicheln, obwohl das Werk jetzt origineller ist als früher und obwohl ich mein möglichstes getan habe, damit alle diejenigen, die es lesen, an ihm wieder Gefallen finden.

ERSTES KAPITEL

Was für ein Teufel der hinkende Teufel ist.
Wo und durch welchen Zufall
ihn Don Cleofas Leandro Pérez Zambullo kennenlernte

Eine Oktobernacht hüllte die berühmte Stadt Madrid in dichte Finsternis. Schon überließ die Bevölkerung, die nach Hause gegangen war, die Straßen den Verliebten, die sich anschickten, unter den Balkonen ihrer Schönen von ihren Freuden und Leiden zu singen. Schon beunruhigte der Klang der Gitarren mißtrauische Väter und eifersüchtige Gatten. Kurz, es war beinahe Mitternacht, als Don Cleofas Leandro Pérez Zambullo, ein Student aus Alcalá, plötzlich aus der Dachluke eines Hauses schlüpfte, in das ihn der leichtsinnige Sohn der Göttin Kythera heimlich eingelassen hatte. Er suchte sein Leben und seine Ehre zu retten, indem er sich bemühte, drei oder vier Raufbolden zu entrinnen, die ihm dicht auf den Fersen waren, sei es, um ihn zu töten, sei es, um ihn zu zwingen, jene Dame zu heiraten, bei der sie ihn soeben überrascht hatten.
Obgleich er ihnen allein gegenüberstand, setzte er sich doch mutig zur Wehr und ergriff erst die Flucht, als sie ihm im Kampf seinen Degen entrissen hatten. Sie verfolgten ihn eine Zeitlang auf den Dächern; aber im Schutz der Dunkelheit entzog er sich den Verfolgern. Er ging auf ein Licht zu, das er in der Ferne erblickte und das ihm, so schwach es auch war, in einer so gefährlichen Lage als Leitstern diente. Nachdem er mehr als einmal Gefahr gelaufen war, sich den Hals zu brechen, gelangte er zu einer Dachkammer, aus der die Lichtstrahlen kamen, und stieg durch das Fenster – so froh wie ein Steuermann, der sein vom Untergang bedrohtes Schiff glücklich in den Hafen einlaufen sieht.
Zuerst sah er sich vorsichtig um. Er war sehr erstaunt, in dieser Dachkammer – einem höchst sonderbaren Gemach, wie ihn dünkte – niemand zu finden, und begann sie nun aufmerksam zu betrachten. Er sah an der Decke eine kupferne

Lampe hängen und auf einem Tisch Bücher und Papiere verstreut, auf der einen Seite einen Globus und Zirkel, auf der anderen Phiolen und Quadranten. Das ließ darauf schließen, daß er sich über der Wohnung eines Astrologen befand, der in dieser Kammer seine Beobachtungen zu machen pflegte.
Er dachte an die Gefahr, der er glücklich entgangen war, und überlegte im stillen, ob er hier bis zum Morgen bleiben oder ob er einen anderen Entschluß fassen sollte. Da hörte er, wie jemand neben ihm einen tiefen Seufzer ausstieß. Er bildete sich zunächst ein, es sei nur ein Hirngespinst seines aufgeregten Geistes, eine nächtliche Täuschung; deshalb stellte er, ohne sich dabei aufzuhalten, weitere Überlegungen an.
Als er aber einen zweiten Seufzer vernahm, zweifelte er nicht mehr daran, daß es sich um eine reale Erscheinung handle; und obgleich er niemand in der Kammer sah, rief er dennoch aus: „Wer zum Teufel seufzt hier?"
„Ich, Herr Student", antwortete eine Stimme, die sehr seltsam klang. „Ich stecke schon sechs Monate lang in einer dieser Phiolen. In diesem Haus wohnt ein gelehrter Astrologe, der Zauberer ist. Mit Hilfe seiner höllischen Kunst hält er mich in diesem engen Gefängnis fest."
„Sie sind also ein Geist?" fragte Don Cleofas, der von der Befremdlichkeit dieses Abenteuers einigermaßen verdutzt war.
„Ja, ich bin ein Dämon", erwiderte die Stimme. „Sie kommen gerade zur rechten Zeit, um mich aus der Knechtschaft zu befreien. Ich komme hier vor Untätigkeit um, denn ich bin der regste und fleißigste Teufel der Hölle."
Diese Worte flößten dem Herrn Zambullo Furcht ein. Da er aber von Natur aus beherzt war, faßte er sich wieder und sagte mit fester Stimme zu dem Geist: „Herr Teufel, sagen Sie mir bitte, welchen Rang Sie unter Ihren Kumpanen einnehmen. Sind Sie ein vornehmer oder ein niedriger Teufel?"
„Ich bin ein sehr bedeutender Teufel", antwortete die Stimme, „und genieße in dieser und in jener Welt das allergrößte Ansehen."
„Sind Sie etwa", erwiderte Don Cleofas, „jener Teufel, den man Luzifer nennt?"

„Nein“, versetzte der Geist, „das ist der Teufel der Marktschreier“.
„Sind Sie Uriel?“ fragte der Student.
„Nicht doch!“ unterbrach ihn die Stimme schroff. „Das ist der Schutzherr der Kaufleute, Schneider, Schlächter, Bäcker und anderer Betrüger aus dem dritten Stand.“
„Sind Sie vielleicht Beelzebub?“ fragte Leandro.
„Sie machen sich wohl lustig über mich?“ antwortete der Geist. „Das ist der Teufel der Hofmeisterinnen und Stallknechte.“
„Das wundert mich“, sagte Zambullo. „Ich habe geglaubt, Beelzebub sei eine der größten Persönlichkeiten in eurem Kreis.“
„Nein, er gehört zu den niedrigsten Untertanen“, belehrte ihn der Dämon. „Sie haben keine richtigen Vorstellungen von unserer Hölle.“
„Nun“, meinte Don Cleofas, „dann müssen Sie Leviathan, Belphegor oder Astarot sein.“
„Oh, diese drei sind freilich Teufel ersten Ranges. Sie sind Hofgeister. Sie nehmen an den Beratungen der Fürsten teil, inspirieren die Minister, schließen Bündnisse, schüren in den Staaten Aufruhr und zünden die Brandfackeln des Krieges an. Das sind nicht solche Dummköpfe wie diejenigen, die Sie zuerst genannt haben.“
„Bitte“, entgegnete der Student, „sagen Sie mir noch, welche Aufgaben Flagel zu erfüllen hat.“
„Er ist die Seele der Rechtsverdrehung, der böse Geist des Advokatenstandes. Er hat alle Protokolle der Gerichtsvollzieher und Notare verfaßt. Er inspiriert die Ankläger, setzt den Verteidigern zu und plagt die Richter. Ich habe dagegen andere Aufgaben: Ich stifte lächerliche Ehen; ich vereine Graubärte mit unmündigen Mädchen, Herren mit ihren Mägden, Jungfern ohne Mitgift mit verliebten Jünglingen, die kein Vermögen besitzen. Ich habe den Luxus, die Ausschweifung, das Glücksspiel und die Schwarzkunst in die Welt gebracht. Ich bin der Erfinder des Ringelspiels, des Tanzes, der Musik, der Komödie und aller neuen französischen Moden. Kurz, ich heiße Asmodeus – oder auch der hinkende Teufel.“
„Wie“, rief Don Cleofas, „Sie sollen jener berühmte Asmodeus sein, der bei Agrippa und im Schlüssel Salomonis so

rühmlich erwähnt wird? Wahrhaftig, Sie haben mir noch nicht alle Ihre tollen Streiche erzählt. Den besten haben Sie vergessen. Ich weiß, es macht Ihnen zuweilen Vergnügen, unglücklichen Liebenden beizustehen. So hat allem Anschein nach im vorigen Jahr einer meiner Freunde, ein Bakkalaureus in Alcalá, dank Ihrer Hilfe die Huld der Gattin eines Universitätsprofessors gewonnen."

„Das ist wahr", versicherte der Geist. „Diese Geschichte wollte ich Ihnen zum Schluß erzählen. Ich bin der Teufel der Unzucht oder, um einen ehrbareren Ausdruck zu gebrauchen, der Gott Cupido; denn diesen hübschen Namen haben mir die Dichter gegeben, diese Herren, die mich recht vorteilhaft darzustellen pflegen. Sie erzählen, ich hätte goldene Flügel, eine Binde vor den Augen, einen Bogen in der Hand, einen Köcher voller Pfeile auf dem Rücken und sei also von hinreißender Schönheit. Sie werden sogleich sehen, wie es sich damit verhält, wenn Sie mir wieder zur Freiheit verhelfen wollen."

„Herr Asmodeus", erwiderte Leandro Pérez, „ich bin Ihnen, wie Sie wissen, schon lange sehr ergeben. Die Gefahr, die ich vorhin ausgestanden, dürfte dafür zeugen. Ich freue mich sehr, Ihnen endlich einen Gefallen erweisen zu können; aber das Gefäß, in dem Sie stecken, ist zweifellos verzaubert. Vergeblich würde ich versuchen, es zu öffnen oder zu zerbrechen. Ich weiß also nicht recht, wie ich Sie aus Ihrem Gefängnis befreien soll. Mir fehlt die Übung in solchen Befreiungsversuchen. Im Vertrauen gesagt: Wenn Sie, ein so durchtriebener Teufel, sich nicht selbst aus der Klemme ziehen können, wie sollte dann ein so schwacher Sterblicher wie ich dies fertigbringen?"

„Die Menschen besitzen diese Macht", antwortete der Dämon. „Die Phiole, in der ich eingeschlossen bin, ist ein ganz gewöhnliches Fläschchen, das leicht zu zerbrechen ist. Sie brauchen es nur zu nehmen und auf den Boden zu werfen, dann werde ich Ihnen sofort in menschlicher Gestalt erscheinen."

„Unter diesen Umständen", meinte der Student, „ist die Sache leichter, als ich angenommen habe. Sagen Sie mir nun, in welcher Phiole Sie stecken. Ich sehe eine große Anzahl Fläschchen, die sich alle gleichen, und kann nicht herausfinden, in welchem Sie sind.“

„Es ist das vierte an der Fensterseite“, erwiderte der Geist. „Obwohl auf dem Stöpsel ein Zaubersiegel abgedrückt ist, wird das Fläschchen doch zerbrechen.“

„Das genügt“, entgegnete Don Cleofas. „Ich bin bereit, zu tun, was Sie wünschen. Nur ein Bedenken hält mich noch zurück. Wenn ich Ihnen den Dienst, um den es geht, geleistet habe, so fürchte ich, daß ich den Schaden bezahlen muß.“

„Es wird Ihnen nichts zustoßen“, erwiderte der Dämon. „Im Gegenteil, Sie sollen mit meiner Belohnung zufrieden sein. Ich werde Sie alles lehren, was Sie wissen wollen; ich werde Sie über alles unterrichten, was in der Welt geschieht; ich werde Ihnen die menschlichen Schwächen enthüllen; ich werde Ihr Schutzgeist sein. Da ich aber noch einsichtiger als der geniale Sokrates bin, will ich Sie weiser machen, als dieser große Philosoph war. Kurz, ich bin Ihnen zutiefst ergeben, mit allen meinen guten und schlechten Eigenschaften, die Ihnen gleichermaßen nützen werden.“

„Das sind großartige Versprechen“, meinte der Student. „Aber man sagt euch Herren Teufeln nach, daß ihr es mit den Dingen, die ihr uns versprecht, nicht allzu genau nehmt.“

„Diese Beschuldigung ist nicht unbegründet“, antwortete Asmodeus. „Die meisten meiner Kumpane machen sich kein Gewissen daraus, ihr Wort zu brechen. Ich aber kann Ihnen den Dienst, den ich von Ihnen erwarte, nicht hoch genug lohnen; ich bin der Sklave meiner Schwüre und schwöre Ihnen bei allem, was sie unverbrüchlich macht, daß ich Sie nicht betrügen werde. Verlassen Sie sich auf die Versicherung, die ich Ihnen hiermit gebe; außerdem – das dürfte Ihnen gewiß recht angenehm sein – mache ich mich anheischig, Sie noch heute nacht an Doña Tomasa zu rächen, jener treulosen Dame, die in ihrem Haus vier Schurken versteckt hatte, die Sie bei ihr überraschen und zwingen sollten, sie zu heiraten.“

Von diesem Versprechen war der junge Zambullo besonders entzückt. Um seine Erfüllung zu beschleunigen, griff er schnell nach dem Fläschchen, in dem sich der Geist befand, und ohne sich um das zu kümmern, was daraus entstehen könnte, ließ er es heftig auf den Boden fallen. Es zerbrach in tausend Scherben und übergoß den Boden mit einer schwarzbraunen Flüssigkeit, die allmählich verdunstete und sich in Rauch verwandelte. Dieser zerstreute sich plötzlich und zeigte den erstaunten Blicken des Studenten die Gestalt eines ungefähr zweieinhalb Fuß großen Männleins, das in einen Mantel gehüllt war und sich auf zwei Krücken stützte. Dieses hinkende kleine Ungeheuer hatte Bocksfüße, ein langes Gesicht, ein spitzes Kinn, eine schmutziggelbe Hautfarbe und eine plattgedrückte Nase.

Seine Augen, die sehr klein zu sein schienen, glichen zwei glühenden Kohlen. Sein tief gekerbter Mund, über dem ein keck gezwirbelter rötlicher Schnurrbart war, hatte Lippen ohnegleichen.

Dieser anmutige Cupido hatte auf dem Kopf einen roten Kreppturban mit einem Busch von Hahnen- und Pfauenfedern. Um den Hals trug er einen breiten Tuchkragen, auf den verschiedene Muster – Halsbänder, Ohrringe und ähnliche Dinge – gestickt waren. Bekleidet war er mit einem kurzen weißseidenen Wams, der in der Mitte von einem breiten Gürtel aus ungegerbtem Pergament, das über und über mit Zauberzeichen bemalt war, zusammengehalten wurde. Auf diesem Wams sah man verschiedene für Frauen bestimmte Dinge gemalt: Mieder, die bekanntlich den Busen recht vorteilhaft hervorheben, Schärpen, bunte Zierschürzen und neuartige Frisuren, eine überspannter als die andere.

Aber all das war nichts im Vergleich mit seinem Mantel, der ebenfalls von weißer Seide war. Mit chinesischer Tusche waren auf ihn unzählige Gestalten gemalt, alle mit so viel Schwung und Ausdruck, daß man sehr wohl der Meinung sein konnte, der Teufel habe dabei seine Hand im Spiel gehabt. Auf der einen Seite erblickte man eine Spanierin, die hinter ihrer Mantilla mit einem an ihr vorübergehenden Fremden liebäugelte, und auf der anderen eine Französin, die vor dem Spiegel ein neues Mienenspiel einstudierte, dessen Wirkung sie an einem jungen Abbé erproben wollte, der gerade geschminkt und mit Schönheitspflästerchen auf den Wangen hinter dem Vorhang ihres Zimmers hervortrat. Hier waren italienische Kavaliere, die unter den Balkonen ihrer

Geliebten sangen und Gitarre spielten; dort saßen deutsche Zecher, liederlich gekleidet, trunkener von Wein und von Tabakkrümeln ärger besudelt als französische Zieraffen, um einen Tisch herum, der von den Spuren ihres wüsten Gelages gezeichnet war. An einer Stelle sah man einen Pascha aus dem Bad steigen, umgeben von allen Frauen seines Serails, die sich beeilten, ihm Gefälligkeiten zu erweisen; an einer anderen erblickte man einen englischen Edelmann, der seiner Dame recht artig eine Tabakspfeife und einen Krug Bier reichte.

Man konnte auf dem Mantel auch vortrefflich dargestellte Spieler unterscheiden: Die einen, vor Freude außer sich, füllten ihre Hüte mit Gold- und Silberstücken; die anderen, die nur noch auf Ehrenwort spielten, warfen dem Himmel wütende Blicke zu und fraßen vor Verzweiflung ihre Karten auf. Kurz: es gab hier ebenso viele merkwürdige Dinge zu sehen wie auf dem wunderbaren Schild, den Vulkan auf die Bitten der Thetis geschmiedet hatte; aber der Unterschied zwischen den Werken der beiden Hinkenden bestand darin, daß die Gestalten auf dem Schild keine Beziehung zu den Heldentaten des Achilles hatten, diejenigen auf dem Mantel dagegen ein lebendiges Abbild all dessen waren, was in der Welt auf Anstiftung des Asmodeus geschieht.

ZWEITES KAPITEL

Weitere Folgen der Befreiung des Asmodeus

Als der Dämon bemerkte, daß sein Anblick den Studenten nicht eben günstig für ihn einnahm, sagte er lächelnd zu ihm: „Nun, Don Cleofas Leandro Pérez Zambullo, Sie sehen den bezaubernden Liebesgott, den unumschränkten Beherrscher aller Herzen. Was sagen Sie zu meinem Äußeren und was zu meiner Schönheit? Sind die Dichter nicht vortreffliche Wortmaler?“

„Sie schmeicheln gern, wie mir scheint“, versetzte Don Cleo-

fas. „Ich glaube nicht, daß Sie in dieser Gestalt Psyche erschienen sind."
„Gewiß nicht", erwiderte der Teufel. „Ich nahm die Gestalt eines kleinen französischen Marquis an, um die Schöne unversehens in mich verliebt zu machen. Man muß das Laster in einen schönen Schein hüllen, sonst gefällt es nicht. Ich kann so viele Gestalten annehmen, wie ich will, und ich hätte mich in einem noch schöneren, ja phantastischen Leib Ihren Blicken zeigen können. Da ich Ihnen aber ganz ergeben bin und Ihnen nichts zu verheimlichen gedenke, sollten Sie mich in der Gestalt sehen, die der Meinung, die man von mir und meinen Streichen hat, am besten entspricht."
„Es wundert mich nicht", sagte Leandro, „daß Sie ziemlich häßlich sind. Verzeihen Sie bitte die Bemerkung. Der Umgang, den wir beide pflegen wollen, verlangt Offenheit. Ihre Züge passen sehr schlecht zu der Vorstellung, die ich von Ihnen hatte; aber sagen Sie mir bitte, warum Sie hinken."
„Weil ich in Frankreich", antwortete der Dämon, „einmal einen Streit mit Pillardoc, dem Teufel des Eigennutzes, hatte. Es galt festzustellen, wer von uns beiden einen Jüngling aus Le Mans, der in Paris sein Glück machen wollte, besitzen sollte. Da er ein vortrefflicher Mensch war, ein sehr talentierter Jüngling, stritten wir heftig um seinen Besitz. Wir kämpften in der mittleren Luftregion gegeneinander. Pillardoc war der Stärkere und warf mich auf die Erde, wie Jupiter nach den Erzählungen der Dichter den Vulkan auf sie geschleudert haben soll. Die Ähnlichkeit der beiden Fälle veranlaßte meine Gefährten, mich den hinkenden Teufel zu nennen. Sie gaben mir zum Scherz diesen Spitznamen, der seitdem an mir haftet. Aber so verunstaltet ich auch bin, so nehme ich es doch an Schnelligkeit mit jedem anderen auf. Sie sollen sich nachher selbst davon überzeugen.
Aber beenden wir dieses Gespräch", fügte er hinzu. „Verlassen wir schleunigst diese Kammer. Der Zauberer wird bald heraufkommen, um etwas für die Unsterblichkeit einer schönen Sylphide zu tun, die ihn hier jede Nacht besucht. Wenn er uns überraschte, so würde er mich sofort wieder in die Flasche einsperren, und Ihnen könnte es ebenso ergehen. Werfen wir die Scherben der zerbrochenen Phiole zum Fenster hinaus, damit der Zauberer meine Flucht nicht entdeckt."

„Und wenn er sie nach unserem Aufbruch entdeckte", fragte Zambullo, „was würde dann geschehen?"
„Was dann geschehen würde?" antwortete der Hinkende. „Mir scheint, daß Sie das Buch vom Höllenzwang noch nicht gelesen haben. Wenn ich mich auch am äußersten Ende der Welt oder in der Gegend, wo die Feuersalamander wohnen, verstecken wollte, wenn ich ins Reich der Gnome hinabstiege oder in die tiefsten Abgründe des Meeres, so wäre ich doch vor seiner Rache dort nicht geschützt. Er würde so gewaltige Beschwörungen ausstoßen, daß die ganze Hölle davon beben würde. Vergeblich würde ich mich also seinem Willen widersetzen, ich müßte dennoch vor ihm erscheinen und die Strafe, die er mir auferlegen würde, auf mich nehmen."
„Wenn dem so ist", erwiderte der Student, „so fürchte ich, daß unsere Verbindung nicht von langer Dauer sein wird. Dieser furchtbare Nekromant wird Ihre Flucht bald entdekken."
„Das weiß ich eben noch nicht", entgegnete der Geist, „denn wir wissen nie, was uns die Zukunft bringt."
„Wie", rief Leandro Pérez, „die Teufel kennen die Zukunft nicht?"
„Ganz gewiß nicht", erwiderte der Teufel. „Die Leute, die sich in diesem Punkt auf uns verlassen, sind große Toren. Deshalb verzapfen ja die Wahrsager und Wahrsagerinnen soviel Unsinn und verleiten die vornehmen Damen, die sie über die Zukunft befragen, zu so vielen Dummheiten. Wir kennen nur die Vergangenheit und die Gegenwart. Ich weiß also nicht, ob der Zauberer meine Abwesenheit bald bemerken wird. Hoffentlich nicht! Hier stehen mehrere Phiolen, die derjenigen gleichen, in der ich eingeschlossen war. Er wird nicht ahnen, welche fehlt. Ich muß Ihnen außerdem noch sagen, daß ich in seinem Laboratorium so unnütz bin wie das Gesetzbuch in der Bibliothek eines Wucherers. Er denkt überhaupt nicht an mich, und wenn er an mich dächte, so würde er mir doch nie die Ehre erweisen, mit mir zu sprechen; er ist der hochmütigste Zauberer, den ich kenne. Seitdem er mich hier gefangenhält, würdigte er mich nicht eines einzigen Wortes."
„Was für ein Unmensch!" sagte Don Cleofas. „Wodurch ha-

ben Sie sich seinen Haß zugezogen?“
„Ich habe einmal seine Pläne durchkreuzt“, antwortete Asmodeus. „In einer gewissen Akademie war eine Stelle frei. Einer seiner Freunde sollte sie bekommen. Ich aber hatte sie einem anderen zugedacht. Der Zauberer fertigte aus den mächtigsten Zeichen der Kabbala einen Talisman an. Ich stellte meinen Mann unter den Schutz eines großen Ministers, dessen Name den Sieg über den Talisman davontrug.“
Nachdem der Dämon so gesprochen hatte, hob er alle Scherben der zerbrochenen Phiole auf und warf sie zum Fenster hinaus. „Herr Zambullo“, sagte er dann zu dem Studenten, „suchen wir schleunigst das Weite. Halten Sie sich am Zipfel meines Mantels fest und fürchten Sie nichts.“
So gefährlich dieser Entschluß auch Don Cleofas erscheinen mochte, so nahm er ihn doch lieber an, als sich der Rache des Zauberers auszusetzen, und hielt sich, so gut er konnte, an dem Teufel fest, der ihn im Nu davontrug.

DRITTES KAPITEL

Wohin der hinkende Teufel den Studenten brachte und was er ihm dort zuerst zeigte

Nicht ohne Grund hatte Asmodeus sich seiner Schnelligkeit gerühmt. Er durchschnitt die Luft wie ein von der Sehne abgeschnellter Pfeil und ließ sich dann auf dem Turm von San Salvador nieder. Sobald er Fuß gefaßt hatte, sagte er zu seinem Gefährten: „Nun, Herr Leandro, wenn man von einem die Straße entlangholpernden Wagen sagt, er sei eine Teufelskutsche, gebraucht man da nicht eine falsche Redensart?“
„Das habe ich soeben selbst festgestellt“, erwiderte Zambullo höflich. „Ich kann versichern, daß eine solche Kutsche bequemer ist als eine Sänfte und dabei so geschwind, daß man unterwegs keine Zeit findet, sich zu langweilen.“

„Nun ja“, entgegnete der Teufel, „aber Sie wissen noch nicht, warum ich Sie hierhergebracht habe. Ich habe vor, Ihnen all das zu zeigen, was in Madrid geschieht. Ich will in diesem Stadtviertel damit anfangen, da ich für die Ausführung meiner Absicht keinen geeigneteren Ort wählen könnte als diesen. Mit meiner Teufelsmacht werde ich jetzt die Dächer von den Häusern heben, so daß ihr Inneres sich trotz der nächtlichen Finsternis Ihren Blicken darbieten wird.“
Bei diesen Worten streckte er bloß den rechten Arm aus, und sogleich verschwanden alle Dächer. Nun erblickte der Student – wie am hellen Mittag – das Innere der Häuser, gleichwie man nach einem Ausspruch von Luis Vélez de Guevara das Innere einer Pastete sieht, wenn man die Kruste weggenommen hat.
Der Anblick war für ihn zu neuartig, um nicht seine ganze Aufmerksamkeit zu beanspruchen. Er ließ seine Blicke nach allen Seiten schweifen, und die Mannigfaltigkeit der Gegenstände in seiner Umgebung fesselte eine Zeitlang seine Neugierde.
„Don Cleofas“, sagte der Teufel zu ihm, „diese wirre Fülle von Gegenständen, die Sie mit Vergnügen betrachten, ist zwar sehr ergötzlich anzusehen, aber das ist nur ein nichtiger Zeitvertreib. Er soll Ihnen indes zum Nutzen gereichen. Um Ihnen eine vollkommene Kenntnis über das menschliche Leben zu verschaffen, will ich Ihnen nun erklären, was alle diese Menschen, die Sie dort sehen, eigentlich treiben. Ich werde Ihnen die Beweggründe zu ihren Handlungen verraten und Ihnen sogar ihre geheimsten Gedanken enthüllen.
Wo wollen wir beginnen? Beobachten wir zunächst in dem Haus dort rechts jenen Greis, der Gold- und Silbermünzen zählt. Es ist ein Geizhals von bürgerlicher Herkunft. Seine Kutsche, die er fast umsonst aus dem Nachlaß eines Hofalkalden erhalten hat, wird von zwei dürren Maultieren gezogen, die er in seinem Stall nach dem Zwölf-Tafel-Gesetz füttert; das heißt, er gibt ihnen täglich nur ein Pfund Gerste zu fressen. Er behandelt sie, wie die Römer ihre Sklaven behandelten. Vor zwei Jahren ist er aus Westindien zurückgekehrt, beladen mit einem Haufen Goldbarren, die er in Bargeld umgetauscht hat. Staunen Sie über diesen alten Narren! Wie weidet er seine Augen an seinen Reichtümern! Er kann sich

daran nicht satt sehen. Aber achten Sie gleichzeitig auf das, was sich in einer kleinen Stube desselben Hauses abspielt. Sehen Sie dort zwei junge Männer mit einem alten Weib?“

„Ja“, antwortete Cleofas, „es sind wahrscheinlich seine Kinder.“

„Nein“, erwiderte der Teufel, „es sind seine Neffen, die ihn beerben sollen und die in ihrer Ungeduld, seine Habe unter sich aufzuteilen, eine Wahrsagerin kommen ließen, um von ihr zu erfahren, wann er endlich sterben wird.

In dem Haus nebenan erblicke ich zwei recht lustige Bilder: einmal eine gefallsüchtige Alte, die gerade zu Bett geht, nachdem sie ihr Haar, ihre Augenbrauen und ihr Gebiß auf den Nachttisch gelegt hat, und zum andern einen sechzigjährigen Liebhaber, der gerade der Venus gehuldigt hat. Er hat sein Glasauge, seinen falschen Schnurrbart und seine Perücke, die einen Kahlkopf verbarg, schon abgelegt. Jetzt wartet er, daß ihm sein Diener den hölzernen Arm und das Stelzbein abnehme, um sich mit dem Rest zur Ruhe zu begeben.“

„Wenn meine Augen mich nicht trügen“, sagte Zambullo, „so sehe ich in diesem Haus ein schlankes, bildschönes junges Mädchen. Wie reizend sie aussieht!“

„Nun“, erwiderte der Hinkende, „diese junge Schöne, die Ihnen gefällt, ist die älteste Schwester dieses Galans, der gerade zu Bett geht. Man kann sagen, daß sie das Gegenstück zu der gefallsüchtigen Alten ist, bei der sie wohnt. Ihre schlanke Taille, die Sie so sehr bewundern, ist ein Ding, das den Mechanikern viel Kopfzerbrechen verursacht hat. Ihr Busen und ihre Hüften sind künstlich, und neulich verlor sie in der Kirche, wo sie die Predigt hören wollte, vor aller Augen ihr Hinterteil. Da sie sich aber ein jugendliches Aussehen zu geben weiß, streiten sich zwei junge Kavaliere um ihre Gunst. Sie sind sich ihretwegen schon in die Haare geraten. Die Wahnsinnigen! Mir ist, als sähe ich zwei Hunde, die sich um einen Knochen balgen.

Lachen Sie nun mit mir über ein Konzert, das gleich nebenan – in einem Bürgerhaus – nach dem Abendbrot veranstaltet wird. Man singt Kantaten. Ein alter Jurist hat die Musik dazu geschrieben, und der Text ist von einem Alguazil,

der sich lieb Kind machen will, einem Gecken, der zu seinem Vergnügen und zur Pein der anderen Verse macht. Ein Dudelsack und ein Spinett bilden das Orchester. Ein langer Kerl, ein Kantor mit einer Fistelstimme, singt den Tenor und ein junges Mädchen mit sehr lauter Stimme den Baß."

„Oh, wie komisch!" rief Don Cleofas lachend. „Wenn man absichtlich ein lächerliches Konzert veranstalten wollte, so könnte man es nicht besser machen."

„Richten Sie nun die Augen auf das prächtige Palais dort", fuhr der Dämon fort. „Sie sehen dort in einem prunkvollen Zimmer einen Herrn im Bett liegen. Neben ihm steht ein Kästchen voller Liebesbriefe. Er liest sie, um sich auf wollüstige Weise einzuschläfern, denn sie sind von einer Dame, die er anbetet und die ihn einen solchen Aufwand treiben läßt, daß er bald genötigt sein wird, sich um das Amt eines Statthalters zu bewerben.

Wenn in diesem Palais alles schläft und in ihm tiefe Stille herrscht, so macht man sich in dem Nachbarhaus dort links um so mehr Bewegung. Erkennen Sie dort eine Dame in einem Bett von rotem Damast? Das ist eine hohe Persönlichkeit, eine gewisse Doña Fabula, die gerade eine Hebamme holen läßt und die dem alten Don Torribio, ihrem Gatten, den Sie an ihrem Bett stehen sehen, einen Erben schenken wird. Sind Sie nicht entzückt vom gutmütigen Charakter dieses Ehemanns? Die Schreie seiner teuren Hälfte durchbohren ihm das Herz; er ist von Schmerz zerrissen und leidet ebensosehr wie sie. Mit welcher Sorge und Hingabe er sich um sie bemüht!"

„Wahrhaftig", sagte Leandro, „der gute Mann ist sehr aufgeregt. Aber ich sehe in demselben Haus einen anderen Mann, der tief zu schlafen scheint, ohne sich um den Ausgang der Sache zu kümmern."

„Eigentlich müßte sie ihn interessieren", erwiderte der Hinkende, „denn das ist ein Diener, der allein an den Wehen seiner Herrin schuld ist.

Sehen Sie noch etwas weiter", fuhr er fort, „und betrachten Sie in der niedrigen Stube dort jenen Heuchler, der sich mit ranzigem Fett einreibt, um zu einer Versammlung von Hexenmeistern zu gehen, die heute nacht zwischen San Seba-

stián und Fuenterrabía stattfinden soll. Ich würde Sie sofort hinbringen, um Ihnen diesen angenehmen Zeitvertreib zu verschaffen, wenn ich nicht fürchtete, von dem Teufel, der bei dieser Feier den Bock spielt, erkannt zu werden."
„Sind dieser Teufel und Sie", fragte der Student, „nicht gute Freunde?"
„Bei Gott, nein!" erwiderte Asmodeus. „Das ist doch jener Pillardoc, von dem ich Ihnen erzählt habe. Dieser Spitzbube würde mich verraten. Er würde es nicht unterlassen, meinen Zauberer von meiner Flucht zu unterrichten."
„Haben Sie etwa noch einen Streit mit diesem Pillardoc gehabt?"
„Sie haben es erraten", entgegnete der Dämon. „Vor zwei Jahren gerieten wir wieder in Streit – wegen eines jungen Parisers, der sich auf eigene Füße zu stellen gedachte. Wir erhoben beide Anspruch auf ihn; Pillardoc wollte aus ihm einen Beamten machen, ich aus ihm einen Glücksritter, unsere Kumpane aber machten aus ihm einen nichtsnutzigen Mönch, um den Streit zu beenden. Dann versöhnte man uns; wir umarmten uns und sind seitdem – Todfeinde."
„Ach, lassen wir diese schöne Versammlung sein", sagte Don Cleofas, „ich bin durchaus nicht begierig, an ihr teilzunehmen. Sehen wir uns lieber das an, was sich unseren Blicken darbietet. Was bedeuten die Funken, die aus dem Keller dort stieben?"
„Es handelt sich um eine der törichtsten Beschäftigungen der Menschen", antwortete der Teufel. „Der Mann, der in jenem Keller neben dem glühenden Ofen steht, ist ein Alchimist. Das Feuer verzehrt nach und nach sein reiches Erbe, und er wird doch niemals finden, was er sucht. Im Vertrauen gesagt: Der Stein der Weisen ist nur ein schöner Trug, den ich selbst ausgedacht habe, um mich über den menschlichen Geist, der die ihm gesetzten Schranken überschreiten will, lustig zu machen. Der Goldmacher hat als Nachbarn einen guten Apotheker, der noch nicht zu Bett gegangen ist. Sie sehen, wie er in seinem Laden mit seinem alten Weib und seinem Lehrling noch arbeitet. Wissen Sie, was sie machen? Der Mann macht gerade eine Fortpflanzungspille für einen alten Advokaten zurecht, der morgen heiraten soll. Der Lehrling bereitet einen Abführtee zu, und die Alte zerreibt in ei-

nem Mörser Drogen, die zur Verstopfung dienen."
„In dem Haus, das dem des Apothekers gegenüberliegt", sagte Zambullo, „erblicke ich einen Mann, der gerade aufsteht und sich eilig anzieht."
„Verflucht!" rief der Teufel aus. „Das ist ein Arzt, den man in einer sehr dringenden Angelegenheit zu Rate ziehen will. Man hat ihn im Auftrag eines Prälaten aufgesucht, der in einer Stunde, seitdem er im Bett liegt, zwei- oder dreimal gehustet hat.
Blicken Sie nun weiter nach rechts und versuchen Sie in der Dachkammer dort einen Mann zu erkennen, der im Hemd – beim düsteren Schein einer Lampe – auf und ab geht."
„Ich sehe ihn", rief der Student, „und zwar so deutlich, daß ich das Inventar der Dachkammer aufnehmen könnte. Da ist nur ein armseliges Bett, eine Bank und ein Tisch, und die Wände sind, wie mir scheint, ganz geschwärzt."
„Der Mann, der so hoch oben wohnt, ist ein Dichter", erwiderte Asmodeus. „Und was Ihnen als schwarz und schmutzig erscheint, das sind tragische Verse aus seiner Feder, mit denen er seine Kammer ausgestattet hat, da er in Ermangelung von Papier seine Gedichte an die Wand schreiben mußte."
„Aus der Aufregung, mit der er auf und ab läuft", sagte Don Cleofas, „schließe ich darauf, daß er ein bedeutendes Werk schreibt."
„Ihre Vermutung ist richtig", entgegnete der Hinkende. „Er legte gestern die letzte Hand an eine Tragödie mit dem Titel: ‚Die Sintflut'. Wenigstens kann man ihm nicht den Vorwurf machen, daß er die Einheit des Ortes nicht beachtet habe, denn die ganze Handlung spielt in der Arche Noah.
Ich versichere Ihnen, es ist ein vortreffliches Stück; alle Tiere sprechen darin wie Professoren. Er hat die Absicht, es jemand zu widmen; sechs Stunden lang arbeitet er schon an der Widmung und ist erst in diesem Augenblick beim letzten Satz angelangt. Man kann sagen, es sei ein Meisterwerk von Widmung. Alle moralischen und politischen Tugenden, alles Lob, das man einem durch seine Vorfahren und durch seine eigene Person berühmten Manne spenden kann, sind hier wohlangebracht. Nie hat ein Autor soviel Weihrauch gespendet."
„Wem beabsichtigt er ein so hervorragendes Lob zu spen-

den?“ fragte der Student.
„Er weiß es noch nicht“, erwiderte der Teufel. „Er hat den Platz für den Namen frei gelassen. Er sucht einen reichen Gönner, der freigebiger ist als diejenigen, denen er bereits andere Bücher gewidmet hat. Aber die Leute, die Widmungen gut bezahlen, sind heutzutage sehr selten. Das ist eine Schwäche, die sich die großen Herren abgewöhnt haben, und dadurch haben sie dem Publikum, das mit erbärmlichen Geistesprodukten überschüttet wurde, einen großen Dienst erwiesen, wenn man bedenkt, daß früher die meisten Bücher nur wegen des Ertrages aus den Widmungen geschrieben wurden.
Da wir gerade bei den Widmungen sind“, fügte der Dämon hinzu, „so muß ich Ihnen noch eine höchst sonderbare Geschichte erzählen. Eine Hofdame, die gestattet hatte, daß man ihr ein Werk widmete, wollte die Widmung sehen, ehe sie gedruckt wurde. Da sie aber feststellte, daß sie darin nicht gebührend gelobt wurde, bemühte sie sich, selbst eine Widmung nach ihrem Geschmack zu schreiben, und schickte sie dem Autor zu, damit er sie an den Anfang seines Werkes setze.“
„Mir scheint“, rief Leandro, „daß dort drüben Diebe über einen Balkon in ein Haus einsteigen.“
„Sie täuschen sich nicht“, sagte Asmodeus, „es sind nächtliche Räuber. Sie brechen bei einem Bankier ein. Verfolgen wir sie mit dem Auge und sehen wir, was sie machen. Sie durchsuchen das Kontor, sie stöbern überall herum; aber der Bankier ist ihnen zuvorgekommen, er ist gestern mit allem Geld, das er in seinen Kassetten hatte, nach Holland abgereist.“
„Beobachten wir“, sagte Zambullo, „einen anderen Dieb, der auf einer Strickleiter zu einem Balkon emporklettert.“
„Der dort ist nicht, was Sie annehmen“, antwortete der Hinkende. „Das ist ein Marquis, der die Kletterpartie unternommen hat, um sich in das Zimmer einer Jungfrau einzuschleichen, die keine mehr sein will. Leichtsinnig hat er ihr geschworen, daß er sie heiraten werde, und auf die feierlichen Schwüre hin hat sie ihn erhört; denn in Liebesdingen sind die vornehmen Marquis eben Kaufleute, die auf dem Markte viel Kredit haben.“

„Ich möchte wissen“, sagte der Student, „was der Mann in der Nachtmütze und im Schlafrock dort treibt. Er schreibt sehr emsig, und neben ihm steht eine kleine schwarze Gestalt, die ihm beim Schreiben die Hand führt.“
„Der Mann, der dort schreibt“, antwortete der Teufel, „ist ein Gerichtsschreiber, der sich einen sehr erkenntlichen Vormund verpflichten will und deshalb ein zugunsten eines Mündels ausgesprochenes Urteil fälscht. Die kleine schwarze Gestalt, die ihm die Hand führt, ist Griffael, der böse Geist der Gerichtsschreiber.“
„Dieser Griffael“, entgegnete Don Cleofas, „bekleidet also dieses Amt nur in Stellvertretung? Da Flagel der böse Geist des Richterstandes ist, so müssen die Gerichtsschreiber, wie mir scheint, auch zu seiner Abteilung gehören.“
„Nein“, erklärte Asmodeus, „die Gerichtsschreiber wurden für würdig befunden, ihren besonderen Teufel zu haben, und ich schwöre Ihnen, daß er mehr Arbeit hat als nötig.
Betrachten Sie nun in dem Bürgerhaus neben dem des Gerichtsschreibers eine junge Dame, die den ersten Stock bewohnt. Es ist eine Witwe, und der Mann, den Sie bei ihr sehen, ist ihr Onkel, der im zweiten Stock wohnt. Bewundern Sie die Züchtigkeit dieser Witwe. Sie will ihr Nachthemd nicht vor den Augen ihres Onkels anziehen; sie geht ins Nebenzimmer, um es sich von einem Liebhaber, den sie dort versteckt hat, anziehen zu lassen.
Bei dem Gerichtsschreiber wohnt ein hinkender dicker Bakkalaureus, ein Verwandter von ihm, der als Spaßmacher nicht seinesgleichen in der Welt hat. Volumnius, der wegen seiner Schlagfertigkeit so sehr von Cicero gelobt wurde, war kein so feiner Spötter. Um diesen Bakkalaureus, den man in Madrid mit Vorliebe den Bakkalaureus Donoso nennt, reißen sich alle Leute am Hofe und in der Stadt, wenn sie ein Gastmahl geben. Dem Gastgeber steht er zur Verfügung. Er hat ein ganz besonderes Talent, die Gäste zu unterhalten; einer Tafelrunde verschafft er wahrhaftige Genüsse. So speist er jeden Tag in irgendeinem vornehmen Haus, das er erst zwei Stunden nach Mitternacht wieder verläßt. Heute weilt er bei dem Marquis von Alcazinas, zu dem er nur zufällig gegangen ist.“
„Wieso zufällig?“ unterbrach ihn Leandro.

„Ich will mich deutlicher ausdrücken“, erwiderte der Teufel. „Heute vormittag hielten vor der Haustür des Bakkalaureus fünf oder sechs Kutschen, die ihn im Auftrage verschiedener großer Herren abholen sollten. Er ließ ihre Lakaien in seine Wohnung heraufkommen, nahm ein Spiel Karten in die Hand und sagte zu ihnen: ‚Freunde, da ich eure Herren nicht alle zugleich zufriedenstellen kann und keinen dem anderen vorziehen will, so sollen diese Karten entscheiden. Ich werde heute beim Kreuzkönig zu Mittag speisen.‘“

„Welche Absicht“, fragte Don Cleofas, „mag jener Kavalier haben, der dort auf der anderen Straßenseite auf einer Türschwelle sitzt? Erwartet er, daß ihn eine Zofe in das Haus einläßt?“

„Nicht doch“, antwortete Asmodeus, „das ist ein junger Kastilier, der den vollkommenen Liebhaber spielt. Er will aus reiner Galanterie – nach dem Vorbild der Liebenden des Altertums – die ganze Nacht vor der Tür seiner Geliebten verbringen. Hin und wieder klimpert er auf einer Gitarre und singt Romanzen, die er selbst komponiert hat. Aber seine Holde, die im zweiten Stock ruht, weint, wenn sie ihn hört, über die Abwesenheit seines Rivalen.

Wenden wir uns nun dem neuen Gebäude dort zu, das zwei getrennte Wohnungen enthält. In der einen wohnt der Besitzer selbst, jener alte Kavalier, der bald in seinem Zimmer auf und ab geht, bald sich in einen Sessel fallen läßt.“

„Ich vermute“, sagte Zambullo, „daß er in seinem Kopf einen großen Plan wälzt. Wer ist dieser Mann? Wenn man sich an den Reichtum hält, der in seinem Hause glänzt, so muß er ein Grande erster Klasse sein.“

„Doch ist er nur ein Contador“, antwortete der Dämon. „Er ist in sehr einträglichen Ämtern alt geworden; er besitzt ein Vermögen von vier Millionen. Da er nicht ohne Unruhe wegen der Mittel ist, deren er sich bedient hat, um sie zusammenzuscharren, und da er schon sieht, wie er in der anderen Welt darüber Rechenschaft ablegen muß, so ist er vor Angst fromm geworden. Er gedenkt ein Kloster zu bauen; er wiegt sich in der Hoffnung, daß er nach einem so guten Werk ein ruhiges Gewissen haben werde. Er hat schon die Erlaubnis erhalten, ein Kloster zu gründen; aber er will in ihm nur Mönche aufnehmen, die zugleich keusch, enthaltsam und

äußerst demütig sind. Die Auswahl bereitet ihm große Schwierigkeiten.
In der zweiten Wohnung lebt eine schöne Dame, die soeben in Milch gebadet hat und dann sogleich zu Bett gegangen ist. Diese wollüstige Person ist die Witwe eines Ritters des Santiago-Ordens, der ihr nichts weiter hinterlassen hat als einen großartigen Namen; aber zum Glück hat sie als Freunde zwei Mitglieder des Staatsrates von Kastilien, die gemeinsam die Kosten ihres Haushalts bestreiten."
„Oho!" rief der Student. „Ich höre Schreie und Wehklagen durch die Luft schallen. Sollte irgendein Unglück geschehen sein?"
„Hören Sie, worum es sich handelt", sagte der Geist. „Zwei junge Kavaliere spielten zusammen Karten in jener Spelunke, in der Sie so viele Lampen und Kerzen brennen sehen. Sie ereiferten sich über einen Stich, zogen die Degen und verwundeten sich beide tödlich. Der ältere ist verheiratet, der jüngere ein einziger Sohn; sie werden gleich den Geist aufgeben. Die Frau des einen und der Vater des anderen, die von dem schrecklichen Unglück unterrichtet wurden, sind herbeigeeilt; sie erfüllen die ganze Umgebung mit ihren Klageschreien. – ‚Unglückliches Kind', ruft der Vater seinem Sohn zu, der ihn nicht mehr hören kann, ‚wie oft habe ich dich ermahnt, das Spiel aufzugeben! Wie oft habe ich dir vorausgesagt, daß es dich das Leben kosten würde! Ich beteure, daß ich nicht schuld daran bin, wenn du so elend zugrunde gehst.' Die Frau aber ist verzweifelt. Obgleich ihr Mann alles, was sie in die Ehe mitgebracht, im Spiel verloren hat, obgleich er alle Juwelen, die sie besaß, und sogar ihre Kleider verkauft hat, ist sie doch untröstlich über seinen Verlust. Sie verwünscht die Karten, die an allem schuld sind, verflucht den, der sie erfunden hat, verflucht die Spielhölle und alle, die darin hausen."
„Ich bedaure sehr die Menschen, die von der Spielwut besessen sind", sagte Don Cleofas. „Sie geraten oft in eine schreckliche Lage. Gott sei Dank, daß ich nicht mit diesem Laster behaftet bin."
„Dafür haben Sie ein anderes, das ebenso schlimm ist", versetzte der Dämon. „Ist es denn Ihrer Meinung nach vernünftiger, Kurtisanen zu lieben? Und sind Sie nicht heute abend

in die Gefahr geraten, von Raufbolden umgebracht zu werden? Ich staune über die Menschen: Ihre eigenen Fehler erscheinen ihnen als Kleinigkeiten, aber die Fehler der anderen betrachten sie mit dem Vergrößerungsglas. Ich muß Ihnen", fügte er hinzu, „noch mehr traurige Bilder zeigen. Sehen Sie in jenem Haus, zwei Schritt weit von der Spelunke, den dicken Mann auf dem Bett liegen? Es ist ein unglücklicher Domherr, den soeben der Schlag getroffen hat. Sein Neffe und seine Großnichte denken nicht daran, ihm beizustehen, sondern lassen ihn allein sterben und eignen sich seine besten Stücke an, die sie zu Hehlern bringen wollen; dann werden sie Muße haben zu weinen und zu klagen.

Sehen Sie, wie man gleich nebenan zwei Männer zu Grabe trägt? Es sind zwei Brüder. Sie litten beide an derselben Krankheit, behandelten sich aber verschieden. Der eine hatte blindes Vertrauen zu seinem Arzt, der andere wollte die Heilkraft der Natur wirken lassen. Beide sind gestorben: der eine, weil er alle Arzneien seines Doktors einnahm, und der andere, weil er nichts einnehmen wollte."

„Das beunruhigt mich sehr", meinte Leandro. „Was soll denn ein armer Kranker tun?"

„Das kann ich Ihnen nicht sagen", antwortete der Teufel. „Ich weiß wohl, daß es gute Arzneien gibt, aber ich weiß nicht, ob es auch gute Ärzte gibt.

Sehen wir uns jetzt ein anderes Schauspiel an", fuhr er fort. „Ich habe Ihnen vergnüglichere Dinge zu zeigen. Hören Sie Katzenmusik in einer Straße? Eine sechzigjährige Jungfer hat heute morgen einen siebzehnjährigen Jüngling geheiratet. Alle Spötter in jenem Viertel haben sich zusammengetan, um diese Hochzeit mit einem lauten Konzert von Bekken, Pfannen und Kesseln zu feiern."

„Sie haben mir doch gesagt", unterbrach ihn der Student, „Sie seien derjenige, der solche lächerlichen Ehen stiftet; doch an dieser haben Sie wohl keinen Anteil?"

„Nein, wahrhaftig nicht", erwiderte der Hinkende. „Ich konnte sie nicht stiften, da ich anderes zu tun hatte. Aber wenn ich frei gewesen wäre, hätte ich mich auch nicht eingemischt. Jene Frau ist sehr fromm; sie hat nur wieder geheiratet, um gewisse Freuden, die sie liebt, ohne Reue genießen

zu können. Solche Ehen stifte ich nicht. Ich finde mehr Vergnügen daran, Gewissen zu beunruhigen als zu beruhigen."
„Trotz des Lärms dieser burlesken Serenade", sagte Zambullo, „dringt, wie mir scheint, noch anderer Lärm zu meinem Ohr."
„Der Lärm, den Sie trotz der Katzenmusik vernehmen", antwortete der Hinkende, „kommt aus einer Schenke, in der ein dicker flämischer Hauptmann, ein französischer Sänger und ein deutscher Gardeoffizier ein Trio singen. Sie sitzen seit acht Uhr morgens am Tisch, und jeder von ihnen bildet sich ein, es gereiche seiner Nation zur Ehre, wenn er die beiden anderen betrunken mache.
Richten Sie nun Ihre Blicke auf jenes einsame Haus gegenüber dem des Domherrn. Sie werden in ihm drei berühmte Galizierinnen sehen, die sich mit drei Herren vom Hofe ausleben."
„Oh, wie hübsch finde ich sie!" rief Don Cleofas. „Es wundert mich nicht, wenn ihnen die vornehmen Herren nachlaufen. Wie zärtlich sie jene Höflinge liebkosen! Sie müssen in sie sehr verliebt sein."
„Wie grün Sie noch sind!" erwiderte der Geist. „Sie kennen solche Damen schlecht. Ihr Herz ist noch stärker geschminkt als ihr Gesicht. Welche Liebesbezeigungen sie auch geben, sie empfinden doch nicht die geringste Neigung für diese Herren; sie tun dem einen schön, um sich seine Protektion zu sichern, und den anderen beiden, um aus ihnen Renten herauszulocken. Ebenso verhält es sich mit allen diesen Buhlerinnen. Sosehr sich die Männer ihretwegen auch ruinieren mögen, so werden sie deshalb doch nicht mehr geliebt. Im Gegenteil: jeder, der zahlt, wird wie ein Ehemann behandelt. Das ist eine Regel, die ich für Liebesverhältnisse aufgestellt habe. Aber lassen wir jene Herren die Freuden genießen, die sie so teuer erkaufen, während ihre Diener, die sie auf der Straße erwarten, sich mit der süßen Hoffnung trösten, solche Freuden kostenlos zu erlangen."
„Bitte", unterbrach ihn Leandro Pérez, „erklären Sie mir ein anderes Bild, das sich meinen Augen darbietet. In dem großen Haus dort links ist noch alle Welt auf den Beinen. Woher kommt es, daß die einen aus vollem Halse lachen

und die anderen tanzen? Anscheinend feiert man dort ein Fest."
„Es handelt sich um eine Hochzeit", erklärte der Hinkende. „Alle Dienstboten jubeln vor Freude. Aber vor drei Tagen herrschte in demselben Palais noch tiefe Trauer. Das ist eine Geschichte, die ich Ihnen gern erzählen will; sie ist zwar ziemlich lang, doch hoffe ich, daß sie Sie nicht langweilen wird." Und schon begann er zu erzählen.

VIERTES KAPITEL

Geschichte von der Liebe des Grafen de Belflor und der Leonor de Céspedes

„Der Graf de Belflor, einer der vornehmsten Herren vom Hofe, war in die junge Leonor de Céspedes wahnsinnig verliebt. Er hatte nicht die Absicht, sie zu heiraten; die Tochter eines einfachen Edelmanns war, wie ihn dünkte, keine besonders glänzende Partie für ihn. Er nahm sich nur vor, sie zu seiner Geliebten zu machen.
In dieser Absicht folgte er ihr überallhin und versäumte keine Gelegenheit, ihr seine Liebe durch seine Blicke zu verstehen zu geben; doch konnte er weder mit ihr sprechen noch ihr schreiben, weil sie stets von einer strengen und wachsamen Dueña, der Dame Marcella, behütete wurde. Er war darüber verzweifelt, und da er fühlte, wie seine Begierde durch die Schwierigkeiten noch gesteigert wurde, dachte er unaufhörlich darüber nach, wie er den Argus, der seine Jo bewachte, überlisten könnte.
Andererseits konnte Leonor, die bemerkt hatte, wieviel Aufmerksamkeit ihr der Graf entgegenbrachte, nicht umhin, ihm ebensolche zu schenken. So keimte in ihrem Herzen unmerklich eine Leidenschaft, die schließlich sehr heftig wurde. Ich schürte sie aber nicht durch meine üblichen Versuchungen, weil mir der Zauberer, der mich damals gefangenhielt, alle meine Tätigkeiten verboten hatte; aber es ge-

nügte, daß die Natur ihr Recht geltend machte. Sie ist nicht weniger gefährlich als ich; der einzige Unterschied zwischen uns besteht darin, daß sie die Herzen allmählich verdirbt, während ich sie plötzlich verführe.
So standen die Dinge, als Leonor und ihre ewige Behüterin eines Morgens auf dem Weg zur Kirche einer alten Frau begegneten, die einen der größten Rosenkränze, den die Scheinheiligkeit jemals angefertigt hat, in der Hand hielt. Sie ging mit sanft lächelnder Miene auf sie zu und sagte zu der Dueña: ‚Der Himmel behüte Sie, sein heiliger Friede sei mit Ihnen! Darf ich Sie fragen, ob Sie die Dame Marcella, die züchtige Witwe des verstorbenen Herrn Martino Rosetta, sind?' – Die Dueña bejahte. – ‚Dann treffe ich Sie gerade zur rechten Zeit', sagte die Alte zu ihr, ‚um Ihnen mitzuteilen, daß bei mir ein alter Verwandter wohnt, der mit Ihnen zu sprechen wünscht. Er ist vor einigen Tagen aus Flandern angekommen; er hat Ihren Gatten sehr, sehr gut gekannt und hat Ihnen Dinge von größter Wichtigkeit anzuvertrauen. Er hätte sie Ihnen in Ihrem Hause gesagt, wenn er nicht plötzlich erkrankt wäre; aber der Arme liegt nun in den letzten Zügen. Ich wohne wenige Schritte von hier. Machen Sie sich bitte die Mühe, mir zu folgen.'
Die Dueña, die ebenso klug wie vorsichtig war, fürchtete, einen falschen Schritt zu tun, und wußte nicht, wozu sie sich entschließen sollte; aber die Alte ahnte den Grund ihrer Verlegenheit und sagte zu ihr: ‚Meine liebe Dame Marcella, Sie können mir getrost vertrauen. Ich heiße Chichona. Der Lizentiat Marcos de Figueroa und der Bakkalaureus Mira de Mesqua bürgen für mich wie für ihre Großmutter. Wenn ich Ihnen vorschlage, mir zu meinem Haus zu folgen, so geschieht es nur zu Ihrem Besten. Mein Verwandter will Ihnen eine gewisse Summe zurückerstatten, die Ihr Gatte ihm einst geliehen hat.' Bei dem Wort ‚zurückerstatten' faßte die Dame Marcella ihren Entschluß. – ‚Gehen wir, meine Tochter', sagte sie zu Leonor. ‚Suchen wir den Verwandten dieser guten Dame auf. Es ist ein barmherziges Werk, Kranke zu besuchen.'
Sie gelangten bald zur Wohnung der Chichona, die sie in einen niedrigen Saal führte, in dem sie einen Mann mit weißem Bart im Bett vorfanden, der zwar nicht sehr krank war,

es aber zumindest zu sein schien. ‚Hören Sie, Vetter‘, sagte die Alte zu ihm, während sie ihm die Erzieherin vorstellte, ‚das ist die kluge Dame Marcella, die Sie zu sprechen wünschen, die Witwe des verstorbenen Herrn Martino Rosetta, Ihres Freundes.‘ Bei diesen Worten begrüßte der Greis, ein wenig den Kopf hebend, die Dueña, bedeutete ihr, näher zu treten, und sagte, als sie an seinem Bett stand, mit schwacher Stimme zu ihr: ‚Meine teure Frau Marcella, ich danke dem Himmel, daß er mich bis zu diesem Augenblick leben ließ; es war mein einziger Wunsch. Ich fürchtete, zu sterben, ohne die Genugtuung zu haben, Sie zu sehen und Ihnen die hundert Dukaten zurückzugeben, die Ihr verstorbener Gatte, mein bester Freund, mir geliehen hatte, um mir aus einem Ehrenhandel, den ich einst in Brügge hatte, herauszuhelfen. Hat er Ihnen nie etwas von dieser Geschichte erzählt?‘
‚Leider nicht‘, antwortete die Dame Marcella, ‚er hat mir kein Wort davon gesagt. Gott sei seiner Seele gnädig! Er war so großmütig, daß er die Dienste, die er seinen Freunden erwiesen hatte, zu vergessen pflegte; und da er nicht im entferntesten jenen Aufschneidern glich, die sich guter Werke rühmen, die sie niemals vollbracht haben, so sagte er mir nie, daß er sich jemand zum Dank verpflichtet hätte.‘
‚Sicher hatte er eine edle Seele‘, erwiderte der Greis, ‚ich muß davon fester überzeugt sein als ein anderer; und um Ihnen dies zu beweisen, muß ich Ihnen von der Affäre berichten, aus der er mir glücklich herausgeholfen hat. Da es sich aber um Dinge handelt, die von größter Bedeutung für das Andenken des Verstorbenen sind, so wäre es mir angenehm, sie nur seiner verschwiegenen Witwe zu enthüllen.‘
‚Nun gut‘, antwortete darauf die Chichona, ‚Sie brauchen ihr diese Geschichte nur unter vier Augen zu erzählen; unterdessen werden wir, diese junge Dame und ich, in mein Zimmer gehen.‘ Als sie zu Ende gesprochen hatte, ließ sie die Dueña mit dem Kranken allein und führte Leonor in ein anderes Zimmer, in dem sie ohne Umschweife zu ihr sagte: ‚Schöne Leonor, die Augenblicke sind zu kostbar, um sie zu vergeuden. Sie kennen doch vom Sehen den Grafen de Belflor. Er liebt Sie seit langem und vergeht vor Verlangen, es Ihnen selbst zu sagen; aber die Strenge und Wachsamkeit Ihrer Erzieherin haben ihm bisher diese Freude nicht gegönnt.

In seiner Verzweiflung hat er zu meiner Beflissenheit Zuflucht genommen, und ich habe sie ihm zugute kommen lassen. Der Greis, den sie soeben gesehen haben, ist ein junger Kammerdiener des Grafen, und alles, was ich getan, ist nur eine List, die wir ausgeheckt haben, um Ihre Erzieherin zu täuschen und Sie hierherzulocken.'
Während sie diesen Satz beendete, trat der Graf hinter einer Wandverkleidung hervor, hinter der er sich verborgen hatte, warf sich Leonor zu Füßen und sagte zu ihr: ‚Mein Fräulein, verzeihen Sie diese List einem Liebenden, der nicht weiterleben mochte, ohne mit Ihnen zu sprechen. Hätte diese gefällige Frau nicht Mittel gefunden, mir diesen Vorzug zu verschaffen, so hätte ich mich meiner Verzweiflung überlassen.'
Diese Worte, gesprochen mit rührendem Gesichtsausdruck von einem Mann, der ihr nicht mißfiel, verwirrten Leonor. Sie zögerte eine Weile, da sie nicht wußte, was sie ihm antworten sollte; doch fand sie schließlich wieder ihre Fassung, sah den Grafen stolz an und sagte zu ihm: ‚Sie glauben vielleicht, Sie seien dieser beflissenen Dame, die Ihnen so gute Dienste geleistet hat, zu großem Dank verpflichtet; aber nehmen Sie nun zur Kenntnis, daß Sie aus dem Dienst, den sie Ihnen erwiesen, wohl kaum Vorteil ziehen werden.'
Während sie so sprach, machte sie einige Schritte, um in den Saal zurückzukehren. Der Graf hielt sie zurück. ‚Bleiben Sie, angebetete Leonor', sagte er. ‚Schenken Sie mir noch einen Augenblick Gehör. Meine Leidenschaft ist so rein, daß sie Sie nicht zu beunruhigen braucht. Ich gebe zu, Sie haben Grund, über die List empört zu sein, deren ich mich bediene, um mit Ihnen zu sprechen; aber habe ich mich nicht bisher vergeblich darum bemüht? Seit sechs Wochen folge ich Ihnen in die Kirchen, auf Spaziergängen und in die Theater. Vergeblich suche ich überall die Gelegenheit, Ihnen zu sagen, daß Sie mich bezaubert haben. Ihre grausame, unerbittliche Erzieherin wußte die Erfüllung meiner Wünsche immer zu verhindern. Ach, Sie sollten mir eine List, die anzuwenden ich gezwungen war, nicht als Schuld auslegen, Sie sollten mich vielmehr beklagen, schöne Leonor, weil ich alle Qualen einer so langen Erwartung durchmachen mußte; ermessen Sie an Ihren Reizen, welche Pein mir dies bereitet hat.'

Belflor versäumte nicht, diese Worte mit jenem überzeugenden Mienenspiel zu begleiten, das hübsche Männer so erfolgreich anzuwenden verstehen; er ließ auch einige Tränen fließen. Leonor war ergriffen, denn in ihrem Herzen begannen sich unwillkürlich Zärtlichkeit und Mitleid zu regen. Aber sie gab ihrer Schwäche nicht etwa nach: Je tiefer sie sich gerührt fühlte, desto deutlicher zeigte sie, daß sie gehen wollte. ,Graf', rief sie, ,alle Ihre Worte sind nutzlos. Ich will Sie nicht anhören; halten Sie mich nicht länger zurück; lassen Sie mich ein Haus verlassen, in dem meine Tugend bedrängt wird, oder ich rufe die ganze Nachbarschaft herbei und mache Ihre Vermessenheit bekannt.' Sie sagte dies in so entschiedenem Ton, daß die Chichona, die sich vor der Polizei sehr in acht nehmen mußte, den Grafen bat, die Dinge nicht auf die Spitze zu treiben. Er widersetzte sich nicht länger der Absicht Leonors. Sie befreite sich aus seinen Händen; und was bisher noch bei keinem Mädchen vorgekommen war – sie verließ das Zimmer, wie sie es betreten hatte.

Sie ging schnell wieder zu ihrer Erzieherin. ,Kommen Sie, meine Gute', sagte sie zu ihr. ,Beenden Sie dieses nichtige Gespräch. Man betrügt uns. Verlassen wir dieses gefährliche Haus.'

,Was gibt es, meine Tochter', antwortete die Dame Marcella erstaunt. ,Aus welchem Grund wollen Sie so plötzlich aufbrechen?'

,Ich werde Sie nachher darüber aufklären', erwiderte Leonor. ,Fliehen wir. Jeder Augenblick, den ich hier verweile, bereitet mir neues Leid.' So gern die Dueña den Grund eines so plötzlichen Aufbruchs erfahren hätte, so konnte sie sich doch nicht sofort darüber Klarheit verschaffen. Sie mußte den dringenden Bitten Leonors nachgeben. Sie eilten beide hinaus und ließen die Chichona, den Grafen und seinen Kammerdiener so bestürzt zurück wie Komödianten, deren Spiel beim Publikum keinen Anklang gefunden hat.

Sobald Leonor sich wieder auf der Straße befand, begann sie sehr aufgeregt ihrer Erzieherin alles zu erzählen, was im Zimmer der Chichona vorgefallen war. Die Dame Marcella hörte ihr aufmerksam zu, und als sie in ihrer Wohnung angekommen waren, sagte sie zu ihr: ,Ich muß Ihnen gestehen, meine Tochter, daß ich mich durch das, was Sie mir soeben mitgeteilt haben, tief gedemütigt fühle. Wie konnte ich mich von diesem alten Weib so sehr täuschen lassen? Ich habe mich zunächst gesträubt, ihr zu folgen. Warum beharrte ich nicht auf meinem Entschluß? Ich hätte ihrer sanften und ehrbaren Miene nicht trauen sollen; ich habe eine Dummheit begangen, die einer so erfahrenen Frau wie mir nicht zu verzeihen ist. Ach, warum haben Sie mir diese List nicht sofort aufgedeckt? Ich hätte die Alte enlarvt, ich hätte den Grafen de Belflor mit Schmähungen überschüttet, ich hätte dem falschen Greis, der mir Märchen erzählte, den Bart abgerissen. Aber ich werde nun sofort das Geld zurückbringen, das ich als ehrliche Zurückzahlung angenommen habe; und wenn ich die drei noch beisammen finde, so sollen sie nicht umsonst gewartet haben.' Nach diesen Worten zog sie wieder ihre Mantilla an, die sie schon abgelegt hatte, und eilte zur Chichona zurück.

Der Graf war noch da. Er war verzweifelt über den Mißerfolg seines Anschlages. Ein anderer hätte an seiner Stelle die Partie aufgegeben; aber er ließ sich nicht abweisen. Bei tausend guten Eigenschaften besaß er eine, die kaum zu loben war: Er ließ sich von seiner Liebesleidenschaft zu sehr hinreißen. Wenn er eine Dame liebte, so brannte er darauf, ihre Gunst zu erobern; und obwohl er von Natur aus ein Ehrenmann war, so war er doch fähig, die heiligsten Rechte zu verletzen, um zur Erfüllung seiner Begierden zu gelangen. Er sagte sich im stillen, daß er das Ziel seiner Wünsche nicht ohne die Hilfe der Dame Marcella erreichen könnte, und beschloß, nichts unversucht zu lassen, um sie seinen Interessen gefügig zu machen. Er war der Meinung, daß diese Dueña, so streng sie auch schien, einem ansehnlichen Geschenk nicht widerstehen könnte, und er hatte nicht unrecht, eine solche Meinung zu hegen. Wenn es unbestechliche Erzieherinnen überhaupt gibt, so nur deshalb, weil die Galans nicht reich oder freigebig genug sind.

Als die Dame Marcella angelangt war und die drei Personen erblickte, auf die sie so erbost war, bekam sie zunächst eine Art Tobsuchtsanfall. Sie überschüttete den Grafen und die Chichona mit einer Million Schmähungen und warf dem Kammerdiener die zurückerstattete Summe an den Kopf.

Der Graf ließ diesen Sturm geduldig über sich ergehen; dann warf er sich vor der Dueña auf die Knie, um die Szene noch rührender zu machen, bat sie inständig, die weggeworfene Börse wieder anzunehmen, bot ihr obendrein tausend Pistolen an und beschwor sie, Mitleid mit ihm zu haben. Sie hatte noch nie erlebt, daß jemand so inständig ihr Mitleid erflehte; außerdem war sie nicht unerbittlich. Sie hatte die Schimpfreden bald aufgegeben, und als sie im stillen die ihr angebotene Summe mit der bescheidenen Belohnung verglich, die sie von Don Luis de Céspedes zu erwarten hatte, fand sie, daß es vorteilhafter sei, Leonor von ihrer Pflicht abzubringen als zu dieser anzuhalten. Deshalb nahm sie nach einiger Ziererei die Börse und das Geschenk von tausend Pistolen an, versprach die Liebe des Grafen zu begünstigen und rauschte hinaus, um sofort an die Verwirklichung ihres Versprechens zu gehen.

Da sie wußte, daß Leonor ein tugendhaftes Mädchen war, hütete sie sich, ihr Anlaß zur Vermutung ihres Einverständnisses mit dem Grafen zu geben, damit sie nicht Don Luis, ihren Vater, davon unterrichte. Sie wollte auf geschickte Weise Leonor verführen und sagte daher bei der Rückkehr zu ihr: ‚Leonor, ich habe meinen Zorn gekühlt. Ich habe das Kleeblatt noch beisammen gefunden; sie waren von Ihrem mutigen Rückzug noch ganz verstört. Ich habe der Chichona mit der Rache ihres Vaters und der Strenge der Justiz gedroht und dem Grafen de Belflor so viele Beleidigungen gesagt, wie mir der Zorn eingeben konnte. Ich hoffe, daß dieser Herr solche Anschläge nicht mehr unternehmen und seine Liebelei meine besondere Wachsamkeit nicht mehr erfordern wird. Ich danke dem Himmel, daß Sie durch Ihre Festigkeit der Falle entgangen sind, die man Ihnen gestellt hatte; ich weine darüber vor Freude. Ich bin glücklich, daß er mit seiner List nichts erreicht hat; denn die großen Herren machen sich ein Spiel daraus, junge Mädchen zu verführen. Sogar die meisten von denen, die auf ihre Rechtschaffenheit so stolz sind, machen sich daraus kein Gewissen, als ob es keine Schande sei, Familien zu entehren. Ich will damit nicht sagen, daß auch der Graf einen solchen Charakter hat und daß es ihm Vergnügen bereitet, Sie zu täuschen – man soll über seinen Nächsten nicht immer schlecht urteilen;

vielleicht hat er ehrliche Absichten. Obwohl er so hoch gestellt ist, daß er Anspruch auf die besten Partien am Hofe erheben kann, hat ihn Ihre Schönheit vielleicht doch zu dem Entschluß gebracht, Sie zu heiraten. Ich erinnere mich sogar, daß er dies in den Antworten, die er auf meine Vorwürfe gab, deutlich durchblicken ließ.'
‚Was sagen Sie, meine Gute?' unterbrach Leonor sie. ‚Wenn er diese Absicht gehabt hätte, so hätte er schon um mich bei meinem Vater angehalten, der mich einem Manne von seinem Rang nicht verweigert hätte.'
‚Was Sie sagen, ist richtig', erwiderte die Erzieherin; ‚ich teile diese Meinung. Das Verhalten des Grafen ist verdächtig, oder besser gesagt: seine Absichten können keine ehrlichen sein; es fehlt nicht viel, und ich ginge noch einmal zu ihm, um ihm weitere Beleidigungen zu sagen.'
‚Nein, meine Gute', entgegnete Leonor, ‚es ist besser, das Geschehene zu vergessen und ihn durch Verachtung zu strafen.'
‚Richtig', sagte die Dame Marcella, ‚ich glaube, es ist das Beste, was wir tun können. Sie sind vernünftiger als ich. Aber sollten wir nicht andererseits die Gesinnung des Grafen falsch beurteilen? Wissen wir denn, ob er sich nicht aus Zartgefühl so verhält? Ehe er um die Zustimmung eines Vaters bittet, will er Ihnen vielleicht Dienste erweisen, sich Ihre Zuneigung verdienen und Ihr Herz erobern, damit eure Ehe um so glücklicher werde. Wenn dem so wäre, meine Tochter, wäre es dann eine große Sünde, ihn anzuhören? Verraten Sie mir Ihre Gedanken; Sie wissen, wie lieb ich Sie habe. Empfinden Sie Zuneigung für den Grafen, oder würde es ihnen widerstreben, ihn zu heiraten?'
Bei dieser verfänglichen Frage senkte die allzu aufrichtige Leonor errötend die Augen und gestand, daß sie keine Abneigung gegen ihn empfand. Da ihre Züchtigkeit sie aber davon abhielt, sich deutlicher auszudrücken, drängte die Dueña sie wieder, ihr nichts zu verheimlichen. Schließlich gab sie den liebevollen Beteuerungen der Erzieherin nach.
‚Meine Gute', sagte sie zu ihr, ‚da ich ganz offen mit Ihnen sprechen soll, so erfahren Sie, daß mir Belflor würdig erschien, von mir geliebt zu werden. Ich fand ihn so stattlich und hörte von ihm so viel Vorteilhaftes, daß ich nicht umhinkonnte, an seinen Aufmerksamkeiten Gefallen zu finden.

Die unermüdliche Wachsamkeit, mit der Sie diese zu verhindern wußten, verdroß mich oft sehr, und ich gestehe Ihnen, daß ich ihn zuweilen heimlich beklagte und durch meine Seufzer für die Leiden entschädigte, die ihm Ihre Wachsamkeit bereitete. Ich sage Ihnen sogar, daß mein Herz ihn auch in diesem Augenblick, nach seiner vermessenen Tat, nicht haßt, sondern unwillkürlich entschuldigt und seinen Fehler auf Ihre Strenge zurückführt.'

‚Meine Tochter', erwiderte die Erzieherin, ‚da Sie mir andeuten, daß Ihnen seine Werbung angenehm wäre, so will ich Ihnen diesen Freier verschaffen.'

‚Ich bin Ihnen', entgegnete Leonor gerührt, ‚sehr dankbar für den Dienst, den Sie mir erweisen wollen. Wenn der Graf nicht eine der höchsten Stellen am Hofe bekleidete, wenn er nur ein einfacher Edelmann wäre, so würde ich ihn doch allen anderen Männern vorziehen. Aber machen wir uns keine eitlen Hoffnungen. Belflor ist ein großer Herr und zweifellos für eine der reichsten Erbinnen unseres Königreichs bestimmt. Erwarten wir nicht, daß er sich mit der Tochter des Don Luis begnügt, die ihm nur ein bescheidenes Vermögen anzubieten hat. Nein, nein', fuhr sie fort, ‚er bringt mir gewiß nicht so schmeichelhafte Gefühle entgegen. Er hält mich nicht für würdig, seinen Namen zu tragen; er sucht mich nur zu kränken.'

‚Ach', sagte die Dueña, ‚warum sollte er Sie nicht innig genug lieben, um Sie zu heiraten? Die Liebe vollbringt doch täglich noch größere Wunder. Wenn man Sie reden hört, so scheint es, als hätte der Himmel zwischem dem Grafen und Ihnen eine unüberschreitbare Kluft geschaffen. Seien Sie gerechter gegen sich selbst, Leonor: Er vergibt sich nichts, wenn er sein Schicksal an das Ihrige knüpft. Sie sind von altem Adel, und er braucht sich der Verbindung mit Ihnen nicht zu schämen. Da Sie Zuneigung für ihn empfinden', fuhr sie fort, ‚muß ich unbedingt mit ihm sprechen. Ich will seine Absichten ergründen, und wenn sie so sind, wie sie sein sollten, werde ich ihm einige Hoffnung machen.'

‚Hüten Sie sich davor!' rief Leonor. ‚Ich bin durchaus nicht dafür, daß Sie ihn aufsuchen. Wenn er vermutete, daß ich etwas mit diesem Schritt zu tun habe, so würde er mich nicht mehr achten.'

‚Oh, ich bin geschickter, als Sie annehmen', erwiderte die Dame Marcella. ‚Zunächst werde ich ihm den Vorwurf machen, daß er Sie verführen wollte, er wird es dann nicht unterlassen, sich zu rechtfertigen; ich werde ihn anhören und sehen, worauf er hinauswill. Kurz, meine Tochter, lassen Sie mich handeln, ich werde Ihre Ehre ebensogut wahren wie die meinige.'
Bei Einbruch der Nacht ging die Dueña fort. Sie traf Belflor in der Nähe des Hauses des Don Luis. Nun berichtete sie ihm von der Unterredung, die sie mit seiner Geliebten geführt hatte, und vergaß nicht, hervorzuheben, wie geschickt sie herausgebracht hätte, daß er geliebt werde. Nichts konnte für den Grafen erfreulicher sein als diese Entdeckung; darum dankte er der Dame Marcella in den lebhaftesten Ausdrücken; das heißt, er versprach ihr die tausend Pistolen schon am nächsten Morgen zu geben und war vom Erfolg seines Unternehmens fest überzeugt, da er sehr wohl wußte, daß ein Mädchen, das man für sich gewonnen, schon halb verführt ist. Hierauf kehrte die Dueña, nachdem man sich recht zufrieden voneinander getrennt hatte, nach Hause zurück.
Leonor, die voll Unruhe auf sie gewartet hatte, fragte, was sie ihr mitzuteilen habe. ‚Die beste Nachricht, die Sie erhalten könnten', antwortete ihr die Hofmeisterin. ‚Ich habe den Grafen getroffen. Ich habe Ihnen ja gleich gesagt, meine Tochter, daß seine Absichten nicht schlecht seien; er hat kein anderes Ziel, als sich mit Ihnen zu vermählen; er hat es mir bei allem, was den Menschen heilig ist, geschworen. Darauf habe ich mich natürlich nicht verlassen, wie Sie sich denken können. ›Wenn Sie dazu bereit sind‹, sagte ich zu ihm, ›warum unternehmen Sie dann nicht bei Don Luis die üblichen Schritte?‹ – ›Ach, meine teure Marcella‹, antwortete er mir, ohne daß ihn diese Frage in Verlegenheit zu bringen schien, ›würden Sie es denn gutheißen, wenn ich, ohne zu wissen, ob mir Leonor zugetan ist, und nur dem Drang einer blinden Liebe folgend, sie auf so tyrannische Weise von ihrem Vater zu erhalten suchte? Nein, ihre Ruhe gilt mir mehr als mein Verlangen, und ich bin ein zu rechtschaffener Mensch, als daß ich mich der Gefahr aussetzen könnte, sie unglücklich zu machen.‹

Während er so sprach‘, fuhr die Dueña fort, ‚beobachtete ich ihn sehr scharf und bot meine ganze Erfahrung auf, um in seinen Augen zu lesen, ob er in Sie wirklich so verliebt sei, wie er mir beteuerte. Was soll ich Ihnen sagen? Er schien mir von echter Leidenschaft erfüllt; ich empfand darüber eine solche Freude, daß es mir schwerfiel, sie ihm zu verbergen. Obwohl ich von seiner Aufrichtigkeit überzeugt war, hielt ich es doch, um Ihnen einen Geliebten von solchem Wert zu verschaffen, für angebracht, ihn Ihre Gefühle ahnen zu lassen. ›Mein Herr‹, sagte ich zu ihm, ›Leonor empfindet keine Abneigung gegen Sie; ich weiß, daß sie Sie achtet, und soweit ich es beurteilen kann, wird ihr Herz bei Ihrer Werbung nicht klagen.‹ – ›Großer Gott‹, rief er, außer sich vor Freude, ›was höre ich? Ist es möglich, daß die bezaubernde Leonor mir so hold ist? Wieviel Dank schulde ich Ihnen, gütige Marcella, daß Sie mich von einer so langen Ungewißheit endlich erlöst haben! Ich bin von dieser Nachricht um so mehr entzückt, als Sie mir diese mitteilen – Sie, die Sie sich doch immer gegen meine Liebe aufgelehnt und mir soviel Kummer bereitet haben. Aber machen Sie mein Glück voll, teure Marcella, verschaffen Sie mir eine Unterredung mit der göttlichen Leonor. Ich will ihr Treue geloben, will in ihrer Gegenwart schwören, daß ich immer nur ihr gehören werde.‹

Auf diese Worte‘, fuhr die Erzieherin fort, ‚ließ er weitere folgen, die noch rührender waren. Kurz, meine Tochter, er hat mich so inständig gebeten, ihm zu einer geheimen Aussprache mit Ihnen zu verhelfen, daß ich nicht umhinkonnte, sie ihm zu versprechen.‘

‚Ach, warum haben Sie ihm dieses Versprechen gegeben?‘ rief Leonor erregt. ‚Ein vernünftiges Mädchen, haben Sie mir hundertmal gesagt, müsse solche Unterredungen vermeiden, dic zu gefährlich werden könnten.‘

‚Ich gebe zu, daß ich Ihnen dies gesagt habe‘, erwiderte die Dueña, ‚und es ist ein vortrefflicher Grundsatz; aber es ist Ihnen erlaubt, ihn in diesem Falle nicht zu befolgen, da Sie den Grafen schon als Ihren Gatten betrachten können.‘

‚Er ist es noch ganz und gar nicht‘, versetzte Leonor, ‚und ich darf ihn nicht sehen, bevor mein Vater seine Werbung gutgeheißen hat.‘

In diesem Augenblick bereute die Dame Marcella, ein junges Mädchen so gut erzogen zu haben, daß es ihr jetzt schwerfiel, seine Zurückhaltung zu überwinden. Da sie aber ihre Absicht um jeden Preis durchsetzen wollte, sagte sie: ‚Meine liebe Leonor, ich beglückwünsche mich, weil ich Sie so zurückhaltend finde. Glückliche Früchte meiner Erziehung! Sie haben alle Lehren, die ich Ihnen gegeben, wirklich beherzigt. Ich bin von meinem Werk recht befriedigt. Aber, meine Tochter, Sie übertreiben die Grundsätze, die ich Ihnen beigebracht habe; Sie treiben meine Moral auf die Spitze; ich finde Ihre Tugend allzu spröde. Soviel Wert ich auch auf Sittenstrenge lege, so billige ich doch nicht eine übertriebene Sittsamkeit, die sich sowohl gegen die Sünde als gegen die Unschuld wappnet. Ein Mädchen hört doch nicht auf, tugendhaft zu sein, wenn es einen Geliebten anhört – sofern es nur die Reinheit seiner Wünsche kennt; und es ist dann ebensowenig Sünde, seine Liebe zu erwidern, als sich von ihr rühren zu lassen. Verlassen Sie sich auf mich, Leonor; ich habe genügend Erfahrung und bin Ihnen zu sehr ergeben, als daß ich Sie einen Schritt tun ließe, der Ihnen schaden könnte.‘

‚Nun‘, sagte Leonor, ‚an welchem Ort soll ich mit dem Grafen sprechen?‘

‚In Ihrem Zimmer‘, erwiderte die Dueña; ‚das ist wohl der sicherste Ort. Ich werde ihn morgen nacht hier hereinführen.‘

‚Daran ist nicht zu denken, meine Teure‘, versetzte Leonor; ‚wie, ich sollte zulassen, daß ein Mann …‘

‚Ja, Sie werden es zulassen‘, unterbrach die Erzieherin sie. ‚Das ist nicht so ungewöhnlich, wie Sie sich einbilden. Es kommt jeden Tag vor, und wollte der Himmel, daß alle jungen Mädchen, die solche Besuche empfangen, ebenso gute Absichten hätten wie Sie! Übrigens, was haben Sie zu befürchten? Werde ich nicht bei Ihnen sein?‘

‚Und wenn mein Vater uns überraschte?‘ wendete Leonor ein.

‚Seien Sie unbesorgt‘, antwortete die Dame Marcella. ‚Ihr Vater verläßt sich durchaus auf Ihre Züchtigkeit; er kennt meine Treue; er hat volles Vertrauen zu mir.‘ Leonor, die von der Dueña so lebhaft bestürmt und auch heimlich von

ihrer Liebe bewegt wurde, konnte nicht länger widerstehen. Sie stimmte dem zu, was man ihr vorschlug.
Der Graf war bald über alles unterrichtet. Er war darüber so erfreut, daß er sogleich seiner Vermittlerin fünfhundert Pistolen sowie einen Ring von gleichem Wert schenkte. Als die Dame Marcella sah, daß er sein Wort so gut hielt, wollte sie ihr Wort nicht weniger getreu erfüllen. So befestigte sie schon in der darauffolgenden Nacht, als sie annahm, daß alle im Hause zur Ruhe gegangen seien, am Balkon eine Strickleiter, die ihr der Graf gegeben hatte, und ließ auf diesem Weg den Herrn in die Wohnung seiner Geliebten ein.
Unterdessen gab das junge Geschöpf sich Gedanken hin, die es in größte Aufregung versetzten. Sosehr sie Belflor auch zugetan war und ungeachtet all dessen, was ihr die Erzieherin einreden mochte, machte sie sich doch Vorwürfe, weil sie so leichtsinnig einen Besuch gutgeheißen hatte, der ihre Ehre verletzte. Die Reinheit ihrer Absichten konnte sie nicht beruhigen. Daß sie nachts in ihrem Zimmer einen Mann empfangen wollte, der noch nicht das Jawort ihres Vater hatte und dessen wahre Gesinnung sie nicht einmal kannte, erschien ihr nicht nur ehrlos, sondern mußte ihrer Ansicht nach auch die Verachtung ihres Geliebten herausfordern. Dieser letztere Gedanke bereitete ihr den größten Kummer, und sie war davon ganz erfüllt, als der Graf eintrat.
Zunächst warf er sich ihr zu Füßen, um ihr für die Gunst zu danken, die sie ihm gewährte. Er schien von Liebe und Dankbarkeit erfüllt zu sein und versicherte, daß er gewillt sei, sie zu heiraten. Da er sich darüber aber nicht so ausführlich verbreitete, wie sie es gern gesehen hätte, sagte sie zu ihm: ‚Graf, ich will gern annehmen, daß Sie keine anderen Absichten hegen als diese; aber so viele Versicherungen Sie mir auch geben mögen, so werden sie mir doch immer verdächtig erscheinen, bis sie durch die Einwilligung meines Vater bekräftigt werden.‘
‚Mein Fräulein‘, antwortete Belflor, ‚ich hätte ihn schon lange darum gebeten, wenn ich nicht befürchtet hätte, seine Zustimmung auf Kosten Ihrer Ruhe zu erlangen.‘
‚Ich werfe Ihnen nicht vor, daß Sie diesen Schritt noch nicht unternommen haben‘, erwiderte Leonor. ‚Ich lobe sogar Ihr Zartgefühl in dieser Hinsicht; aber jetzt hält Sie nichts mehr

davon ab, und deshalb müssen Sie so bald wie möglich mit Don Luis sprechen oder sich entschließen, mich nie wiederzusehen.‘

‚Oh‘, entgegnete er, ‚warum sollte ich Sie nie wiedersehen, schöne Leonor? Wie unempfindlich Sie gegen die Wonnen der Liebe sind! Wüßten Sie ebenso leidenschaftlich zu lieben wie ich, so würden Sie Vergnügen daran finden, heimlich meine Werbungen hinzunehmen und sie vorerst – wenigstens für einige Zeit – noch vor Ihrem Vater geheimzuhalten. Wie reizvoll ist solch ein heimlicher Umgang für zwei innig verbundene Herzen!‘

‚Er könnte es für Sie sein‘, meinte Leonor; ‚aber mir würde er nur Kummer bereiten. Eine so raffinierte Liebe schickt sich nicht für ein tugendhaftes Mädchen. Preisen Sie mir nicht mehr die Wonnen eines so sündigen Umgangs. Wenn Sie mich wirklich achteten, hätten Sie mir dies nicht vorgeschlagen, und wenn Ihre Absichten so rein sind, wie Sie mir einreden wollen, so müssen Sie mir im Grunde Ihrer Seele zum Vorwurf machen, daß ich darüber nicht empört bin. Ach‘, fügte sie hinzu, während sie einige Tränen vergoß, ‚meiner Schwäche allein muß ich diese Kränkung zuschreiben; ich habe sie durch das verdient, was ich Ihnen zuliebe getan habe.‘

‚Angebetete Leonor‘, rief der Graf, ‚Sie sind es, die mir eine tödliche Beleidigung zufügen. Ihre allzu strenge Tugend beunruhigt Sie ohne Grund. Ach, weil ich so glücklich war, Sie meiner Liebe gewogen zu machen, fürchten Sie, daß ich aufhören könnte, Sie zu achten? Welche Ungerechtigkeit! Nein, mein Fräulein, ich kenne den vollen Wert Ihres Entgegenkommens; es kann Ihnen meine Achtung nicht rauben, und ich bin bereit zu tun, was Sie von mir verlangen. Ich werde schon morgen mit Don Luis sprechen; ich werde mein möglichstes tun, damit er meinem Glück zustimmt; aber ich verheimliche es Ihnen nicht, ich rechne kaum darauf.‘

‚Was sagen Sie da?‘ erwiderte Leonor höchst überrascht. ‚Kann mein Vater denn die Werbung eines Mannes ablehnen, der eine so hohe Stellung am Hofe bekleidet wie Sie?‘

‚Ach‘, entgegnete Belflor, ‚gerade diese hohe Stellung läßt mich seine Ablehnung befürchten. Diese Worte überraschen

Sie? Bald werden Sie nicht mehr darüber staunen.
Vor einigen Tagen', fuhr er fort, ‚erklärte mir der König, daß er mich verheiraten wolle. Den Namen der Dame, die er für mich bestimmt, hat er mir nicht gesagt; er gab mir nur zu verstehen, daß es eine der besten Partien am Hofe sei und daß ihm diese Heirat sehr am Herzen liege. Da ich nicht wußte, welche Gefühle Sie mir entgegenbrachten – denn Sie wissen sehr wohl, daß Ihre Strenge mir bisher nicht gestattete, Ihre Gefühle kennenzulernen –, so zeigte ich mich nicht abgeneigt, den Willen des Königs zu erfüllen. Urteilen Sie nun selbst, mein Fräulein, ob Don Luis sich der Gefahr aussetzen wird, sich den Zorn des Königs dadurch zuzuziehen, daß er mich zum Schwiegersohn nimmt.'
‚Nein, zweifellos nicht', sagte Leonor. ‚Ich kenne meinen Vater. So vorteilhaft die Verbindung mit Ihnen auch für ihn sein mag, so wird er doch lieber auf sie verzichten, als sich der Ungnade des Königs auszusetzen. Aber wenn mein Vater sich unserer Vermählung nicht widersetzte, so wären wir doch nicht glücklicher; denn wie könnten Sie, Graf, mir eine Hand reichen, die der König in eine andere legen will?'
‚Mein Fräulein', antwortete Belflor, ‚ich gestehe Ihnen aufrichtig, daß ich deswegen in großer Sorge bin. Ich hoffe jedoch, daß mir der König, wenn ich mich ihm gegenüber taktvoll verhalte, sein Wohlwollen und seine Freundschaft so lange erhalten wird, bis ich ein Mittel gefunden habe, dem mir drohenden Unglück zu entgehen. Sie, schöne Leonor, könnten mir dabei helfen, wenn Sie mich für würdig hielten, sich mit mir zu vermählen.'
‚Ach', seufzte sie, ‚wie könnte ich dazu beitragen, die Heirat, die Ihnen der König vorgeschlagen hat, zu vereiteln?'
‚Oh', erwiderte er mit leidenschaftlichem Gesichtsausdruck, ‚wenn Sie mir Vertrauen schenken wollten, könnte ich mich Ihnen wohl erhalten, ohne daß mir der König deshalb zürnt.
Gestatten Sie, reizende Leonor', fügte er hinzu, während er sich ihr zu Füßen warf, ‚gestatten Sie, daß ich mich in Gegenwart der Dame Marcella mit Ihnen vermähle; sie ist eine Zeugin, die für die Heiligkeit unseres Bundes bürgt. So werde ich mich mühelos den traurigen Fesseln entziehen, die man mir anlegen will; denn wenn später der König mich

drängt, die Dame, die er mir bestimmt, zu heiraten, so werde ich mich ihm zu Füßen werfen und ihm gestehen, daß ich Sie seit langem geliebt und heimlich geheiratet habe. Soviel ihm auch daran liegen mag, mich mit einer anderen zu verheiraten, so ist er doch zu gütig, um mich der Frau, die ich anbete, zu entreißen, und zu gerecht, um Ihrer Familie eine solche Schmach anzutun.
Wie denken Sie darüber, kluge Marcella?' fragte er, während er sich der Erzieherin zuwandte. ‚Was halten Sie von diesem Plan, den mir soeben die Liebe eingegeben hat?'
‚Ich bin davon begeistert', sagte die Dame Marcella; ‚man muß zugeben, daß die Liebe sehr findig ist.'
‚Und Sie, angebetete Leonor', fuhr der Graf fort, ‚was sagen Sie dazu? Wird Ihr Geist, der immer mit Mißtrauen gewappnet ist, meinen Plan ablehnen?'
‚Nein', antwortete Leonor, ‚vorausgesetzt, daß Sie meinen Vater darin einweihen. Ich bezweifle nicht, daß er zustimmt, sobald wir ihn davon unterrichten.'
‚Man muß sich sehr davor hüten, ihm dies anzuvertrauen', unterbrach sie hier die abscheuliche Dueña. ‚Sie kennen Don Luis nicht. Er ist in Fragen der Ehre zu empfindlich, als daß er heimlichen Liebesverhältnissen Vorschub leisten könnte. Der Vorschlag einer geheimen Ehe wird ihn beleidigen. Übrigens läßt seine Vorsicht ihn sicher die Folgen einer Verbindung fürchten, die gegen die Absichten des Königs zu verstoßen scheint. Durch diesen unbesonnenen Schritt werden Sie ihm Argwohn einflößen; seine Augen werden unablässig alle unsere Handlungen bewachen, und er wird euch jede Möglichkeit nehmen, euch zu sehen.'
‚Dann werde ich vor Kummer sterben!' rief unser Höfling. ‚Aber, Frau Marcella', fuhr er mit scheinbar tiefbekümmerter Miene fort, ‚glauben Sie wirklich, daß Don Luis den Vorschlag einer geheimen Ehe zurückweisen wird?'
‚Zweifeln Sie daran nicht', antwortete die Erzieherin. ‚Aber ich will einmal annehmen, er ginge darauf ein; dann würde er in seiner Gewissenhaftigkeit doch nicht zulassen, daß man die kirchliche Trauung übergeht. Wenn man sie aber bei eurer Hochzeit vornimmt, so wird die Sache bald in der ganzen Stadt bekannt sein.'
‚Ach, meine liebe Leonor', sagte hierauf der Graf und nahm

die Hand seiner Geliebten zärtlich in seine beiden Hände, ‚müssen wir uns denn, um einem leeren Vorurteil zu entsprechen, der schrecklichen Gefahr aussetzen, für immer getrennt zu werden? Es liegt doch nur bei Ihnen, sich mir zu schenken. Die Zustimmung eines Vaters würde Ihnen vielleicht einige Kümmernisse ersparen; da uns die Dame Marcella aber bewiesen hat, daß es unmöglich ist, diese Zustimmung zu erlangen, so geben Sie doch meinen harmlosen Wünschen nach. Nehmen Sie mein Herz und meine Hand an, und wenn es Zeit ist, Don Luis über unseren Herzensbund zu unterrichten, so werden wir ihm mitteilen, aus welchen Gründen wir ihn ihm verheimlichen mußten.‘

‚Nun gut, Graf‘, sagte Leonor, ‚ich bin einverstanden, daß Sie nicht so bald mit meinem Vater sprechen. Erforschen Sie vorher die Gesinnung des Königs, ehe ich heimlich Ihre Hand erhalte; sprechen Sie mit dem Fürsten, sagen Sie ihm, wenn nötig, daß Sie mich heimlich geheiratet haben. Versuchen wir durch diese Vorspiegelung ...‘

‚Nicht doch, mein Fräulein‘, erwiderte Belflor. ‚Ich bin ein zu großer Feind der Lüge, als daß ich es wagen könnte, eine so abscheuliche Komödie zu spielen. So sehr kann ich mich nicht verleugnen. Außerdem ist der Charakter des Königs so beschaffen, daß er mir, wenn er die Täuschung entdecken sollte, zeit seines Lebens nicht verzeihen würde.‘

Ich würde kein Ende finden, Don Cleofas“, fuhr der Teufel fort, „wenn ich Ihnen Wort für Wort wiederholte, was alles Belflor sagte, um das junge Geschöpf zu verführen. Ich möchte Ihnen nur sagen, daß er alle jene leidenschaftlichen Reden hielt, die ich bei solcher Gelegenheit den Männern einzuflüstern pflege. Aber sooft er auch schwor, daß er so bald wie möglich das Versprechen, das er ihr im geheimen gegeben, öffentlich bekräftigen werde, und sooft er den Himmel als Zeugen seiner Schwüre anrief, so konnte er doch nicht die Tugend Leonors besiegen, und der Morgen, der draußen schon zu dämmern begann, zwang ihn wider seinen Willen, sich zu entfernen.

Am nächsten Morgen sagte die Dueña in dem Glauben, daß ihre Ehre oder vielmehr ihr Interesse verlange, ihr Unternehmen nicht aufzugeben, zur Tochter des Don Luis: ‚Leonor, ich weiß nicht, was ich Ihnen noch sagen soll. Ich sehe, wie

Sie sich gegen die Leidenschaft des Grafen auflehnen, als habe er nur ein gewöhnliches Liebesverhältnis im Sinn. Haben Sie etwa an seiner Person irgend etwas bemerkt, was Sie abstößt?‘

‚Nein, meine Gute‘, antwortete Leonor, ‚er ist mir nie liebenswürdiger erschienen, und seine Worte ließen mich an ihm neue Vorzüge entdecken.‘

‚Wenn dem so ist‘, erwiderte die Erzieherin, ‚so verstehe ich Sie nicht. Sie haben für ihn eine ungestüme Zuneigung gefaßt und weigern sich doch, einer Sache zuzustimmen, deren Notwendigkeit man Ihnen klargemacht hat.‘

‚Meine Gute‘, antwortete die Tochter des Don Luis, ‚Sie besitzen mehr Einsicht und Erfahrung als ich; aber haben Sie auch bedacht, was für Folgen eine ohne die Einwilligung meines Vaters geschlossene Ehe haben könnte?‘

‚Ja, gewiß‘, erwiderte die Dueña, ‚ich habe darüber alle notwendigen Betrachtungen angestellt, und ich bin ärgerlich, daß Sie sich mit solcher Hartnäckigkeit der glänzenden Verheiratung widersetzen, die Ihnen das Glück bietet. Hüten Sie sich, durch Ihren Eigensinn Ihren Geliebten zu verdrießen und abzustoßen. Fürchten Sie, daß ihm die Augen über das Interesse an seinem Vermögen aufgehen, das er in seiner ungestümen Liebe bisher vernachlässigt hat. Da er Ihnen seine Hand reichen will, so nehmen Sie sie ohne Zögern an. Sein Wort bindet ihn; es gibt nichts Heiligeres für einen Mann von Ehre; übrigens bin ich Zeugin, daß er Sie als seine Gattin anerkennt. Wissen Sie nicht, daß ein solches Zeugnis wie das meinige genügt, um einen Geliebten, der sein Wort zu brechen wagt, vor Gericht verurteilen zu lassen?‘

Durch solche Redensarten machte die doppelzüngige Marcella schließlich Leonor wankend. Da sie sich über die Gefahr, die ihr drohte, hinwegtäuschen ließ, gab sie einige Tage darauf in gutem Glauben den schlechten Absichten des Grafen nach. Die Dueña ließ ihn jede Nacht über den Balkon in das Zimmer ihrer Herrin ein und vor Tagesanbruch wieder hinaus.

Eines Nachts, als sie ihn etwas später als sonst ermahnt hatte, sich zurückzuziehen, und die Morgenröte schon die Dunkelheit zu durchdringen begann, schickte er sich eilig an, sich auf die Straße hinabzulassen; aber zu seinem Un-

glück machte er diesmal seine Sache so ungeschickt, daß er ziemlich heftig auf den Boden fiel.
Don Luis de Céspedes, der im Gemach über dem seiner Tochter schlief und an diesem Tage sehr früh aufgestanden war, um einige dringende Angelegenheiten zu bearbeiten, hörte den Sturz. Er öffnete sein Fenster, um festzustellen, was geschehen sei. Er bemerkte einen Mann, der sich gerade mit viel Mühe wieder aufrichtete, und auf dem Balkon die Dame Marcella, die sich bemühte, die Strickleiter, deren sich der Graf beim Heraufsteigen geschickter bedient hatte als beim Herabsteigen, loszumachen. Er rieb sich die Augen, denn er hielt diesen Anblick zunächst für eine Sinnestäuschung; aber nachdem er genauer hingesehen hatte, war er der Meinung, daß es nichts Realeres gäbe, und das Tageslicht, so schwach es auch noch war, enthüllte ihm nur zu deutlich seine Schande.
Sehr betroffen von diesem peinlichen Anblick und von gerechtem Zorn entflammt, eilt er im Schlafrock, in der einen Hand seinen Degen, in der anderen ein Licht, zu dem Zimmer Leonors. Er sucht sie auf, sie und ihre Erzieherin, um beide seiner Rache zu opfern. Er klopft an die Tür ihres Zimmers und befiehlt zu öffnen. Sie erkennen seine Stimme und gehorchen zitternd. Er tritt mit wutverzerrtem Gesicht ein, zeigt ihren erschrockenen Augen seinen bloßen Degen und ruft aus: ‚Ich will im Blut einer Niederträchtigen die Schmach abwaschen, die sie ihrem Vater angetan, und zugleich die elende Erzieherin strafen, die mein Vertrauen hintergangen hat.‘
Die beiden warfen sich ihm zu Füßen, und die Dueña ergriff das Wort: ‚Herr‘, sagte sie, ‚hören Sie mich einen Augenblick an, ehe wir die Strafe, die Sie uns zugedacht, über uns ergehen lassen.‘
‚Nun gut, Elende‘, erwiderte der Greis, ‚ich will meine Rache für einen Augenblick aufschieben; sprich, teile mir alle Umstände meines Unglücks mit. Aber was sage ich? Alle Umstände! Ich kenne nur einen nicht: den Namen des Verwegenen, der meine Familie entehrt.‘
‚Herr‘, fuhr die Dame Marcella fort, ‚der Graf de Belflor ist der Kavalier, um den es sich handelt.‘
‚Der Graf de Belflor!‘ rief Don Luis. ‚Wo hat er meine Toch-

ter gesehen? Mit welchen Mitteln hat er sie verführt? Verschweige mir nichts.'
‚Herr', erwiderte die Erzieherin, ‚ich will Ihnen darüber berichten – mit aller Aufrichtigkeit, deren ich fähig bin.'
Mit unendlich viel Verstellungskunst weihte sie ihn dann in alle die Reden ein, die der Graf, wie sie Leonor eingeredet, gehalten hätte. Sie schilderte ihn in den schönsten Farben: Er war ein zärtlicher, feinfühlender und aufrichtiger Liebhaber. Da sie bei der Darlegung der Sache nicht von der Wahrheit abweichen konnte, sah sie sich genötigt, sie zu gestehen; aber sie verbreitete sich ausführlich über die Gründe, aus denen man – ohne Wissen des Vaters – die heimliche Ehe geschlossen hatte, und stellte alles in so günstigem Licht dar, daß es ihr gelang, den Zorn des Don Luis zu besänftigen. Sie bemerkte dies sehr wohl, und um den Greis endgültig zu beruhigen, sagte sie zu ihm: ‚Herr, das ist wohl alles, was Sie wissen wollten. Bestrafen Sie uns jetzt; stoßen Sie Ihren Degen Leonor in die Brust! Aber was sage ich da? Leonor ist unschuldig, sie hat nur die Ratschläge einer Person befolgt, der Sie die Erziehung Ihrer Tochter anvertraut hatten. Gegen mich allein müssen Ihre Hiebe sich richten. Ich habe den Grafen in das Zimmer Ihrer Tochter eingelassen, ich habe die Bande geknüpft, welche die beiden vereinen. Ich habe über der Regelwidrigkeit einer Ehe, die Sie nicht gutgeheißen hätten, die Augen geschlossen, um Ihnen einen Schwiegersohn zu verschaffen, dessen Gunst, wie Sie wissen, der Kanal ist, durch den heute alle Gnaden des Hofes fließen. Ich hatte dabei nur das Glück Leonors vor Augen, ihr Glück und den Vorteil, den Ihre Familie aus einer so großartigen Verbindung ziehen könnte. Mein übertriebener Eifer ließ mich meine Pflicht vergessen.'
Während die listige Marcella so sprach, sparte ihre Herrin nicht mit Tränen; und sie legte einen so tiefen Kummer an den Tag, daß der gutmütige Greis ihr nicht widerstehen konnte. Er war gerührt; sein Zorn verwandelte sich in Mitleid. Er ließ seinen Degen fallen, legte die Miene des erzürnten Vaters ab und rief, mit Tränen in den Augen: ‚Ach, meine Tochter, welch verhängnisvolle Leidenschaft ist die Liebe! Aber Sie wissen noch nicht, wieviel Grund Sie haben, bekümmert zu sein. Tränen entlockt Ihnen in diesem Au-

genblick nur die Beschämung, sich von Ihrem Vater überrascht zu sehen. Sie ahnen noch nicht, wieviel Leid Ihnen Ihr Geliebter vielleicht zufügen wird. Und Sie, unvorsichtige Marcella, was haben Sie angerichtet? In welchen Abgrund stürzt uns Ihr blinder Eifer für meine Familie! Ich gebe zu, daß die Verbindung mit einem solchen Manne wie dem Grafen Sie zu blenden vermochte, und das rettet Sie in meinen Augen; aber mußten Sie Unglückliche nicht einem Liebhaber von solchem Charakter mißtrauen? Je mehr Ansehen und Gunst er genoß, desto mehr mußten Sie vor ihm auf der Hut sein. Und wenn er sich kein Gewissen daraus macht, Leonor die Treue zu brechen: welchen Entschluß soll ich dann fassen? Soll ich den Schutz der Gesetze anrufen? Ein Mann von seinem Rang weiß sich vor ihrer Strenge sehr wohl zu schützen. Ich wünschte sehr, daß er – getreu seinen Schwüren – das meiner Tochter gegebene Versprechen erfüllte ... Wenn aber der König, wie er Ihnen gesagt hat, die Absicht hat, ihn mit einer anderen Dame zu verheiraten, so ist zu fürchten, daß ihn dieser Fürst durch seine Macht dazu zwingt.'
‚Ach, Vater', unterbrach ihn Leonor, ‚die Frage, ob er ihn dazu zwingen wird, braucht uns nicht zu beunruhigen. Der Graf hat uns versichert, daß der König seinen Gefühlen nicht solchen Zwang antun wird.'
‚Davon bin ich fest überzeugt', sagte die Dame Marcella. ‚Der Monarch liebt nicht nur seinen Günstling zu sehr, als daß er eine solche Tyrannei über ihn ausüben könnte, er ist auch zu großmütig, um dem tapferen Don Luis de Céspedes, der seine besten Tage im Staatsdienst geopfert hat, einen tödlichen Kummer zu bereiten.'
‚Gebe der Himmel', erwiderte der Greis mit einem Seufzer, ‚daß meine Befürchtungen unbegründet seien! Ich suche nun den Grafen auf, um darüber Aufklärung von ihm zu verlangen. Die Augen eines Vaters sind scharf: Ich werde bis auf den Grund seiner Seele blicken; finde ich ihn so gesinnt, wie ich es wünsche, so werde ich das Geschehene verzeihen. Erkenne ich aber an seinen Worten ein treuloses Herz', fügte er in festerem Ton hinzu, ‚so werdet ihr beide in ein Kloster gehen und dort eure Unbesonnenheit bis zum Ende eures Lebens beweinen.' Bei diesen Worten hob er seinen Degen

auf, ließ die beiden Frauen sich von dem Schreck erholen, den er ihnen eingejagt, und ging wieder in sein Zimmer hinauf, um sich anzukleiden."

Hier wurde Asmodeus in seiner Erzählung von dem Studenten unterbrochen, der zu ihm sagte: „So interessant die Geschichte, die Sie mir erzählen, auch ist, so hält mich doch etwas, was ich soeben erblicke, davon ab, Ihnen so aufmerksam zuzuhören, wie ich möchte. Ich entdecke in einem Haus eine Frau – eine recht hübsche Frau, wie mir scheint – zwischen einem Jüngling und einem Greis. Anscheinend trinken die drei köstliche Getränke, und während der alte Kavalier die Dame umarmt, reicht die Schelmin hinter seinem Rücken ihre Hand dem jungen Mann zum Kuß. Zweifellos ist er ihr Geliebter."

„Ganz im Gegenteil", antwortete der Hinkende. „Dieser ist ihr Gatte und jener ihr Geliebter. Dieser Greis ist ein sehr einflußreicher Mann, ein Komtur des Ritterordens von Calatrava. Er ruiniert sich für diese Frau, deren Mann ein kleines Amt am Hofe bekleidet. Aus Berechnung liebkost sie ihren schmachtenden Alten, begeht solche Treulosigkeit aber zugunsten ihres Gatten, also aus Neigung zu ihm."

„Eine reizende Szene!" erwiderte Zambullo. „Sollte der Gatte nicht Franzose sein?"

„Nein", versetzte der Teufel, „er ist Spanier. Oh, die gute Stadt Madrid hat in ihren Mauern auch gutmütige Ehemänner; aber es wimmelt hier nicht von ihnen wie in Paris, das unstreitig die Stadt der Welt ist, die mit solchen Einwohnern am reichsten gesegnet ist."

„Verzeihung, Herr Asmodeus", sagte Don Cleofas, „daß ich Leonors Geschichte unterbrochen habe. Erzählen Sie bitte weiter. Sie fesselt mich sehr; ich finde darin hinreißende Kunstgriffe der Verführung." Und so fuhr der Dämon in seiner Erzählung fort.

FÜNFTES KAPITEL

Fortsetzung und Schluß der Liebesgeschichte des Grafen de Belflor

„Don Luis verließ am frühen Morgen sein Haus und begab sich zu dem Grafen, der annahm, daß er nicht entdeckt worden sei, und deshalb von diesem Besuch sehr überrascht war. Er eilte dem Greis entgegen, umarmte ihn überschwenglich und rief: ‚Wie freue ich mich, Don Luis hier zu sehen! Sollte er mir Gelegenheit geben, ihm einen Dienst zu erweisen?'
‚Mein Herr', antwortete ihm Don Luis, ‚befehlen Sie, daß man uns allein läßt.'
Belflor erfüllte seinen Wunsch. Sie nahmen beide Platz, und der Greis ergriff das Wort: ‚Mein Herr', sagte er, ‚mein Glück und meine Ruhe verlangen eine Aufklärung, um die ich Sie hiermit bitte. Ich sah Sie heute morgen aus dem Zimmer Leonors kommen. Sie hat mir alles gestanden, sie hat mir gesagt ...'
‚Sie hat Ihnen gesagt, daß ich sie liebe', unterbrach ihn der Graf, um einer Predigt zu entgehen, die er nicht hören wollte; ‚aber sie hat Ihnen nur angedeutet, was ich für sie empfinde. Ich bin von ihr bezaubert, sie ist ein höchst anbetungswürdiges Mädchen: Geist, Schönheit, Tugend, nichts fehlt ihr. Man hat mir erzählt, daß Sie auch einen Sohn haben, der zur Zeit in Alcalá sein Studium beendet. Gleicht er seiner Schwester? Wenn er so schön ist wie sie und zudem noch einige Züge von Ihnen hat, so muß er ein vollendeter Kavalier sein. Ich brenne darauf, ihn kennenzulernen, und biete Ihnen meinen ganzen Einfluß für ihn an.'
‚Für dieses Anerbieten bin ich Ihnen sehr verbunden', sagte Don Luis ernst; ‚aber kommen wir zu dem, was ...'
‚Man muß ihn sofort in die Armee aufnehmen', unterbrach ihn der Graf zum zweitenmal. ‚Ich werde für seine Karriere sorgen; er soll nicht im Rang eines Subalternoffiziers alt werden; darauf können Sie sich verlassen.'
‚Antworten Sie mir, Graf', fuhr der Greis plötzlich in schar-

fem Ton fort, ‚und hören Sie auf, mir ins Wort zu fallen. Haben Sie die Absicht, Ihr Versprechen zu halten, oder nicht?‘

‚Ja, zweifellos‘, unterbrach ihn der Graf zum drittenmal, ‚ich werde das Versprechen halten, das ich Ihnen hiermit gebe, und Ihren Sohn durch meine Gunst fördern. Zählen Sie auf mich, ich bin zuverlässig.‘

‚Das geht zu weit, Graf‘, rief Céspedes und stand auf; ‚erst haben Sie meine Tochter verführt, und jetzt wagen Sie auch noch, mich zu beleidigen! Aber ich bin von Adel, und die Beleidigung, die Sie mir zufügen, soll nicht ungeahndet bleiben.‘ Nach dieser Erklärung entfernte er sich und ging nach Hause, das Herz voll Groll und tausend Rachepläne im Kopf.

Sobald er zu Hause angelangt war, sagte er sehr erregt zu Leonor und der Dame Marcella: ‚Nicht ohne Grund kam mir der Graf verdächtig vor; er ist ein Verräter, an dem ich mich rächen will. Ihr beiden aber tretet schon morgen in ein Kloster ein; bereitet euch darauf vor und dankt dem Himmel, daß ich es bei dieser Strafe bewenden lasse.‘ Dann schloß er sich in sein Arbeitszimmer ein, um reiflich zu überlegen, welchen Entschluß er in einer so schwierigen Lage fassen sollte.

Wie groß war Leonors Schmerz, als sie erfuhr, daß Belflor treulos war! Sie starrte eine Weile vor sich hin; Todesblässe verbreitete sich über ihr Gesicht; ihr schwanden die Sinne, und ohnmächtig sank sie in die Arme der Erzieherin, die glaubte, daß sie stürbe. Die Dueña bot alle Sorge und Pflege auf, um Leonor ins Leben zurückzurufen. Es gelang ihr auch. Leonor kam wieder zu sich, sie schlug die Augen auf, und als sie sah, wie sehr sich ihre Erzieherin um sie bemühte, sagte sie mit einem tiefen Seufzer: ‚Wie grausam Sie sind! Warum haben Sie mich aus dem glücklichen Zustand, in dem ich mich befand, herausgerissen? Ich fühlte das Entsetzliche meines Schicksals nicht mehr. Hätten Sie mich doch sterben lassen! Sie kennen doch all das Leid, das die Ruhe meines Lebens zerstört, warum wollten Sie es mir erhalten?‘

Marcella versuchte sie zu trösten, verbitterte sie aber dadurch noch mehr.

‚Alle Ihre Worte sind überflüssig', rief die Tochter des Don Luis, ‚ich will sie nicht hören. Verlieren Sie keine Zeit damit, meine Verzweiflung zu bekämpfen; Sie sollten sie vielmehr steigern, denn Sie haben mich in den schrecklichen Abgrund gestürzt, in dem ich mich befinde. Sie haben mir für die Aufrichtigkeit des Grafen gebürgt; sonst hätte ich der Neigung, die ich für ihn empfand, nicht nachgegeben. Ich hätte sie allmählich überwunden; er hätte aus ihr niemals auch nur den geringsten Vorteil gezogen. Aber', fuhr sie fort, ‚ich will mein Unglück nicht Ihnen zuschreiben, ich klage deshalb nur mich selbst an. Ich hätte Ihren Ratschlägen nicht folgen, hätte nicht ohne das Wissen meines Vaters den Treueschwur eines Mannes entgegennehmen sollen. So rühmlich die Werbung des Grafen de Belflor auch für mich sein mochte, so hätte ich ihn doch eher verachten sollen, als ihn auf Kosten meiner Ehre zu erhören. Kurz, ich hätte ihm, Ihnen und mir selbst nicht trauen sollen. Da ich aber so schwach gewesen bin, seinen treulosen Schwüren Glauben zu schenken, und da ich dem unglücklichen Don Luis soviel Kummer und meiner Familie soviel Schande bereite, so verabscheue ich mich selbst. Ich fürchte das Kloster, mit dem man mir droht, durchaus nicht; ich wünschte, ich könnte meine Schande an der entsetzlichsten Stätte der Welt verbergen.'

Während sie so sprach, begnügte sie sich nicht damit, unaufhörlich zu weinen; sie zerriß auch ihre Kleider und ließ ihr schönes Haar die Gewissenlosigkeit ihres Geliebten entgelten. Die Dueña ließ es nicht an Grimassen fehlen, um sich dem Kummer ihrer Herrin anzupassen. Wie auf Befehl ließ auch sie einige Tränen fließen und stieß tausend Verwünschungen gegen die Männer im allgemeinen und Belflor im besonderen aus. ‚Ist es möglich', rief sie, ‚daß der Graf, der mir so aufrichtig und rechtschaffen erschien, so niederträchtig ist, uns beide zu hintergehen? Ich kann mich von meiner Bestürzung nicht erholen, oder vielmehr, ich glaube es noch immer nicht.'

‚Wahrhaftig', sagte Leonor, ‚wenn ich mir vorstelle, wie er vor mir kniete: Welches Mädchen hätte seinem zärtlichen Gesichtsausdruck, seinen Schwüren, bei denen er so kühn den Himmel als Zeugen anrief, und seinem Entzücken, das immer wieder zutage trat, nicht getraut? Seine Augen verrieten mir noch mehr Liebe, als mir sein Mund beteuerte; kurz, er schien von meinem Anblick bezaubert zu sein. Nein, er hat mich nicht getäuscht; ich kann es nicht annehmen. Vielleicht hat mein Vater nicht rücksichtsvoll genug mit ihm gesprochen; sie haben sich gegenseitig herausgefordert, und der Graf hat ihm nicht als Liebender, sondern als großer Herr geantwortet. Aber vielleicht mache ich mir auch etwas vor. Ich muß aus dieser Ungewißheit heraus! Ich will Belflor schreiben und ihm mitteilen, daß ich ihn heute nacht hier erwarte; er soll mein ängstliches Herz beruhigen oder mir selbst seinen Verrat gestehen.'

Die Dame Marcella hieß diese Absicht gut. Sie faßte selbst einige Hoffnung, daß der Graf, so ehrgeizig er auch war, sich durch die Tränen, die Leonor bei dieser Aussprache vergießen würde, rühren ließe und sich entschlösse, sie zu heiraten.

Unterdessen dachte Belflor, glücklich von der Gegenwart des Biedermanns Don Luis befreit, in seinem Zimmer über die Folgen nach, die der Empfang, den er ihm bereitet hatte, für ihn haben könnte. Er sagte sich sehr richtig, daß alle Angehörigen der Familie Céspedes, erzürnt über diese Beleidigung, daran denken würden, sie zu ahnden; aber das beunruhigte ihn kaum. Ihm lag seine Liebe weitaus mehr am Herzen. Er nahm an, daß man Leonor in ein Kloster bringen oder sie zumindest streng bewachen würde; höchstwahrscheinlich würde er sie nicht wiedersehen. Dieser Gedanke stimmte ihn traurig, und er suchte in seinem Kopf irgendein Mittel, das Unglück zu verhüten. Da überbrachte ihm sein Kammerdiener einen Brief, den ihm die Dame Marcella soeben in die Hand gedrückt hatte. Es war ein Brief von Leonor, der folgendermaßen lautete:

‚Morgen muß ich von der Welt Abschied nehmen, um mich in einem Kloster zu begraben. Ich sehe mich entehrt, ich bin meiner Familie verhaßt, und ich verachte mich selbst: Das ist der beklagenswerte Zustand, in den ich geraten bin, weil ich Sie erhört habe. Ich erwarte Sie noch heute nacht. In meiner Verzweiflung suche ich neue Qualen. Kommen Sie, um mir zu gestehen, daß Ihr Herz keinen Anteil an den

Schwüren hatte, die mir Ihr Mund geleistet hat, oder kommen Sie, um sich durch ein Verhalten zu rechtfertigen, das allein die Härte meines Schicksals mildern kann. Da bei dieser Zusammenkunft nach alldem, was zwischen Ihnen und meinem Vater vorgefallen ist, eine gewisse Gefahr bestehen könnte, so lassen Sie sich von einem Freund begleiten. Obgleich Sie mich für mein ganzes Leben unglücklich machen, fühle ich doch, daß ich an Ihrem Leben noch Anteil nehme.

Leonor.‘

Der Graf las zwei- oder dreimal diesen Brief, stellte sich die Tochter des Don Luis in der Lage vor, die sie ihm schilderte, und wurde dadurch gerührt. Er ging in sich. Die Vernunft, die Rechtschaffenheit und die Ehre, deren Gesetze er in seiner Leidenschaft verletzt hatte, begannen wieder Macht über ihn zu gewinnen. Er fühlte seine Verblendung plötzlich schwinden, und wie ein Mann, der aus einem heftigen Fieberanfall erwacht, über die wahnwitzigen Worte und Handlungen errötet, zu denen er sich hat hinreißen lassen, so schämte er sich der elenden Machenschaften, deren er sich bedient hatte, um seine Begierden zu befriedigen.
‚Was habe ich getan, ich Elender? Von welchem Teufel war ich besessen? Ich habe versprochen, Leonor zu heiraten; ich habe den Himmel als Zeugen dafür angerufen; ich habe vorgetäuscht, daß mir der König eine gute Partie vorgeschlagen habe. Lüge, Falschheit, Gotteslästerung, all das habe ich aufgeboten, um die Unschuld zu verderben. Welche Tollheit! Hätte ich nicht besser daran getan, meine Liebe zu unterdrücken, als sie auf so verbrecherischen Wegen zu befriedigen? So ist nun ein Mädchen von hohem Rang verführt; ich überlasse sie dem Zorn ihrer Eltern, die ich mit ihr entehre, und mache sie unglücklich, zum Dank dafür, daß sie mich glücklich gemacht hat. Welche Undankbarkeit! Muß ich nicht vielmehr die Schmach, die ich ihr angetan, wiedergutmachen? Ja, ich muß es und will durch die Vermählung mit ihr das Wort einlösen, das ich ihr gegeben habe. Wer könnte sich einer so gerechten Absicht widersetzen? Soll ihre Güte gegen ihre Tugend zeugen? Nein, ich weiß, wieviel es mich gekostet hat, ihr Widerstreben zu überwinden. Sie hat sich weniger meiner rasenden Leidenschaft ergeben als meinem

Treueschwur ... Aber wenn ich mich auf diese Entscheidung beschränke, so schade ich mir sehr. Obwohl ich um die vornehmsten und reichsten Erbinnen in unserem Lande anhalten könnte, soll ich mich mit der Tochter eines einfachen Edelmanns, der nur ein bescheidenes Vermögen besitzt, abfinden? Was wird man am Hofe von mir denken? Man wird sagen, ich sei eine lächerliche Ehe eingegangen.'

Belflor, der so zwischen Liebe und Ehrgeiz hin und her gerissen wurde, wußte nicht, wozu er sich entschließen sollte; aber obgleich er sich noch unklar darüber war, ob er Leonor heiraten sollte oder nicht, entschloß er sich doch, sie in der nächsten Nacht zu besuchen, und beauftragte seinen Kammerdiener, dies der Dame Marcella mitzuteilen.

Don Luis dagegen dachte den ganzen Tag über die Wiederherstellung seiner Ehre nach. Die Lage erschien ihm sehr schwierig. Zu den bürgerlichen Gesetzen Zuflucht nehmen, hieß seine Schande offenkundig machen; außerdem befürchtete er mit vollem Recht, daß die Gerechtigkeit für die eine Partei und die Richter für die andere sein würden. Er wagte auch nicht, sich dem König zu Füßen zu werfen; denn da er annahm, der Fürst wolle ihn, Belflor, verheiraten, so fürchtete er, einen vergeblichen Schritt zu unternehmen. So blieb ihm nur die Entscheidung durch die Waffen, und er beharrte schließlich auf diesem Entschluß.

In seiner Empörung kam er in die Versuchung, den Grafen zu fordern; aber er sagte sich dann, daß er zu alt und zu schwach wäre, um sich auf seinen Arm verlassen zu können, und verließ sich deshalb lieber auf seinen Sohn, dessen Hiebe er für sicherer hielt als die seinigen. Er schickte also einen seiner Diener nach Alcalá mit einem Brief, durch den er seinen Sohn aufforderte, sofort nach Madrid zu kommen, um eine der Familie Céspedes zugefügte Beleidigung zu ahnden.

Dieser Sohn – er heißt Don Pedro – ist ein Kavalier von achtzehn Jahren, sehr stattlich und so tapfer, daß er in der Stadt Alcalá für den gefürchtetsten Studenten der Universität gilt; aber Sie kennen ihn", fügte der Teufel hinzu, „und ich brauche mich darüber nicht weiter auszulassen."

„Es ist wahr", sagte Don Cleofas, „er besitzt soviel Mut und Verdienst, wie man nur haben kann."

„Dieser junge Mann", fuhr Asmodeus fort, „war damals nicht in Alcalá, wie sein Vater annahm. Die Sehnsucht nach einer Dame, die er liebte, hatte ihn nach Madrid geführt. Als er das letzte Mal seine Familie besuchte, hatte er im Prado diese Eroberung gemacht. Er kannte den Namen der Dame nicht; man hatte von ihm verlangt, daß er keinen Schritt unternähme, um ihn zu erfahren, und er hatte sich, wenn auch mit viel Kummer, dieser grausamen Notwendigkeit gefügt. Es handelte sich um ein Mädchen von vornehmer Herkunft, das Zuneigung zu ihm gefaßt hatte, aber der Meinung war, daß man der Verschwiegenheit und Beständigkeit eines Studenten nicht trauen dürfte, und es daher für zweckmäßig hielt, ihn gründlich zu prüfen, ehe sie sich zu erkennen gab.
Er beschäftigte sich mehr mit seiner Unbekannten als mit der Philosophie des Aristoteles, und der kurze Weg von Alcalá bis Madrid war der Grund, warum er häufig, genau wie Sie, die Vorlesungen schwänzte – nur mit dem Unterschied, daß er dies um eines Wesens willen tat, das es eher verdiente als Ihre Doña Tomasa. Um seine verliebten Reisen vor Don Luis, seinem Vater, geheimzuhalten, pflegte er in einer Herberge am äußersten Ende der Stadt abzusteigen und hielt sich dort wohlweislich unter falschem Namen verborgen. Er ging nur am Morgen zu einer bestimmten Stunde aus, um sich zu einem Haus zu begeben, zu dem auch die Dame, die sein Studium so wenig förderte, in Begleitung einer Zofe freundlicherweise ihre Schritte lenkte. Tagsüber blieb er in seiner Herberge; aber dafür trieb er sich, sobald die Nacht gekommen war, überall in der Stadt umher.
So geschah es, daß er eines Nachts, während er eine entlegene Straße entlangschritt, Gesang und Begleitmusik hörte, die ihm recht beachtenswert erschienen. Er blieb stehen, um zu lauschen: es war ein Ständchen. Der Kavalier, der es darbrachte, war betrunken und daher streitlustig. Sobald er unseren Studenten bemerkte, eilte er auf ihn zu und sagte barsch, ohne jeden Gruß, zu ihm: ‚Freund, gehen Sie Ihres Weges. Neugierige werden hier schlecht empfangen.'
‚Vielleicht', antwortete Don Pedro, von diesen Worten verletzt, ‚würde ich mich entfernen, wenn Sie mich freundlicher darum gebeten hätten. So aber bleibe ich, um Ihnen einen

besseren Ton beizubringen.‘
‚Wohlan‘, erwiderte der Urheber des nächtlichen Konzerts und zog seinen Degen, ‚sehen wir, wer von uns beiden zuerst dem anderen weicht.‘
Don Pedro griff auch zu seinem Degen, und sie begannen sich zu schlagen. Obwohl der Veranstalter des Ständchens sehr geschickt focht, konnte er doch einen tödlichen Hieb, der ihm versetzt wurde, nicht parieren und fiel aufs Pflaster. Alle Mitwirkenden des Konzerts, die bereits ihre Instrumente weggelegt und ihre Degen gezogen hatten, um ihm zu Hilfe zu eilen, griffen nun an, um seinen Tod zu rächen. Sie stürzten sich alle zusammen auf Don Pedro, der bei dieser Gelegenheit bewies, was er konnte. Er parierte nicht nur mit erstaunlicher Geschicklichkeit alle Hiebe, die man gegen ihn führte, sondern teilte auch wütende Hiebe aus und hielt zugleich alle seine Feinde in Atem.
Doch sie waren so hartnäckig und zahlreich, daß Don Pedro, ein so geschickter Fechter er auch war, seine Niederlage nicht hätte verhindern können, wenn nicht der Graf de Belflor, der gerade durch diese Straße kam, seine Verteidigung übernommen hätte. Der Graf war beherzt und großmütig. Daß so viele Bewaffnete gegen einen einzigen Mann kämpften, konnte er nicht mit ansehen, ohne ihm zu Hilfe zu eilen. Er zog seinen Degen, ging schnell neben Don Pedro in Stellung und bedrängte alle Mitwirkenden des Ständchens so heftig, daß sie die Flucht ergriffen, die einen verwundet und die anderen aus Furcht, verwundet zu werden.
Nach ihrem Rückzug wollte der Student dem Grafen für die Hilfe danken, die er ihm geleistet hatte; aber Belflor unterbrach ihn: ‚Lassen wir solche Floskeln sein‘, sagte er. ‚Sie sind doch nicht verwundet?‘
‚Nein‘, antwortete Don Pedro.
‚Entfernen wir uns von hier‘, fuhr der Graf fort. ‚Ich sehe, Sie haben einen Mann getötet; es wäre für Sie gefährlich, noch länger in dieser Straße zu bleiben: Das Auge des Gesetzes könnte Sie hier entdecken.‘ Sie gingen sogleich mit großen Schritten davon, erreichten eine andere Straße, und als sie weit genug vom Kampfplatz entfernt waren, blieben sie stehen.
In einer Regung wohlangebrachter Dankbarkeit bat Don Pe-

dro den Grafen, ihm nicht den Namen des Kavaliers zu verschweigen, dem er so sehr verpflichtet wäre. Belflor zögerte nicht, ihm seinen Namen zu nennen, und fragte ihn auch nach dem seinigen. Aber der Student, der sich nicht zu erkennen geben wollte, antwortete, er hieße Don Juan de Matos, und versicherte, er würde sich ewig dessen erinnern, was Belflor für ihn getan hätte.
‚Ich will Ihnen schon heute nacht', sagte der Graf zu ihm, ‚Gelegenheit geben, mir Ihren Dank abzustatten. Ich habe ein Stelldichein, das nicht gefahrlos ist; ich wollte gerade einen Freund aufsuchen, der mich begleiten sollte. Ich kenne nun Ihren Mut – darf ich Sie fragen, Don Juan, ob Sie mich begleiten wollen?'
‚Dieser Zweifel kränkt mich', erwiderte der Student. ‚Ich könnte von dem Leben, das Sie mir erhalten haben, doch keinen besseren Gebrauch machen, als es für Sie einzusetzen. Gehen wir, ich bin bereit, Ihnen zu folgen.' So führte Belflor selbst Don Pedro zum Hause des Don Luis, und beide gelangten über den Balkon in die Wohnung Leonors."
Hier unterbrach Don Cleofas den Teufel: „Herr Asmodeus", fragte er ihn, „wie ist es möglich, daß Don Pedro das Haus seines Vaters nicht erkannte?"
„Er war nicht in der Lage, es zu erkennen", antwortete der Dämon. „Es war ein neuer Wohnsitz. Don Luis war umgezogen und wohnte erst seit acht Tagen in diesem Haus – was Pedro nicht wußte. Ich wollte es Ihnen gerade sagen, als Sie mich unterbrachen. Sie haben ein zu lebhaftes Temperament und die schlechte Gewohnheit, anderen ins Wort zu fallen. Gewöhnen Sie sich diesen Fehler ab.
Don Pedro", fuhr der Hinkende fort, „ahnte also nicht, daß er im Hause seines Vaters war; er bemerkte auch nicht, daß die Person, die sie einließ, die Dame Marcella war, denn sie empfing die beiden ohne Licht in einem Vorzimmer, in dem Belflor seinen Gefährten bat zu warten, während er im Zimmer seiner Dame weilte. Der Student stimmte zu und setzte sich auf einen Stuhl, den blanken Degen in der Hand – aus Furcht vor einem Überfall. Er begann von den Wonnen zu träumen, mit denen die Liebe, wie er annahm, den Grafen von Belflor beglückte, und wünschte, er wäre ebenso glück-

lich wie dieser. Obwohl er von seiner Unbekannten nicht schlecht behandelt wurde, erwies sie ihm doch noch nicht alle Freundlichkeiten, die Leonor für den Grafen hatte. Während er darüber alle jene Betrachtungen anstellte, zu denen ein leidenschaftlicher Liebhaber fähig ist, hörte er, wie jemand leise eine Tür zu öffnen versuchte, allerdings nicht die zum Zimmer des Liebespaars, und sah Licht durch das Schlüsselloch schimmern. Er sprang auf, ging auf die Tür zu, die sich öffnete, und hielt die Spitze seines Degens seinem Vater entgegen. Denn er war es, der in die Wohnung Leonors kam, um nachzusehen, ob der Graf nicht bei ihr weilte. Nach allem, was geschehen war, nahm der gute Mann nicht an, daß seine Tochter und Marcella noch wagen würden, den Grafen zu empfangen; das hatte ihn davon abgehalten, sie in einem anderen Flügel der Wohnung schlafen zu lassen. Doch war ihm der Gedanke gekommen, daß die beiden vielleicht, ehe sie morgen ins Kloster einträten, den Grafen ein letztes Mal sprechen wollten.
‚Wer immer du auch seist', sagt der Student zu ihm, ‚tritt hier nicht ein, oder es kostet dich das Leben.' Bei diesen Worten mustert Don Luis aufmerksam Don Pedro, der ihn seinerseits gespannt ansieht. Sie erkennen sich. ‚Oh, mein Sohn', ruft der Greis, ‚mit welcher Ungeduld habe ich Sie erwartet! Warum haben Sie mich von Ihrer Ankunft nicht benachrichtigt? Fürchten Sie meine Ruhe zu stören? Ach, ich finde keine Ruhe in der schrecklichen Lage, in der ich mich befinde.'
‚Oh, mein Vater', sagt Don Pedro sehr erschrocken, ‚sind Sie es wirklich, den ich sehe? Werden meine Augen nicht durch eine auffallende Ähnlichkeit getäuscht?'
‚Woher rührt dieses Erstaunen?' fragt Don Luis. ‚Sind Sie nicht im Hause Ihres Vaters? Habe ich Ihnen nicht mitgeteilt, daß ich seit acht Tagen in diesem Haus wohne?'
‚Gerechter Himmel!' versetzt der Student. ‚Was muß ich hören? Ich bin hier also in der Wohnung meiner Schwester?'
Kaum hatte er zu Ende gesprochen, da trat der Graf, der Lärm gehört hatte und annahm, daß man seinen Begleiter angreife, mit dem bloßen Degen in der Hand aus Leonors Zimmer. Sobald ihn der Greis erblickte, geriet er in Wut, zeigte ihn seinem Sohn und rief: ‚Das ist der Verwegene, der

mir den Schlaf geraubt und unserer Ehre eine tödliche Beleidigung zugefügt hat. Rächen wir uns. Bestrafen wir auf der Stelle diesen Verräter.‘ Dabei zog er seinen Degen, den er unter seinem Schlafrock trug, und wollte Belflor angreifen; aber Don Pedro hielt ihn zurück. ‚Halten Sie inne, mein Vater‘, sagte er zu ihm. ‚Mäßigen Sie bitte die Wallungen Ihres Zorns ...‘

‚Was haben Sie vor, mein Sohn?‘ antwortete der Greis. ‚Sie halten meinen Arm fest? Zweifellos glauben Sie, daß ihm die Kraft fehle, uns zu rächen. Nun gut, ahnden Sie selbst die Schmach, die man uns angetan; darum habe ich Sie nach Madrid zurückkehren lassen. Wenn Sie fallen sollten, so werde ich an Ihre Stelle treten. Der Graf muß unter unseren Hieben fallen oder uns beiden das Leben nehmen, nachdem er uns die Ehre geraubt hat.‘

‚Mein Vater‘, entgegnete Don Pedro, ‚ich kann Ihrer Ungeduld nicht gewähren, was sie von mir erwartet. Es liegt mir fern, dem Grafen nach dem Leben zu trachten; ich bin nur hergekommen, um sein Leben zu verteidigen. Mein Wort ist verpfändet; meine Ehre erfordet es. Gehen wir, Graf‘, fuhr er mit einer Wendung gegen Belflor fort.

‚Ach, Elender‘, unterbrach ihn Don Luis und sah ihn zornig an, ‚du widersetzt dich einer Rache, von der du ganz erfüllt sein solltest? Mein Sohn, mein eigener Sohn ist im Einverständnis mit dem Ruchlosen, der meine Tochter verführt hat! Aber hoffe nicht, meine Rache zu verhindern; ich werde alle meine Diener herbeirufen; sie sollen an meiner Stelle seinen Verrat und deine Feigheit rächen.‘

‚Vater‘, erwiderte Don Pedro, ‚seien Sie gerechter gegen Ihren Sohn; hören Sie auf, ihn als Feigling zu behandeln; er verdient diesen abscheulichen Namen nicht. Der Graf hat mir heute nacht das Leben gerettet. Er hat mir, ohne mich zu kennen, vorgeschlagen, ihn zu seinem Stelldichein zu begleiten. Ich habe mich erboten, die Gefahren zu teilen, die er laufen könnte, ohne zu wissen, daß meine Dankbarkeit – zu meiner Schande – meinen Arm gegen die Ehre der eigenen Familie lenkte. Mein Wort verpflichtet mich, hier sein Leben zu schützen. Dadurch statte ich ihm meinen Dank ab. Aber ich empfinde ebenso lebhaft wie Sie die Beleidigung, die er uns zugefügt hat, und Sie sollen schon morgen sehen, daß ich sein Blut ebenso leidenschaftlich vergießen werde, wie ich ihm heute sein Leben zu erhalten suche.‘

Der Graf, der bisher kein Wort gesprochen hatte, so sehr war er von der Seltsamkeit dieses Erlebnisses betroffen, ergriff nun das Wort: ‚Sie könnten diese Beleidigung‘, sagte er zu dem Studenten, ‚durch Waffengewalt nur schlecht ahnden. Ich will Ihnen ein zuverlässigeres Mittel nennen, Ihre Ehre wiederherzustellen. Ich gestehe Ihnen, daß ich bis zum heutigen Tag nicht die Absicht hatte, Leonor zu heiraten; aber heute morgen habe ich von ihr einen Brief erhalten, der mich gerührt hat, und ihre Tränen haben das übrige getan. Das Glück, ihr Gatte zu werden, ist nunmehr mein größter Wunsch.‘

‚Und wenn der König Ihnen eine andere Frau bestimmt‘, sagte Don Luis, ‚wie wollen Sie sich dann davon befreien?‘

‚Der König‘, unterbrach ihn Belflor errötend, ‚hat mir keine Heirat vorgeschlagen. Verzeihen Sie bitte dieses Märchen einem Mann, dessen Verstand durch die Liebe verwirrt war. Das ist eine Schuld, die ich in meiner glühenden Leidenschaft auf mich geladen habe und nun sühne, indem ich sie Ihnen gestehe.‘

‚Mein Herr‘, entgegnete der Greis, ‚nach diesem Geständnis, das einem edlen Herzen so wohl zukommt, zweifle ich nicht mehr an Ihrer Aufrichtigkeit. Ich sehe, daß Sie in der Tat die Beleidigung, die uns getroffen, wiedergutmachen wollen: Mein Zorn weicht dem Versprechen, das Sie mir geben. Gestatten Sie, daß ich in Ihren Armen meinen Groll vergesse.‘

Nach diesen Worten ging er auf den Grafen zu, der näher getreten war, um ihm zuvorzukommen. Sie umarmten sich mehrere Male, dann wandte Belflor sich Don Pedro zu und sagte zu ihm: ‚Und Sie, falscher Don Juan, der Sie schon meine Achtung durch unvergleichlichen Mut und edle Gesinnung gewonnen haben, kommen Sie, damit ich Ihnen brüderliche Freundschaft gelobe.‘ Dabei umarmte er Don Pedro, der mit ergebenem und achtungsvollem Gesichtsausdruck seine Umarmungen hinnahm und ihm antwortete: ‚Mein Herr, indem Sie mir eine so wertvolle Freundschaft versprechen, erwerben Sie zugleich die meinige. Verlassen Sie sich auf einen Mann, der Ihnen bis zum letzten Augenblick seines Lebens treu ergeben sein wird.‘

Während die drei Kavaliere solche Reden hielten, ließ sich Leonor, die an der Tür ihres Zimmers stand, kein Wort von alledem entgehen, was sie sich sagten. Zunächst war sie in die Versuchung geraten, herauszukommen und sich mitten zwischen die Degen zu werfen, ohne zu wissen warum. Marcella hatte sie daran gehindert; aber als die durchtriebene Dueña sah, daß alles gut ausging, meinte sie, daß die Gegenwart ihrer Herrin und ihre eigene nicht schaden könnten. Die beiden erschienen also mit dem Taschentuch in der Hand und eilten unter Tränen auf Don Luis zu, um sich ihm zu Füßen zu werfen. Sie fürchteten mit Recht, daß er ihnen, nachdem er sie in der vorigen Nacht überrascht hatte, diesen Rückfall übelnehmen würde; aber er ließ Leonor aufstehen und sagte zu ihr: ‚Meine Tochter, trocknen Sie Ihre Tränen, ich werde Ihnen keine neuen Vorwürfe machen. Da Ihr Geliebter die Treue wahren will, die er Ihnen geschworen, so bin ich bereit, das Geschehene zu vergessen.‘
‚Ja, Don Luis‘, sagte der Graf, ‚ich heirate Leonor; und um die Beleidigung, die ich Ihnen zugefügt, erst recht gutzumachen, um Ihnen eine vollkommenere Genugtuung und Ihrem Sohn ein Unterpfand für die Freundschaft zu geben, die ich ihm gelobt habe, biete ich ihm die Hand meiner Schwester Eugenia an.‘
‚Oh, mein Herr‘, rief Don Luis entzückt, ‚wie dankbar bin ich Ihnen für die Ehre, die Sie meinem Sohn erweisen! War jemals ein Vater glücklicher als ich? Sie bereiten mir ebensoviel Freude, wie Sie mir Schmerz bereitet haben.‘
So entzückt der Greis von dem Anerbieten des Grafen zu sein schien, so verstimmt schien dadurch Don Pedro zu sein. Da er in seine Unbekannte sehr verliebt war, war er so betroffen, ja bestürzt, daß er kein Wort hervorzubringen vermochte. Belflor aber verließ, ohne auf seine Verwirrung zu achten, das Zimmer und sagte im Hinausgehen, er wolle alle Vorbereitungen für diese Doppelhochzeit treffen lassen und hoffe, bald mit ihnen allen durch innige Bande verknüpft zu sein.
Nach seinem Aufbruch ließ Don Luis Leonor in ihrer Wohnung allein und ging in die seinige mit Don Pedro, der mit der ganzen Offenheit eines Studenten zu ihm sagte: ‚Vater, erlassen Sie es mir bitte, die Schwester des Grafen heimzu-

führen; es genügt, daß er Leonor heimführt. Ja, diese Heirat genügt durchaus, um die Ehre unserer Familie wiederherzustellen.'

‚Wie, mein Sohn', antwortete der Greis, ‚widerstrebt es Ihnen, die Schwester des Grafen zu heiraten?'

‚Ja, mein Vater', erwiderte Don Pedro, ‚ich muß Ihnen gestehen, daß diese Ehe eine grausame Qual für mich wäre, und ich will Ihnen den Grund dafür nicht verschweigen. Ich liebe, oder besser gesagt, ich verehre seit sechs Monaten eine bezaubernde Dame. Ich werde von ihr erhört; sie allein kann mich zeitlebens glücklich machen.'

‚Wie traurig ist doch die Lage eines Vaters!' sagte darauf Don Luis. ‚Fast nie findet er seine Kinder geneigt, zu tun, was er wünscht. Aber wer ist denn diese Person, die auf Sie einen so starken Eindruck gemacht hat?'

‚Ich weiß es noch nicht', antwortete Don Pedro. ‚Sie hat versprochen, es mir zu sagen, wenn sie von meiner Beständigkeit und Verschwiegenheit befriedigt ist; aber ich zweifle nicht daran, daß ihr Haus eines der erlauchtesten Spaniens ist.'

‚Und Sie glauben', erwiderte Don Luis in einem anderen Ton, ‚daß ich so gefällig sein werde, Ihre schwärmerische Liebe gutzuheißen? Ich soll zulassen, daß Sie auf die rühmlichste Verbindung verzichten, die Ihnen das Schicksal anbieten kann, nur um einer Person, deren Namen Sie nicht einmal kennen, die Treue zu wahren? Erwarten Sie das nicht von meiner Güte. Unterdrücken Sie lieber die Gefühle, die Sie für eine Person hegen, die vielleicht nicht würdig ist, sie Ihnen einzuflößen, und denken Sie nur daran, sich die Ehre zu verdienen, die Ihnen der Graf erweisen will.'

‚Alle diese Worte sind vergeblich, Vater', erwiderte der Student. ‚Ich fühle, daß ich meine Unbekannte niemals vergessen kann. Nichts vermag mich von ihr zu trennen. Wenn man mir die Hand einer Infantin anböte …'

‚Halt!' rief Don Luis barsch. ‚Das heißt in allzu kecker Weise eine Treue herausstreichen, die meinen Zorn erregt. Gehen Sie und erscheinen Sie erst wieder vor mir, wenn Sie bereit sind, mir zu gehorchen.'

Don Pedro wagte nichts auf diese Worte zu erwidern, um sich nicht noch härtere zuzuziehen. Er zog sich in sein Zim-

mer zurück, in dem er die ganze Nacht lang ebenso traurigen wie erfreulichen Gedanken nachhing. Er dachte mit Schmerz daran, daß er sich mit seiner ganzen Familie entzweien würde, wenn er sich weigerte, die Schwester des Grafen zu heiraten; aber er tröstete sich darüber, als er sich vorstellte, wie hoch ihm seine Unbekannte ein so großes Opfer anrechnen würde. Er schmeichelte sich sogar mit der Hoffnung, daß sie nach einem so großartigen Beweis seiner Treue nicht versäumen würde, ihm ihren Stand zu enthüllen, der seiner Meinung nach zumindest dem Eugenias gleichkam.
In dieser Hoffnung verließ er das Haus, sobald es hell wurde, und ging im Prado spazieren, bis es Zeit war, sich zur Wohnung der Doña Juana zu begeben. So hieß die Dame, bei der er jeden Morgen mit seiner Geliebten zu plaudern pflegte. Er erwartete sehr ungeduldig diesen Augenblick und eilte, als er endlich gekommen war, zum Stelldichein.
Er fand dort seine Unbekannte vor, die heute früher als sonst gekommen war; aber er sah sie und Doña Juana in Tränen aufgelöst und von tiefem Schmerz bewegt. Welcher Anblick für einen Liebenden! Er ging sehr bestürzt auf sie zu, warf sich ihr zu Füßen und sagte: ‚Mein Fräulein, was soll ich von dem Zustand halten, in dem ich Sie erblicke? Welches Unglück verkünden mir diese Tränen, die mir so sehr zu Herzen gehen?‘
‚Ach‘, antwortete sie, ‚Sie erwarten gewiß nicht den furchtbaren Schlag, den ich Ihnen versetzen muß. Das grausame Schicksal wird uns für immer trennen; wir werden uns nicht wiedersehen.‘
Sie begleitete diese Worte mit so vielen Seufzern, daß ich nicht weiß, ob Don Pedro von den Dingen, die sie sagte, mehr erschüttert wurde als von dem Kummer, der sie dabei zu überwältigen schien. ‚Gerechter Himmel‘, rief er mit einem Wutanfall, den er nicht zu unterdrücken vermochte, ‚kannst du zulassen, daß man einen Herzensbund zerstört, dessen Reinheit du kennst? Aber, mein Fräulein‘, fügte er hinzu. ‚Sie haben sich vielleicht eine blinde Furcht einflößen lassen. Will man Sie von dem treuesten Geliebten, den es jemals gab, wirklich trennen? Bin ich wahrhaftig der unglücklichste aller Menschen?‘
‚Unser Unglück ist nur zu gewiß‘, antwortete die Unbe-

kannte. ‚Mein Bruder, von dem ich abhängig bin, verheiratet mich heute; er selbst hat es mir vorhin verkündet.‘

‚Und wer ist der glückliche Bräutigam?‘ fragte Don Pedro hastig. ‚Sagen Sie mir seinen Namen, mein Fräulein, ich werde in meiner Verzweiflung …‘

‚Ich kenne seinen Namen noch nicht‘, unterbrach ihn die Unbekannte, ‚mein Bruder wollte ihn mir nicht verraten; er sagte nur, er wünsche, daß ich vorher mit dem Kavalier spreche.‘

‚Wie, mein Fräulein‘, sagte Don Pedro, ‚Sie unterwerfen sich ohne Widerstand dem Willen eines Bruders? Sie lassen sich zum Altar schleppen, ohne sich über ein so grausames Opfer zu beklagen? Unternehmen Sie denn gar nichts für mich? Ach, ich habe nicht gefürchtet, mich dem Zorn meines Vaters auszusetzen, um mich Ihnen zu erhalten. Seine Drohungen konnten meine Treue nicht erschüttern, und so hart er mich auch behandeln mag, so werde ich doch die Dame, deren Hand man mir anbietet, niemals heiraten, obwohl die Partie ganz vortrefflich ist.‘

‚Und wer ist diese Dame?‘ fragte die Unbekannte.

‚Es ist die Schwester des Grafen de Belflor‘, antwortete der Student.

‚Oh, Don Pedro‘, antwortete die Unbekannte und zeigte dabei äußerste Verwunderung, ‚Sie irren sich zweifellos; Sie wissen nicht, was Sie sagen. Hat man Ihnen tatsächlich die Hand Eugenias, der Schwester Belflors, angeboten?‘

‚Ja, mein Fräulein‘, entgegnete Don Pedro, ‚der Graf selbst hat mir ihre Hand angeboten.‘

‚Wie denn‘, rief sie aus, ‚sollte es möglich sein, daß Sie jener Kavalier sind, den mein Bruder für mich bestimmt?‘

‚Was höre ich?‘, rief seinerseits der Student. ‚Die Schwester des Grafen Belflor sollte meine Unbekannte sein?‘

‚Ja, Don Pedro‘, erwiderte Eugenia, ‚aber in diesem Augenblick glaube ich beinahe nicht mehr, daß ich es bin – so schwer fällt es mir, mich von dem Glück zu überzeugen, das Sie mir versichern.‘

Bei diesen Worten umfaßte Don Pedro ihre Knie; dann nahm er ihre Hand und küßte sie mit soviel Begeisterung, wie nur ein Liebender empfinden kann, wenn er vom tiefsten Schmerz plötzlich zur höchsten Freude gelangt. Während er

sich den Regungen seiner Liebe überließ, bedachte ihn Eugenia ihrerseits mit tausend Liebkosungen, die sie mit ebensoviel zärtlichen und schmeichelhaften Worten begleitete. ‚Wieviel Kummer', sagte sie, ‚hätte mir mein Bruder erspart, wenn er mir sofort den Namen des Mannes genannt hätte, den er mir zum Gatten bestimmt! Wieviel Abscheu hatte ich schon gegen diesen Gatten gefaßt! Ach, mein lieber Don Pedro, wie habe ich Sie gehaßt!'
‚Schöne Eugenia', antwortete er, ‚wie erfreulich ist dieser Haß für mich! Ich will dies verdienen, indem ich Sie mein ganzes Leben lang anbete.'
Nachdem die beiden Liebenden sich die rührendsten Beweise einer gegenseitigen Zuneigung gegeben hatten, wollte Eugenia wissen, wodurch der Student die Freundschaft ihres Bruders gewonnen habe. Don Pedro verheimlichte ihr die Liebe des Grafen und seiner Schwester nicht und erzählte ihr alles, was in der vergangenen Nacht geschehen war. Es steigerte ihre Freude unendlich, zu erfahren, daß ihr Bruder die Schwester ihres Geliebten heimführen sollte. Doña Juana aber nahm am Schicksal ihrer Freundin allzuviel Anteil, als daß sie von diesem glücklichen Ereignis nicht tiefbewegt gewesen wäre. Sie bezeigte Eugenia ihre Freude ebensosehr wie Don Pedro, der sich schließlich von seiner Geliebten trennte, nachdem er mit ihr verabredet hatte, daß sie, wenn sie sich im Hause des Grafen sähen, beide so tun wollten, als kennten sie sich nicht.
Don Pedro kehrte in das Haus seines Vaters zurück, der ihn nun geneigt fand, ihm zu gehorchen, und darüber um so erfreuter war, als er diesen Gehorsam auf den entschiedenen Ton zurückführte, in dem er nachts mit seinem Sohn gesprochen hatte. Sie erwarteten Nachrichten von Belflor, als sie einen Brief von ihm erhielten. Er teilte ihnen mit, daß er die Zustimmung des Königs zu seiner Heirat und der seiner Schwester soeben erlangt hätte, dazu auch ein bedeutendes Amt für Don Pedro; die beiden Trauungen könnten schon morgen stattfinden, denn die Anordnungen, die er hierfür gegeben, würden so schnell ausgeführt, daß die Vorbereitungen schon sehr weit gediehen wären. Nachmittags erschien er selbst, um zu bestätigen, was er ihnen geschrieben hatte, und ihnen Eugenia vorzustellen.

Don Luis erwies dieser Dame alle erdenklichen Liebenswürdigkeiten, und Leonor wurde nicht müde, sie zu umarmen. Don Pedro aber, so tief er auch von Regungen der Liebe und Freude bewegt war, beherrschte sich, um den Grafen nicht das geringste von ihrem heimlichen Einverständnis ahnen zu lassen.
Belflor war insbesondere darauf bedacht, seine Schwester zu beobachten, und glaubte trotz des Zwangs, den sie sich auferlegte, zu bemerken, daß ihr Don Pedro nicht mißfiel. Um sich dessen zu vergewissern, führte er sie einen Augenblick beiseite und entlockte ihr das Geständnis, daß sie den Kavalier durchaus nach ihrem Geschmack fände. Er teilte ihr nun seinen Namen und seine Herkunft mit, wovon er vorher abgesehen hatte, damit die Ungleichheit des Standes sie nicht gegen ihn einnähme. Sie aber tat so, als hätte sie dies nicht gewußt.
Nach vielen Höflichkeiten von beiden Seiten wurde schließlich beschlossen, daß die Hochzeit im Haus des Don Luis gefeiert werden sollte. Sie hat an diesem Abend stattgefunden und ist noch nicht zu Ende; deshalb herrscht in dem Haus dort drüben ein solcher Jubel. Alle Welt überläßt sich dort der Freude. Nur die Dame Marcella nimmt an diesen Lustbarkeiten nicht teil; sie weint in diesem Augenblick, während die anderen lachen; denn nach der Trauung hat der Graf von Belflor alles Don Luis gestanden. Dieser ließ die Dueña in das Monasterio de las arrepentidas einsperren, wo ihr nun die tausend Pistolen, die sie erhalten hatte, um Leonor zu verführen, ermöglichen werden, bis zum Ende ihres Lebens Buße zu tun."

SECHSTES KAPITEL

Von neuen Dingen, die Don Cleofas zu sehen bekam, und wie er an Doña Tomasa gerächt wurde

„Wenden wir uns nun einer anderen Seite zu", fuhr Asmodeus fort, „betrachten wir neue Gegenstände. Lassen Sie Ihre Blicke auf das Palais fallen, das unmittelbar vor uns liegt. Sie werden dort etwas sehr Seltsames sehen: nämlich einen arg verschuldeten Mann, der dennoch tief schläft."

„Es ist sicher ein sehr vornehmer Herr", meinte Leandro.

„Richtig", antwortete der Dämon. „Es ist ein Marquis mit einer Jahresrente von hunderttausend Dukaten, doch seine Ausgaben übersteigen trotzdem sein Einkommen. Seine Tafel und seine Mätressen nötigen ihn, Schulden zu machen; aber das stört durchaus nicht seine Ruhe; im Gegenteil: Wenn er bei einem Kaufmann große Schulden machen will, so bildet er sich ein, daß ihm dieser Kaufmann dafür sehr dankbar sei. ‚Bei Ihnen', sagte er neulich zu einem Tuchhändler, ‚will ich nunmehr Kredit aufnehmen; ich gebe Ihnen den Vorzug.'

Während dieser Marquis so friedlich den wohltuenden Schlummer genießt, den er seinen Gläubigern raubt, mögen Sie sich einen Mann ansehen, der ..."

„Warten Sie, Herr Asmodeus", unterbrach ihn Don Cleofas plötzlich. „Ich erblicke auf der Straße eine Kutsche; ich will sie nicht vorbeifahren lassen, ohne Sie zu fragen, wer in ihr sitzt."

„Still", sagte der Hinkende und dämpfte seine Stimme, als fürchtete er, gehört zu werden. „Nehmen Sie zur Kenntnis, daß diese Kutsche einer der bedeutendsten Persönlichkeiten unseres Königreichs verbirgt. Es ist ein Präsident auf der Fahrt zu einer alten, gern seinen Lüsten dienenden Asturierin, bei der er sich vergnügen will. Um nicht erkannt zu werden, hat er dieselben Vorsichtsmaßnahmen getroffen wie Caligula, der bei solchen Gelegenheiten eine Perücke aufsetzte, um sich unkenntlich zu machen. Kehren wir zu der Szene

zurück, die ich Ihnen zeigen wollte, als Sie mich unterbrachen. Sehen Sie ganz oben im Palais des Marquis einen Mann, der in einer Stube voller Bücher und Manuskripte arbeitet?"
„Es ist vielleicht", sagte Zambullo, „der Verwalter, der sich den Kopf zerbricht, um Mittel für die Bezahlung der Schulden seines Herrn aufzutreiben."
„Fehlgeraten!" erwiderte der Teufel. „Damit vertreiben sich die Verwalter solcher Häuser wohl kaum die Zeit! Sie denken eher daran, aus der Unordnung der Geschäfte Nutzen zu ziehen, als sie in Ordnung zu bringen. Es ist also kein Verwalter, den Sie sehen; es ist ein Schriftsteller. Der Marquis läßt ihn in seinem Palais wohnen, um sich den Anschein eines Förderers der schönen Wissenschaften zu geben."
„Offenbar", entgegnete Don Cleofas, „ist dieser Schriftsteller ein großes Licht."
„Urteilen Sie darüber selbst", erwiderte der Dämon. „Er ist von tausend Büchern umgeben und stellt aus ihnen ein Werk zusammen, ohne etwas Eigenes beizusteuern. Er plündert diese Bücher und Manuskripte, und obgleich er nur Plagiate zusammenschustert, ist er doch eitler als ein wirklicher Autor.
Wissen Sie", fuhr der Geist fort, „wer drei Türen unterhalb dieses Palais wohnt? Es ist die Chichona, dieselbe Frau, die ich in der Geschichte des Grafen de Belflor so ehrbar geschildert habe."
„Oh, wie entzückt bin ich, sie zu sehen!" rief Leandro. „Diese gute Person, die der Jugend so gern hilft, ist zweifellos eine der beiden Alten, die ich in einer niedrigen Stube erblicke. Die eine stützt die Ellenbogen auf den Tisch und sieht gespannt zu, wie die andere Geld zählt. Welche von beiden ist die Chichona?"
„Diejenige, die nicht zählt", erwiderte der Dämon. „Die andere, eine gewisse Pebrada, ist eine ehrbare Matrone desselben Gewerbes. Sie haben sich zusammengetan und teilen in diesem Augenblick den Ertrag eines Geschäftes, das sie glücklich abgeschlossen haben.
Die Pebrada hat die meisten Kunden; sie versorgt mehrere reiche Witwen, denen sie täglich ihre Liste vorlegt."
„Was heißt Liste?" unterbrach ihn Don Cleofas.

„Es sind die Namen aller gutgewachsenen Fremden, die Madrid besuchen", erklärte Asmodeus, „und vor allem die von Franzosen. Sobald diese Unterhändlerin erfährt, daß wieder Fremde angekommen sind, eilt sie zu ihren Unterkünften, um sich geschickt über ihre Nationalität, ihre Herkunft, ihre Gestalt, ihr Äußeres und ihr Alter zu informieren; dann berichtet sie ihren Witwen, die ihre Betrachtungen darüber anstellen; und wenn das Herz besagten Witwen etwas sagt, so bringt sie diese mit den genannten Fremden zusammen."

„Das ist recht bequem und gewissermaßen auch wohlangebracht", meinte Zambullo lächelnd; „denn ohne diese feinen Damen und ihre Vermittlerinnen würden die jungen Ausländer, die hier keine Bekannten haben, doch unendlich viel Zeit verlieren, um Bekanntschaften zu machen.

Aber sagen Sie mir: Gibt es solche Witwen und Kupplerinnen auch in anderen Ländern?"

„Und ob!" antwortete der Hinkende. „Können Sie daran zweifeln? Ich würde meine Aufgaben schlecht erfüllen, wenn ich es unterließe, die großen Städte mit solchen Frauen zu versehen.

Schenken Sie nur Ihre Aufmerksamkeit dem Nachbarn der Chichona, jenem Drucker, der ganz allein in seiner Druckerei arbeitet. Vor drei Stunden hat er seine Gesellen nach Hause geschickt; er wird die Nacht damit verbringen, heimlich ein Buch zu drucken."

„Ei! Was für ein Werk ist es denn?" fragte Leandro.

„Es handelt von lästerlichen Dingen", antwortete der Dämon. „Es beweist, daß die Religion dem Ehrgefühl vorzuziehen sei und daß es besser sei, eine Beleidigung zu verzeihen als zu ahnden."

„Oh, dieser Halunke von Drucker!" rief der Student. „Er tut gut daran, sein schändliches Buch heimlich zu drucken. Der Verfasser lasse es sich nicht einfallen, seinen Namen bekanntzugeben! Ich würde ihn als erster verprügeln. Verbietet uns denn die Religion, unsere Ehre zu wahren?"

„Lassen wir uns nicht auf diese Diskussion ein", unterbrach ihn Asmodeus mit einem boshaften Lächeln. „Mir scheint, Sie haben aus den Vorlesungen über Moral, die Sie in Alcalá gehört, sehr viel gelernt. Ich beglückwünsche Sie hierzu."

„Sagen Sie, was Sie wollen", unterbrach ihn nun Don Cleo

fas. „Mag der Verfasser dieses lächerlichen Werkes auch die großartigsten Vernunftschlüsse der Welt ziehen, so pfeife ich doch darauf. Ich bin Spanier: Nichts erscheint mir so süß wie die Rache, und da Sie mir versprochen haben, die Untreue meiner Geliebten zu bestrafen, so fordere ich Sie auf, mir Wort zu halten."

„Mit Vergnügen komme ich Ihrem Wunsch, den Ihnen der Zorn eingibt, nach", sagte der Dämon. „Wie liebe ich doch jene temperamentvollen Menschen, die sich unbedenklich allen ihren Regungen überlassen! Ich werde Ihren Wunsch sogleich erfüllen; es ist nun an der Zeit, Sie zu rächen. Vorher will ich Ihnen aber noch etwas sehr Ergötzliches zeigen. Blicken Sie über die Druckerei hinaus und beobachten Sie gut, was in einem mit muskatfarbenen Tuch ausgeschlagenen Gemach geschieht."

„Ich bemerke dort", antwortete Leandro, „fünf oder sechs Frauen, die – wie um die Wette – eine Art Lakai Flaschen reichen und mir entsetzlich aufgeregt zu sein scheinen."

„Es sind Betschwestern", erwiderte der Hinkende. „Sie haben allen Grund, so aufgeregt zu sein. In dieser Wohnung befindet sich ein kranker Inquisitor. Diese ehrwürdige Persönlichkeit, die ungefähr fünfunddreißig Jahre alt ist, liegt in einem anderen Zimmer. Zwei von diesen Frauen, seine liebsten Beichtkinder, pflegen ihn. Die eine kocht ihm Süppchen, und die andere, die am Kopfende seines Bettes steht, wärmt ihm fürsorglich den Kopf und deckt ihm mit einer aus fünfzig Schaffellen zusammengesetzten Decke die Brust zu."

„Welche Krankheit hat er denn?" fragte Zambullo.

„Einen Stockschnupfen", erwiderte der Teufel, „und es ist zu fürchten, daß die Erkältung sich ihm auf die Brust legt.

Die anderen Betschwestern, die Sie in seinem Vorzimmer sehen, eilen auf das Gerücht von seiner Unpäßlichkeit mit Arzneien herbei: Die eine bringt für den Husten Brustbeeren, Eibisch, Moosbeeren und Huflattichsaft; die andere schleppt, um die Lunge Seiner Hochwürden zu erhalten, Lebenselixier, Ehrenpreis- und Immortellensaft herbei; wieder eine andere bringt ihm zur Stärkung seines Gehirns und Magens Melissen-, Zimmet-, Theriak- und Wunderwasser sowie Bisam- und Muskatessenz. Diese bietet Latwergen von Ana-

karden und Bezoar an und jene Moosbeeren-, Nelken-, Tausendschön-, Sonnenblumen- und Immergrünöl. Alle diese betulichen Betschwestern preisen dem Diener des Inquisitors die Sachen an, die sie bringen; sie führen ihn – eine nach der anderen – beiseite, und jede drückt ihm einen Dukaten in die Hand und flüstert ihm ins Ohr: ‚Lorenzo, mein lieber Lorenzo, sorge bitte dafür, daß meine Flasche den Vorzug erhält.'"
„Meiner Treu", rief Don Cleofas aus, „man muß zugeben, daß diese Inquisitoren glückliche Sterbliche sind."
„Dafür bürge ich Ihnen", entgegnete Asmodeus, „ich beneide sie beinahe um ihr Los. Wie Alexander einmal sagte, er wäre gern Diogenes, wenn er nicht Alexander wäre, so möchte ich sagen: Wenn ich nicht Teufel wäre, so möchte ich Inquisitor sein. Brechen wir auf, Herr Student", fügte er hinzu, „strafen wir jetzt die Undankbare, die Ihre Zärtlichkeit so schlecht belohnt hat." Da ergriff Zambullo den Zipfel des Mantels des Asmodeus, der zum zweitenmal mit ihm die Luft durchschnitt und sich dann auf dem Haus der Doña Tomasa niederließ.
Diese Schelmin tafelte gerade mit den vier Raufbolden, die Leandro auf den Dächern verfolgt hatten. Er bebte vor Zorn, als er sie zwei Rebhühner und ein Kaninchen verzehren sah, die er selbst bezahlt und mit einigen Flaschen guten Wein zu der Treulosen hatte bringen lassen. Zur Steigerung seines Verdrusses bemerkte er, daß bei diesem Mahl ausgelassene Fröhlichkeit herrschte, und schloß aus den Gebärden der Doña Tomasa, daß der Niederträchtigen die Gesellschaft dieser Elenden lieber war als die seinige. „Oh diese Schufte!" rief er wütend. „Da tun sie sich auf meine Kosten gütlich. Welche Demütigung für mich!"
„Ich gebe zu", sagte der Teufel zu ihm, „daß dieser Anblick für Sie nicht besonders erfreulich ist. Aber wenn man galante Damen besucht, so muß man auf solche Abenteuer gefaßt sein. Sie sind auch in Frankreich schon tausendmal jungen Abbés, Richtern und Finanzleuten zugestoßen."
„Wenn ich einen Degen hätte", rief Don Cleofas, „so würde ich mich auf diese Schelme stürzen und ihr Vergnügen stören."
„Die Partie", erwiderte der Hinkende, „wäre ungleich, wenn

Sie allein sie angriffen. Überlassen Sie es mir, Sie zu rächen; ich werde mit ihnen leichter fertig werden als Sie. Ich will Zwietracht zwischen diesen Streithähnen schüren, indem ich ihnen rasende Sinnenlust einflöße. Dann werden sie die Waffen gegeneinander ergreifen. Sie sollen einen schönen Tanz erleben."

Bei diesen Worten stieß er den Atem aus, und aus seinem Mund quoll bläulicher Rauch, der wie ein Feuerwerkskörper in einer Schlangenlinie niederging und sich über die Tafel der Doña Tomasa verbreitete. Sogleich ging einer der Tischgäste, der die Wirkung des giftigen Hauchs spürte, auf die Dame zu und umarmte sie leidenschaftlich. Die anderen, ebenfalls von der Gewalt dieses Dunstes erfaßt, wollten ihm die Dirne entreißen. Jeder macht sein Vorrecht geltend; sie machen sie sich streitig; rasende Eifersucht überkommt sie; sie geraten sich in die Haare; sie ziehen ihre Degen und stürzen sich in einen wilden Kampf. Indes stößt Doña Tomasa gellende Schreie aus; die ganze Nachbarschaft gerät in Bewegung; man ruft nach der Polizei; die Polizei erscheint; sie bricht die Tür auf, dringt ein und findet zwei dieser Kerle tot auf dem Boden ausgestreckt. Die anderen nimmt sie fest und bringt sie zusammen mit der Buhlerin ins Gefängnis. Vergeblich weinte die Elende, vergeblich raufte sie sich das Haar und gebärdete sich verzweifelt; die Leute, die sie abführten, ließen sich dadurch ebensowenig rühren wie Zambullo, der darüber mit Asmodeus laut lachte.

„Nun", fragte der Dämon den Studenten, „sind Sie zufrieden?"

„Nein", antwortete Don Cleofas. „Bringen Sie mich, um mir volle Genugtuung zu verschaffen, zum Gefängnis. Welches Vergnügen wird es mir bereiten, die Niederträchtige, die meiner Liebe spottete, dort eingesperrt zu sehen! Ich empfinde in diesem Augenblick gegen sie mehr Haß, als ich jemals Liebe für sie empfunden habe."

„Ich stehe zu Diensten", antwortete der Teufel. „Sie werden mich immer bereit finden, Ihren Willen zu erfüllen, auch wenn er meinem Willen und meinen Interessen widerspricht – vorausgesetzt, daß es zu Ihrem Besten ist."

Sie flogen nun beide zum Gefängnis, wo die zwei Raufbolde bald darauf eintrafen und in einem finsteren Verlies unterge-

bracht wurden. Tomasa aber legte man auf Stroh, zusammen mit drei oder vier anderen liederlichen Frauenzimmern, die man an demselben Tag festgenommen hatte und die am nächsten Tag zu dem für solche Kreaturen bestimmten Ort gebracht werden sollten.
„Jetzt bin ich zufrieden", sagte Zambullo. „Ich habe eine volle Rache genossen. Meine liebe Tomasa wird die Nacht nicht so angenehm verbringen, wie sie es sich versprochen hat. Wir wollen nun gehen, wohin Sie wollen, um unsere Beobachtungen fortzusetzen."
„Wir befinden uns hier an einem Ort, der dafür recht geeignet ist", antwortete der Geist. „In diesem Gefängnis gibt es zahlreiche Schuldige und Unschuldige. Es ist ein Aufenthalt, der dazu dient, mit der Bestrafung der einen und der Läuterung der anderen zu beginnen. Ich muß Ihnen einige Gefangene von beiderlei Art zeigen und Ihnen sagen, warum man sie in Ketten hält."

SIEBENTES KAPITEL

Von den Gefangenen

„Sehen Sie sich, bevor ich auf Einzelheiten eingehe, ein wenig die Schließer an, die am Eingang dieser Schreckensstätte stehen. Die Dichter des Altertums haben vor dem Eingang ihrer Unterwelt nur einen Cerberus aufgestellt; hier gibt es, wie Sie sehen, weitaus mehr. Diese Schließer sind Kreaturen, die jedes menschliche Gefühl verloren haben. Der schlimmste meiner Kumpane könnte kaum einen von ihnen ersetzen. Aber ich bemerke", fügte er hinzu, „daß Sie mit Entsetzen diese Kammern betrachten, in denen es statt aller Möbel nur dürftige Lager gibt. Diese schrecklichen Kerker erscheinen Ihnen wie ebenso viele Gräber. Mit Recht staunen Sie über das Elend, das Sie hier finden, und beklagen das Los der Unglücklichen, die von der Justiz hier gefangengehalten werden; doch sind sie nicht in gleichem Maße zu bedauern. Das wollen wir jetzt näher untersuchen.

In dem großen Raum dort rechts liegen vier Männer auf armseligen Pritschen. Der eine ist ein Schankwirt; er soll einen Fremden vergiftet haben, der am anderen Tag in seiner Schenke starb. Man behauptet, die Qualität des Weins habe ihn ums Leben gebracht; der Wirt behauptet dagegen, es sei die Quantität gewesen, und er wird vor Gericht Glauben finden, denn der Fremde war ein Deutscher."

„Aha! Wer aber hat recht – der Schankwirt oder seine Ankläger?" fragte Don Cleofas.

„Die Sache ist zweifelhaft", antwortete der Teufel. „Zwar war der Wein gepanscht; aber der deutsche Herr hat davon wahrhaftig so viel getrunken, daß die Richter ruhigen Gewissens den Wirt freisprechen können.

Der zweite Gefangene ist ein gewerbsmäßiger Mörder, einer jener Schurken, die man hier *valientes* nennt. Für vier oder fünf Pistolen leihen sie ihren Arm gern allen denen, die sich eine solche Ausgabe machen wollen, um sich heimlich irgendeiner Person zu entledigen. Der dritte ist ein Tanzlehrer, der sich wie ein Stutzer kleidet und der eine seiner Schülerinnen zu einem Fehltritt verleitet hat. Und der vierte ist ein Galan, der in der vorigen Woche von der Stadtwache überrascht wurde, als er über einen Balkon in die Wohnung einer Frau einstieg, die er gut kennt und deren Gatte verreist ist. Es hängt nur von ihm ab, sich aus der Patsche zu ziehen, indem er sein Liebesverhältnis gesteht; aber er will lieber für einen Dieb gelten und sich der Gefahr aussetzen, sein Leben zu verlieren, als die Ehre seiner Dame kompromittieren."

„Das ist ein sehr verschwiegener Liebhaber", meinte der Student. „Man muß zugeben, daß unsere Nation die anderen an Diskretion übertrifft. Ich wette, daß zum Beispiel ein Franzose nicht wie wir fähig wäre, sich um der Verschwiegenheit willen hängen zu lassen."

„Nein, versichere ich Ihnen", sagte der Teufel. „Er würde absichtlich einen Balkon erklettern, um eine Frau, die ihm zu Willen ist, zu entehren.

In einer Zelle neben diesen vier Männern", fuhr er fort, „ist eine berüchtigte Zauberin, die in dem Rufe steht, Unmögliches vollbringen zu können. Dank ihrer Zauberkunst sollen alte Witwen junge Männer finden, die sich auf den ersten

Blick in sie verlieben, Ehemänner ihren Frauen treu werden und Buhlerinnen wahrhaftig reiche Kavaliere lieben, die ihnen nachstellen. Aber kein Wort davon ist wahr. Sie besitzt kein anderes Geheimnis als das, den anderen einzureden, daß sie ein Geheimnis besitze, und von dieser Meinung bequem zu leben. Die Inquisition fordert diese Hexe, die beim nächsten Autodafé vortrefflich verbrannt werden könnte. Unter dieser Zelle befindet sich ein finsteres Verlies, das einem jungen Schankwirt als Unterkunft dient."

„Schon wieder ein Schankwirt!" rief Leandro. „Wollen diese Kerle denn die ganze Welt vergiften?"

„Bei diesem", erwiderte Asmodeus, „liegen die Dinge anders. Man hat den Unglücklichen gestern verhaftet, und die Inquisition beansprucht ihn ebenfalls für sich. Ich will Ihnen in wenigen Worten den Grund seiner Verhaftung sagen.

Ein alter Soldat, der es durch seinen Mut oder vielmehr durch seine Ausdauer bis zum Sergeanten in seiner Kompanie gebracht hatte, kam nach Madrid, um Rekruten anzuwerben. Er verlangte Unterkunft in einem Gasthaus. Man sagte ihm, es wären zwar Zimmer frei, aber man könnte ihm keines geben, weil jede Nacht ein Gespenst im Hause umgehe, das die Fremden schrecklich zurichte, wenn sie die Kühnheit hätten, hier schlafen zu wollen. Diese Auskunft schreckte den Sergeanten nicht ab. ‚Man bringe mich', sagte er, ‚in irgendein beliebiges Zimmer. Gebt mir Licht, Wein, eine Pfeife und Tabak, und seid im übrigen unbesorgt. Geister haben Respekt vor Kriegern, die in Waffen grau geworden sind.'

Man führte den Sergeanten in ein Zimmer, da er so fest entschlossen schien, und brachte ihm alles, was er verlangt hatte. Er begann zu trinken und zu rauchen. Es war schon nach Mitternacht, und noch hatte der Geist die tiefe Stille, die im Hause herrschte, nicht gestört. Man hätte meinen können, daß er den neuen Gast tatsächlich respektierte. Aber zwischen ein und zwei Uhr nachts hörte der fröhliche Zecher plötzlich einen fürchterlichen Lärm, wie von rasselnden Ketten, und sah gleich darauf ein entsetzliches, schwarzgekleidetes und überall von eisernen Ketten umwundenes Gespenst sein Zimmer betreten. Unser Raucher war von dieser Erscheinung nicht sonderlich erschreckt. Er zog seinen

Degen, ging auf den Geist zu und versetzte ihm mit der flachen Klinge einen tüchtigen Hieb auf den Kopf.
Das Gespenst, das nicht daran gewöhnt war, so kühne Gäste vorzufinden, stieß einen Schrei aus, und als es bemerkte, daß der Soldat wieder zu einem Hieb ausholte, warf es sich ihm demütig zu Füßen und sagte: ‚Gnade, Herr Sergeant, setzen Sie mir nicht weiter zu; haben Sie Mitleid mit einem armen Teufel, der sich Ihnen zu Füßen wirft, um Sie um Schonung zu bitten. Ich beschwöre Sie beim heiligen Iago, der wie Sie ein großer Haudegen war.‘
‚Wenn du dein Leben behalten willst‘, antwortete der Soldat, ‚so mußt du mir sagen, wer du bist, und ganz unverhohlen mit mir sprechen, sonst spalte ich dich in zwei Stücke, wie die Ritter der Vorzeit die Riesen spalteten, denen sie begegneten.‘ Bei diesen Worten faßte der Geist, der sah, mit wem er es zu tun hatte, schnell den Entschluß, alles zu gestehen.
‚Ich bin Oberkellner in diesem Gasthaus‘, sagte er zu dem Sergeanten. ‚Ich heiße Guillermo; ich liebe Juanilla, die einzige Tochter des Wirts, und mißfalle ihr nicht. Da aber ihr Vater und ihre Mutter eine Verbindung, die mehr verhieß als die mit mir, in Aussicht hatten, so vereinbarten wir, die Kleine und ich, daß ich jede Nacht die Rolle spielen sollte, die ich jetzt spiele, um ihre Eltern zu zwingen, mich zum Schwiegersohn zu nehmen. Ich hülle mich also in einen langen schwarzen Mantel und hänge mir um den Hals eine Bratspießkette, mit der ich durch das ganze Haus laufe, vom Keller bis zum Dachboden, und mache so den fürchterlichen Lärm, den Sie gehört haben. Wenn ich zum Zimmer des Wirts und der Wirtin komme, so bleibe ich vor der Tür stehen und rufe: Hofft nicht, daß ich euch in Ruhe lasse, solange ihr Juanilla nicht mit eurem Oberkellner verheiratet habt.
Nachdem ich diese Worte mit verstellter Stimme, einer dumpfen Grabesstimme, gesprochen habe, setze ich mein Getöse fort, steige dann durch ein Fenster in eine Kammer, in der Juanilla allein schläft, und berichte ihr, was ich getrieben habe. Herr Sergeant‘, fuhr Guillermo fort, ‚Sie nehmen wohl an, daß ich die Wahrheit sage. Ich weiß, Sie können mich nach diesem Geständnis zugrunde richten, indem Sie meinem Herrn verraten, was hier nachts geschieht. Wenn Sie mir aber helfen wollen, anstatt mir diesen Streich zu spielen,

so schwöre ich Ihnen, daß meine Dankbarkeit ...'
,Ha, welchen Dienst kannst du von mir erwarten?' unterbrach ihn der Soldat.
,Sie brauchen nur zu sagen', erwiderte der junge Mann, ,daß Sie den Geist gesehen haben und daß er Ihnen so große Angst eingejagt hat ...'
,Was zum Teufel, große Angst!' fiel ihm der Haudegen wieder ins Wort. ,Der Sergeant Aníbal Antonio Quebrantador soll sagen, er habe große Angst gehabt? Lieber sollen mich hunderttausend Teufel holen ...'
,Das ist nicht unbedingt nötig', unterbrach ihn nun Guillermo, ,schließlich liegt mir wenig daran, wie Sie sich ausdrücken – sofern Sie nur meine Absicht unterstützen. Wenn ich Juanilla geheiratet und mich selbständig gemacht habe, will ich Sie alle Tage – das verspreche ich Ihnen – umsonst bewirten, Sie und alle Ihre Freunde.'
,Sie sind ein Verführer, Herr Guillermo', rief der alte Krieger. ,Sie schlagen mir vor, einen Betrug zu unterstützen; die Sache wird ernst; aber Sie geben ihr eine Wendung, die mich über die Folgen hinwegsehen läßt. Vorwärts marsch! Fahren Sie fort, mit den Ketten zu rasseln und Juanilla davon zu berichten. Alles übrige nehme ich auf meine Kappe.'
In der Tat sagte der Sergeant schon am nächsten Morgen dem Wirt und der Wirtin: ,Ich habe den Geist gesehen und mit ihm gesprochen; er ist sehr vernünftig. Er hat mir im Vertrauen gesagt, er sei der Urgroßvater des Besitzers dieses Gasthauses. – Ich hatte eine Tochter', fügte er hinzu, ,die ich dem Urgroßvater seines Kellners versprach; doch unter Mißachtung meines Wortes verheiratete ich sie mit einem anderen und starb bald darauf. Seitdem leide und büße ich für meinen Wortbruch. Ich werde erst dann Ruhe finden, wenn jemand aus meinem Geschlecht einen Angehörigen der Familie Guillermo heiratet. Deshalb spuke ich jede Nacht in diesem Haus; doch verlange ich vergeblich, daß man Juanilla mit dem Oberkellner verheirate; mein Urenkel stellt sich taub, und seine Frau auch; aber sagen Sie ihnen bitte, Herr Sergeant: wenn sie nicht kurz über lang tun, was ich wünsche, so werde ich handgreiflich werden. Ich werde beide auf unerhörte Weise peinigen.'
Der Wirt ist ein ziemlich einfältiger Mensch. Er wurde von

diesen Worten erschüttert, und die Wirtin, die noch schwächer als ihr Mann ist und ein Gefühl hatte, als säße ihr das Gespenst schon im Nacken, stimmte der Heirat zu, die am folgenden Tag stattfand. Bald darauf ließ sich Guillermo in einem anderen Stadtviertel nieder. Der Sergeant Quebrantador versäumte nicht, ihn häufig zu besuchen, und der neue Gastwirt spendierte ihm anfangs aus Dankbarkeit so viel Wein, wie er wollte. Dies gefiel dem fröhlichen Zecher so gut, daß er alle seine Freunde zu diesem Wirtshaus führte; er betrieb dort auch seine Rekrutenwerbung und machte die Angeworbenen betrunken.
Schließlich aber wurde der Wirt müde, so vielen Kehlen den Durst zu löschen. Er sagte seine Meinung hierüber dem Soldaten, der nicht bedachte, daß er die Vereinbarung tatsächlich gebrochen hatte, sondern so ungerecht war, Guillermo einen undankbaren Wicht zu schelten. Ein Wort gab das andere, und die Auseinandersetzung endete mit einigen Hieben, solchen mit der flachen Klinge, die der Wirt erhielt. Mehrere Passanten wollten Partei für den Bürger ergreifen; Quebrantador verwundete drei oder vier von ihnen, und er hätte es dabei nicht bewenden lassen, wenn er nicht plötzlich von einer Schar von Hartschieren überrascht worden wäre, die ihn als öffentlichen Ruhestörer festnahmen. Sie brachten ihn ins Gefängnis, wo er all das ausgesagt hat, was ich Ihnen soeben erzählt habe; und auf seine Aussage hin verhaftete die Polizei auch Guillermo. Der Schwiegervater verlangt, daß die Ehe für null und nichtig erklärt werde, und das heilige Offizium, dem inzwischen zu Ohren gekommen ist, daß Guillermo ein hübsches Vermögen besitzt, will in diesem Prozeß das Urteil fällen."
„Bei Gott", sagte Don Cleofas, „die heilige Inquisition ist sehr flink. Sobald sie auch nur die geringste Möglichkeit sieht, etwas einzuheimsen ..."
„Vorsicht", unterbrach ihn der Hinkende. „Hüten Sie sich, Ihrer Zunge diesem Gericht gegenüber freien Lauf zu lassen; es hat überall Spione; man meldet ihm sogar Dinge, die nie gesagt worden sind. Ich selbst wage nur mit Zittern und Zagen von ihm zu sprechen.
Über dem unglücklichen Guillermo, dort in der ersten Zelle links, befinden sich zwei Männer, die Ihr Mitleid verdienen.

Der eine ist ein junger Kammerdiener, den die Gattin seines Herrn sich heimlich als Geliebten hielt. Eines Tages überraschte der Gatte die beiden. Die Frau begann sofort um Hilfe zu rufen und behauptete, der Kammerdiener hätte ihr Gewalt angetan. Man nahm den armen Kerl fest, der aller Wahrscheinlichkeit nach dem guten Ruf seiner Herrin geopfert wird.
Der Gefährte des Kammerdieners, der noch unschuldiger ist als er, ist nahe daran, auch sein Leben zu verlieren. Er ist Stallmeister einer Herzogin, der man einen großen Diamanten gestohlen hat. Man beschuldigt ihn, er habe ihn genommen; morgen wird er so lange gefoltert werden, bis er gesteht, den Diebstahl begangen zu haben; doch die Person, die ihn wirklich begangen hat, ist eine in hoher Gunst stehende Kammerfrau, die zu verdächtigen niemand wagen würde."
„Ach, Herr Asmodeus", sagte Leandro, „helfen Sie bitte diesem Stallmeister: Seine Unschuld nimmt mich für ihn ein. Entziehen Sie ihn durch Ihre Macht den ungerechten und grausamen Foltern, die ihm drohen. Er verdient ..."
„Denken Sie nicht daran", unterbrach ihn der Teufel. „Können Sie denn von mir verlangen, daß ich mich einer ungerechten Tat widersetze und den Tod eines Unschuldigen verhindere? Das heißt einen Prokurator bitten, eine Witwe oder eine Waise nicht zugrunde zu richten.
Bitte", fügte er hinzu, „verlangen Sie von mir nie etwas, das gegen meine Interessen ist; es sei denn, Sie zögen daraus einen beträchtlichen Vorteil. Übrigens, wenn ich diesen Gefangenen befreien wollte, könnte ich es überhaupt?"
„Wie", erwiderte Zambullo, „haben Sie nicht die Macht, einen Mann aus dem Gefängnis zu entführen?"
„Nein, gewiß nicht", antwortete der Hinkende. „Wenn Sie das Enchiridion oder Albertus Magnus gelesen hätten, so wüßten Sie, daß ich ebensowenig wie meine Kumpane einen Gefangenen auf freien Fuß setzen kann. Und hätte ich selbst das Unglück, in die Krallen der Justiz zu geraten, so könnte ich mich nur durch Geld aus ihnen befreien.
In der nächsten Zelle auf derselben Seite sitzt ein Wundarzt, der überführt ist, aus Eifersucht an seiner Frau einen solchen Aderlaß vorgenommen zu haben, wie man ihn einst bei Seneca gemacht hat. Er ist heute gefoltert worden, und nach

dem Geständnis des Verbrechens, dessen er angeklagt war, hat er noch ausgesagt, daß er sich seit zehn Jahren eines ziemlich neuen Mittels bedient habe, um sich Patienten zu verschaffen. Nachts verwundete er Vorübergehende mit einem langen Messer und flüchtete dann durch eine kleine Hintertür in sein Haus. Indes stieß der Verwundete Schreie aus, die Nachbarn zur Hilfe riefen; der Wundarzt eilte wie die anderen herbei, und als er einen Menschen in seinem Blute schwimmen sah, ließ er ihn in sein Haus tragen, wo er ihn mit derselben Hand, mit der er ihn niedergestochen, verband.
Obgleich dieser grausame Arzt diese Aussage gemacht hat und tausendfach den Tod verdient, wiegt er sich doch in der Hoffnung, daß man ihn begnadigen werde; und das kann sehr wohl eintreten, weil er ein Verwandter der Amme des Infanten ist. Außerdem will ich Ihnen noch verraten, daß er ein Wunderwasser besitzt, das er allein herzustellen versteht, ein Wasser, das die Kraft hat, die Haut schneeweiß und ein welkes Gesicht wieder jung zu machen; und dieses unvergleichliche Wasser dient als Jungbrunnen für drei Damen im Schloß, die sich zusammengetan haben, um ihn zu retten. Er verläßt sich auf ihren Einfluß oder, wenn Sie wollen, auf sein Wasser so sehr, daß er ruhig eingeschlafen ist – in der Hoffnung, daß er beim Erwachen die erfreuliche Nachricht von seiner Entlassung erhalten werde."
„Auf einer Pritsche in derselben Zelle", sagte der Student, „erblicke ich einen anderen Mann, der, wie mir scheint, ebenso friedlich schläft. Es muß um seine Sache nicht besonders schlecht bestellt sein."
„Sie ist äußerst heikel", antwortete der Dämon. „Dieser Kavalier ist ein biskayischer Edelmann, der sich durch einen Büchsenschuß bereichert hat, und zwar folgendermaßen: Vor vierzehn Tagen, als er mit seinem älteren Bruder, der ein ziemlich hohes Einkommen hatte, in einem Forst jagte, tötete er versehentlich, während er auf Rebhühner schoß, seinen Bruder."
„Welch glückliches Quiproquo für einen Zweitgeborenen!" rief Don Cleofas lachend.
„Ja", erwiderte Asmodeus, „aber die entfernten Verwandten, die sich das Erbe des Gestorbenen auch aneignen möchten,

verfolgen bei Gericht den Mörder, den sie beschuldigen, daß er den Schuß abgegeben habe, um Alleinerbe der Familie zu werden. Er hat sich selbst der Polizei gestellt und scheint über den Tod seines Bruders so tief betrübt zu sein, daß man sich nicht vorstellen kann, er habe ihm absichtlich das Leben genommen."

„Hat er sich wirklich nur seine Fahrlässigkeit vorzuwerfen?" fragte Leandro.

„Nein", entgegnete der Teufel. „Zwar hat er keinen bösen Willen gehabt; aber wenn ein Erstgeborener das ganze Vermögen einer Familie besitzt, so rate ich ihm ab, mit seinem jüngeren Bruder auf die Jagd zu gehen.

Sehen Sie sich jetzt die beiden Burschen an, die sich in einem kleinen Verschlag neben dem Edelmann aus Biskaya so fröhlich unterhalten, als wären sie in Freiheit. Es sind zwei richtige Picaros. Vor allem der eine könnte eines Tages der Öffentlichkeit einen sehr spannenden Bericht über seine Schelmenstücke geben. Es ist ein zweiter Guzman de Alfarache – ich meine den im braunen Samtwams und mit der Feder auf dem Hut.

Vor drei Monaten war er in unserer Stadt noch Page des Herzogs de Oñate, und er stünde noch heute im Dienste dieses Herrn – ohne einen Streich, der ihn ins Gefängnis gebracht hat und den ich Ihnen nun erzählen will.

Dieser Bursche – er heißt Domingo – erhielt eines Tages im Haus des Grafen hundert Peitschenhiebe, die ihm der Haushofmeister, der zugleich Aufseher der Pagen war, geben ließ – wegen eines Schabernacks, der dies verdiente. Eine Zeitlang wurmte ihn diese kleine Züchtigung; dann beschloß er, sich dafür zu rächen. Er hatte mehr als einmal bemerkt, daß Don Cosme – so hieß der Haushofmeister – sich die Hände mit Orangenblütenwasser wusch und den Körper mit Nelken- und Jasminöl einrieb, daß er auf sein Äußeres mehr bedacht war als ein gefallsüchtiges altes Weib: kurz, daß er zu jenen Gecken gehörte, die sich einbilden, eine Frau könne sie nicht ansehen, ohne sich in sie zu vergaffen. Diese Beobachtung brachte ihn auf seinen Racheplan, den er einer jungen Zofe in der Nachbarschaft mitteilte, weil er ihrer Hilfe für die Ausführung seines Planes bedurfte und mit ihr auf sehr vertrautem Fuße stand.

Diese Zofe, die Floretta hieß, gab ihn, um leichter mit ihm sprechen zu können, im Hause der Doña Luciana, ihrer Herrin, deren Vater damals verreist war, für einen Vetter aus ... Nachdem der boshafte Domingo seine angebliche Verwandte über das, was er im Schilde führt, unterrichtet hat, betritt er eines Morgens das Zimmer des Don Cosme und sieht, wie dieser einen neuen Anzug anprobiert, sich selbstgefällig in einem Spiegel betrachtet und von seiner Gestalt entzückt zu sein scheint. Der Page tut so, als bewundere er diesen Narziß, und sagt mit vorgetäuschter Begeisterung: ‚Wahrhaftig, Don Cosme, Sie sehen aus wie ein Fürst! Ich sehe täglich prächtig gekleidete Granden; aber trotz ihrer großartigen Aufmachung haben sie nicht ein so stattliches Äußeres wie Sie. Allerdings weiß ich nicht', fügte er hinzu, ‚ob ich als Ihr ergebener Diener Sie nicht mit Augen betrachte, die von Ihnen zu sehr eingenommen sind. Aber offen gestanden: Ich kenne am Hof keinen Kavalier, den Sie nicht in den Schatten stellen würden.'
Der Haushofmeister lächelte bei diesen Worten, die seiner Eitelkeit sehr schmeichelten, und antwortete, indem er sich von seiner liebenswürdigsten Seite gab: ‚Du schmeichelst mir, mein Freund, oder du liebst mich wirklich und verleihst mir aus Freundschaft Vorzüge, die mir die Natur versagt hat.'
‚Das glaube ich nicht', erwiderte der Schmeichler, ‚denn es gibt niemand, der von Ihnen nicht ebenso günstig spricht wie ich. Ich wünschte, Sie hätten gehört, was mir gestern eine meiner Kusinen, die Zofe bei einem vornehmen Fräulein ist, gesagt hat.'
Don Cosme unterließ es nicht, zu fragen, was diese Kusine gesagt hätte. ‚Ei', entgegnete der Page, ‚sie verbreitete sich über die Schönheit Ihres Wuchses, über die Anmut, die Ihrer Gestalt eigen ist; und was noch besser ist: Sie hat mir auch im Vertrauen mitgeteilt, daß Doña Luciana, ihre Herrin, Gefallen daran fände, Sie durch die Ritzen ihrer Jalousie zu betrachten, wann immer Sie an ihrem Hause vorbeikämen.'
‚Wer mag diese Dame sein, und wo wohnt sie?' fragte der Haushofmeister.
‚Wie', erwiderte Domingo, ‚Sie wissen nicht, daß sie die einzige Tochter des Obristen Don Fernando, unseres Nachbarn, ist?'

‚Ach so', antwortete Don Cosme, ‚jetzt bin ich im Bilde. Ich erinnere mich, gehört zu haben, wie man das Vermögen und die Schönheit dieser Luciana rühmte; sie ist eine vortreffliche Partie. Aber sollte es möglich sein, daß ich ihre Aufmerksamkeit auf mich gelenkt habe?'
‚Zweifeln Sie daran nicht', entgegnete der Page. ‚Meine Kusine hat es mir versichert. Zwar ist sie Zofe, doch keine Lügnerin, und ich bürge Ihnen für sie wie für mich.'
‚Wenn dem so ist', sagte der Haushofmeister, ‚so bekomme ich Lust, eine geheime Unterredung mit deiner Verwandten zu führen, sie mir durch einige kleine Geschenke – wie üblich – zu verpflichten; und wenn sie mir rät, ihrer Herrin Huldigungen darzubringen, so will ich mein Glück versuchen. Warum auch nicht? Ich gebe zu, es besteht ein gewisser Standesunterschied zwischen mir und Don Fernando; aber ich bin immerhin Edelmann und besitze eine Rente von fünfhundert guten Dukaten. Schließlich werden doch jeden Tag noch ungewöhnlichere Ehen geschlossen.'
Der Page bestärkte seinen Hofmeister in seinem Entschluß und verschaffte ihm eine Zusammenkunft mit der Kusine, die den Haushofmeister geneigt fand, ihr jedes Wort zu glauben, und ihm daher versicherte, daß ihre Herrin Zuneigung für ihn empfände. ‚Sie hat mich oft über Sie ausgefragt', sagte sie ihm, ‚und was ich ihr darauf geantwortet habe, dürfte für Sie nicht von Nachteil gewesen sein. Kurz, Herr Haushofmeister, Sie dürfen sich mit Recht schmeicheln, daß Doña Luciana Sie heimlich liebt. Geben Sie ihr kühn Ihre rechtmäßigen Absichten zu erkennen. Zeigen Sie ihr, daß Sie sowohl der galanteste als auch der schönste und stattlichste Kavalier Madrids sind. Bringen Sie ihr vor allem Ständchen, nichts wird ihr angenehmer sein. Meinerseits werde ich bei ihr Ihre liebenswürdigen Eigenschaften hervorheben, und ich hoffe, meine guten Dienste werden für Sie nicht unnütz sein.'
Don Cosme war außer sich vor Feude, als er sah, wie leidenschaftlich die Zofe seine Interessen vertrat; er umarmte sie überschwenglich, steckte ihr einen Ring von geringem Wert, den er eigens als Geschenk für sie mitgebracht hatte, an den Finger und sagte zu ihr: ‚Meine liebe Floretta, ich schenke Ihnen diesen Diamanten nur, um mich für den Anfang er-

kenntlich zu zeigen; ich gedenke später die Dienste, die Sie mir erweisen werden, durch eine gründlichere Belohnung anzuerkennen.'

Man kann nicht zufriedener sein, als er nach seiner Aussprache mit der Zofe war. Darum dankte er nicht nur Domingo dafür, daß er ihm zu ihr verholfen hatte, sondern schenkte ihm auch ein Paar seidene Strümpfe und mehrere Hemden mit Spitzenbesatz. Außerdem versprach er ihm, er würde sich keine Gelegenheit entgehen lassen, sich im nützlich zu erweisen. Dann fragte er ihn um Rat, was er tun sollte. ‚Mein Freund', sagte er, ‚was ist deine Meinung? Rätst du mir, den Anfang mit einem leidenschaftlichen und erhabenen Brief an Doña Luciana zu machen?'

‚Das ist meine Meinung', antwortete der Page. ‚Machen Sie ihr eine Liebeserklärung in erhabenem Stil. Ich habe so eine Ahnung, als ob sie diese nicht schlecht aufnehmen wird.'

‚Das glaube ich auch', entgegnete der Haushofmeister. ‚Ich will auf gut Glück damit anfangen.' Sofort begann er zu schreiben, und nachdem er wenigstens zwanzig Entwürfe zerrissen hatte, brachte er einen Liebesbrief zustande, mit dem er sehr zufrieden war. Er las ihn Domingo vor, der ihn mit Gesten der Bewunderung anhörte und sich erbot, den Brief sogleich seiner Kusine zu überbringen. Er war in den folgenden blumigen und gezierten Ausdrücken abgefaßt:

‚Schon vor langem, bezaubernde Luciana, ließ ich mich auf Grund des Rufes, der Ihre hohen Vorzüge überall bekanntmacht, von glühender Liebe für Sie entflammen. Trotz der Inbrunst, die mich verzehrt, habe ich nicht gewagt, Ihnen eine Huldigung darzubringen; aber da mir zu Ohren gekommen ist, daß Sie Ihre Blicke auf mich zu heften geruhen, wann immer ich an der Jalousie vorbeikomme, die den Augen der Männer Ihre himmlische Schönheit verbirgt, und da Sie dank dem Einfluß Ihres mir so holden Gestirns geneigt sind, mir wohlzuwollen, so gestatte ich mir, Sie um die Erlaubnis zu bitten, mich ganz Ihrem Dienst widmen zu dürfen. Wenn ich so glücklich sein sollte, Sie zu gewinnen, so verzichte ich auf alle Damen der Vergangenheit, Gegenwart und Zukunft.

Don Cosme de la Higuera.'

Der Page und die Zofe unterließen es nicht, sich über Don Cosme und seinen Brief lustig zu machen; aber sie ließen es dabei nicht bewenden. Sie verfaßten gemeinsam einen Liebesbrief, den die Kammerzofe mit eigener Hand schrieb und den Domingo am nächsten Tag dem Haushofmeister als Antwort von Doña Luciana übergab. Er enthielt die folgenden Worte:

‚Ich weiß nicht, wer Sie über meine geheimen Gefühle so gut unterrichtet haben mag. Es ist ein Verrat, den irgend jemand an mir begangen hat; aber ich verzeihe ihn ihm, da er Sie veranlaßt, mir mitzuteilen, daß Sie mich lieben. Von allen Männern, die ich durch meine Straße gehen sehe, sind Sie derjenige, an dem ich am meisten Gefallen finde, und ich will sehr wohl, daß Sie mein Geliebter seien. Vielleicht sollte ich es nicht wollen und es Ihnen erst recht nicht sagen. Wenn es ein Fehler ist, den ich begehe, so macht ihn Ihr Wert verzeihlich. Doña Luciana.‘

Obgleich diese Antwort für die Tochter eines Obristen etwas zu leidenschaftlich war – denn die Verfasser hatten es dabei nicht so genau genommen –, so schöpfte doch der eingebildete Don Cosme kein Mißtrauen. Er schätzte sich hoch genug, um sich einzubilden, daß eine Dame wohl seinetwegen alle Schicklichkeit vergessen könnte. ‚Oh, Domingo!‘ rief er mit triumphierender Miene, nachdem er den vermeintlichen Brief von Doña Luciana laut gelesen hatte. ‚Du siehst, mein Freund, wie verliebt die Nachbarin ist. Bald werde ich der Schwiegersohn des Don Fernando sein, oder ich wäre nicht Don Cosme de la Higuera.‘
‚Daran ist nicht zu zweifeln‘, meinte der Schuft von Vertrautem. ‚Sie haben auf seine Tochter einen tollen Eindruck gemacht. Dabei fällt mir übrigens ein‘, fügte er hinzu, ‚daß meine Verwandte mir ans Herz legte, Ihnen zu sagen, daß Sie ihrer Herrin spätestens morgen ein Ständchen bringen sollten, um sie vollends verrückt in Eure Gnaden zu machen.‘
‚Sehr gern‘, sagte der Haushofmeister. ‚Du kannst deiner Kusine versichern, daß ich ihren Rat befolgen werde und daß sie morgen unfehlbar in ihrer Straße, mitten in der Nacht, eines der verliebtesten Konzerte hören wird, das man jemals in

Madrid vernommen hat.‘ In der Tat suchte er einen tüchtigen Musiker auf, und nachdem er ihm seinen Plan mitgeteilt, beauftragte er ihn mit dessen Ausführung.

Während er mit seinem Ständchen beschäftigt war, sagte Floretta, die der Page in alles eingeweiht hatte, angesichts der guten Laune ihrer Herrin: ‚Gnädiges Fräulein, ich bereite für Sie einen köstlichen Zeitvertreib vor.‘ Luciana fragte, worum es sich handle. ‚Oh, wahrhaftig‘, erwiderte die Zofe und lachte wie verrückt, ‚es gibt sonderbare Geschichten. Ein wunderlicher Kauz, ein gewisser Don Cosme, Hofmeister der Pagen des Grafen de Oñate, ist auf den Einfall gekommen, Sie zur höchsten Dame seiner Träume zu machen, und er dürfte Sie morgen abend, damit Sie es genau wissen, durch ein bewunderungswürdiges Vokal- und Instrumentalkonzert erfreuen.‘ Doña Luciana, die von Natur recht schalkhaft war und im übrigen annahm, die Aufmerksamkeiten des Haushofmeisters könnten keine schlimmeren Folgen für sie haben, nahm die Sache durchaus nicht ernst, sondern belustigte sich schon im voraus über sein Ständchen. So trug diese Dame, ohne es zu wissen, dazu bei, Don Cosme in seinem Irrtum zu bestärken, über den sie empört gewesen wäre, wenn sie ihn gekannt hätte.

Kurz: Am Abend des darauffolgenden Tages erschienen vor dem Balkon der Doña Luciana zwei Kutschen, aus denen der galante Haushofmeister und sein Vertrauter ausstiegen. Ihnen folgten sechs Männer, ebensoviel Sänger wie Musikanten, die ihr Konzert begannen. Es zog sich sehr in die Länge. Sie spielten zahlreiche neue Weisen und sangen Lieder, die sich alle um die Macht der Liebe drehten, die auch Liebende verschiedenen Standes vereinen könnte. Und bei jeder Strophe, welche die Tochter des Obristen auf sich bezog, lachte sie von ganzem Herzen.

Als das Ständchen zu Ende war, schickte Don Cosme die Musikanten in denselben Kutschen, die sie hergebracht hatten, nach Hause und blieb mit Domingo auf der Straße stehen, bis die Neugierigen, welche die Musik angelockt hatte, sich zerstreut hatten. Dann näherte er sich dem Balkon, wo ihm bald darauf die Zofe, mit Erlaubnis ihrer Herrin, durch ein Guckloch der Jalousie zurief: ‚Sind Sie es, Don Cosme?‘

‚Wer richtet diese Frage an mich?‘ antwortete er mit schmachtender Stimme.
‚Doña Luciana‘, erwiderte die Zofe. ‚Sie möchte wissen, ob das Konzert, das Sie uns soeben gegeben haben, ein Zeichen Ihrer Verliebtheit ist.‘
‚Oh‘, entgegnete der Haushofmeister, ‚es ist nur ein kleiner Vorgeschmack der rauschenden Feste, die meine Liebe für die allerschönste Dame unserer Zeit vorbereitet, sofern diese sie von einem Verehrer, der sich auf dem Altar ihrer Schönheit opfert, gnädig annehmen will.‘
Bei diesem bildlichen oder vielmehr geschraubten Ausdruck hatte die Dame große Lust zu lachen; sie hielt jedoch an sich, trat an das Guckloch und sagte so ernst wie möglich zu dem Haushofmeister: ‚Don Cosme, mir scheint, daß Sie kein Neuling in der Liebe sind. Von Ihnen sollten die verliebten Kavaliere lernen, wie man seiner Herrin dient. Ich bin von Ihrem Ständchen sehr erfreut und werde es Ihnen hoch anrechnen. Aber‘, fügte sie hinzu, ‚gehen Sie jetzt; man könnte uns hören; ein anderes Mal werden wir uns länger unterhalten.‘ Nach diesen Worten schloß sie das Guckloch und ließ die beiden auf der Straße stehen: Don Cosme hochbeglückt von der Gunst, die sie ihm soeben erwiesen, und Domingo baß erstaunt, sie eine solche Rolle in dieser Komödie spielen zu sehen.
Dieses kleine Fest, einschließlich der Kutschen und der unglaublichen Menge Wein, welche die Musikanten getrunken, kostete dem Haushofmeister hundert Dukaten; und zwei Tage später verleitete ihn sein Vertrauter zu einer neuen Ausgabe, und zwar auf folgende Weise: Da er erfahren hatte, daß Floretta in der Johannisnacht, einer in Madrid so berühmten Nacht, mit anderen Mädchen ihres Standes zur *Fiesta del sotillo* gehen würde, so unterfing er sich, ihnen auf Kosten des Haushofmeisters ein großartiges Frühstück zu geben.
‚Don Cosme‘, sagte er zu ihm am Tage vor der Johannisnacht, ‚Sie wissen, welches Fest morgen ist. Ich möchte Ihnen verraten, daß Doña Luciana sich vorgenommen hat, morgen vor Tagesanbruch am Ufer des Manzanares zu sein, um den Sotillo zu sehen; ich glaube, ich brauche dem Reigenführer der galanten Kavaliere nicht mehr zu sagen. Sie

sind gewiß nicht der Mann, der sich eine so schöne Gelegenheit entgehen läßt; ich bin überzeugt, daß Sie morgen Ihre Dame und deren Gesellschaft vortrefflich bewirten werden.'
‚Dafür bürge ich dir', antwortete ihm sein Hofmeister. ‚Ich danke dir für den Wink. Du wirst sehen, ob ich den Ball im Fluge zu fangen verstehe.' Tatsächlich erschienen am anderen Morgen in aller Frühe vier Diener aus dem Palais, unter der Führung Domingos, beladen mit allen möglichen kalten Braten, die verschieden zubereitet waren, einer Unmenge kleiner Brote und Flaschen voll köstlichen Weins am Ufer des Manzanares, wo Floretta und ihre Gefährtinnen wie Nymphen in der Morgendämmerung tanzten.
Sie freuten sich nicht wenig, als der Page ihre leichtbeschwingten Tänze unterbrach, um ihnen im Auftrag des Don Cosme ein ordentliches Frühstück anzubieten. Sogleich nahmen sie auf dem Rasen Platz und ließen sich den Schmaus gut schmecken, unter ausgelassenem Gelächter über den Toren, der ihn stiftete; denn die freundliche Kusine Domingos hatte nicht versäumt, sie in alles einzuweihen.
Als sie gerade alle in bester Stimmung waren, sah man auf einem Zelter aus dem Marstall des Grafen und in einem prächtigen Gewand den Haushofmeister erscheinen. Er wollte seinen Vertrauten besuchen und die Gesellschaft begrüßen, die sich erhoben hatte, um ihn noch höflicher zu empfangen und ihm für seine Freigebigkeit zu danken. Er suchte mit den Augen unter den Mädchen Doña Luciana, um das Wort an sie zu richten und ihr ein Kompliment, das er sich unterwegs ausgedacht, zu machen; aber Floretta zog ihn beiseite und sagte ihm, eine Unpäßlichkeit verhindere ihre Herrin, sich bei dem Fest einzufinden. Don Cosme war von dieser Nachricht sehr schmerzlich berührt und fragte, was seiner teuren Luciana fehlte. ‚Sie ist stark erkältet', antwortete die Zofe, ‚und zwar deshalb, weil sie ohne Schleier fast die ganze Nacht auf ihrem Balkon verbracht hat, um mit Ihnen nach Ihrem Ständchen noch zu plaudern.' Getröstet über ein leichtes Fieber, das einen so schönen Anlaß hatte, bat der Haushofmeister die Zofe, sich weiterhin bei ihrer Herrin für ihn zu verwenden, und kehrte dann, sich immer mehr zu seinem Erfolg beglückwünschend, in sein Palais zurück.

Um diese Zeit erhielt Don Cosme einen Wechsel und strich dafür tausend Goldtaler ein, die man ihm als seinen Anteil an dem Erbe eines seiner Oheime, der soeben in Sevilla gestorben war, aus Andalusien zuschickte. Er zählte diese Summe und legte sie in eine Truhe – in Gegenwart Domingos, der diesen Vorgang sehr aufmerksam verfolgte und in eine so heftige Versuchung geriet, sich diese schönen Goldtaler anzueignen, daß er beschloß, sie nach Portugal zu entführen. Er teilte unter vier Augen Floretta seine Versuchung mit und schlug ihr vor, ihn auf der Reise zu begleiten. Obgleich der Vorschlag verdiente, reiflich überlegt zu werden, nahm ihn die Zofe, ebenso durchtrieben wie der Page, unbedenklich an. Eines Nachts, während der in einem Gemach eingeschlossene Haushofmeister sich damit beschäftigte, einen pathetischen Brief an seine Geliebte zu schreiben, fand Domingo endlich die Möglichkeit, die Truhe, in der die Goldtaler lagen, zu öffnen: Er nahm sie, flüchtete mit seiner Beute auf die Straße, eilte zum Balkon Lucianas und begann eine miauende Katze nachzuahmen. Die Zofe ließ ihn auf dieses Zeichen hin, das sie beide verabredet hatten, nicht lange warten; und bereit, ihm überallhin zu folgen, verließ sie mit ihm Madrid.
Sie rechneten wohl damit, daß sie Zeit hätten, nach Portugal zu entkommen, bevor man sie einholen könnte, falls sie verfolgt werden sollten; aber zu ihrem Unglück hatte Don Cosme schon in derselben Nacht den Diebstahl und die Flucht seines Vertrauten bemerkt und sofort die Polizei benachrichtigt, die nach allen Richtungen ihre Spürhunde ausschickte, um den Dieb zu entdecken. Man griff ihn mit seiner Nymphe in der Nähe von Zebreros auf. Man brachte die beiden zurück; die Zofe wurde bei den Karmeliterinnen und Domingo in dem Gefängnis hier eingesperrt."
„Offenbar", sagte Don Cleofas, „hat der Haushofmeister also seine Goldtaler nicht verloren; sie sind ihm zweifellos zurückgegeben worden."
„Nicht doch", antwortete der Teufel, „diese Goldstücke sind ja der Beweis für den Diebstahl, die Justiz wird sie also nicht herausgeben. Und so bleibt Don Cosme, dessen Geschichte sich in der ganzen Stadt verbreitet hat, der Bestohlene und wird von aller Welt verspottet.

Domingo und jener andere Gefangene, der mit ihm Karten spielt", fuhr der Hinkende fort, „haben zum Nachbarn einen jungen Kastilier, der verhaftet worden ist, weil er in Gegenwart zuverlässiger Zeugen seinem Vater eine Maulschelle gegeben hatte."
„Großer Gott!" rief Leandro aus. „Was erzählen Sie mir da? Kann denn ein Sohn – und sei er auch noch so schlecht – die Hand gegen seinen Vater erheben?"
„Freilich", sagte der Dämon. „Das ist nicht beispiellos, und ich kann Ihnen dafür ein sehr merkwürdiges Beispiel anführen. Unter Don Pedro den Ersten, auch der Gerechte oder der Grausame genannt, dem achten König von Portugal, wurde ein Bursche von zwanzig Jahren wegen der gleichen Tat der Justiz übergeben. Don Pedro, der von der Ungewöhnlichkeit dieses Falls ebenso überrascht war wie Sie, wollte die Mutter des Schuldigen verhören, und er machte seine Sache so geschickt, daß er sie zu dem Geständnis brachte, sie hätte diesen Sohn von einem sehr verschwiegenen Hochwürden empfangen. Wenn die Richter des Kastiliers seine Mutter mit derselben Geschicklichkeit verhörten, so könnten sie ihr wohl ein ähnliches Geständnis entlocken.
Blicken wir nun in die Tiefe – nämlich in ein großes Verlies unter den drei Gefangenen, die ich Ihnen soeben gezeigt habe, und beobachten wir, was dort geschieht. Sehen Sie jene drei Elenden? Es sind Straßenräuber. Sie wollen gerade aus dem Gefängnis ausbrechen; man hat ihnen in einem Brot eine geräuschlose Feile zukommen lassen, und sie haben schon eine dicke Eisenstange eines Fensters durchgefeilt, von dem sie sich in einen zur Straße führenden Hof hinablassen können. Sie sind bereits über zehn Monate im Gefängnis und hätten schon vor mehr als acht Monaten den öffentlichen Lohn erhalten müssen, der ihren Taten gebührt; aber dank der Saumseligkeit unserer Justiz werden sie nun wieder Reisende umbringen.
Folgen Sie mir in diesen niedrigen Saal, in dem Sie zwanzig bis dreißig Männer auf Stroh liegen sehen; es sind Spitzbuben, Leute aus allen möglichen lichtscheuen Gewerben. Sehen Sie, wie fünf oder sechs eine Art Handwerker verprügeln, der heute eingeliefert worden ist, weil er mit einem Steinwurf einen Hartschier verwundet hatte?"

„Warum schlagen diese Gefangenen den Handwerker?“ fragte Zambullo.
„Weil er ihnen den Willkommenstrunk noch schuldig ist“, antwortete Asmodeus. „Aber“, fügte er hinzu, „verlassen wir jetzt alle diese Unglücklichen; entfernen wir uns von dieser Schreckensstätte; richten wir anderswo unsere Blicke auf erfreulichere Gegenstände.“

ACHTES KAPITEL

Asmodeus zeigt Don Cleofas verschiedene Personen und enthüllt ihm, was sie tagsüber getrieben haben

Sie ließen die Gefangenen zurück und flogen in ein anderes Stadtviertel. Sie machten halt auf einem großen Palais, worauf der Dämon zu dem Studenten sagte: „Ich bekomme Lust, Ihnen zu erzählen, was alle diese Personen, die in der Umgebung dieses Palais wohnen, heute getrieben haben. Das dürfte Sie erheitern.“
„Ich zweifle nicht daran“, antwortete Leandro. „Fangen Sie bitte bei dem Hauptmann dort an, der gerade seine Stiefel anzieht; sicher ruft ihn irgendeine wichtige Angelegenheit in die Ferne.“
„Dieser Hauptmann ist im Begriff, Madrid zu verlassen“, erwiderte der Hinkende. „Seine Pferde erwarten ihn auf der Straße; er will nach Katalonien aufbrechen, wohin sein Regiment abkommandiert ist.
Da er kein Geld hatte, wandte er sich gestern an einen Wucherer: ‚Herr Sanguisela‘, sagte er zu ihm, ‚könnten Sie mir tausend Dukaten leihen?‘
‚Herr Hauptmann‘, antwortete mit sanfter und freundlicher Miene der Wucherer, ‚ich habe sie leider nicht; aber ich traue mir zu, einen Mann zu finden, der sie Ihnen leihen, das heißt Ihnen vierhundert Dukaten in bar geben wird. Sie schreiben dann Ihren Schuldschein auf tausend aus, und von den vierhundert, die Sie erhalten, bekomme ich, wenn es Ih-

nen recht ist, sechzig als Maklergebühr. Geld ist heute so rar ...'
,Was für ein Wucher!' unterbrach ihn der Offizier schroff. ,Sechshundertsechzig Dukaten für dreihundertvierzig verlangen! Welcher Betrug! Solche hartherzigen Menschen sollte man aufhängen!'
,Keine Aufregung, Herr Hauptmann', antwortete der Wucherer sehr gelassen. ,Versuchen Sie's anderswo. Worüber beklagen Sie sich eigentlich? Zwinge ich Sie, die dreihundertvierzig Dukaten anzunehmen? Es steht Ihnen doch frei, sie zu nehmen oder zurückzuweisen.' Da der Hauptmann darauf nichts zu erwidern hatte, zog er sich zurück. Nachdem er aber überlegt hatte, daß er abreisen mußte, daß die Zeit drängte und daß er schließlich ohne Geld nicht auskommen konnte, kehrte er heute morgen zu dem Wucherer zurück, den er an seiner Tür traf, im schwarzen Mantel und Kragen, mit kurzgeschorenem Haar und einem großen, mit Medaillen verzierten Rosenkranz. ,Ich komme wieder zu Ihnen, Herr Sanguisela', sagte er zu ihm. ,Ich nehme Ihre dreihundertvierzig Dukaten. Die Geldnot, in der ich mich befinde, zwingt mich dazu.'
,Ich gehe zur Messe', antwortete der Wucherer feierlich. ,Kommen Sie später wieder, ich werde Ihnen nach meiner Rückkehr die Summe auszahlen.'
,Nicht doch, nicht doch', erwiderte der Hauptmann. ,Gehen Sie bitte in Ihre Wohnung zurück. Es dauert doch nur einen Augenblick; fertigen Sie mich sofort ab; ich habe es sehr eilig.'
,Bedaure sehr', entgegnete Sanguisela. ,Ich pflege jeden Morgen die Messe zu hören, ehe ich irgendein Geschäft anfange; das habe ich mir zur Regel gemacht, und ich will sie zeit meines Lebens streng beachten.'
So eilig der Offizier es auch hatte, sein Geld zu bekommen, so mußte er sich doch der Regel des frommen Sanguisela fügen. Er wappnete sich mit Geduld und folgte dann, als fürchte er, die Dukaten können ihm entgehen, dem Wucherer zur Kirche. Er hörte mit ihm die Messe; dann schickte er sich an, zu gehen; doch Sanguisela flüsterte ihm ins Ohr: ,Einer der geschicktesten Kanzelredner Madrids predigt heute; ich will seine Predigt nicht versäumen.'

Der Hauptmann, dem schon die Messe zu lange gedauert hatte, war über diese neue Verzögerung verzweifelt; doch blieb er in der Kirche sitzen. Der Kanzelredner erscheint und predigt gegen den Wucher. Der Offizier ist davon entzückt, beobachtet das Gesicht des Wucherers und sagt sich im stillen: Ach, wenn dieser Jude sich doch rühren ließe! Wenn er mir wenigstens sechshundert gäbe, wäre ich bei meiner Abreise mit ihm zufrieden ... Endlich ist die Predigt zu Ende; der Wucherer geht. Der Hauptmann schließt sich ihm an und fragt ihn: ‚Nun, was halten Sie von diesem Kanzelredner? Finden Sie nicht, daß er sehr eindringlich predigt? Was mich betrifft, so bin ich tief bewegt.‘

‚Ich bin derselben Meinung wie Sie‘, antwortete der Wucherer. ‚Er hat seinen Gegenstand vortrefflich behandelt. Das ist ein gescheiter Mann; er hat sein Geschäft sehr gut erledigt. Erledigen wir jetzt unseres.‘“

„Oh, wer sind die beiden Frauen, die dort zusammen im Bett liegen und so laut lachen?“ rief Don Cleofas. „Sie scheinen mir sehr ausgelassen.“

„Es sind zwei Schwestern, die heute morgen ihren Vater begraben haben“, erwiderte der Teufel. „Er war ein alter Griesgram und hatte eine solche Abneigung gegen die Ehe oder vielmehr einen solchen Widerwillen, seine Töchter zu verheiraten, daß er sie nie heiraten lassen wollte, so vorteilhaft die Partien, die sich ihnen boten, auch sein mochten. Der Charakter des Verstorbenen war soeben Gegenstand ihres Gesprächs. ‚Endlich ist er gestorben‘, sagte die ältere; ‚endlich ist er tot, dieser Rabenvater, der sich ein grausames Vergnügen daraus machte, uns als Jungfern zu sehen. Jetzt kann er sich unseren Wünschen nicht mehr widersetzen.‘

‚Ich, liebe Schwester‘, erklärte die jüngere, ‚bin für das Solide; ich will einen reichen Mann haben, und wäre er sonst auch ein Dummkopf; der dicke Don Blanco wäre ganz mein Fall.‘

‚Langsam, liebe Schwester‘, erwiderte die ältere, ‚wir werden als Gatten diejenigen bekommen, die uns bestimmt sind, denn unsere Ehen stehen im Himmel geschrieben.‘

‚Wirklich? Um so schlimmer!‘ versetzte die jüngere. ‚Ich fürchte sehr, daß mein Vater das Blatt, auf dem sie geschrieben stehen, zerreißt.‘ Die ältere konnte nicht umhin, über

diesen Geistesblitz zu lachen, und sie lachen beide noch immer darüber.
In dem Haus, das neben dem der beiden Schwestern liegt, wohnt in einem möblierten Zimmer eine Abenteuerin aus Aragonien. Ich sehe, wie sie sich im Spiegel betrachtet, statt schlafen zu gehen. Anläßlich einer bedeutenden Eroberung, die sie heute gemacht, beglückwünscht sie sich zu ihren Reizen. Sie studiert liebenswürdige Mienen ein und hat eine ganz neue entdeckt, die morgen großen Eindruck auf ihren Geliebten machen wird. Sie kann sich nicht genug befleißigen, ihn warmzuhalten; er ist ein Mann, der viel verspricht. Darum sagte sie vorhin zu einem ihrer Gläubiger, der gekommen war, um sein Geld bei ihr einzutreiben: ‚Warten Sie noch, mein Freund, kommen Sie in einigen Tagen wieder; ich stehe kurz vor einem Abkommen mit einer der gewichtigsten Personen der Zollbehörde.‘“
„Ich brauche Sie nicht zu fragen“, sagte Leandro, „was ein gewisser Kavalier, der sich gerade meinen Blicken zeigt, heute getan hat; er muß den ganzen Tag damit verbracht haben, Briefe zu schreiben. Welche Unmenge von Briefen sehe ich auf seinem Tisch!“
„Das Spaßige dabei ist“, antwortete der Dämon, „daß alle diese Briefe denselben Inhalt haben. Dieser Kavalier schreibt an alle seine abwesenden Freunde; er teilt ihnen ein Abenteuer mit, das ihm heute nachmittag zugestoßen ist. Er liebt eine schöne, aber spröde Witwe von dreißig Jahren; er erweist ihr Aufmerksamkeiten, die sie nicht verschmäht; er erbietet sich, sie zu heiraten; sie nimmt das Angebot an. Während man die Vorbereitungen für die Hochzeit trifft, steht es ihm frei, sie zu besuchen. Er war heute nachmittag bei ihr. Da sich aber zufällig niemand fand, um ihn anzumelden, so betrat er das Zimmer der Dame, die er in einem verführerischen Negligé oder, besser gesagt, fast nackt auf einem Ruhebett überraschte. Sie schlief tief. Leise nähert er sich ihr, um die günstige Gelegenheit auszunutzen; er raubt ihr einen Kuß; sie erwacht und ruft mit einem zärtlichen Seufzer: ‚Oh, schon wieder! Ich bitte dich, Ambrosio, laß mich in Ruhe!‘ Der Kavalier faßte als galanter Mann sofort seinen Entschluß: Er verzichtete auf die Witwe, er verließ das Gemach.

An der Tür begegnete er Ambrosio: ‚Ambrosio‘, sagte er zu ihm, ‚gehen Sie nicht hinein; Ihre Herrin bittet Sie, sie in Ruhe zu lassen.‘

Zwei Häuser von diesem Kavalier entfernt entdecke ich in einem kleinen Nebengebäude einen musterhaften Ehemann, der ruhig einschläft bei den Vorwürfen, die ihm seine Frau macht, weil er den ganzen Tag außer Hause verbracht hat. Sie wäre noch zorniger, wenn sie wüßte, womit er sich die Zeit vertrieben hat.“

„Zweifellos mit einem galanten Abenteuer“, sagte Zambullo.

„Sie haben es erraten“, antwortete Asmodeus. „Ich will es Ihnen nun erzählen.

Der Mann, um den es sich handelt, ist ein Spießbürger und heißt Patricio. Er ist einer jener liederlichen Ehemänner, die sorglos in den Tag hineinleben, als hätten sie weder Weib noch Kind. Dabei hat er eine junge, liebenswürdige und tugendhafte Frau, zwei Töchter und einen Sohn, die alle noch im Kindesalter sind. Er hat heute morgen seine Wohnung verlassen, ohne zu fragen, ob Brot für seine Familie vorhanden sei, der es zuweilen an Brot fehlt. Er schritt über den Marktplatz, wo ihn die Vorbereitungen zu dem Stierkampf, der heute stattfand, aufhielten. Ringsum waren die Tribünen schon aufgeschlagen, und schon begannen die Neugierigsten dort Platz zu nehmen.

Während er sie der Reihe nach betrachtete, fiel ihm eine zierlich gekleidete schlanke Dame auf, die beim Herabsteigen von einer Tribüne ein schönes, wohlgerundetes, mit einem rosa Strumpf und einem silbernen Strumpfband bekleidetes Bein sehen ließ. Mehr war nicht nötig, um unseren anfälligen Spießbürger außer Rand und Band zu bringen. Er ging auf die Dame zu, die von einer anderen begleitet wurde, die durch ihr Mienenspiel deutlich zu erkennen gab, daß sie beide Abenteuerinnen waren. ‚Meine Damen‘, sagte er zu ihnen, ‚wenn ich Ihnen irgendwie behilflich sein kann, so brauchen Sie es nur zu sagen; dann stehe ich Ihnen sofort zu Diensten.‘

‚Mein Herr‘, antwortete die Nymphe mit dem rosa Strumpf, ‚Ihr Anerbieten läßt sich nicht ablehnen. Wir hatten bereits unsere Plätze eingenommen, haben sie aber soeben wieder verlassen, um frühstücken zu gehen. Wir waren so unbesonnen, heute morgen fortzugehen, ohne vorher unsere Schokolade zu trinken. Da Sie so höflich sind, uns Ihre Dienste anzubieten, so bringen Sie uns bitte zu einem Lokal, in dem wir einen kleinen Imbiß zu uns nehmen können; aber es muß ein stilles Lokal sein. Sie wissen, junge Mädchen können nicht genug auf ihren Ruf bedacht sein.'

Bei diesen Worten führt Patricio, der noch ehrbarer und zuvorkommender als nötig wird, seine Prinzessinnen zu einem Gasthaus in der Vorstadt, wo er das Frühstück bestellt. ‚Was wünschen die Herrschaften?' fragt der Wirt. ‚Ich habe von einem Festmahl, das gestern bei mir gegeben wurde, noch Masthühnchen, Rebhühner aus León, junge Tauben aus Altkastilien und mehr als die Hälfte eines Schinkens aus Estremadura übrig.'

‚Das ist mehr als genug', meint der Führer der Vestalinnen. ‚Meine Damen, was wünschen Sie?'

‚Das, was Sie wollen', antworten die Damen, wir haben keinen anderen Geschmack als Sie.' Hierauf befiehlt der Spießbürger, daß man zwei kalte Rebhühner und zwei Hühnchen serviere und ihm ein Separatzimmer gebe, denn er sei mit Damen zusammen, die in Fragen der Schicklichkeit sehr empfindlich seien.

Man führt ihn und seine Begleiterinnen in ein entlegenes Zimmer, wo ihnen gleich darauf die bestellten Gerichte mit Brot und Wein vorgesetzt werden. Unsere Lukrezien stürzen sich als Damen mit lebhaftem Appetit gierig auf das Fleisch, während der Schafskopf, der die Zeche zu bezahlen hat, vergnügt seine Luisita anblinzelt. So heißt die Schöne, für die er Feuer gefangen hat. Er bewundert ihre weißen Hände, an denen ein großer Ring funkelt, den sie irgendwo aufgegabelt hat; er verschwendet die Namen Stern und Sonne an sie und kann nichts zu sich nehmen, so sehr ist er entzückt, eine so holde Bekanntschaft gemacht zu haben.

Er fragt seine Göttin, ob sie verheiratet sei; sie verneint, doch stehe sie unter der Obhut eines Bruders. Hätte sie hinzugefügt: aus der Rippe Adams, so hätte sie die Wahrheit gesagt.

Unterdessen verzehrten die beiden Harpyien jede nicht nur ein Huhn, sondern tranken auch ebensoviel, wie sie aßen.

Bald fehlt der Wein. Der Galan holt ihn selbst, um ihn schneller zu bekommen. Kaum hat er das Zimmer verlassen, da legt Hiacinta, die Gefährtin Luisitas, Beschlag auf die Rebhühner, die in der Schüssel geblieben sind, und stopft sie in einen großen Leinenbeutel, den sie unter dem Kleid hat. Unser Adonis kehrt mit frischem Wein zurück, und als er bemerkt, daß kein Fleisch mehr vorhanden ist, fragt er seine Venus, ob sie nicht noch etwas haben möchte. ‚Man bringe uns', sagt sie, ‚die Tauben, von denen der Wirt gesprochen hat, falls sie vorzüglich sind; sonst genügt ein Stück von dem Schinken aus Estremadura.' Kaum hat sie diese Worte gesprochen, da eilt Patricio zur Vorratskammer zurück und läßt drei Tauben mit einer dicken Scheibe Schinken bringen. Unsere Raubvögel beginnen wieder zu schnabulieren, und während unser Spießbürger ein drittes Mal hinausgehen muß, um Brot zu bestellen, lassen sie zwei Tauben den Rebhühnern in dem Leinenbeutel Gesellschaft leisten.
Nach dem Mahl, das mit Früchten, wie sie die Jahreszeit eben liefert, seinen Abschluß gefunden hat, drängte der verliebte Patricio seine Luisita, ihm die Erkenntlichkeitsbeweise zu geben, die er von ihr erwartete. Die Dame weigerte sich, seine Wünsche zu erfüllen; aber sie machte ihm einige Hoffnung, indem sie sagte, es komme die Zeit für alles, und sie wolle sich ihm für das Vergnügen, das er ihr bereitet habe, nicht in einer Schenke erkenntlich erweisen. Dann, als sie ein Uhr schlagen hörte, nahm sie eine beunruhigte Miene an und sagte zu ihrer Begleiterin: ‚Ach, meine liebe Hiacinta, welches Pech haben wir! Sicher bekommen wir keinen Platz mehr, um die Stiere zu sehen.'
‚Entschuldige', antwortete Hiacinta. ‚Dein Kavalier braucht uns nur dorthin zurückzubringen, wo er uns so höflich angesprochen hat, und im übrigen kannst du ganz unbesorgt sein.'
Bevor man das Gasthaus verließ, mußte mit dem Wirt abgerechnet werden, der die Zeche auf fünfzig Reales hinaufschraubte. Der Spießbürger zog die Börse. Da er in ihr aber nicht mehr als zwanzig Reales fand, war er gezwungen, seinen schönen, mit Silbermedaillen geschmückten Rosenkranz als Pfand für den Rest zurückzulassen. Dann führte er

die Abenteuerinnen dorthin zurück, wo er sie getroffen hatte, und brachte sie recht bequem auf einer Tribüne unter, deren Besitzer, einer seiner Bekannten, ihm Kredit gewährte.

Kaum haben die beiden Damen Platz genommen, da verlangen sie schon Erfrischungen. ‚Ich sterbe vor Durst', ruft die eine, ‚der Schinken hat mich schrecklich durstig gemacht.'

‚Mich auch', sagt die andere, ‚ich würde gern Limonade trinken.' Patricio, der nur zu gut versteht, was das zu bedeuten hat, verläßt sie, um Getränke zu besorgen; aber unterwegs bleibt er stehen und sagt sich: ‚Wohin gehst du, du Tor? Sieht es nicht so aus, als hättest du hundert Pistolen in deiner Börse oder in deiner Wohnung? Dabei hast du nicht einmal einen Maravedi. Was soll ich tun?' fügt er in Gedanken hinzu. ‚Soll ich zu der Dame zurückkehren, ohne ihr zu bringen, was sie wünscht? Das geht nicht. Soll ich andererseits ein schon so weit gediehenes Abenteuer aufgeben? Dazu kann ich mich nicht entschließen.'

In dieser Verlegenheit erblickt er unter den Zuschauern einen seiner Freunde, dessen Dienste, die er ihm oft angeboten, er aus Stolz niemals annehmen wollte. Bei dieser Gelegenheit verliert er alles Schamgefühl. Er eilt auf ihn zu und borgt sich von ihm eine Doppelpistole, mit der er, neuen Mut schöpfend, zu einem Limonadenverkäufer läuft, von dem er seinen Prinzessinnen so viel Eiswasser, Biskuits und Konfitüren bringen läßt, daß die Doppelpistole für diese weitere Ausgabe kaum ausreicht.

Schließlich geht das Fest mit dem Tag zu Ende, und unser Held bringt seine Dame nach Hause – in der Hoffnung, endlich auf seine Kosten zu kommen. Aber als sie vor einem Haus angelangt sind, in dem sie angeblich wohnt, kommt eine Art Dienerin heraus, die Luisita entgegengeht und ihr aufgeregt zuruft: ‚Ach, woher kommen Sie so spät? Seit zwei Stunden erwartet Sie Don Gaspar Heridor, Ihr Bruder, und flucht wie ein Besessener.' Da dreht sich seine Schwester, die so tut, als erschrecke sie, nach dem Galan um und flüstert ihm, während sie ihm die Hand drückt, ganz leise zu: ‚Mein Bruder ist ein schrecklich jähzorniger Mensch, aber sein Zorn hält nicht lange an. Halten Sie sich in der Straße auf und werden Sie nicht ungeduldig. Wir wollen ihn besänftigen, und da er jeden Abend in die Stadt speisen geht, wird Hiacinta Sie benachrichtigen, sobald er fortgegangen ist, und Sie ins Haus einlassen.'

Der Spießbürger, den dieses Versprechen tröstet, küßt entzückt die Hand Luisitas, die ihm einige Zärtlichkeiten erweist, um ihn selig zurückzulassen; dann geht sie mit Hiacinta und der Dienerin in das Haus. Patricio, der auf der Straße zurückgeblieben ist, faßt sich in Geduld. Er setzt sich auf einen Prellstein zwei Schritte von der Tür und läßt eine geraume Weile verstreichen, ohne auf den Gedanken zu kommen, daß man vielleicht beabsichtige, ihn zum Narren zu halten. Er wundert sich nur, Gaspar nicht herauskommen zu sehen, und befürchtet, daß dieser verfluchte Bruder nicht in die Stadt essen gehen werde.

Indes hört er zehn Uhr, elf Uhr, Mitternacht schlagen. Da beginnt er einen Teil seiner Zuversicht zu verlieren und an der Aufrichtigkeit seiner Dame zu zweifeln. Er schreitet auf die Haustür zu, geht hinein und tastet sich einen dunklen Gang entlang, in dessen Mitte er auf eine Treppe stößt. Er wagt nicht hinaufzugehen; aber er lauscht gespannt, und in seine Ohren klingt ein mißtönendes Konzert, das ein bellender Hund, eine miauende Katze und ein schreiendes Kind zusammen vollführen. Endlich sieht er ein, daß man ihn gefoppt hat, und was ihn endgültig davon überzeugt, ist folgendes: Als er bis zum Ende des dunklen Ganges vordringen will, befindet er sich plötzlich in einer anderen Straße als der, in der er so lange Wache gestanden hat.

Nun trauert er seinem Geld nach, macht sich auf den Heimweg und verflucht unterwegs die rosa Strümpfe. Er klopft an seine Tür. Seine Frau, mit dem Rosenkranz in der Hand und mit Tränen in den Augen, macht ihm auf und sagt in rührendem Ton zu ihm: ‚Ach, Patricio, wie konnten Sie so lange Ihr Haus verlassen und sich so wenig um Ihre Gattin und Ihre Kinder kümmern? Was haben Sie seit sechs Uhr morgens, wo Sie fortgegangen sind, getrieben?' Da der Ehemann nicht weiß, was er darauf antworten soll, und außerdem tief beschämt ist, weil er sich von zwei Betrügerinnen hat hinters Licht führen lassen, so zieht er sich aus und geht zu Bett, ohne ein Wort zu sagen. Seine Frau aber, die gewohnt ist, ihm den Kopf zu waschen, hält ihm eine Moralpredigt, die

ihn in diesem Augenblick einschläfert.
Richten Sie jetzt", fuhr Asmodeus fort, „Ihre Augen auf das große Haus dort neben dem des Kavaliers, der seinen Freunden die Lösung seines Herzensbundes mit der Geliebten Ambrosios mitteilt. Sehen Sie dort eine Dame in einem Bett von karmesinroter, mit Goldstickerei verbrämter Seide liegen?"
„Verzeihen Sie", antwortete Don Cleofas, „ich sehe nur eine Schlafende und auf ihrem Kopfkissen, wie mir scheint, ein Buch."
„Richtig", erwiderte der Hinkende. „Diese Dame ist eine sehr geistreiche und recht heitere junge Gräfin. Seit sechs Tagen litt sie an Schlaflosigkeit, was sie sehr matt machte; heute kam sie auf den Gedanken, einen in seinem Fach besonders gut beschlagenen Arzt kommen zu lassen. Er kommt; sie fragt ihn um Rat; er verordnet ein Mittel, das – wie er sagt – im Hippokrates steht. Die Dame beginnt sich über sein Rezept lustig zu machen. Der Arzt, ein Griesgram, läßt sich solche Scherze nicht gefallen und sagt zu ihr mit seiner ganzen Doktorwürde: ‚Meine Dame, Hippokrates ist kein Mann, über den man sich lächerlich machen darf.'
‚Ach, Herr Doktor', antwortet die Gräfin mit ernster Miene, ‚ich hüte mich sehr, mich über einen so berühmten und so gelehrten Autor lustig zu machen; ich gebe sehr viel auf ihn und bin überzeugt, daß ich sein Buch nur aufzuschlagen brauche, um sofort von meiner Schlaflosigkeit geheilt zu werden. Ich habe in meiner Bibliothek eine neue Übersetzung von dem gelehrten Acero; es ist die beste; man soll sie mir bringen.' Fürwahr, bewundern Sie den Zauber dieser Lektüre! Schon bei der dritten Seite ist die Dame tief eingeschlafen.
In den Ställen dieses Palais hier liegt ein bedürftiger einarmiger Soldat, den die Reitknechte aus Mitleid nachts dort auf Stroh schlafen lassen. Tagsüber bettelt er um Almosen, und er hatte vorhin eine lustige Auseinandersetzung mit einem anderen Bettler, der in der Nähe des Buen Retiro an der Allee zum Schloß wohnt. Dieser Bettler macht sehr gute Geschäfte. Er ist wohlhabend und hat eine Tochter zu verheiraten, die unter den Bettlern für eine reiche Erbin gilt. Unser Soldat ging auf diesen mit so vielen Maravedís gesegneten

Vater zu und sagte zu ihm: ‚Señor Mendigo, ich habe meinen rechten Arm verloren. Ich kann dem König nicht mehr dienen und sehe mich, um mein Leben zu fristen, ebenso wie Sie genötigt, tiefe Bücklinge vor den Vorübergehenden zu machen. Ich weiß wohl, daß von allen Gewerben unseres dasjenige ist, das seinen Mann am besten ernährt, und ihm fehlt nur eins: Es müßte ein wenig ehrbarer sein.‘
‚Wenn es ehrbar wäre‘, antwortete der andere, ‚so wäre es nichts mehr wert, denn alle Welt würde es dann betreiben.‘
‚Sie haben recht‘, bestätigte der Einarmige. ‚Nun ja, ich gehöre zu derselben Zunft wie Sie und möchte mich gern mit Ihnen verbinden. Geben Sie mir Ihre Tochter.‘
‚Daran ist nicht zu denken‘, erwiderte der Geldprotz. ‚Meiner Tochter steht eine bessere Partie zu. Sie sind nicht verkrüppelt genug, um mein Schwiegersohn zu werden. Ich wünsche mir einen, der in einem solchen Zustand ist, daß er sogar den Wucherern leid tun könnte.‘
‚Ach‘, sagte der Soldat, ‚befinde ich mich nicht in einer sehr beklagenswerten Lage?‘
‚Ach was!‘ versetzte der andere barsch. ‚Sie sind nur ein Einarmiger und wagen Ihre Augen zu meiner Tochter zu erheben? Nehmen Sie zur Kenntnis, daß ich sie sogar einem Krüppel ohne Beine verweigert habe.‘
Es wäre unrecht von mir“, fuhr der Teufel fort, „wenn ich das Haus überginge, das an das Palais der Gräfin grenzt und in dem ein trunksüchtiger alter Maler und ein scharfzüngiger Dichter wohnen. Der Maler hat heute morgen um sieben Uhr seine Wohnung verlassen, um für seine Frau, die todkrank ist, einen Beichtvater zu holen; doch begegnete er unterwegs einem seiner Freunde, der ihn ins Wirtshaus schleppte, und so ist er erst um zehn Uhr nachts heimgekehrt. Der Dichter, der in dem Rufe steht, zuweilen für seine bissigen Verse jämmerliche Honorare zu erhalten, sagte vorhin mit herausfordernder Miene in einem Kaffeehaus von einem Mann, der nicht zugegen war: ‚Das ist ein Halunke, dem ich hundert Stockschläge geben will.‘
‚Nun‘, versetzte ein Spötter, ‚Sie können das ohne weiteres ausführen, da Sie immer gut bei Kasse sind.‘
Ich darf eine Szene nicht vergessen, die sich heute in dieser

Straße bei einem Bankier, der vor kurzem in unserer Stadt sein Geschäft eröffnete, abgespielt hat. Vor etwa drei Monaten ist er aus Peru mit großen Reichtümern in sein Vaterland zurückgekehrt. Sein Vater ist ein ehrbarer Schuster in Viejo de Mediana, einem großen Dorf in Altkastilien, am Fuße der Sierre de Ávila, wo er, mit seinem Stande recht zufrieden, mit seiner gleichaltrigen, das heißt sechzigjährigen Frau lebt.

Vor ziemlich langer Zeit hatte ihr Sohn sie verlassen, um in Westindien ein besseres Los zu suchen, als sie ihm bieten konnten. Mehr als zwanzig Jahre waren verflossen, seit sie ihn zum letztenmal gesehen hatten. Sie sprachen oft von ihm; sie baten täglich den Herrgott, ihn nicht zu verlassen, und ließen ihm auch an jedem Sonntag von dem Pfarrer, der zu ihren Freunden gehörte, den himmlischen Segen erteilen. Der Bankier vergaß sie ebenfalls nicht. Sobald er sein Geschäft gegründet hatte, beschloß er, sich selbst zu erkundigen, wie es ihnen ginge. Zu diesem Zweck brach er vor vierzehn Tagen, nachdem er seinen Dienern gesagt hatte, sie sollten sich um ihn keine Sorgen machen, ohne alle Begleitung auf und ritt nach seinem Geburtsort.

Es war etwa gegen zehn Uhr abends, und der wackere Schuster schlief schon an der Seite seiner Gattin. Da schreckten sie plötzlich aus dem Schlafe auf – wegen des Lärms, den der an die Tür ihres Häuschens klopfende Bankier machte. Sie fragten, wer draußen klopfte. ‚Macht auf, macht auf!‘ rief er ihnen zu. ‚Es ist euer Sohn Francillo.‘

‚Machen Sie das andern weis‘, antwortete der biedere Handwerker. ‚Gehen Sie Ihres Weges, Räuber. Hier gibt's für Sie nichts zu holen. Francillo ist zur Zeit in Westindien, wenn er nicht gestorben ist.‘

‚Ihr Sohn ist nicht mehr in Westindien‘, entgegnete der Bankier, ‚er ist aus Peru zurückgekehrt. Er ist es, der mit Ihnen spricht; verweigern Sie ihm doch nicht den Zutritt.‘

‚Stehen wir auf, Iago‘, sagte nun die Frau. ‚Ich glaube, es ist wirklich Francillo; mir scheint, ich erkenne ihn an seiner Stimme.‘

Beide standen sogleich auf; der Vater zündete eine Kerze an, und die Mutter ging, nachdem sie sich hastig angekleidet hatte, die Tür öffnen. Sie sieht Francillo ins Gesicht, erkennt ihn, wift sich ihm an die Brust und umarmt ihn innig. Meister Iago, ebenso tief bewegt wie seine Frau, schließt seinen Sohn ebenfalls in die Arme, und diese drei Menschen, überglücklich, sich nach einer so langen Trennung wieder vereint zu sehen, werden nicht müde, sich ihre Freude gegenseitig zu bekunden.

Nach diesem Freudenausbruch nahm der Bankier seinem Pferd den Sattel ab und führte es in den Stall, in dem eine Kuh, die Nährmutter des Hauses, lag. Dann berichtete er seinen Eltern von seiner Reise und den Schätzen, die er aus Peru mitgebracht hatte. Die Schilderung dauerte ziemlich lange und hätte teilnahmslose Zuhörer vielleicht gelangweilt; aber ein Sohn, der ausführlich von seinen Erlebnissen erzählt, kann die Aufmerksamkeit eines Vaters und einer Mutter nicht ermüden: Für sie gibt es keine nebensächliche Begebenheit. Sie hörten gespannt zu, und die einfachsten Dinge, die er ihnen sagte, machten auf sie einen lebhaften, freudigen oder traurigen Eindruck.

Sobald er seinen Bericht beendet hatte, sagte er ihnen, daß er ihnen einen Teil seines Vermögens geben wolle, und bat seinen Vater, nicht mehr zu arbeiten. ‚Nein, mein Sohn', antwortete ihm Meister Iago, ‚ich liebe meinen Beruf, ich werde ihn nicht aufgeben.'

‚Wie', entgegnete der Bankier, ‚ist es nicht Zeit, daß Sie sich zur Ruhe setzen? Ich schlage Ihnen nicht vor, zu mir nach Madrid zu ziehen; ich weiß sehr wohl, daß der Aufenthalt in der Stadt keine Reize für Sie hätte, ich will Ihr ruhiges Leben nicht stören; aber ersparen Sie sich wenigstens eine so mühsame Arbeit und leben Sie hier behaglich, da Sie dazu in der Lage sind.'

Die Mutter unterstützte die Meinung ihres Sohnes, und Meister Iago gab nach. ‚Nun gut, Francillo', sagte er. ‚Um dich zufriedenzustellen, werde ich nicht mehr für alle Bewohner des Dorfes arbeiten, sondern nur noch meine Schuhe und die des Pfarrers, unseres guten Freundes, flicken.' Nach dieser Vereinbarung aß der Bankier zwei frische Eier, die man für ihn gekocht hatte; dann legte er sich neben seinem Vater ins Bett und schlief mit einer Wonne ein, die sich nur Kinder von vortrefflichem Naturell vorzustellen vermögen.

Am anderen Morgen übergab ihnen Francillo eine Börse mit

dreihundert Pistolen und kehrte nach Madrid zurück. Heute morgen war er sehr erstaunt, als er plötzlich Meister Iago in seinem Haus erscheinen sah. ‚Welcher Grund führt Sie zu mir, mein Vater?‘ fragte er.

‚Mein Sohn‘, antwortete der Greis, ‚ich bringe dir deine Börse zurück. Nimm dein Geld wieder. Ich will von meinem Handwerk leben; ich sterbe vor Langeweile, seitdem ich nicht mehr arbeite.‘

‚Nun gut, mein Vater‘, erwiderte Francillo, ‚kehren Sie in das Dorf zurück; üben Sie weiterhin Ihren Beruf aus; doch geschehe es nur, um sich die Langeweile zu vertreiben. Nehmen Sie die Börse wieder mit und schonen Sie die meinige nicht.‘

‚Ach, was soll ich denn mit so viel Geld anfangen?‘ fragte Meister Iago.

‚Helfen Sie den Armen; machen Sie von dem Geld den Gebrauch, zu dem Ihnen der Pfarrer raten wird.‘ Der Schuster war mit dieser Antwort zufrieden und kehrte nach Mediana zurück.“

Don Cleofas hörte nicht ohne Vergnügen die Geschichte Francillos und wollte gerade dem guten Herzen des Bankiers soviel Lob spenden, wie er es verdiente, als plötzlich gellende Schreie seine Aufmerksamkeit fesselten. „Herr Asmodeus“, rief er aus, „welch lauter Lärm ist da zu hören?“

„Diese Schreie, die durch die Luft hallen“, antwortete der Dämon, „kommen aus einem Haus, in dem Wahnsinnige eingeschlossen sind. Sie singen und schreien sich die Kehle heiser.“

„Wir sind nicht weit von diesem Haus entfernt. Sehen wir uns diese Verrückten einmal an“, erwiderte Leandro.

„Einverstanden“, sagte der Teufel. „Ich will Ihnen diese Zerstreuung gern verschaffen und Ihnen sagen, warum sie den Verstand verloren haben.“ Und kaum hatte er zu Ende gesprochen, da trug er den Studenten schon auf die Casa de los locos.

NEUNTES KAPITEL

Von den eingeschlossenen Geisteskranken

Zambullo musterte neugierig alle Zellen; und nachdem er die wahnsinnigen Männer und Frauen, die in ihnen eingeschlossen waren, eine Weile beobachtet hatte, sagte der Teufel zu ihm: „Sie sehen hier Verrückte aller Art; es gibt solche beiderlei Geschlechts; es gibt traurige und lustige, junge und alte. Ich muß Ihnen jetzt erzählen, warum sie den Verstand verloren haben. Gehen wir also von Zelle zu Zelle und fangen wir bei den Männern an.

Der erste, der sich zeigt und rasend scheint, ist ein kastilischer Zeitungsschreiber, geboren im Schoße Madrids, ein stolzer Bürger, der auf die Ehre seines Vaterlandes mehr bedacht ist als ein Bürger des alten Rom. Er ist aus Ärger verrückt geworden, weil er in der Zeitung gelesen hatte, daß fünfundzwanzig Spanier sich von fünfzig Portugiesen besiegen ließen.

Zum Nachbarn hat er einen Lizentiaten, der so begierig auf eine Pfründe war, daß er zehn Jahre lang am Hofe den Heuchler machte; und die Verzweiflung, sich bei den Beförderungen immer wieder übergangen zu sehen, hat ihn um den Verstand gebracht. Aber das Vorteilhafte ist dabei für ihn, daß er glaubt, Erzbischof von Toledo zu sein. Wenn er es auch nicht wirklich ist, so hat er doch wenigstens das Vergnügen, sich einzubilden, daß er es sei; und ich finde ihn um so glücklicher, als ich seinen Wahn als einen schönen Traum betrachte, der erst mit seinem Leben enden wird. Auch wird er in der anderen Welt keine Rechenschaft darüber ablegen müssen, welchen Gebrauch er von seinen Einkünften gemacht hat.

Der Wahnsinnige, der folgt, ist ein Mündel; sein Vormund hat ihn für verrückt erklärt, um sich für immer sein Vermögen anzueignen; der arme Kerl hat aus Wut, sich hier eingesperrt zu sehen, wirklich den Verstand verloren. Nach diesem Mündel kommt ein Schulmeister, der hierher gebracht

worden ist, weil er sich darauf versteift hatte, das *paulo post futurum* eines griechischen Verbums zu finden; und der vierte ist ein Kaufmann, dessen Verstand die Nachricht von einem Schiffbruch nicht ertragen konnte, obwohl er die Kraft gehabt hatte, zwei Bankrotte, die er gemacht, glücklich zu überstehen.
Der Mann, der in der folgenden Zelle liegt, ist der alte Hauptmann Zanubio, ein neapolitanischer Kavalier, der sich in Madrid niedergelassen hatte. Die Eifersucht hat ihn in den Zustand gebracht, in dem Sie ihn sehen. Hören Sie seine Geschichte.
Er hatte eine junge Frau namens Aurora, die er wie seinen Augapfel behütete. Sein Haus war für Männer unzugänglich. Aurora ging nur aus, um sich zur Messe zu begeben, und auch dorthin wurde sie immer von ihrem alten Tithon begleitet, der sie zuweilen auf einem Gut, das er in der Nähe von Alcántara besitzt, frische Luft schöpfen ließ. Doch ein Kavalier, ein gewisser Don García Pacheco, der sie zufällig in der Kirche gesehen, hatte für sie eine leidenschaftliche Liebe gefaßt. Er war ein unternehmungslustiger junger Mann, der wert war, von einer unglücklich verheirateten hübschen Frau beachtet zu werden.
Die Schwierigkeit, sich bei Zanubio einzuführen, raubte Don García nicht die Hoffnung. Da er noch keinen Bart hatte und ein sehr schöner Jüngling war, verkleidete er sich als Mädchen, steckte eine Börse mit hundert Pistolen ein und machte sich auf den Weg zum Gut des Hauptmanns, wohin dieser Ehemann, wie er erfahren hatte, schon bald mit seiner Frau fahren wollte. Er wandte sich an die Gärtnerin und sagte im Ton einer Heldin der Ritterzeit, die von einem Riesen verfolgt wird: ‚Meine Gute, ich komme, mich Ihnen in die Arme zu werfen; ich flehe Sie an, Mitleid mit mir zu haben. Ich bin ein Mädchen aus Toledo; ich bin hochgeboren und besitze Vermögen; meine Eltern wollen mich mit einem Mann verheiraten, den ich hasse. Ich habe mich nachts ihrer Tyrannei entzogen; ich bedarf einer Zufluchtsstätte; hier wird man mich nicht suchen; erlauben Sie, daß ich hier bleibe, bis meine Familie mir zärtlichere Gefühle entgegenbringt. Hier ist meine Börse‘, fügte er hinzu und reichte sie ihr. ‚Nehmen Sie sie. Das ist alles, was ich Ihnen jetzt anbie-

ten kann; aber ich hoffe, daß ich eines Tages in der Lage sein werde, mich Ihnen für die Dienste, die Sie mir geleistet, noch erkenntlicher zu erweisen.'

Die Gärtnerin, gerührt vom Schluß dieser Rede, antwortete: ,Meine Tochter, ich will Ihnen gern beistehen; ich kenne junge Mädchen, die alten Männern geopfert worden sind, und weiß sehr wohl, daß sie nicht besonders glücklich sind. Ich fühle Ihre Leiden mit; Sie könnten sich an keinen Besseren wenden als an mich. Ich werde Sie in einer entlegenen kleinen Kammer unterbringen, wo Sie in Sicherheit sein werden.'

Don García verbrachte einige Tage auf diesem Gut, sehr ungeduldig, Aurora dort eintreffen zu sehen. Endlich erschien sie mit ihrem Eifersüchtigen, der zunächst, seiner Gewohnheit gemäß, alle Räume – Zimmer, Keller und Dachböden – durchsuchte, um festzustellen, ob dort nicht irgendein Feind seiner Ehre versteckt sei. Die Gärtnerin, die ihn kannte, kam ihm zuvor und erzählte ihm, auf welche Weise ein junges Mädchen sie um Zuflucht gebeten hätte.

Zanubio, obgleich sehr mißtrauisch, hatte nicht den geringsten Verdacht einer Überlistung; er war nur neugierig, die Unbekannte zu sehen, die ihn bat, es ihr zu erlassen, ihren Namen zu nennen, da sie diese Rücksicht ihrer Familie schuldig wäre, die sie durch ihre Flucht gewissermaßen entehrte. Dann erzählte sie einen ganzen Roman, und zwar mit so viel Geist, daß der Hauptmann davon entzückt war. Er fühlte, wie in ihm Zuneigung zu diesem liebenswürdigen Geschöpf aufkam. Er bot ihr seine Dienste an und vertraute sie in der Hoffnung, daß er dabei auf seine Kosten kommen könnte, seiner Frau an.

Sobald Aurora Don García sah, errötete sie und wurde verlegen, ohne zu wissen, warum. Dies fiel dem Kavalier auf; er nahm an, daß sie ihn in der Kirche, in der er sie gesehen, bemerkt hatte. Um sich darüber Klarheit zu verschaffen, sagte er, sobald er heimlich mit ihr reden konnte, zu ihr: ,Meine Dame, ich habe einen Bruder, der mir oft von Ihnen gesprochen hat. Er hat Sie in einer Kirche einen Augenblick gesehen; seit diesem Augenblick, den er sich täglich tausendmal ins Gedächtnis zurückruft, befindet er sich in einem Zustand, der Ihr Mitleid verdient.'

Bei diesen Worten sah Aurora Don García noch aufmerksamer an, als sie es bisher getan hatte, und antwortete ihm: ‚Sie gleichen diesem Bruder zu sehr, als daß ich noch länger von Ihrer List getäuscht werden könnte; ich sehe sehr gut, daß Sie ein verkleideter Kavalier sind. Ich erinnere mich, daß sich eines Tages, während ich die Messe hörte, meine Mantilla für einen Augenblick verschob und Sie mich sahen. Ich musterte Sie neugierig: Sie hielten immer die Augen auf mich gerichtet. Als ich hinausging, unterließen Sie es, glaube ich, nicht, mir zu folgen, um zu erfahren, wer ich sei und in welcher Straße ich wohne. Ich sage »glaube ich«, weil ich nicht wagte, den Kopf zu wenden, um Sie zu beobachten. Mein Gatte, der mich begleitete, hätte diese Bewegung bemerkt und mir daraus ein Verbrechen gemacht. Am anderen Tag und an den darauffolgenden besuchte ich dieselbe Kirche, sah Sie wieder und prägte mir Ihre Züge so gut ein, daß ich Sie trotz Ihrer Verkleidung wiedererkenne.‘
‚Wohlan‘, erwiderte Don García, ‚ich muß die Maske fallenlassen. Ja, ich bin ein Mann, der von Ihren Reizen entzückt ist. Es ist Don García Pacheco, den die Liebe unter dieser Verkleidung herführt.‘
‚Und Sie hoffen zweifellos, daß ich Ihre tolle Leidenschaft billigen, Ihre List begünstigen und das Meinige dazu beitragen werde, meinen Gatten in seinem Irrtum zu halten? Aber da irren Sie sich. Ich werde ihm alles aufdecken; es geht um meine Ehre und meinen Frieden; übrigens freut es mich, eine so schöne Gelegenheit zu finden, ihm zu zeigen, daß seine Wachsamkeit weniger zuverlässig ist als meine Tugend und daß ich, so eifersüchtig und mißtrauisch er auch ist, doch schwerer zu täuschen bin als er.‘
Kaum hatte sie zu Ende gesprochen, da erschien auch schon der Hauptmann und mischte sich in das Gespräch ein. ‚Worüber unterhalten Sie sich, meine Damen?‘ fragte er. Aurora ergriff sofort das Wort: ‚Wir sprachen soeben‘, antwortete sie, ‚von den jungen Kavalieren, die darauf ausgehen, junge Frauen, die alte Ehemänner haben, in sich verliebt zu machen; und ich sagte: Wenn einer dieser Galane so verwegen wäre, sich unter irgendeiner Verkleidung in Ihr Haus einzuschleichen, so wüßte ich sehr wohl, seine Frechheit zu strafen.‘
‚Und Sie, mein Fräulein‘, erwiderte Zanubio, sich an Don

García wendend, ‚wie würden Sie in einem solchen Fall mit einem jungen Kavalier verfahren?‘ Don García war so verwirrt, ja bestürzt, daß er nicht wußte, was er dem Hauptmann antworten sollte, der seine Verlegenheit sicher bemerkt hätte, wenn nicht in diesem Augenblick ein Diener ihm gemeldet hätte, daß ein Mann aus Madrid ihn zu sprechen wünschte. Er ging hinaus, um sich zu erkundigen, was man von ihm wollte.

Da warf Don García sich Aurora zu Füßen und sagte zu ihr: ‚Ach, Señora, wieviel Vergnügen finden Sie daran, mich in Verlegenheit zu bringen! Sollten Sie wirklich so grausam sein, mich der Rache eines rasenden Gatten auszuliefern?‘

‚Nein, Pacheco‘, antwortete sie, ‚junge Frauen, die eifersüchtige alte Männer haben, sind nicht so grausam. Beruhigen Sie sich. Ich habe mir nur einen kleinen Scherz erlaubt und Ihnen ein wenig Angst eingejagt; aber nun haben Sie es überstanden. Damit haben Sie nicht zu teuer die Gefälligkeit erkauft, die ich gern haben will, Sie hier zu dulden.‘ Bei so tröstlichen Worten fühlte Don García alle seine Furcht schwinden und faßte Hoffnungen, die nicht zu enttäuschen Aurora die Güte hatte.

Eines Tages, als die beiden sich in Zanubios Wohnung Beweise gegenseitiger Zuneigung gaben, überraschte sie der Hauptmann. Wenn er auch nicht der eifersüchtigste aller Männer gewesen wäre, so hatte er doch genug gesehen, um mit gutem Grund annehmen zu können, daß seine schöne Unbekannte ein verkleideter Kavalier war. Bei diesem Anblick wurde er rasend; er eilte in sein Kabinett, um Pistolen zu holen; aber unterdessen entkamen die Liebenden, schlossen von außen zweimal die Türen der Wohnung ab, nahmen die Schlüssel mit und erreichten in größter Eile ein benachbartes Dorf, in dem Don García seinen Kammerdiener und zwei gute Pferde zurückgelassen hatte. Dort legte er seine Mädchenkleider ab. Er ließ Aurora hinter sich aufsitzen und ritt mit ihr zu einem Kloster, in das zu bringen sie ihn bat, da die Vorsteherin eine Tante von ihr war. Hierauf kehrte er nach Madrid zurück, um die Folgen dieses Abenteuers abzuwarten.

Unterdessen tobt Zanubio, da er sich eingeschlossen sieht, und ruft laut um Hilfe. Ein Diener eilt auf seine Rufe herbei,

findet aber die Türen verschlossen und kann sie nicht öffnen. Der Hauptmann sucht sie mit Gewalt aufzubrechen, und da das nicht so schnell geht, wie er will, gibt er seinem Ungestüm nach und stürzt sich mit seinen Pistolen in der Hand aus dem Fenster. Er fällt auf den Rücken, verletzt sich am Kopf und bleibt bewußtlos auf dem Boden liegen. Seine Diener kommen und tragen ihn in einen Saal auf ein Ruhebett. Sie spritzen ihm Wasser ins Gesicht. Endlich – so sehr setzen sie ihm zu – erwacht er aus seiner Ohnmacht; aber mit den Lebensgeistern regt sich auch wieder seine Wut. Er fragt, wo seine Frau sei; man antwortet ihm, man habe sie mit einer fremden Dame durch eine kleine Gartentür davongehen sehen. Er befiehlt sogleich, daß man ihm seine Pistolen zurückgebe; man muß ihm gehorchen. Er läßt sein Pferd satteln, bricht auf, ohne zu bedenken, daß er verletzt ist, und schlägt einen anderen Weg ein als die Liebenden. Vergeblich jagt er ihnen den ganzen Tag nach, und nachdem er für eine Nacht in ein Wirtshaus eingekehrt ist, um sich auszuruhen, verursachen ihm die Anstrengung und seine Verletzung ein Gehirnfieber, das ihn dahinzuraffen droht.
Um das übrige in wenigen Worten zu sagen: Zanubio lag in jenem Dorf vierzehn Tage lang krank danieder; dann kehrte er auf sein Gut zurück, auf dem er, unaufhörlich über sein Unglück nachgrübelnd, allmählich den Verstand verlor. Sobald die Eltern Auroras davon benachrichtigt wurden, ließen sie ihn nach Madrid bringen und ins Irrenhaus einschließen. Seine Frau ist noch im Kloster, in dem ihre Eltern sie noch einige Jahre lassen wollen, um sie für ihren Leichtsinn oder, wenn Sie wollen, für einen Fehltritt zu strafen, an dem doch nur sie selbst schuld sind.
Unmittelbar neben Zanubio", fuhr der Teufel fort, „befindet sich Don Blaz Desdichado, ein recht verdienstvoller Kavalier. Der Tod seiner Gattin ist die Ursache der traurigen Lage, in der Sie ihn hier sehen."
„Das überrascht mich", sagte Don Cleofas. „Ein Gatte, den der Tod seiner Frau wahnsinnig macht! Ich hätte nicht gedacht, daß man die eheliche Liebe so weit treiben könnte."
„Seien Sie nicht so voreilig", unterbrach ihn Asmodeus. „Don Blaz ist nicht aus Schmerz über den Verlust seiner

Gattin verrückt geworden – ihm hat etwas anderes den Verstand verwirrt. Da er keine Kinder hatte, sah er sich gezwungen, den Verwandten der Gestorbenen fünfzigtausend Dukaten zurückzugeben, die von ihnen erhalten zu haben er in einem Ehekontrakt bescheinigt hatte."

„Aha! So liegen also die Dinge", erwiderte Leandro. „Jetzt bin ich über sein Unglück nicht mehr erstaunt. Aber sagen Sie mir bitte: Wer ist der junge Mann, der in der Zelle daneben wie ein Ziegenbock umherhüpft und zuweilen innehält, um sich vor Lachen beide Seiten zu halten? Das ist ein lustiger Narr."

„Sein Wahnsinn", erklärte der Hinkende, „rührt von übermäßiger Freude her. Er war Türsteher bei einem vornehmen Herrn, und als er eines Tages den Tod eines reichen Steuerpächters erfuhr und sich herausstellte, daß er dessen einziger Erbe war, da war er einer solchen Freudenbotschaft nicht gewachsen: er schnappte über.

Wir sind nun bis zu diesem großen Jüngling gelangt, der Gitarre spielt und sie mit seinem Gesang begleitet. Das ist ein melancholischer Narr, ein Liebender, den die Unnahbarkeit seiner Dame zur Verzweiflung gebracht hat und den man hier einsperren mußte."

„Ach, wie beklage ich ihn!" rief der Student. „Erlauben Sie, daß ich über sein Unglück traure; es kann allen rechtschaffenen Menschen zustoßen. Wenn ich in eine grausame Schöne verliebt wäre, so weiß ich nicht, ob ich sein Los nicht teilen würde."

„An diesem Gefühl", erwiderte der Dämon, „erkenne ich, daß Sie ein echter Kastilier sind. Man muß im Schoß Kastiliens geboren sein, um sich fähig zu fühlen, so sehr zu lieben, daß man vor Kummer, nicht gefallen zu können, wahnsinnig wird. Die Franzosen sind nicht so zartbesaitet; und wenn Sie wissen wollen, welcher Unterschied in dieser Hinsicht zwischen einem Franzosen und einem Spanier besteht, so brauche ich Ihnen nur das Lied aufzusagen, das dieser Wahnsinnige singt und das er selbst vorhin verfaßt hat.

Spanisches Lied

Ardo y lloro sin sosiego:
Llorando y ardiendo tanto,
Que ni el llanto apaga el fuego,
Ni el fuego consume el llanto.

Ich brenne und ich weine ohne Unterlaß.
Doch so groß auch die Glut und der Tränen Flut:
Die Glut verzehrt so wenig der Tränen Naß,
wie die Tränen löschen die Glut.

So spricht ein spanischer Kavalier, wenn er von seiner Dame schlecht behandelt wird. Hören Sie, wie kürzlich ein Franzose in einer ähnlichen Lage sein Lied beklagt hat.

Französisches Lied

Die Liebste, der mein Herz gehört,
nie meine treue Lieb erhört.
Soviel ich seufze, sosehr ich mich sehne,
nichts rührt sie, die grausame Schöne.

Bei Gott, wer könnt' ein härtres Schicksal haben?
Da ich ihr nicht zu gefallen vermag,
will nimmer ich sehen den hellen Tag.
Kommt, Freunde, mich bei Payen zu begraben."

„Dieser Payen", sagte Don Cleofas, „ist offenbar ein Schankwirt?"
„Richtig", antwortete der Teufel. „Aber gehen wir weiter, sehen wir uns die anderen Wahnsinnigen an."
„Gehen wir lieber zu den Frauen", erwiderte Leandro. „Ich brenne darauf, sie zu sehen."
„Ich will Ihrer brennenden Neugierde nachgeben", versetzte der Geist. „Aber hier sind noch zwei oder drei Unglückliche, die ich Ihnen vorher gern noch zeigen möchte. Vielleicht können Sie aus Ihrem Unglück irgendeine Lehre ziehen.

Betrachten Sie in der Zelle, die neben der des Gitarrenspielers liegt, jenes bleiche und abgezehrte Gesicht, das die Zähne fletscht und, wie es scheint, die Eisenstangen am Fenster auffressen will. Das ist ein rechtschaffener Mensch, der aber unter einem so unglücklichen Gestirn geboren ist, daß er bei allen möglichen Verdiensten, soviel Mühe er sich auch zwanzig Jahre lang gegeben hat, niemals sein Brot zu verdienen vermochte. Er verlor den Verstand, als er sah, wie ein ganz unbedeutendes Subjekt, ein Bekannter von ihm, an einem Tag durch geschickte Berechnung den Gipfel des Glücks erreichte.
Der Nachbar dieses Wahnsinnigen ist ein alter Sekretär, der nicht ganz richtig im Kopf ist, weil er die Undankbarkeit eines Höflings, dem er sechzig Jahre lang treu gedient, nicht ertragen konnte. Man kann den Eifer und die Treue dieses Mannes, der nie etwas für sich verlangte, nicht genug loben. Er begnügte sich damit, seine Dienste und seine Beflissenheit für ihn sprechen zu lassen. Sein Herr aber glich durchaus nicht dem König Archilaus von Makedonien, der verweigerte, was man von ihm verlangte, und gewährte, was man nicht von ihm verlangte: Er ist gestorben, ohne seinen treuen Diener zu belohnen. Er hat ihm nur so viel hinterlassen, wie nötig ist, um unter den Verrückten den Rest seiner Tage im Elend zu verbringen.
Jetzt will ich Sie nur noch auf einen aufmerksam machen, nämlich auf den dort, der – die Arme auf die Fensterbank gestützt – in tiefes Nachdenken verloren zu sein scheint. Sie sehen in ihm einen Hidalgo aus Tafalla, einer kleinen Stadt in Navarra. Er ist nach Madrid übersiedelt, wo er von seinem Vermögen einen schönen Gebrauch gemacht hat. Er hatte die Sucht, alle Schöngeister kennenlernen und bewirten zu wollen. Jeden Tag wurde bei ihm tüchtig geschmaust und gezecht; und obgleich die Schriftsteller, ein undankbares und unhöfliches Volk, sich über ihn lustig machten, während sie ihn schröpften, war er erst zufrieden, als er mit ihnen sein kleines Vermögen verzehrt hatte."
„Zweifellos", meinte Zambullo, „ist er aus Reue darüber, sich auf so törichte Weise zugrunde gerichtet zu haben, verrückt geworden."
„Ganz im Gegenteil", erwiderte Asmodeus, „nur deshalb,

weil er sich außerstande sah, diesen Lebenswandel fortzusetzen. – Kommen wir nun zu den Frauen", fügte er hinzu.
„Wie", rief der Student, „ich sehe nur sieben oder acht? Es gibt weniger verrückte Frauen, als ich angenommen habe."
„Nicht alle verrückten Frauen befinden sich hier", sagte der Dämon lächelnd. „Wenn Sie wollen, bringe ich Sie sofort in ein anderes Viertel dieser Stadt, in dem ein großes Haus steht, das voll verrückter Frauen ist."
„Das ist nicht nötig", erwiderte Don Cleofas, „ich halte mich an diese hier."
„Sie haben recht", entgegnete der Hinkende. „Es sind fast alle vornehme Damen. Sie können aus der Sauberkeit in ihren Zellen darauf schließen, daß sie nicht aus der Hefe des Volkes stammen. Ich will Ihnen nun die Ursache ihres Wahnsinns mitteilen.
In der ersten Zelle ist die Frau eines Corregidors, welche die Wut darüber, daß eine Hofdame sie Bürgerin genannt, um den Verstand gebracht hat. In der zweiten wohnt die Gattin des Großschatzmeisters des Rates von Westindien. Sie ist vor Ärger verrückt geworden, weil sie in einer engen Straße ihren Wagen zurückfahren lassen mußte, um die Kutsche der Herzogin von Medina-Celi vorbeizulassen. In der dritten Zelle hält sich eine junge Witwe aus einer Kaufmannsfamilie auf. Sie hat vor Kummer den Verstand verloren, weil sie einen großen Herrn, den sie zu heiraten hoffte, nicht bekommen hat. Und in der vierten wohnt ein Mädchen von vornehmer Herkunft, eine gewisse Doña Beatriz, von deren Unglück ich Ihnen erzählen muß.
Diese Dame hatte eine Freundin, die Doña Mencia hieß. Sie sahen sich jeden Tag. Ein Ritter des Santiago-Ordens, ein stattlicher und liebenswürdiger Mann, lernte sie beide kennen und machte sie bald zu Rivalinnen. Sie machten sich heftig sein Herz streitig, das Doña Mencia zugetan war, und so wurde sie die Gattin des Ritters.
Doña Beatriz, sehr eifersüchtig auf die Macht ihrer Reize, war zu Tode betrübt, weil sie nicht den Vorzug erhalten hatte; und als gute Spanierin hegte sie im Grunde ihres Herzens den glühenden Wunsch nach Rache. Da erhielt sie einen Brief von Don Jacinto de Romarate, einem anderen Ver-

ehrer der Doña Mencia; dieser Kavalier schrieb ihr, er fühle sich durch die Heirat seiner Geliebten ebenso tief gedemütigt wie sie und hätte daher den Entschluß gefaßt, sich mit dem Ritter, der sie ihm entführt hätte, zu schlagen.
Dieser Brief war Beatriz sehr willkommen, da sie nur den Tod des Schwerenöters wünschte und hoffte, daß Don Jacinto seinem Nebenbuhler das Leben nehmen werde. Während sie mit Ungeduld eine so christliche Genugtuung erwartete, geriet ihr Bruder zufällig in Streit mit ebendiesem Don Jacinto, schlug sich mit ihm und wurde von zwei Degenstichen durchbohrt, an denen er starb. Es war die Pflicht der Doña Beatriz, den Mörder ihres Bruders bei Gericht zu verfolgen; doch unterließ sie diese Verfolgung, um Don Jacinto Zeit zu lassen, den Ritter des Santiago-Ordens zu fordern – was klar beweist, daß den Frauen nichts so sehr am Herzen liegt wie ihre Schönheit. So handelt auch die Pallas Athene, nachdem Ajax die Kassandra vergewaltigt hat; die Göttin bestraft nicht sogleich den ruchlosen Griechen, der ihren Tempel geschändet hat; sie will, daß er vorher dazu beitrage, sie wegen des Urteils des Paris zu rächen. Leider hat Doña Beatriz, weniger glücklich als Athene, nicht die volle Süßigkeit der Rache genossen. Romarate fiel im Kampf gegen den Ritter, und der Gram, den diese Dame darüber empfand, ihre Schmach ungeahndet zu sehen, brachte sie um den Verstand.
Die zwei nächsten Verrückten sind die Großmutter eines Advokaten und eine alte Marquise. Die erste brachte durch ihre schlechte Laune ihren Enkel zur Verzweiflung, so daß er sie hier trefflich unterbrachte, um sie loszuwerden. Die andere ist eine Frau, die immer ihre eigene Schönheit abgöttisch geliebt hat. Anstatt in Gelassenheit alt zu werden, weinte sie Tag und Nacht, als sie ihre Reize dahinwelken sah; und schließlich wurde sie eines Tages, als sie sich in einem getreuen Spiegel betrachtete, wirr im Kopf."
„Um so besser für die Marquise", meinte Don Cleofas. „In ihrer Geistesgestörtheit bemerkt sie vielleicht nicht mehr, wie sehr die Zeit sie verändert hat."
„Gewiß nicht", antwortete der Teufel. „Weit davon entfernt, in ihrem Gesicht noch die Spuren des Alters zu bemerken, erscheint ihr ihr Teint wie eine Mischung von Lilien und Ro-

sen; sie sieht um sich her Grazien und Amoretten; kurz, sie glaubt, sie sei die Göttin Venus."

„Nun", erwiderte der Student, „ist es nicht ein Glück für sie, verrückt zu sein, statt sich so zu sehen, wie sie ist?"

„Zweifellos", versetzte Asmodeus. „So – jetzt haben wir nur noch eine Dame zu betrachten, nämlich diejenige, die in der letzten Zelle wohnt und die soeben der Schlaf überkommt – nach drei Tagen und Nächten voll Aufregung. Es ist Doña Emerenciana. Sehen Sie sie sich gut an. Was sagen Sie von ihr?"

„Ich finde sie sehr schön", antwortete Zambullo. „Wie schade! Muß ein so reizendes Geschöpf denn wahnsinnig werden? Durch welches Unglück ist sie in diesen Zustand gebracht worden?"

„Hören Sie mir aufmerksam zu", entgegnete der Hinkende, „Sie sollen nun die Geschichte ihres Unglücks erfahren.

Doña Emerenciana, die einzige Tochter des Don Guillermo Estéban, lebte in Sigüenza ruhig im Hause ihres Vaters, als Don Jimén de Lizana ihre Ruhe durch die Aufmerksamkeiten störte, die er aufbot, um ihr zu gefallen. Sie begnügte sich nicht damit, diesem Kavalier für seine Gefälligkeiten dankbar zu sein; sie war auch so schwach, auf die List einzugehen, die er anwendete, um mit ihr sprechen zu können, und bald darauf gab sie ihm ihr Jawort und erhielt dafür das seinige.

Die beiden Liebenden waren von gleicher Herkunft; aber die Dame konnte für eine der besten Partien Spaniens gelten, während Don Jimén nur ein Zweitgeborener war. Ihrer Verbindung stand noch ein anderes Hindernis im Wege. Don Guillermo haßte die Familie Lizana, was er in seinen Reden nur zu deutlich zu erkennen gab, wenn in seiner Gegenwart die Sprache auf sie kam. Er schien gegen Don Jimén sogar mehr Abscheu zu hegen als gegen alle übrigen Angehörigen seiner Familie. Tief betrübt, ihren Vater in einer solchen Stimmung zu sehen, ahnte Emerenciana das Schlimmste für ihre Liebe; doch unterließ sie es nicht, sich rückhaltlos ihrer Neigung hinzugeben und heimlich Unterredungen mit Lizana zu pflegen, der von Zeit zu Zeit – dank einer Zofe – nachts bei ihr eingelassen wurde.

In einer dieser Nächte geschah es, daß Don Guillermo, der

zufällig erwachte, als der Liebhaber das Haus betrat, irgendein Geräusch im Zimmer seiner Tochter, das von dem seinigen nicht weit entfernt war, zu hören glaubte. Mehr war nicht nötig, um einen so mißtrauischen Vater wie ihn zu beunruhigen. Aber so argwöhnisch er auch war, so hatte doch Emerenciana sich so geschickt verhalten, daß er nicht das geringste von ihrem heimlichen Einverständnis mit Don Jimén ahnte. Da er aber das Vertrauen nicht zu weit trieb, verließ er leise sein Bett, öffnete ein Fenster, das auf die Straße ging, und wartete geduldig, bis er von einem Balkon auf einer Strickleiter Lizana herabsteigen sah, den er im Mondschein erkannte.
Welcher Anblick für Estéban, den rachsüchtigsten und grausamsten Sterblichen, den Sizilien, wo er geboren war, jemals hervorgebracht hatte! Zunächst überließ er sich nicht seinem Zorn und hütete sich, Lärm zu machen, der seinen Dolchstichen das Hauptopfer, das seine Rachsucht verlangte, hätte entziehen können. Er beherrschte sich und wartete, bis seine Tochter am nächsten Morgen aufgestanden war, um dann ihr Zimmer zu betreten. Als er sich dort mit ihr allein sah, sagte er, sie mit zornfunkelnden Augen betrachtend, zu ihr: ‚Unglückliche, die du dich trotz deines edlen Bluts nicht schämst, schändliche Handlungen zu begehen, mach dich auf eine gerechte Strafe gefaßt! Dieser Stahl‘, fügte er hinzu, während er einen Dolch aus seinem Busen zog, ‚dieser Stahl wird dir das Leben nehmen, wenn du nicht die Wahrheit gestehst. Sage mir den Namen des Verwegenen, der heute nacht mein Haus entehrt hat.‘
Emerenciana war ganz verstört und über diese Drohung so erschrocken, daß sie kein Wort hervorbringen konnte. ‚Ha, Elende‘, fuhr der Vater fort, ‚dein Schweigen und deine Bestürzung beweisen mir nur zu deutlich deine Schuld. Bildest du dir ein, nichtswürdige Tochter, daß ich nicht weiß, was vorgeht? Ich habe heute nacht den Verwegenen gesehen; ich habe Don Jimén erkannt. Nicht genug, daß du nachts in deinem Zimmer einen Kavalier empfangen hast, dieser Kavalier mußte auch noch mein größter Feind sein. Aber hören wir, wieweit ich beleidigt bin; sprich unverhohlen; nur Aufrichtigkeit kann dich vor dem Tod retten.‘
Die Dame, die bei diesen Worten eine leise Hoffnung

schöpfte, dem traurigen Schicksal, das ihr drohte, zu entgehen, verlor einen Teil ihrer Furcht und antwortete Don Guillermo: ‚Herr, ich konnte nicht umhin, Lizana anzuhören; aber ich rufe den Himmel als Zeugen für die Reinheit seiner Gesinnung an. Da er weiß, wie sehr Sie seine Familie hassen, hat er noch nicht gewagt, Sie um Ihre Einwilligung zu bitten; und nur um gemeinsam darüber zu beraten, wie wir sie erlangen könnten, habe ich ihm erlaubt, mich zuweilen zu besuchen.‘

‚Und welcher Person‘, erwiderte Estéban, ‚bedient ihr euch, um einander eure Briefe zuzustellen?‘

‚Einer Ihrer Pagen‘, antwortete seine Tochter, ‚leistet uns diesen Dienst.‘

‚Das ist alles, was ich wissen wollte‘, entgegnete der Vater. ‚Jetzt gilt es, den Plan auszuführen, den ich gefaßt habe.‘ Hierauf ließ er sie, noch immer den Dolch in der Hand, zu Papier und Tinte greifen und zwang sie, ihrem Geliebten die folgenden Worte zu schreiben, die er ihr diktierte:

‚Teurer Gatte, einziges Glück meines Lebens, ich teile dir mit, daß mein Vater soeben nach seinem Gut abgereist ist, von dem er erst morgen zurückkehren wird. Nutze die Gelegenheit aus. Ich hoffe, daß du die kommende Nacht ebenso ungeduldig erwartest wie ich.‘

Nachdem Emerenciana diesen heimtückischen Brief geschrieben und versiegelt hatte, sagte Don Guillermo zu ihr: ‚Laß den Pagen kommen, der die Aufträge, die du ihm gibst, so geschickt erledigt, und befiehl ihm, dieses Schreiben Don Jimén zu überbringen; aber hoffe nicht, mich hintergehen zu können. Ich werde mich an einem Ort dieses Zimmers verbergen, von dem aus ich beobachten kann, wie du ihm diesen Auftrag erteilst; und wenn du ihm ein Wort sagst oder ein Zeichen gibst, das ihm die Botschaft verdächtig macht, so stoße ich dir sogleich diesen Dolch ins Herz.‘ Emerenciana kannte ihren Vater zu gut, als daß sie gewagt hätte, ihm nicht zu gehorchen. Sie übergab wie gewöhnlich den Brief dem Pagen.

Nun steckte Estéban den Dolch wieder in die Scheide; aber er verließ seine Tochter den ganzen Tag über nicht, ließ sie auch nicht heimlich mit irgend jemand sprechen und fädelte alles so geschickt ein, daß Lizana vor der Falle, die man ihm

stellte, nicht gewarnt werden konnte. Dieser junge Mann versäumte also nicht, sich zu dem Stelldichein einzufinden. Kaum aber war er im Hause seiner Geliebten, da fühlte er sich von drei besonders starken Männern festgehalten, die ihn entwaffneten, ohne daß er sich zu wehren vermochte, ihm ein Tuch in den Mund schoben, um ihn am Schreien zu hindern, ihm die Augen verbanden und die Hände auf dem Rücken fesselten. Dann schleppten sie ihn in diesem Zustand zu einem Wagen, der schon bereitstand und in den sie alle drei einstiegen, um besser für den Kavalier haften zu können, und brachten ihn zu dem Gut Estébans, das bei dem etwa vier Meilen von Sigüenza entfernten Dorf Miedes liegt. Don Guillermo brach kurz darauf in einem anderen Wagen auf, zusammen mit seiner Tochter, zwei Kammerfrauen und einer gestrengen Dueña, die er nachmittags zu sich bestellt hatte, um sie in seinen Dienst zu nehmen. Er nahm auch alle seine anderen Leute mit, ausgenommen einen alten Diener, der keine Kenntnis von der Entführung Lizanas hatte.
Vor Tagesanbruch trafen sie alle in Miedes ein. Die erste Sorge des Don Estéban war, Don Jimén in ein Kellergewölbe einsperren zu lassen, in das ein schwaches Licht durch ein Luftloch fiel, das zu eng war, als daß ein Mann hätte hindurchschlüpfen können. Dann befahl er Julio, seinem Kammerdiener, dem Gefangenen zur Nahrung nur Brot und Wasser, zum Schlafen nur ein Bündel Stroh zu geben und ihm jedesmal, wenn er ihm zu essen brächte, zu sagen: ‚Nun siehst du, elender Verführer, wie Don Guillermo diejenigen straft, die so vermessen sind, ihn zu beleidigen.‘ Nicht weniger hart verfuhr dieser grausame Sizilianer mit seiner Tochter. Er schloß sie in eine Kammer ein, die keine Aussicht auf die Landschaft bot, nahm ihr ihre beiden Frauen und gab ihr als Schließerin die Dueña, die er ausgewählt, eine Dueña ohnegleichen, wenn es die ihrer Aufsicht unterstellten Mädchen zu quälen galt.
So verfuhr er mit den beiden Liebenden. Seine Absicht war, es dabei nicht bewenden zu lassen. Er hatte beschlossen, Don Jimén zu beseitigen; doch wollte er versuchen, dieses Verbrechen ungestraft zu begehen – was sehr schwierig war. Da er seine Diener benutzt hatte, um diesen Kavalier zu ent-

führen, konnte er nicht hoffen, daß eine Tat, die so viele Mitwisser hatte, immer verborgen bleiben würde. Wie sollte er zu Werke gehen, ohne es mit der Polizei zu tun zu bekommen? Er faßte seinen Entschluß als großer Verbrecher. Er ließ alle seine Mitschuldigen in einem Nebengebäude des Schlosses zusammenkommen; dann bekundete er ihnen, wie sehr er von ihrem Pflichteifer befriedigt wäre, und sagte ihnen, er wolle ihnen zum Dank eine schöne Summe Geld geben, nachdem er sie gut bewirtet hätte. Er ließ sie an einem Tisch Platz nehmen, und während des Mahls vergiftete sie Julio auf seinen Befehl; dann steckten der Herr und der Diener das Gebäude in Brand, und ehe die Flammen die Dorfbewohner herbeirufen konnten, ermordeten sie die beiden Kammerfrauen Emerencianas und den kleinen Pagen, von dem ich gesprochen habe, und warfen ihre Leichen zu den anderen. Bald stand das Gebäude in hellen Flammen und brannte nieder trotz aller Anstrengungen, welche die Bauern aus der Umgebung unternahmen, um die Feuersbrunst zu löschen. Man muß indes die Beileidskundgebungen des Sizilianers gesehen haben: Er schien untröstlich über den Verlust seines Gesindes.

Nachdem er sich auf solche Weise die Verschwiegenheit der Leute, die ihn hätten verraten können, gesichert hatte, sagte er zu seinem Vertrauten: ‚Mein lieber Julio, jetzt bin ich beruhigt und kann Don Jimén, wenn ich will, das Leben nehmen; aber ehe ich ihn meiner Ehre opfere, will ich die süße Genugtuung genießen, ihn leiden zu sehen. Das Elend und der Schrecken einer langen Gefangenschaft sind für ihn grausamer als der Tod.‘ Tatsächlich beklagte Lizana unaufhörlich sein Unglück, und in der Erwartung, daß er niemals diesen Keller verlassen würde, wünschte er sich, er möchte von seinen Leiden durch einen schnellen Tod erlöst werden.

Vergebens aber hoffte Estéban, er würde nach der Tat, die er soeben begangen, seine innere Ruhe wiederfinden. Nach drei Tagen begann ihn eine andere Vorstellung zu beunruhigen. Er fürchtete, daß sich Julio, wenn er dem Gefangenen zu essen brächte, durch Versprechungen bestechen ließe, und diese Befürchtung brachte ihn zu dem Entschluß, den Untergang des einen zu beschleunigen und dem anderen eine Kugel in den Kopf zu jagen. Julio war seinerseits nicht ohne Argwohn. Da er sich sagte, sein Herr könnte nach der Beseitigung des Don Jimén vielleicht auch ihn seiner Sicherheit opfern, so faßte er den Plan, in einer schönen Nacht mit allem, was sich aus dem Haus am leichtesten mitnehmen ließe, das Weite zu suchen.

So brüteten diese beiden Ehrenmänner – jeder in seinem Zimmer – vor sich hin, bis sie eines Tages, hundert Schritt weit vom Schloß, von fünfzehn bis zwanzig Hartschieren des heiligen Hermandad überrascht wurden, die sie plötzlich umringten und riefen: Im Namen des Königs und des Gesetzes! – Bei diesem Anblick erbleichte und erschrak Don Guillermo; doch faßte er sich schnell wieder und fragte den Befehlshaber, auf wen er es abgesehen hätte. ‚Auf Sie‘, antwortete ihm der Offizier. ‚Man beschuldigt Sie, Don Jimén de Lizana entführt zu haben. Ich habe den Auftrag, Ihr Schloß nach ihm durchsuchen zu lassen und Sie selbst in Gewahrsam zu nehmen.‘ Bei dieser Antwort ließ sich Estéban, fest davon überzeugt, daß er verloren war, von der Wut hinreißen. Er zog aus seinen Taschen zwei Pistolen und sagte, er würde nicht zulassen, daß man sein Haus durchsuche, und dem Befehlshaber den Schädel zerschmettern, wenn er nicht schleunigst mit seiner Truppe abzöge. Der Hauptmann der heiligen Brüderschaft verachtete diese Drohung und stürzte sich auf den Sizilianer, der einen Schuß gegen ihn abfeuerte und ihn im Gesicht verwundete; aber diese Verwundung kostete den Wahnwitzigen, der sie beigebracht, gleich darauf das Leben: Zwei oder drei Hartschiere schossen gleichzeitig auf ihn, um ihren Offizier zu rächen, und streckten ihn tot zu Boden. Was Julio betrifft, so ließ er sich ohne Widerstand gefangennehmen, und es bedurfte auch keines hochnotpeinlichen Verhörs, um aus ihm herauszubringen, ob Don Jimén im Schloß war. Der Diener gestand alles. Da er aber sah, daß sein Herr tot war, wälzte er alle Schandtaten auf ihn ab.

Schließlich führte er den Kommandanten und seine Hartschiere in den Keller, in dem sie Lizana gefesselt und geknebelt auf Stroh liegen sahen. Dieser unglückliche Kavalier, der in ständiger Erwartung des Todes lebte, nahm an, daß so viele Bewaffnete seinen Kerker nur beträten, um ihn zu töten, und er war freudig überrascht, als er erfuhr, daß diejenigen, die er für seine Henker gehalten hatte, seine Befreier waren. Nachdem sie ihm seine Fesseln abgenommen und ihn aus dem Keller herausgeholt hatten, dankte er ihnen für seine Befreiung und fragte, wie sie erfahren hätten, daß er in diesem Schloß gefangengehalten werde.

‚Das will ich Ihnen nun', sagte der Hauptmann, ‚in wenigen Worten erzählen. In der Nacht Ihrer Entführung', fuhr er fort, ‚begab sich einer Ihrer Entführer kurz zu seiner Freundin, die nur zwei Schritt vom Haus des Don Guillermo entfernt wohnte; er wollte sich vor seinem Aufbruch nach dem Gut von ihr verabschieden und war dabei so unvorsichtig, ihr den Plan Estébans zu verraten. Diese Frau wahrte das Geheimnis zwei oder drei Tage lang; aber als sich in der Stadt Sigüenza die Kunde von dem Brand in Miedes verbreitete und es jedem seltsam vorkam, daß die Diener des Sizilianers alle bei diesem Unglück umgekommen waren, da setzte sie sich in den Kopf, daß dieser Brand das Werk des Don Guillermo sein müßte. So suchte sie, um ihren Geliebten zu rächen, Don Félix, Ihren Vater, auf und sagte ihm alles, was sie wußte. Don Félix erschrak, als er Sie der Gewalt eines Mannes, der zu allem fähig war, ausgeliefert sah, und führte die Frau zum Corregidor, der nach ihrer Vernehmung nicht daran zweifelte, daß Estéban Sie lange und grausame Qualen erdulden lassen wollte und daß er der teuflische Brandstifter war. Da der Richter dies ergründen wollte, schickte er mir heute morgen nach Retortillo, wo ich mein Quartier habe, die Order, sofort aufzusitzen und mit meiner Brigade zu dem Schloß hier zu reiten, um Sie dort zu suchen und Don Guillermo lebend oder tot zu ergreifen. Ich habe meinen Auftrag glücklich ausgeführt, was Sie betrifft; aber ich bin ärgerlich, daß ich den Schuldigen nicht lebend nach Sigüenza bringen kann; er hat uns durch seinen Widerstand genötigt, ihn zu töten.'

Nach dieser Erklärung sagte der Offizier zu Don Jimén: ‚Mein Herr, ich werde jetzt ein Protokoll über all das aufnehmen, was hier vorgefallen ist. Dann werden wir aufbrechen, um den sehnlichen Wunsch zu erfüllen, den Sie sicher haben; ich meine den Wunsch, Ihre Familie von der Unruhe zu befreien, die Sie ihr bereiten.'

‚Warten Sie, Herr Kommandant', rief hier Julio aus. ‚Ich werde Ihnen noch mehr Stoff für Ihr Protokoll liefern. Sie haben noch eine Gefangene zu befreien. Doña Emerenciana ist in einer dunklen Kammer eingeschlossen, wo eine unerbittliche Dueña ihr unaufhörlich bittere Dinge sagt und sie nicht einen Augenblick in Ruhe läßt.'

‚Mein Gott', sagte Lizana, ‚der grausame Estéban hat sich also nicht damit begnügt, seine Roheit an mir auszulassen. Befreien wir schnell die unglückliche Dame von der Tyrannei ihrer Aufseherin.'

Hierauf führte Julio den Kommandanten und Dom Jimén, zusammen mit fünf oder sechs Hartschieren, zu der Kammer, die der Tochter des Don Guillermo als Kerker diente. Sie klopften an die Tür, und die Dueña öffnete. Sie können sich wohl denken, wie glücklich Lizana war, seine Geliebte wiederzusehen, nachdem er schon die Hoffnung aufgegeben hatte, sie jemals zu besitzen. Er fühlte seine Hoffnung wiederaufleben, oder besser gesagt: Er konnte an seinem Glück jetzt nicht mehr zweifeln, da der einzige Mensch, der sich mit Recht dem hätte widersetzen können, nicht mehr lebte. Sobald er Emerenciana erblickte, eilte er auf sie zu, um sich ihr zu Füßen zu werfen. Wer aber könnte wohl den Schmerz ausdrücken, der ihn überwältigte, als er statt einer Geliebten, die bereit war, seinen Freudenausbruch zu teilen, nur eine Dame fand, die ihrer Sinne nicht mächtig war? Tatsächlich war sie von der Dueña so sehr gequält worden, daß sie wahnsinnig geworden war. Eine Weile stand sie traumverloren da; dann bildete sie sich plötzlich ein, sie sei die schöne Angelica, die in der Festung Albracca von den Tataren belagert werde, und hielt alle die Männer, die in ihrer Kammer standen, für ebenso viele Paladine, die ihr zur Hilfe kamen.* So hielt sie den Hauptmann der heiligen Brüderschaft für Orlando, Lizana für Brandimarte, Julio für Hubert du Lyon und die Hartschiere für Antiforte, Clarion, Adriano und die beiden Söhne des Markgrafen Oliviero. Sie empfing sie sehr zuvorkommend und sagte zu ihnen: ‚Tapfere Ritter, jetzt fürchte ich niemand mehr, weder den Kaiser Agricane noch

* Die Wahnvorstellung Emerencianas beziehen sich auf Ariosts Epos: „Orlando Furioso" („Der rasende Roland").

die Königin Marfisa. Eure Tapferkeit vermag mich gegen alle Krieger der Welt zu verteidigen.'
Bei dieser wunderlichen Rede konnten der Offizier und seine Hartschiere sich des Lachens nicht enthalten. Ganz anders verhielt sich Don Jimén. Tief betrübt, seine Dame aus Liebe zu ihm in einem so traurigen Zustand zu sehen, glaubte er vor Kummer wahnsinnig werden zu müssen. Doch hoffte er noch, sie werde vielleicht ihren Verstand wiederfinden, und sagte in dieser Hoffnung zärtlich zu ihr: ‚Meine teure Emerenciana, erkennen Sie Lizana; rufen Sie Ihren verirrten Geist zurück; nehmen Sie zur Kenntnis, daß unsere Leiden zu Ende sind. Der Himmel will nicht, daß zwei Herzen, die er vereint hat, für immer getrennt bleiben, und der unmenschliche Vater, der uns so graumsam behandelt hat, kann uns nichts mehr in den Weg legen.'
Die Antwort, welche die Tochter des Königs Galafrone darauf gab, war wieder eine Rede an die tapferen Verteidiger von Albracca, die diesmal nicht lachten. Sogar der Hauptmann, obgleich von Natur nicht besonders mitfühlend, empfand Regungen des Mitleids und sagte zu Don Jimén, den er vom Schmerz gebeugt sah: ‚Mein Herr, zweifeln Sie nicht an der Heilung Ihrer Dame; Sie haben doch in Sigüenza Ärzte, die ihr mit ihren Mitteln helfen können. Aber halten wir uns hier nicht länger auf. Sie, Hubert von Löwen', wandte er sich dann an Julio, ‚Sie wissen, wo in diesem Schloß die Ställe sind; nehmen Sie Antiforte und die beiden Söhne des Markgrafen Oliviero mit; wählen Sie die schnellsten Pferde aus und spannen Sie sie vor den Wagen der Prinzessin. Ich nehme unterdessen mein Protokoll auf.'
Während er dies sagte, zog er aus seinen Taschen Schreibzeug und Papier, und nachdem er alles, was er für wichtig hielt, aufgeschrieben hatte, reichte er Angélica die Hand, um ihr auf dem Weg zum Schloßhof behilflich zu sein. Dank der Sorge der Paladine stand dort schon ein Wagen mit vier Maultieren bereit. Er stieg mit der Dame und Don Jimén ein und ließ auch die Dueña einsteigen, deren Aussage seiner Meinung nach dem Corregidor sehr willkommen sein würde. Das ist noch nicht alles. Auf Befehl des Brigadechefs legte man Julio in Ketten und setzte ihn in einen anderen Wagen – neben die Leiche des Don Guillermo. Die Hartschiere

bestiegen dann wieder ihre Pferde, worauf alle zusammen den Weg nach Sigüenza einschlugen.
Die Tochter Estébans sagte unterwegs tausend ungereimte Dinge, die ebenso viele Dolchstiche für ihren Geliebten bedeuteten. Er konnte nicht ohne Zorn die Dueña ansehen. ‚Sie, grausame Alte', sagte er zu ihr, ‚haben durch Ihre Quälereien Emerenciana zum äußersten getrieben und ihren Geist verstört.' Mit scheinheiliger Miene rechtfertigte sich die Aufseherin und wälzte alle Schuld auf den Toten ab. ‚Don Guillermo allein', antwortete sie, ‚ist dieses Unglück zuzuschreiben. Dieser allzu strenge Vater erschreckte jeden Tag seine Tochter durch Drohungen, bis sie schließlich wahnsinnig wurde.'
Bei der Ankunft in Sigüenza erstattete der Hauptmann dem Corregidor Bericht über seinen Auftrag. Dieser verhörte sofort Julio und die Dueña und schickte sie in die Gefängnisse dieser Stadt, in denen sie sich noch befinden. Der Richter nahm auch die Aussage Lizanas entgegen, der sich dann von ihm verabschiedete, um zum Haus seines Vaters zu gehen, in dem er auf Trauer und Unruhe helle Freude folgen ließ. Was Dóna Emerenciana betrifft, so ließ der Corregidor sie nach Madrid bringen, wo sie einen Onkel mütterlicherseits hat. Dieser gute Onkel, der nichts Besseres verlangte, als die Verwaltung ihres Vermögens zu übernehmen, wurde zu ihrem Vormund ernannt. Da er um des schönen Scheins willen nicht umhinkonnte, so zu tun, als wünschte er, daß sie genese, nahm er zu den berühmtesten Ärzten Zuflucht; doch hatte er keinen Grund, dies zu bereuen; denn nachdem sie mit ihrem Latein zu Ende waren, erklärten sie das Leiden für unheilbar. Auf diese Entscheidung hin versäumte der Vormund nicht, sein Mündel hier einzuliefern, wo es aller Wahrscheinlichkeit nach den Rest seines Lebens verbringen wird."
„Trauriges Schicksal!" rief Don Cleofas. „Ich bin davon wirklich ergriffen. Doña Emerenciana hätte es verdient, glücklicher zu werden. Und Don Jimén", fügte er hinzu, „was ist aus dem geworden? Ich bin begierig zu erfahren, welchen Entschluß er gefaßt hat."
„Einen sehr vernünftigen", erwiderte Asmodeus. „Als er sah, daß das Leiden unheilbar war, ging er nach Neu-Spanien. Er

hofft, auf Reisen nach und nach die Erinnerung an seine Dame zu verlieren, da sein Verstand und seine Ruhe verlangen, daß er sie vergesse ... Aber", fuhr der Teufel fort, „nachdem ich Ihnen die Geisteskranken gezeigt habe, die hier eingeschlossen sind, muß ich Ihnen auch noch die Verrückten zeigen, die verdienten, ebenfalls eingesperrt zu werden."

ZEHNTES KAPITEL

Der Stoff desselben ist unerschöpflich

„Blicken wir in Richtung der Stadt, und wann immer ich Menschen entdecke, die zu denen gerechnet werden können, die sich in dem Haus hier befinden, will ich Ihnen ihren Charakter beschreiben. Ich sehe schon einen, den ich mir nicht entgehen lassen möchte. Es ist ein Neuvermählter. Vor etwa acht Tagen eilte er auf den Bericht, den man ihm über die Liebschaften einer Abenteuerin, in die er vernarrt war, erstattet hatte, voll Wut zu dieser, zertrümmerte einen Teil ihrer Möbel, warf die anderen zum Fenster hinaus und – heiratete sie am Tag darauf."

„Ein solcher Mann", meinte Zambullo, „verdient sicher den ersten freien Platz in diesem Haus."

„Er hat einen Nachbar", erwiderte der Hinkende, „den ich nicht vernünftiger finde. Es ist ein fünfundvierzig Jahre alter Junggeselle, der alles hat, was er zum Leben braucht, und sich doch in den Dienst eines Granden begeben will.

Ich sehe ferner die Witwe eines Juristen. Die gute Dame ist mindestens sechzig Jahre alt; ihr Mann ist soeben gestorben. Sie will sich in ein Kloster zurückziehen, damit ihr Ruf, so meint sie, vor Verleumdung geschützt sei.

Ich erblicke auch zwei Jungfrauen oder, richtiger gesagt, zwei alte Jungfern von fünfzig Jahren. Sie beten zum Himmel, er möge so gütig sein, ihren Vater abzuberufen, der sie wie Minderjährige eingeschlossen hält. Nach seinem Tod

hoffen sie hübsche Männer zu finden, die sie aus Neigung heiraten."
„Warum auch nicht?" sagte der Student. „Es gibt Männer mit so wunderlichem Geschmack."
„Zugegeben", antwortete Asmodeus. „Sie können heiratslustige Männer finden, dürfen sich aber damit nicht schmeicheln. Darin besteht ihre Verrücktheit.
Es gibt auf der Erde kein Land, in dem die Frauen sich Rechenschaft über ihr Alter geben. Vor einem Monat gingen in Paris eine Jungfer von achtundvierzig Jahren und eine Frau von neunundsechzig als Zeuginnen zu einem Kommissar, um über eine mit ihnen befreundete Witwe auszusagen, deren Tugend man anzweifelte. Der Kommissar vernahm zuerst die Ehefrau und fragte sie nach ihrem Alter. Obwohl ihr Taufschein auf ihrer Stirn geschrieben stand, unterließ sie es nicht, kühn zu behaupten, sie wäre nur vierzig Jahre alt. Nachdem der Kommissar sie vernommen hatte, wandte er sich der Jungfer zu und fragte sie: ‚Und Sie, mein Fräulein, wie alt sind Sie?'
‚Kommen wir zu anderen Fragen, Herr Kommissar', antwortete sie ihm. ‚Danach darf man uns nicht fragen.'
‚Was fällt Ihnen ein', versetzte er, ‚wissen Sie nicht, daß vor Gericht …'
‚Ach, das Gericht hat hier nichts zu sagen', unterbrach ihn die Jungfer barsch. ‚Was geht es das Gericht an, wie alt ich bin? Das ist nicht seine Sache.'
‚Aber', belehrte er sie, ‚ich kann Ihre Aussage nicht entgegennehmen, wenn Ihr Alter nicht angegeben wird. Das ist ein notwendiger Umstand.'
‚Wenn es unbedingt sein muß', erwiderte sie, ‚so sehen Sie mich genau an und schreiben Sie nach Gutdünken mein Alter auf.'
Der Kommissar musterte sie und war so höflich, nur achtundzwanzig Jahre zu notieren. Dann fragte er sie, ob sie die Witwe schon lange kenne. ‚Schon vor ihrer Heirat', antwortete sie.
‚Dann habe ich Ihr Alter falsch eingetragen', entgegnete er. ‚Ich habe Ihnen nur achtundzwanzig Jahre gegeben, und die Witwe hat schon vor neunundzwanzig Jahren geheiratet.'
‚Nun', rief die Jungfer, ‚dann schreiben Sie eben, ich sei

dreißig. Mit einem Jahr konnte ich doch die Witwe schon kennen.'
‚Das wäre nicht korrekt', meinte er. ‚Legen wir noch ein Dutzend zu.'
‚Nicht doch, ich bitte Sie!' sagte sie. ‚Ich kann dem Gericht zu Gefallen höchstens noch ein Jahr beifügen. Aber ich würde auch nicht einen Monat mehr zulegen, wenn meine Ehre auf dem Spiel stünde.'
Sobald die beiden Zeuginnen das Zimmer des Kommissars verlassen hatten, sagte die Ehefrau zu der Jungfer: ‚Sehen Sie sich doch diesen Tunichtgut an, der glaubt, wir seien so dumm, ihm unser Alter genau anzugeben! Es genügt doch wahrhaftig, daß es im Taufregister unserer Gemeinde steht, er braucht es nicht noch in seine Akten einzutragen, damit alle Welt darüber ganz genau Bescheid weiß. Wäre es nicht reizend für uns, vor versammeltem Gericht vorlesen zu hören: Frau Richard, sechzig und soundso viel Jahre alt, und Fräulein Perinelle, fünfundvierzig Jahre alt, sagen das und das aus? Na, ich habe rund zwanzig Jahre weggelassen. Sie aber haben gut daran getan, es ebenso zu machen.'
‚Was heißt ebenso?' antwortete die Jungfer in gereiztem Ton. ‚Danke schön! Ich bin höchstens fünfunddreißig Jahre alt.'
‚Oho, meine Kleine', versetzte die andere mit boshaftem Lächeln, ‚wem sagen Sie das? Ich habe Sie zur Welt kommen sehen; ich spreche von Anno dazumal. Ja, ich entsinne mich, ich habe schon Ihren Vater gekannt. Als er starb, war er nicht mehr jung, und er ist schon vierzig Jahre tot.'
‚Ach, mein Vater, mein Vater!' unterbrach die Jungfer sie heftig, äußerst aufgebracht durch die Offenherzigkeit dieser Frau. ‚Als mein Vater meine Mutter heimführte, war er schon so alt, daß er keine Kinder mehr zeugen konnte!'
Ich sehe in einem Haus", fuhr der Geist fort, „zwei Männer, die nicht recht bei Troste sind. Der eine, ein Mann aus guter Familie, kann Geld weder zurücklegen noch entbehren; doch hat er ein unfehlbares Mittel entdeckt, immer Geld zu besitzen. Wenn er gut bei Kasse ist, kauft er Bücher, und sitzt er auf dem trocknen, so verkauft er sie für die Hälfte des Betrages, den sie ihn gekostet haben. Der andere ist ein ausländischer Maler, der Frauenbildnisse malt. Er ist begabt, er zeichnet genau, er malt vortrefflich und trifft ausgezeichnet

die Ähnlichkeit; aber er schmeichelt niemals und bildet sich doch ein, daß man sich um ihn reiße. *Inter stultos referatur.*“
„Wie“, staunte der Student, „Sie sprechen lateinisch?“
„Wundert Sie das?“ antwortete der Teufel. „Ich spreche perfekt alle möglichen Sprachen. Ich kann Hebräisch, Türkisch, Arabisch und Griechisch; doch bilde ich mir darauf nichts ein und bin auch kein Pedant. Das habe ich euren Gelehrten voraus. – Sehen Sie in dem großen Palais dort links eine kranke Dame, umgeben von mehreren Frauen, die sie pflegen. Es ist die Witwe eines reichen und berühmten Architekten, eine Frau, die auf den Adel versessen ist. Sie hat soeben ihr Testament gemacht. Ihre großen Ländereien vermacht sie Personen von höchstem Stande, die sie nicht einmal kennen; nur um ihrer großen Namen willen hinterläßt sie ihnen alles. Man hat sie gefragt, ob sie einen Mann, der ihr bedeutende Dienste geleistet hat, nicht in ihrem Testament bedenken wolle. ‚Nein‘, antwortete sie mit betrübter Miene, ‚es tut mir leid. Zwar bin ich nicht so undankbar, nicht anzuerkennen, daß ich ihm sehr zu Dank verpflichtet bin; aber er ist ein Bürgerlicher, sein Name wäre in meinem Vermächtnis ein Makel.‘“
„Herr Asmodeus“, unterbrach ihn Leandro, „sagen Sie mir bitte, ob der Alte, den ich in einer kleinen Stube lesen sehe, nicht zufällig auch ein Mensch ist, der verdiente, in dem Irrenhaus hier eingesperrt zu werden.“
„Zweifellos“, antwortete der Dämon. „Es ist ein alter Lizentiat, der einen Korrekturbogen zu einem Buch liest, das er gerade drucken läßt.“
„Wahrscheinlich“, meinte Don Cleofas, „ist es ein Werk über Moral oder Theologie.“
„Nein“, versetzte der Hinkende, „es sind zweideutige Gedichte, die er in seiner Jugend geschrieben hat. Anstatt sie zu verbrennen oder wenigstens mit sich vergehen zu lassen, will er sie bei seinen Lebzeiten veröffentlichen – aus Angst, daß nach seinem Tod seine Erben in die Versuchung kommen könnten, sie herauszugeben, und daß sie hierbei aus Hochachtung vor seinem Charakter alles Anzügliche und Pikante weglassen.
Es wäre unrecht von mir, wenn ich eine kleine Frau überginge, die bei diesem Lizentiaten wohnt. In der felsenfesten

Überzeugung, daß sie den Männern sehr gefällt, zählt sie alle diejenigen, die ein Wort mit ihr wechseln, zu ihren Liebhabern. Aber kommen wir nun zu dem reichen Domherrn, den ich zwei Schritt von dort erblicke; er hat eine sonderbare Schrulle. Wenn er mäßig lebt, so geschieht es nicht etwa zur Abtötung der Fleischeslust oder aus Genügsamkeit; und wenn er auf eine Equipage verzichtet, so tut er es nicht aus Geiz."

„Hm! Warum legt er dann sein Einkommen zurück?"

„Um Geld anzuhäufen."

„Was will er damit anfangen? Almosen spenden?"

„Nein, er kauft Gemälde, kostbare Möbel, Juwelen. Und Sie glauben, es geschehe, um sich an den schönen Sachen zu seinen Lebzeiten zu freuen? Sie täuschen sich. Er will damit bloß sein Inventar vermehren."

„Was Sie da sagen, ist doch übertrieben", unterbrach ihn Zambullo. „Gibt es denn in der Welt einen Mann von solchem Charakter?"

„Ja, versichere ich Ihnen", erwiderte der Teufel. „Er hat nun einmal diese Manie. Es macht ihm Vergnügen, anzunehmen, daß man später sein Inventar bewundern werde. Hat er zum Beispiel einen schönen Schreibtisch gekauft, so läßt er ihn sogleich einpacken und in einen Möbelspeicher einschließen, damit er den Augen der Trödler, die nach seinem Tod um diesen Schreibtisch feilschen werden, ganz neu erscheine.

Wenden wir uns nun seinem Nachbarn zu, den Sie nicht weniger überspannt finden werden. Es ist ein alter Junggeselle, der kürzlich von den Philippinen nach Madrid zurückgekehrt ist – mit einem reichen Erbe, das ihm sein Vater, der Auditor am Gerichtshof zu Manila war, hinterlassen hat. Sein Verhalten ist höchst sonderbar. Man sieht ihn den ganzen Tag über in den Vorzimmern des Königs und des ersten Ministers. Halten Sie ihn nicht für einen Ehrgeizigen, der auf eine hohe Stellung reflektiert. Er wünscht sich keine, er verlangt gar nichts. Wie, werden Sie mich nun fragen, er sollte bloß hingehen, um seine Aufwartung zu machen? Erst recht nicht! Er spricht nie mit dem Minister, dieser kennt ihn überhaupt nicht; aber das macht ihm gar nichts aus."

„Was ist dann sein Ziel?"

„Er möchte den Glauben erwecken, daß er Einfluß besitzt."
„Ein wunderlicher Kauz!" rief der Student lachend. „Das heißt sich viel Mühe um nichts machen. Sie haben recht, ihn zu den Narren zu zählen, die eingesperrt werden sollten."
„Oh", erwiderte Asmodeus, „ich werde Ihnen noch viele andere zeigen, die für vernünftiger zu halten nicht richtig wäre. Betrachten Sie in dem großen Haus dort, in dem Sie so viele Lichter brennen sehen, drei Männer und zwei Frauen an einem Tisch. Sie haben zusammen zu Abend gespeist und spielen jetzt Karten, um den Rest der Nacht zu verbringen, worauf sie auseinandergehen werden. So sieht das Leben aus, das diese Damen und Kavaliere führen. Sie kommen regelmäßig jeden Abend zusammen und trennen sich erst im Morgengrauen, um zu schlafen, bis die Dunkelheit wieder den Tag vertreibt. Auf den Anblick der Sonne und der Naturschönheiten haben sie verzichtet. Möchte man nicht, wenn man sie so zwischen den Leuchtern sitzen sieht, sagen, sie seien Tote, die darauf warten, daß man ihnen die letzte Ehre erweise?"
„Diese Narren", sagte Don Cleofas, „braucht man nicht einzusperren – sie sind schon eingesperrt."
„Ich sehe in Morpheus' Armen", fuhr der Hinkende fort, „einen Mann ruhen, den ich liebe und der mir auch sehr zugetan ist, ein Wesen, das aus einem Teig von meiner Art geknetet ist. Es ist ein alter Junggeselle, der das schöne Geschlecht verehrt. Sie können zu ihm nicht von einer hübschen Dame sprechen, ohne zu bemerken, daß er Ihnen mit dem größten Vergnügen zuhört. Wenn Sie ihm sagen, sie habe einen kleinen Mund, Purpurlippen, Zähne wie von Elfenbein und einen alabasterweißen Teint; kurz, wenn Sie sie ihm bis ins kleinste ausmalen, so seufzt er bei jeder Einzelheit, verdreht die Augen und bekommt Anfälle von Wollust. Als er vor drei Tagen durch die Alcalástraße ging, blieb er plötzlich vor dem Laden eines Damenschusters stehen, um ein Pantöffelchen, das ihm dort auffiel, zu betrachten. Nachdem er es mit mehr Aufmerksamkeit, als es verdiente, angesehen hatte, sagte er mit strahlender Miene zu einem Kavalier, der ihn begleitete: ‚Oh, mein Freund, das ist ein Pantoffel, der meine Einbildungskraft unendlich anregt. Wie

niedlich muß der Fuß sein, für den er gemacht ist! Ich kann mich daran nicht satt sehen. Entfernen wir uns schnell. Es ist gefährlich, hier vorbeizugehen.'"

„Dieser Hagestolz verdient als Kennzeichen einen schwarzen Strich", meine Leandro Pérez.

„Das heißt ihn richtig einschätzen", erwiderte der Teufel, „aber wir dürfen auch seinen unmittelbaren Nachbarn nicht durch einen weißen Strich kennzeichnen. Es ist ein wunderlicher Auditor, der, weil er eine eigene Equipage besitzt, vor Scham errötet, wenn er einmal einen Wagen mieten muß. Machen wir ein Paar aus diesem Auditor und einem mit ihm verwandten Lizentiaten, der in einer Kirche zu Madrid eine recht einträgliche Pfründe besitzt und fast immer in gemieteten Wagen fährt, um seine zwei schmucken Kutschen und vier Maultiere, die er zu Hause läßt, zu schonen.

In der Nähe des Auditors und des Junggesellen entdecke ich einen Mann, dem man nicht ohne Ungerechtigkeit einen Platz unter den Verrückten verweigern könnte. Es ist ein Kavalier von sechzig Jahren, der einer jungen Frau den Hof macht. Er sieht sie jeden Tag und glaubt ihr zu gefallen, wenn er ihr von den Liebesabenteuern erzählt, die er in seiner Glanzzeit gehabt hat. Er will, daß sie es ihm hoch anrechne, früher so liebenswürdig gewesen zu sein.

Stellen wir neben diesen Greis einen anderen, der zehn Schritt weit von uns schläft, einen französischen Grafen, der nach Madrid gekommen ist, um den spanischen Hof kennenzulernen. Dieser alte Herr steht in seinem siebzigsten Lebensjahr. In seinen schönen Jahren glänzte er am Hofe seines Königs. Alle Welt bewunderte dort seine Gestalt und sein galantes Wesen, und besonders entzückt war man von dem Geschmack, der in der Art und Weise lag, mit der er sich kleidete. Er hat alle seine Anzüge aufgehoben und trägt sie seit fünfzig Jahren, obwohl die Mode in seinem Lande täglich wechselt; aber das Lustige dabei ist, daß er sich einbildet, er besitze noch heute soviel Anmut, wie man in seiner Jugend an ihm fand."

„Es ist nicht zu zögern", sagte Don Cleofas. „Versetzen wir auch diesen französischen Edelmann unter die Personen, die würdig sind, Pensionäre der *Casa de los locos* zu sein."

„Ich behalte dort", fuhr der Teufel fort, „eine Zelle einer

Dame vor, die in einer Dachkammer neben dem Palais des Grafen wohnt. Es ist eine alte Witwe, die aus übermäßiger Zärtlichkeit für ihre Kinder so gütig war, ihnen ihr ganzes Vermögen zu vermachen, und zwar gegen ein kleines Kostgeld, das besagte Kinder ihr zu zahlen haben; doch hüten sie sich aus Dankbarkeit wohlweislich, es ihr zu geben.
Hierher möchte ich auch einen alten Junggesellen aus guter Familie schicken, der einen Dukaten sogleich ausgibt, wenn er ihn erhält. Er kann nicht ohne Geld auskommen und ist daher zu allem fähig, um es sich zu verschaffen. Vor vierzehn Tagen suchte seine Wäscherin, der er dreißig Pistolen schuldete, ihn auf, um ihn zu mahnen. Sie sagte, sie brauche das Geld, um einen Kammerdiener zu heiraten, der sie zur Frau begehre. ‚Du hast also noch Geld?' fragte er sie. ‚Denn wo zum Teufel wäre der Kammerdiener, der für dreißig Pistolen dein Mann werden möchte?'
‚Ha', antwortete sie, ‚ich habe außerdem noch zweihundert Dukaten.'
‚Zweihundert Dukaten!' rief er aufgeregt. ‚Donnerwetter! Du brauchst sie mir nur zu geben; dann heirate ich dich, und wir sind quitt.' Er wurde beim Wort genommen, und so wurde seine Wäscherin – seine Gattin.
Merken wir noch drei Plätze für jene drei Personen vor, die vom Abendessen in der Stadt zurückkommen und in dem Palais dort rechts verschwinden, wo sie wohnen. Der eine ist ein Graf, der stolz darauf ist, die schöne Literatur zu lieben; der andere ist sein Bruder, ein Lizentiat, und der dritte ein Schöngeist, der an den beiden hängt. Sie sind unzertrennlich; sie machen alle drei zusammen überall Besuche. Der Graf ist nur darauf bedacht, sich zu loben; sein Bruder lobt ihn und auch sich selbst; der Schöngeist aber hat dreierlei Aufgaben: nämlich die beiden zu loben und dabei sein Eigenlob einfließen zu lassen.
Noch zwei Plätze – den einen für einen alten Bürger, einen Blumenfreund, der nichts zu beißen hat, trotzdem aber einen Gärtner und eine Gärtnerin anstellen will, um ein Dutzend Blumen, die er in seinem Garten hat, pflegen zu lassen; den anderen für einen Schauspieler, der ständig über die mit dem Komödiantenleben verbundenen Widerwärtigkeiten klagt und neulich zu einigen seiner Kollegen sagte: ‚Wahr-

haftig, Freunde, ich bin unseres Berufes überdrüssig, Ja, ich möchte lieber ein kleiner Landjunker mit einer Rente von tausend Dukaten sein.'

Wohin ich auch blicke", fuhr der Geist fort, „überall entdecke ich nur kranke Gehirne. So sehe ich einen Ritter des Calatrava-Ordens, der so eitel und so stolz darauf ist, heimliche Zusammenkünfte mit der Tochter eines Granden zu haben, daß er glaubt, er stehe auf gleichem Fuße mit den höchsten Persönlichkeiten des Hofes. Er gleicht Vilius, der sich einbildete, der Schwiegersohn Sullas zu sein, weil er mit der Tochter dieses Diktators auf vertrautem Fuße stand. Der Vergleich ist um so treffender, als dieser Ritter wie der Römer seinen Longarenus hat, das heißt einen Nebenbuhler von niedriger Herkunft, der aber noch höher in Gunst steht als er.

Man möchte behaupten, daß von Zeit zu Zeit dieselben Menschen in anderer Gestalt wiedergeboren werden. So erkenne ich in jenem Schreiber den Minister Bollanus, der auf niemand Rücksicht nahm und mit allen denen brach, deren Umgang ihm zuwider war. In jenem alten Präsidenten sehe ich Fulfidius wieder, der sein Geld für fünf Prozent im Monat auslieh. Und Marsaeus, der sein Vaterhaus der Schauspielerin Origo schenkte, lebt wieder in jenem Junggesellen aus gutem Hause, der mit einer Person vom Theater ein Landhaus verpraßt, das er in der Nähe des Escorial besitzt."

Asmodeus wollte fortfahren; aber als er plötzlich Musikinstrumente stimmen hörte, hielt er inne und sagte zu Don Cleofas: „Am Ende dieser Straße sind Musikanten, die der Tochter eines Hofalkalden ein Ständchen darbringen wollen. Wenn Sie dieses Fest aus der Nähe ansehen wollen, so brauchen Sie es nur zu sagen."

„Ich liebe solche Konzerte sehr", antwortete Zambullo. „Nähern wir uns diesen Musikanten; vielleicht sind unter ihnen auch gute Sänger." Kaum hatte er zu Ende gesprochen, da sah er sich schon auf ein Dach neben dem Haus des Alkalden versetzt.

Die Musikanten spielten zuerst einige italienische Lieder; dann sangen zwei Sänger abwechselnd die folgenden Strophen:

Erste Strophe

Si de tu hermosura quieres
Una copia con mil gracias,
Escucha, porque pretiendo
El pintarla.

(Willst du von deiner Schönheit ein holdes Abbild sehen, so höre mir zu, denn malen will ich es dir.)

Zweite Strophe

Es tu frente toda nieve
Y el alabastro, batallas
Ofreció al Amor, haziendo
En el vaya.

(Deine Stirne, wie von Schnee und Alabaster, fordert Amor, der ihr zu trotzen wagt, zum Kampfe auf.)

Dritte Strophe

Amor labró de tus çejas
Dos arcos para su aljaba,
Y debaxo ha descubierto
Quien le mata.

(Aus deinen Brauen macht er zwei Bogen für seinen Köcher; doch siehe, unter ihnen der ist, der ihn tötet.)

Vierte Strophe

Eres dueña del lugar
Bandolera de las almas,
Imán de los albedríos,
Linda alhaja.

(Du bist Herrin dieser Stätte, du bist aller Herzen Diebin. Ja, du fesselst alle Sinne, süßes Kleinod du.)

Fünfte Strophe

Un rasgo de tu hermosura
Quisiera yo retratarla,
Que es estrella, es cielo, es sol:
No, es sino el alba.

(Einen Strahl nur deiner Schönheit will ich wiedergeben hier – hell wie Sterne, Himmel, Sonne; nein, wie das Morgenrot.)

„Diese Strophen sind zart und einschmeichelnd“, rief der Student.

„Sie scheinen Ihnen so“, meinte der Dämon, „weil Sie Spanier sind. Wollte man sie zum Beispiel ins Französische übersetzen, so würden sie sich nicht mehr so gut ausnehmen. Die Leser jener Nation würden die bildlichen Ausdrücke nicht gutheißen und darin eine überspannte Einbildungskraft finden, die sie zum Lachen brächte. Jedes Volk ist eben vernarrt in seinen Geschmack und sein Genie. Aber lassen wir diese Strophen sein“, fuhr er fort; „Sie wollen jetzt eine ganz andere Musik hören.

Verfolgen Sie mit dem Auge die vier Männer dort, die plötzlich in der Straße auftauchen. Jetzt stürzen sie sich auf die Musikanten. Diese decken sich mit ihren Instrumenten, die aber der Wucht der Schläge nicht widerstehen können und in Stücke fliegen. Sehen Sie, wie ihnen zwei Kavaliere – der eine ist der Veranstalter des Ständchens – zur Hilfe eilen. Mit welchem Grimm fallen sie über die Angreifer her! Aber diese, die ihnen an Mut und Gewandtheit gleichkommen, empfangen sie gehörig. Wie die Klingen blitzen! Jetzt fällt auf der Seite der Musikanten ein Verteidiger – nämlich der, der das Konzert gegeben hat; er ist tödlich verwundet. Sein Begleiter, der es bemerkt, ergreift die Flucht. Auch die Angreifer bringen sich in Sicherheit, während alle Musikanten verschwinden. Auf dem Platz bleibt nur der unglückliche

Kavalier zurück, der das Ständchen mit dem Leben bezahlt. Beobachten Sie zugleich die Tochter des Alkalden. Sie steht an ihrer Jalousie, von der aus sie alles, was vorgefallen ist, verfolgt hat. Diese Dame ist so eitel und so stolz auf ihre durchaus nicht ungewöhnliche Schönheit, daß – statt deren traurige Wirkung zu beklagen – die Grausame sich vielmehr dazu beglückwünscht und sich für um so liebenswürdiger hält.

Das ist aber noch nicht alles", fügte er hinzu. „Sehen Sie sich einen anderen Kavalier an, der auf der Straße neben dem in seinem Blute Liegenden stehenbleibt, um ihm – wenn möglich – zu helfen. Aber während er sich seiner so barmherzig annimmt, wird er – sehen Sie doch! – von der hinzukommenden Stadtwache überrascht. Jetzt führt sie ihn ins Gefängnis ab, wo er lange bleiben wird; und ihn wird die Sache kaum weniger teuer zu stehen kommen, als wenn er der Mörder des Gefallenen wäre."

„Wieviel Unglück heute nacht geschieht!" sagte Zambullo.

„Das ist nicht das letzte", erwiderte der Teufel. „Wenn Sie jetzt an der Puerta del Sol wären, dann wären Sie entsetzt über das Schauspiel, das sich dort vorbereitet. Infolge der Nachlässigkeit eines Domestiken ist Feuer in einem Palais ausgebrochen, in dem es schon viele kostbare Möbel in Asche verwandelt hat. Aber so viele wertvolle Stücke es auch verzehren mag, so wird Don Pedro de Escolano, dem dieses unglückliche Palais gehört, doch ihren Verlust nicht bedauern, wenn er seine einzige Tochter Serafina retten kann, die in Gefahr ist, umzukommen."

Don Cleofas wünschte diesen Brand zu sehen, und der Hinkende trug ihn in demselben Augenblick zur Puerta del Sol, auf ein großes Haus, das dem brennenden gegenüberlag.

ELFTES KAPITEL

Von dem Brand und dem, was Asmodeus bei dieser Gelegenheit aus Freundschaft für Don Cleofas tat

Zuerst hörten sie die verworrenen Stimmen mehrerer Personen, von denen die einen „Feuer!" schrien und die anderen nach Wasser verlangten. Sie bemerkten gleich darauf, daß eine große Treppe, über die man zu den Hauptgemächern im Palais des Don Pedro gelangte, lichterloh brannte.
Dann sahen sie aus den Fenstern Rauch- und Flammenwirbel schlagen.
„Die Feuerbrunst wütet", sagte der Dämon; „schon beginnt das Feuer, das bereits das Dach erreicht hat, sich dort oben einen Weg zu bahnen und erfüllt die Luft mit einem Funkenregen. Die Hitze wird so groß, daß die Leute, die von allen Seiten herbeiströmen, um zu löschen, nur untätig zusehen können. Erkennen Sie in der Zuschauermenge einen Greis im Schlafrock? Das ist der Señor de Escolano. Hören Sie seine Schreie und seine Wehklagen? Er wendet sich an die Männer, die ihn umgeben, und beschwört sie, seine Tochter zu retten; aber so groß die Belohnung, die er ihnen verspricht, auch sein mag, so wagt doch keiner sein Leben für diese Dame, die erst sechzehn Jahre alt und unvergleichlich schön ist. Da er sieht, daß er die Umstehenden vergeblich um Hilfe anfleht, rauft er sich Haar und Bart und schlägt sich an die Brust. Das Übermaß seines Schmerzes treibt ihn zu unsinnigen Handlungen ... Auf der anderen Seite des Palais ist Serafina, von ihren Frauen verlassen, vor Entsetzen in ihrem Gemach ohnmächtig geworden, wo dichter Qualm sie bald ersticken wird. Kein Sterblicher vermag sie zu retten."
„Ach, Herr Asmodeus", rief Leandro Pérez in einer Anwandlung von großmütigem Mitleid, „geben Sie der tiefen Anteilnahme nach, von der ich mich ergriffen fühle, und lehnen Sie nicht meine Bitte ab, diese junge Dame vor dem ihr drohenden Tod zu retten. Darum bitte ich Sie um des Dienstes

willen, den ich Ihnen geleistet habe. Widersetzen Sie sich nicht wie vorhin meinem Verlangen; ich wäre darüber zu Tode betrübt."
Der Teufel lächelte, als er den Studenten so reden hörte. „Herr Zambullo", sagte er, „Sie haben alle Eigenschaften eines edlen fahrenden Ritters: Sie sind mutig, Sie fühlen die Not der anderen nach und dienen jungen Damen von ganzem Herzen. Sollten Sie nicht der Mann sein, sich wie Amadis mitten in die Flammen zu stürzen, um Serafina zu retten und sie gesund und wohlbehalten ihrem Vater zurückzugeben?"
„Wollte Gott, die Sache wäre möglich!" antwortete Don Cleofas. „Dann würde ich sie ohne Zögern unternehmen."
„Ihr Tod", erwiderte der Hinkende, „wäre der einzige Lohn für eine so großartige Heldentat. Wie ich Ihnen schon gesagt habe, vermag menschlicher Mut in diesem Falle nichts, und so muß ich wohl eingreifen, um Sie zufriedenzustellen. Geben Sie acht, wie ich es anstellen werde; beobachten Sie von hier aus alle meine Schritte."
Kaum hatte er diese Worte gesprochen, da nahm er schon Leandros Gestalt an, sehr zum Erstaunen des Studenten, mischte sich unter das Volk, durchdrang das Gewühl und warf sich ins Flammenmeer wie in sein Element, vor den Augen der Zuschauer, die über diese Tat entsetzt waren und sie durch lautes Geschrei mißbilligten.
„Welcher Wahnsinn!" sagte der eine. „Wie konnte er sich von der Gewinnsucht so sehr verblenden lassen? Wenn er nicht völlig verrückt wäre, so hätte ihn die versprochene Belohnung nicht dazu verleitet."
„Sicher", meinte der andere, „ist dieser junge Tollkopf ein Liebhaber von Don Pedros Tochter, und überwältigt vom Schmerz, hat er beschlossen, entweder seine Geliebte zu retten oder mit ihr umzukommen."
Kurz: alle erwarteten, daß er das Schicksal des Empedokles teilen würde; doch einen Augenblick später sahen sie ihn, mit Serafina auf den Armen, wieder aus den Flammen auftauchen. Die Luft hallte von Beifallsgeschrei wider; die Menge überschüttete den tapferen Kavalier, der eine so schöne Tat vollbracht hatte, mit tausendfachem Lob. Wenn die Tollkühnheit zum Erfolg führt, findet sie keinen Tadel

mehr, und so erschien dieses Wunder dem Volk als eine durchaus natürliche Wirkung des spanischen Mutes.
Da die Dame noch immer ohnmächtig war, wagte ihr Vater nicht, sich der allgemeinen Freude hinzugeben; er fürchtete vielmehr, er würde sie nach einer so glücklichen Rettung aus den Flammen an dem schrecklichen Eindruck, den die ihr drohende Gefahr auf ihr Gehirn gemacht haben mußte, vor seinen Augen sterben sehen. Bald aber wurde er beruhigt; sie erwachte aus ihrer Ohnmacht – dank den Bemühungen, die man unternommen, um sie ins Leben zurückzurufen. Sie sah den Greis an und sagte mit zärtlichem Gesichtsausdruck zu ihm: „Vater, ich wäre eher betrübt als erfreut, mein Leben gerettet zu sehen, wenn das Ihrige nicht gerettet wäre."
„Ach, meine Tochter", antwortete er und umarmte sie; „da ich Sie nicht verloren habe, tröste ich mich über alles andere. Danken wir", fuhr er fort, während er ihr den vermeintlichen Don Cleofas vorstellte, „danken wir beide diesem jungen Kavalier. Er ist Ihr Retter, ihm verdanken Sie das Leben. Wir können ihm nicht genug Dankbarkeit bezeigen, und die Belohnung, die ich ausgesetzt, kann unsere Verpflichtung ihm gegenüber nicht tilgen."
Hier ergriff der Teufel das Wort und sagte höflich zu Don Pedro: „Mein Herr, die von Ihnen ausgesetzte Belohung hat keinen Anteil an dem Dienst, den Ihnen zu erweisen ich das Glück hatte. Ich bin Edelmann und Kastilier. Die Freude, Ihre Tränen getrocknet und den Flammen das bezaubernde Wesen, das sie zu verzehren drohten, entrissen zu haben, ist ein Lohn, der mir genügt."
Die Uneigennützigkeit und Großmut des Retters ließ den Señor de Escolano unendlich viel Hochachtung für ihn fassen; er forderte ihn auf, er möge ihn besuchen, bat ihn um seine Freundschaft und bot ihm die seinige an. Nach vielen Höflichkeitsbezeigungen beiderseits zogen Vater und Tochter sich in ein Gebäude zurück, das am Ende des Gartens lag. Dann gesellte sich der Dämon wieder zu dem Studenten, der, als er ihn in seiner ursprünglichen Gestalt zurückkommen sah, zu ihm sagte: „Herr Teufel, sollten meine Augen mich getäuscht haben? Standen Sie nicht vorhin in meiner eigenen Gestalt vor mir?"
„Verzeihen Sie", antwortete der Hinkende, „ich will Ihnen

nun den Grund dieser Verwandlung enthüllen. Ich habe einen großen Plan gefaßt: Ich will Sie mit Serafina verheiraten, ich habe ihr – in Gestalt Eurer Gnaden – glühende Liebe für Sie eingeflößt. Auch Don Pedro ist von Ihnen begeistert, weil ich ihm sehr zuvorkommend gesagt habe, ich hätte bei der Rettung seiner Tochter nichts anderes vor Augen gehabt, als beiden einen Gefallen zu erweisen, und die Ehre, ein so gefährliches Abenteuer glücklich überstanden zu haben, sei für einen spanischen Edelmann die schönste Belohnung. Der gute Mann hat eine edle Seele; er will Ihnen an Großmut nicht nachstehen, und ich verrate Ihnen, daß er in diesem Augenblick im stillen überlegt, ob er Sie zu seinem Schwiegersohn machen soll, um seinen Dank dem Dienste anzumessen, den Sie ihm, wie er annimmt, geleistet haben.

Wir aber", fügte der Hinkende hinzu, „wollen uns inzwischen, während er sich entscheidet, zu einem Ort begeben, der für unsere weiteren Beobachtungen geeigneter ist als dieser hier." Bei diesen Worten trug er den Studenten auf eine hohe Kirche, in der viele Grabmäler waren.

ZWÖLFTES KAPITEL

Von den Grabmälern, den Schatten und dem Tod

„Ehe wir die Betrachtung der Lebenden fortsetzen", sagte der Dämon, „wollen wir für einige Augenblicke die Ruhe der Toten in dieser Kirche stören. Sehen wir uns alle diese Gräber an, enthüllen wir, was sie verbergen, und stellen wir fest, wer sie errichtet hat.

Das erste der Grabmäler, die auf der rechten Seite liegen, enthält die traurigen Überreste eines Generals, der – ähnlich wie Agamemnon – bei der Rückkehr aus dem Kriege einen Aigisthos in seinem Hause vorfand. In dem zweiten ruht ein junger Kavalier aus einem Adelsgeschlecht, der bei einem Stierkampf seiner Dame seine Gewandtheit und Kraft bewei-

sen wollte und von einem der Tiere auf schreckliche Weise getötet wurde. Und in dem dritten liegt ein alter Prälat, der urplötzlich unsere Welt verlassen mußte, weil er bei voller Gesundheit sein Testament gemacht und es seinen Dienern, denen er als guter Herr etwas hinterließ, vorgelesen hatte. Sein Koch brannte darauf, sein Erbe sofort anzutreten.
In dem vierten Grabmal ruht ein Höfling, der nie müde wurde, seine Aufwartung zu machen. Man sah ihn sechzig Jahre lang täglich beim Lever, Mittag- und Abendessen und Schlafengehen des Königs, der ihn mit Wohltaten überhäufte, um seinen Eifer zu belohnen."
„War dieser Höfling", fragte Don Cleofas, „auch geneigt, anderen Dienste zu leisten?"
„Nein", erwiderte der Teufel. „Zwar versprach er gern Gefälligkeiten, hielt aber seine Versprechen niemals."
„Der Elende!" rief Leandro. „Wenn man die Gesellschaft von den Menschen, die in ihr unnütz sind, befreien wollte, so müßte man bei Höflingen von solchem Schlage anfangen."
„Das fünfte Grab", fuhr Asmodeus fort, „enthält die sterbliche Hülle eines Edelmanns, der auf das Wohl der spanischen Nation und den Ruhm seines Herrschers immer bedacht war. Er war zeit seines Lebens Gesandter, sei es in Rom oder in Frankreich, sei es in England oder in Portugal, und ruinierte sich in seinen Gesandtschaften so gründlich, daß er nicht einmal die Mittel besaß, sich nach seinem Tode begraben zu lassen; aber in Anerkennung seiner Verdienste übernahm der König die Kosten dafür.
Kommen wir nun zu den Grabmälern auf der anderen Seite. Das erste ist das eines Großkaufmanns, der seinen Kindern große Reichtümer hinterließ, aber aus Angst, daß sie vergessen könnten, von wem sie abstammten, ließ er in seinen Grabstein seinen Namen und seinen Stand meißeln – was heute seinen Nachkommen durchaus nicht gefällt.
Das nun folgende Mausoleum, das alle anderen an Pracht übertrifft, ist ein Stück, das die Fremden voll Bewunderung betrachten."
„Wahrhaftig", sagte Zambullo, „es scheint auch mir bewunderungswürdig. Ich bin vor allem von den beiden knienden Gestalten entzückt; das sind vortrefflich gemeißelte Figuren.

Was für ein Künstler war doch der Bildhauer, der sie geschaffen hat! Aber sagen Sie mir bitte, was die Personen, die sie darstellen, während ihres Lebens waren."
Der Hinkende erwiderte: „Sie sehen einen Herzog und seine Gemahlin. Dieser Herr war Oberhofkellermeister. Er erfüllte in Ehren sein Amt, und seine Frau hatte einen sehr frommen Lebenswandel. Ich muß Ihnen von dieser guten Herzogin eine kleine Geschichte erzählen. Sie werden sie freilich für eine Frömmlerin allzu lustig finden. Hören Sie zu:
Diese Dame hatte als Beichtvater seit langer Zeit einen Mönch vom Barmherzigkeitsorden. Er hieß Don Jerónimo de Aguilar und war ein guter Mensch und berühmter Kanzelredner. Sie war mit ihm recht zufrieden. Da erschien eines Tages in Madrid ein Dominikaner, der so vortrefflich predigte, daß alle Welt hingerissen war. Dieser neue Redner hieß Bruder Placidus. Man strömte zu seinen Predigten wie zu denen des Kardinals Jiménez, und auf seinen Ruf hin wollte ihn auch der Hof hören, der von ihm noch mehr eingenommen war als die ganze Stadt.
Unsere Herzogin rechnete es sich zunächst zur Ehre an, daß sie standhaft blieb und der Neugierde widerstand, sich selbst ein Urteil über die Beredsamkeit des Bruders Placidus zu bilden. So handelte sie, um ihrem Beichtvater zu beweisen, daß sie als feinfühlendes Beichtkind die Gefühle des Verdrusses und der Eifersucht teile, die dieser Neuankömmling in ihm hervorrufen konnte. Sie vermochte sich freilich nicht immer ihrer Neugierde zu enthalten. Der Dominikaner erregte so viel Aufsehen, daß sie schließlich der Versuchung nachgab, ihn zu sehen. Sie sah ihn, hörte ihn predigen, fand Gefallen an ihm, folgte ihm; und das wankelmütige Beichtkind faßte den Entschluß, sich seiner Seelsorge anzuvertrauen.
Vorher mußte sie sich des Mönches vom Barmherzigkeitsorden entledigen. Einen geistlichen Berater verabschiedet man nicht wie einen Geliebten. Eine Frömmlerin will weder für flatterhaft gelten noch die Achtung eines Beichtvaters, den sie aufgibt, verlieren. Was tat also die Herzogin? Sie suchte den Pater Jerónimo auf und sagte ihm mit so trauriger Miene, als ob sie wirklich tief betrübt wäre: ‚Ehrwürdiger Vater, ich bin verzweifelt; Sie sehen mich in einer unvorstellbaren Bestürzung, Betrübnis und Geistesverwirrung.‘

‚Was fehlt Ihnen, Herzogin?‘ fragte Aguilar.
‚Halten Sie es für möglich?‘ erwiderte sie. ‚Mein Mann, der immer volles Vertrauen in meine Tugend setzte und mich so lange unter Ihrer Leitung sah, ohne die geringste Unruhe über mein Verhalten an den Tag zu legen, gibt sich plötzlich eifersüchtigen Mutmaßungen hin und wünscht nicht mehr, daß Sie mein Beichtvater seien. Haben Sie jemals von einer solchen Schrulle gehört? Vergeblich hielt ich ihm vor, daß er mich und einen Mann von tiefer Frömmigkeit beleidige, der von der Tyrannei der Leidenschaften ausgenommen sei; ich habe sein Mißtrauen nur gesteigert, indem ich für Sie Partei ergriff.‘
Trotz seiner Klugheit fiel Pater Jerónimo auf diesen Bericht herein. Allerdings hatte sie ihn mit solcher Überzeugungskraft vorgebracht, daß alle Welt sich dadurch hätte täuschen lassen. So leid es ihm tat, ein Beichtkind von solchem Rang zu verlieren, so unterließ er es doch nicht, sie zu ermahnen, sich dem Willen ihres Gatten zu fügen; doch schließlich gingen Seiner Hochwürden die Augen auf, als er erfuhr, daß diese Dame den Bruder Placidus zum Beichtvater genommen hatte.
Auf das Mausoleum dieses Oberhofkellermeisters und seiner durchtriebenen Gemahlin“, fuhr der Teufel fort, „folgt ein bescheideneres Grabmal, das seit kurzem ein wunderliches Paar birgt: nämlich einen Präsidenten des Rates von Westindien und seine junge Frau. Dieser Präsident heiratete in seinem dreiundsechzigsten Lebensjahr ein einundzwanzigjähriges Mädchen. Er hatte aus erster Ehe zwei Kinder, deren Enterbung er gerade besiegeln wollte – als ihn ein Schlaganfall dahinraffte. Seine Frau starb vierundzwanzig Stunden nach ihm, aus Ärger, daß er nicht drei Tage später gestorben war.
Jetzt kommen wir zu dem ehrwürdigsten Denkstein dieser Kirche. Die Spanier haben für dieses Grab eine ebenso große Verehrung wie die Römer für das des Romulus.“
„Und welcher großen Persönlichkeit Asche enthält es?“ fragte Leandro Pérez.
„Die Asche eines Premierministers der spanischen Krone“, antwortete Asmodeus. „Vielleicht wird die Monarchie nie wieder seinesgleichen finden. Der König überließ die Regie-

rungsgeschäfte diesem großen Mann, der sie so geschickt zu führen verstand, daß der Monarch und seine Untertanen mit ihm höchst zufrieden waren. Der Staat blühte unter seinem Ministerium, und die Völker waren glücklich; kurz, dieser tüchtige Minister hatte viel Religion und Humanität. Dennoch ließ ihn die Schwierigkeit seiner Stellung, obwohl er sich bis zu seinem Tode nichts vorzuwerfen hatte, unaufhörlich zittern.
Etwas oberhalb des Grabes dieses Ministers, der so sehr betrauert zu werden verdient, sehen Sie in einer Nische eine schwarze Marmortafel an einem Pfeiler angebracht. Soll ich die Gruft, die darunterliegt, aufdecken und Ihnen zeigen, was von einer Bürgertochter, die in der Blüte ihres Lebens starb und deren Schönheit alle Augen bezaubert hatte, übriggeblieben ist? Nur ein Häuflein Asche. Zu ihren Lebzeiten war sie ein so liebenswürdiges Geschöpf, daß ihr Vater immer Angst hatte, irgendein Freier könnte sie ihm entführen – was sicher eingetreten wäre, wenn sie länger gelebt hätte. Drei Kavaliere, die sie verehrten, waren über ihren Tod untröstlich und nahmen sich das Leben, um ihre Verzweiflung zu bekunden. Ihre traurige Geschichte ist in goldenen Lettern in diese Marmortafel graviert – dazu drei kleine Figuren, die diese drei verzweifelten Liebhaber darstellen. Sie sind gerade im Begriff, sich umzubringen: Der eine schluckt Gift, der andere durchbohrt sich mit seinem Degen, und der dritte legt sich einen Strick um den Hals, um sich aufzuhängen."
Hier bemerkte der Dämon, daß der Student herzlich lachte und es sehr komisch fand, daß man die Grabtafel des Bürgermädchens mit diesen drei Figuren geschmückt hatte. Er sagte also zu ihm: „Da dieser Einfall Sie belustigt, möchte ich Sie am liebsten sofort an die Ufer des Tajo versetzen, um Ihnen das Denkmal zu zeigen, das ein Dramatiker in der Kirche eines Dorfes bei Almaraz errichten ließ, wohin er sich zurückzog, nachdem er in Madrid ein langes und fröhliches Leben geführt hatte. Dieser Autor hat der Bühne zahlreiche Komödien geschenkt, die voll Zweideutigkeiten und derber Späße sind; aber er hat es vor seinem Tode bereut, und um das Ärgernis, das sie erregt hatten, gutzumachen, ließ er auf seinen Grabstein eine Art Scheiterhaufen malen, der aus Bü-

chern, die einige seiner Werke darstellen, aufgeschichtet ist; und neben ihm sieht man die Göttin der Züchtigkeit, die eine Fackel an die Scheite hält, um sie anzuzünden.
Außer den Toten, die in den Gräbern liegen, auf die ich Sie soeben aufmerksam gemacht habe, gibt es hier unzählige andere, die ganz schlicht begraben worden sind. Ich sehe ihre Schatten überall umherirren: Sie wandeln dahin, sie schreiten unaufhörlich aneinander vorbei, ohne die tiefe Ruhe, die an dieser heiligen Stätte herrscht, zu stören. Sie sprechen nicht miteinander; doch lese ich in ihrem Schweigen alle ihre Gedanken."
„Wie sehr bedaure ich", rief Don Cleofas, „daß ich nicht wie Sie das Vergnügen habe, sie zu sehen!"
„Dieses Vergnügen kann ich Ihnen verschaffen", sagte Asmodeus zu ihm. „Nichts ist leichter für mich." Bei diesen Worten strich ihm der Dämon über die Augen und ließ ihn wie durch Zauber eine große Anzahl weißgekleideter Phantome erblicken.
Bei der Erscheinung dieser Gespenster zuckte Zambullo zusammen. „Wie", fragte ihn der Teufel, „Sie schaudern? Flößen Ihnen diese Schatten etwa Furcht ein? Ihr Gewand darf Sie nicht erschrecken; gewöhnen Sie sich schon jetzt daran. Auch Sie werden es später tragen. Das ist die Tracht der abgeschiedenen Seelen. Kann es Ihnen in diesem Falle an Mut fehlen, da Sie doch so standhaft meinen Anblick ertragen haben? Diese Wesen sind nicht so böse wie ich."
Bei diesen Worten nahm der Student all seinen Mut zusammen und sah furchtlos die Geister an. „Betrachten Sie aufmerksam alle diese Schatten", sagte der Hinkende zu ihm. „Diejenigen, die prächtige Grabmäler haben, sind hier denen gleichgestellt, die statt eines Denksteins nur einen armseligen Sarg haben. Die Rangordnung, die sie während ihres Lebens voneinander schied, besteht nicht mehr. Der Oberhofkellermeister und der Premierminister gelten hier nicht mehr als die geringsten Bürger, die in dieser Kirche begraben liegen. Die Herrlichkeit dieser Adligen endete mit ihrem Leben, wie die Größe eines Bühnenhelden mit dem Stück endet."
„Mir fällt etwas auf", sagte Leandro. „Ich sehe einen Schatten, der ganz allein umherwandelt und die Gesellschaft der

anderen zu fliehen scheint."
„Sagen Sie vielmehr", antwortete der Dämon, „daß die anderen seine Gesellschaft meiden, und Sie sagen die Wahrheit. Wissen Sie, wer dieser Schatten ist? Es ist der eines alten Notars, der so eitel war, sich in einem Bleisarg begraben zu lassen. Das kränkte alle anderen Toten aus dem Bürgerstand, die hier bescheidener beerdigt wurden. Um seinen Hochmut zu beugen, verwehren sie ihm, daß er sich unter sie mischt."
„Mir fällt schon wieder etwas auf", erwiderte Don Cleofas. „Soeben begegneten sich zwei Schatten und blieben stehen, um sich anzusehen; dann gingen sie weiter."
„Das sind die Schatten zweier Busenfreunde", erklärte der Teufel. „Der eine war Maler, der andere Musiker. Sie tranken etwas zuviel, waren sonst aber recht muntere Gesellen. Sie sind in demselben Jahr gestorben. Wenn ihre abgeschiedenen Seelen sich begegnen, so gedenken sie der vergangenen Freuden und sagen sich durch ihr trauriges Schweigen: Ach, Freund, wir werden nie mehr zusammen zechen."
„Barmherziger Gott!" rief der Student aus. „Was erblicken meine Augen? Im Hintergrund der Kirche sehe ich zwei Schatten zusammen dahinwandeln. Wie schlecht sie zueinander passen! Ihre Gestalt und ihr Gang sind ganz verschieden. Der eine ist übermäßig groß und schreitet würdevoll einher, während der andere klein ist und wie ein Leichtfuß aussieht."
„Der große Schatten", entgegnete der Hinkende, „ist der eines Deutschen, der bei einem Gelage ums Leben kam, weil er mit Wein, in den Tabakkrümel gefallen waren, dreimal auf die Gesundheit der anderen anstieß; und der kleine ist der Schatten eines Franzosen, der beim Betreten einer Kirche auf den Einfall kam, nach den galanten Sitten seiner Nation einer jungen Dame, die gerade herauskam, Weihwasser zu reichen. Zum Dank für diese Artigkeit wurde er noch an demselben Tag von einem Büchsenschuß tot zu Boden gestreckt.
Ich dagegen", fuhr Asmodeus fort, „unterscheide in der Menge drei merkwürdige Geister. Ich muß Ihnen erzählen, wodurch sie ihre irdische Hülle verloren haben. Sie beseelten früher die hübschen Körper dreier Schauspielerinnen,

die zu ihrer Zeit in Madrid ebensoviel Aufsehen erregten wie Origo, Cytheris und Arbuscula einst in Rom und auch ebensogut die Kunst beherrschten, die Männer öffentlich zu erheitern und heimlich zugrunde zu richten. Hören Sie, welches Ende diese drei berühmten spanischen Schauspielerinnen genommen haben: Die eine starb plötzlich vor Neid, als sie den rauschenden Beifall beim ersten Auftreten einer neuen Darstellerin hörte; die andere fand durch Völlerei den Tod, der solcher Unmäßigkeit unfehlbar folgt; und die dritte, die sich in der Rolle einer Vestalin auf der Bühne zu sehr erhitzte, starb hinter den Kulissen an einer – Fehlgeburt!

Aber lassen wir jetzt alle diese Schatten in Ruhe", fuhr der Dämon fort, „wir haben sie genug betrachtet. Ich will Ihnen nun ein anderes Schauspiel zeigen, das auf Sie einen noch stärkeren Eindruck machen wird. Mit Hilfe der Zauberkraft, die Sie diese toten Seelen erblicken ließ, will ich den Tod für Sie sichtbar machen. Sie sollen diesen grausamen Feind des Menschengeschlechts sehen, der unaufhörlich die Menschen umlauert, ohne daß sie ihn bemerken, und der im Nu alle Gegenden der Welt durcheilt und in ein und demselben Augenblick die verschiedenen Völker, die sie bewohnen, seine Macht fühlen läßt.

Blicken Sie nach Osten. Dort zeigt er sich Ihren Blicken. Ein großer Schwarm unheilkündender Vögel fliegt ihm mit der Schreckensgöttin voraus und verkündet durch ein unheimliches Krächzen sein Kommen. Seine unermüdliche Hand ist mit der furchtbaren Sense bewaffnet, unter der nacheinander alle Menschengeschlechter fallen. Auf den einen seiner Flügel sind der Krieg, die Pest, die Hungersnot, der Schiffbruch, die Feuersbrunst und alles sonstige Unglück gemalt, das ihm immer wieder neue Beute liefert, und auf dem anderen Flügel sind junge Ärzte zu sehen, die ihre Doktorwürde angesichts des Todes empfangen, der ihnen den Doktorhut reicht, nachdem er sie hat schwören lassen, ihre Kunst nie anders auszuüben als bisher."

Obwohl Don Cleofas davon überzeugt war, daß keine Realität in dem lag, was er sah, und daß ihm der Teufel den Tod in dieser Gestalt nur zeigte, um ihm die Zeit zu vertreiben, so konnte er ihn doch nicht ohne Furcht ansehen. Er faßte

sich jedoch wieder und sagte zu dem Dämon: „Diese entsetzliche Gestalt fliegt sicher nicht nur über Madrid hinweg; sie wird dort zweifellos Spuren hinterlassen."

„Gewiß", bestätigte der Hinkende, „kommt sie nicht umsonst hierher. Es hängt nur von Ihnen ab, Zeuge der Arbeit zu werden, die der Tod hier verrichten wird."

„Ich nehme Sie beim Wort", versetzte der Student. „Fliegen wir ihm nach; sehen wir, welche unglücklichen Familien seine Wut trifft. Ach, wie viele Tränen werden fließen!"

„Daran zweifle ich nicht", erwiderte Asmodeus; „aber es werden auch viele künstliche darunter sein. Der Tod bereitet trotz des Schreckens, der ihn begleitet, ebensoviel Freude wie Leid."

Unsere beiden Beobachter erhoben sich in die Lüfte und folgten dem Tod, um ihm bei seiner Arbeit zuzusehen. Er betrat zuerst ein Bürgerhaus, dessen Oberhaupt schwer krank war. Er berührte den Kranken mit seiner Sense, und schon verschied dieser im Kreise seiner Familie, die sogleich in ergreifende Wehklagen ausbrach. „Darin liegt keine Verstellung", sagte der Dämon. „Dieser Bürger wurde von seiner Frau und seinen Kindern zärtlich geliebt; übrigens waren sie auf ihn angewiesen. Ihre Tränen können also nicht unecht sein.

Anders verhält es sich mit den Vorgängen in dem Haus dort drüben, in dem der Tod, wie Sie sehen, einen bettlägrigen Greis überrascht. Es ist ein Ratsherr, der immer unverheiratet geblieben ist und sehr genügsam gelebt hat, um ein ansehnliches Vermögen anzuhäufen, das er nun drei Neffen hinterläßt, die sich in seinem Haus versammelt haben, sobald sie erfuhren, daß er in den letzten Zügen läge. Sie haben tiefen Kummer an den Tag gelegt und ihre Rollen sehr gut gespielt. Jetzt aber lassen sie die Maske fallen und schikken sich an, ihr Erbe anzutreten, nachdem sie die untröstlichen Verwandten gemimt haben. Sie durchsuchen alles. Wieviel Gold und Silber sie finden! – ‚Wie erfreulich ist es doch', sagt gerade einer dieser Erben zu den anderen, ‚solche alten Knauser von Onkeln zu haben, die auf die Annehmlichkeiten des Lebens verzichten, um sie ihren Neffen zu verschaffen!'"

„Eine schöne Leichenrede fürwahr!" sagte Leandro Pérez.

„Meiner Treu“, erwiderte der Teufel, „die meisten Väter sind reich und dürfen, wenn sie lange leben, von ihren eigenen Kindern keine andere erwarten.
Während diese Erben voll Freude nach den Schätzen des Verstorbenen suchen, fliegt der Tod auf ein großes Palais zu, in dem ein junger Edelmann wohnt, der die Blattern hat. Dieser Edelmann, der liebenswürdigste Kavalier des Hofes, wird in der Blüte seiner Jahre sterben – trotz des berühmten Arztes, der ihn behandelt, oder vielleicht gerade deswegen.
Sehen Sie doch, wie schnell der Tod seine Arbeit verrichtet. Er hat das Schicksal dieses jungen Edelmanns schon entschieden und schwingt sich, wie ich sehe, bereits zu einem anderen Fluge auf. Jetzt macht er über einem Kloster halt, läßt sich in eine Zelle herab, stürzt sich auf einen guten Mönch und schneidet den Faden des bußfertigen und demütigen Lebens ab, das dieser vierzig Jahre lang geführt hat. Aber so furchtbar der Tod auch erscheint, so hat er doch diesen Mönch nicht erschreckt; doch wird er dafür in dem Palais, das er jetzt betritt, um so mehr Entsetzen verbreiten. Er nähert sich einem hochgestellten Lizentiaten, der vor kurzem zum Bischof von Albarracín ernannt worden ist. Dieser Prälat geht ganz in seinen Reisevorbereitungen auf, um seinen Einzug in seiner Diözese mit all dem Pomp zu halten, der heute die Kirchenfürsten umgibt. Er denkt nicht im geringsten ans Sterben; aber er wird sogleich die Reise in die andere Welt antreten, wo er wie der Mönch ohne Gefolge eintreffen wird; aber ich weiß nicht, ob man ihn dort ebenso freundlich aufnehmen wird wie den Klosterbruder.“
„Mein Gott!“ rief Zambullo aus. „Der Tod fliegt auf das Schloß des Königs zu! Ich fürchte, der Grausame wird mit einem Sensenhieb ganz Spanien in tiefe Trauer stürzen.“
„Sie haben allen Grund zu zittern“, sagte der Hinkende, „denn der Tod nimmt auf die Könige ebensowenig Rücksicht wie auf ihre Kammerdiener. Aber beruhigen Sie sich“, fügte er hinzu, „er hat es noch nicht auf den Monarchen abgesehen. Er überfällt einen seiner Höflinge, einen jener großen Herren, deren einzige Beschäftigung darin besteht, dem König auf Schritt und Tritt zu folgen und ihm den Hof zu machen. Nun, die Staatsmänner sind nicht am schwersten zu ersetzen.“

„Aber wie mir scheint“, erwiderte der Student, „begnügt sich der Tod nicht damit, diesen Höfling geholt zu haben. Er schwebt noch über dem Schloß, dort, wo die Gemächer der Königin liegen.“

„Richtig“, versetzte der Teufel. „Er wird dort einer Hofdame das Lebenslicht ausblasen – einem bösen Weib, dem es Spaß macht, am Hofe der Königin Zwietracht zu schüren, und das vor Ärger krank wurde, als es sah, wie sich zwei Damen, die es entzweit hatte, aufrichtig wieder versöhnten.

Gleich werden Sie gellende Schreie hören“, fuhr der Dämon fort. „Der Tod hat soeben das schöne Palais dort links betreten. In ihm spielt sich die traurigste Szene ab, die man auf der Bühne der Welt sehen kann. Heften Sie Ihre Blicke auf dieses düstere Schauspiel.“

„Wahrhaftig“, sagte Don Cleofas, „ich erblicke eine Dame, die sich das Haar rauft und sich den Armen ihrer Frauen zu entziehen sucht. Warum ist sie so verzweifelt?“

„Werfen Sie einen Blick in das gegenüberliegende Gemach“, antwortete der Teufel, „dort werden Sie die Ursache dafür entdecken. Sehen Sie sich den Mann an, der in einem prächtigen Bett liegt. Es ist ihr Gatte, der seinen Geist aufgibt. Sie ist darüber untröstlich. Ihre Geschichte ist ergreifend und verdiente, aufgezeichnet zu werden. Ich bekomme Lust, sie Ihnen zu erzählen.“

„Nun, mir soll’s recht sein“, erwiderte Leandro. „Das Traurige rührt mich ebenso, wie mich das Lächerliche belustigt.“

„Die Geschichte ist allerdings ziemlich lang“, fuhr Asmodeus fort, „aber sie ist zu fesselnd, als daß sie Sie langweilen könnte. Übrigens muß ich Ihnen eins gestehen: Sosehr ich auch Teufel bin, so bin ich doch müde, dem Tod zu folgen. Lassen wir ihn neue Opfer suchen.“

„Einverstanden“, sagte Zambullo. „Ich höre lieber die Geschichte, die Sie zum besten geben wollen, als alle menschlichen Wesen nach und nach sterben zu sehen.“

So begann denn der Hinkende, nachdem er den Studenten auf eines der höchsten Häuser in der Alcalástraße getragen hatte, mit seiner Erzählung.

DREIZEHNTES KAPITEL

Die Macht der Freundschaft

Erzählung

„Ein junger Kavalier aus Toledo verließ in aller Eile, zusammen mit seinem Kammerdiener, seine Vaterstadt, um den Folgen eines traurigen Erlebnisses zu entgehen. Er war noch zwei Meilen von der Stadt Valencia entfernt, als er am Eingang eines Wäldchens einer Dame begegnete, die gerade hastig aus ihrem Wagen ausstieg. Kein Schleier bedeckte ihr Gesicht, das von strahlender Schönheit war; und diese bezaubernde Frau schien so bestürzt, daß der Kavalier annahm, sie bedürfte seiner Hilfe, und nicht versäumte, sie ihr anzubieten.

‚Edler Unbekannter', sagte die Dame zu ihm, ‚ich lehne das Angebot, das Sie mir machen, nicht ab. Es scheint, daß der Himmel Sie hierher gesandt hat, um das Unglück, das ich befürchte, zu verhüten. Zwei Kavaliere haben sich in diesem Wäldchen getroffen; ich sah sie vorhin hineingehen; sie wollen sich schlagen. Folgen Sie mir bitte. Helfen Sie mir, die beiden zu trennen.' Sobald sie zu Ende gesprochen hatte, ging sie in das Wäldchen, und nachdem der Toledaner sein Pferd seinem Diener übergeben hatte, eilte er ihr nach.

Kaum hatten sie hundert Schritte gemacht, da hörten sie Degen klirren und erblickten gleich darauf zwischen den Bäumen zwei Männer, die wütend fochten. Der Toledaner lief auf sie zu, um sie zu trennen, und als ihm dies durch seine Bitten und Bemühungen gelungen war, fragte er sie nach dem Grund ihres Streites.

‚Tapferer Unbekannter', sagte der eine der beiden Kavaliere, ‚ich heiße Don Federico de Mendoza und mein Gegner Don Alvaro Ponce. Wir lieben beide Doña Teodora, die Dame, die Sie begleiten. Sie schenkte unseren Huldigungen immer nur wenig Beachtung, und so viele Aufmerksamkeiten wir uns auch ausdenken mochten, um ihr zu gefallen, so behandelte uns doch die Grausame deshalb nicht besser. Zwar hatte ich die Absicht, ihr trotz ihrer Gleichgültigkeit weiterhin zu dienen; aber mein Nebenbuhler faßte nicht denselben Entschluß, sondern forderte mich.‘

‚Das ist wahr‘, unterbrach ihn Don Alvaro. ‚Ich hielt es für angebracht, so zu handeln. Ich glaube: Wenn ich keinen Rivalen mehr habe, wird mich Doña Teodora vielleicht erhören. Ich will also versuchen, Don Federico das Leben zu nehmen, um mich eines Mannes zu entledigen, der meinem Glück im Wege steht.‘

‚Meine Herren‘, sagte nun der Toledaner, ‚ich billige Ihren Zweikampf nicht; er verletzt Doña Teodora. Man wird bald im ganzen Königreich Valencia wissen, daß Sie sich ihretwegen geschlagen haben. Die Ehre Eurer Dame sollte Euch beiden teurer sein als Eure Ruhe und Euer Leben. Übrigens, welchen Erfolg kann der Sieger von seinem Sieg erwarten? Glaubt er etwa, seine Geliebte werde ihn, nachdem er ihren Ruf gefährdet, wohlwollender betrachten? Welche Blindheit! Glauben Sie mir, es ist besser, wenn Sie sich beide eine Zurückhaltung auferlegen, die Ihrer Namen würdiger ist. Unterdrücken Sie Ihre rasende Leidenschaft, meine Herren, und verpflichten Sie sich durch einen unverbrüchlichen Schwur, den Vergleich anzunehmen, den ich Ihnen vorschlagen will. Ihr Streit kann ohne Blutvergießen beigelegt werden.‘

‚Wie denn?‘ rief Don Alvaro.

‚Diese Dame‘, erwiderte der Toledaner, ‚soll entscheiden, wen sie wählen will: Sie oder Don Federico; und der verschmähte Liebhaber soll dann nicht etwa den Degen gegen seinen Rivalen ziehen, sondern ihm das Feld räumen.‘

‚Dem stimme ich zu‘, sagte Don Alvaro, ‚und ich beschwöre es bei allem, was mir heilig ist. Möge Doña Teodora sich entscheiden, möge sie mir, wenn sie will, meinen Nebenbuhler vorziehen; diese Bevorzugung wäre für mich weniger unerträglich, als die schreckliche Ungewißheit, in der ich mich befinde.‘

‚Und ich‘, versicherte Don Federico seinerseits, ‚rufe den Himmel als Zeugen dafür an. Wenn diese göttliche Frau, die ich anbete, nicht zu meinen Gunsten entscheidet, dann will ich ihre Reize fliehen; und wenn ich sie auch nicht vergessen kann, so will ich sie doch wenigstens nicht mehr sehen.‘

Nun wandte der Toledaner sich Doña Teodora zu: ‚Meine Dame', sagte er zu ihr, ‚jetzt ist die Reihe an Ihnen. Mit einem einzigen Wort können Sie die beiden Rivalen entwaffnen. Sie brauchen nur den Namen desjenigen zu nennen, dessen Treue Sie belohnen wollen.'
‚Mein Herr', antwortete die Dame, ‚suchen Sie einen anderen Ausweg, um die beiden zu versöhnen. Warum soll ich das Opfer ihrer Versöhnung werden? Ich achte zwar Don Federico und Don Alvaro, liebe sie aber nicht; und es wäre nicht gerecht, wenn ich, um den Schaden, den ihr Zweikampf meinem guten Ruf zufügen würde, zu verhüten, Hoffnungen erweckte, die mein Herz nicht erfüllen könnte.'
‚Ausflüchte sind hier nicht angebracht', erwiderte der Toledaner. ‚Sie müssen sich entscheiden. Obwohl diese beiden Kavaliere gleich stattlich sind, bin ich doch davon überzeugt, daß Sie dem einen mehr Zuneigung entgegenbringen als dem anderen. Ich berufe mich auf die Todesangst, von der ich Sie vorhin bewegt sah.'
‚Sie legen meine Angst falsch aus', entgegnete die Dame. ‚Zweifellos würde mir der Verlust des einen oder des anderen dieser Kavaliere zu Herzen gehen, und ich würde ihn mir unaufhörlich zum Vorwurf machen, obwohl ich nicht schuld daran wäre. Wenn ich Ihnen vorhin so bestürzt erschien, so müssen Sie wissen, daß mich nur die Gefahr, die meinem Rufe drohte, so sehr erschreckt hat.'
Don Alvaro Ponce, der von Natur gewalttätig war, verlor schließlich die Geduld. ‚Das geht zu weit', sagte er schroff. ‚Da die Dame die Sache nicht im guten beenden will, so mag das Los der Waffen entscheiden.' Während er so sprach, ging er in Stellung, um Don Federico anzugreifen, der sich seinerseits bereit machte, ihn gebührend zu empfangen.
Da rief die Dame, eher durch diese Handlungsweise erschreckt als durch ihr Gefühl bewegt, verzweifelt aus: ‚Halt, meine Herren! Ich will Ihren Wunsch erfüllen. Wenn es kein anderes Mittel gibt, einen Kampf zu verhindern, der meine Ehre gefährdet, so erkläre ich, daß ich Don Federico de Mendoza den Vorzug gebe.'
Kaum hatte sie zu Ende gesprochen, da eilte der verschmähte Ponce wortlos davon, um sein Pferd, das er an ei-

nen Baum gebunden, loszumachen, und sprengte davon, aus der Ferne seinem Nebenbuhler und seiner Geliebten noch zornige Blicke zuwerfend. Der glückliche Mendoza dagegen war vor Freude außer sich. Bald kniete er vor Doña Teodora nieder, bald umarmte er den Toledaner und konnte keine Worte finden, die herzlich genug waren, um ihm die ganze Dankbarkeit, von der er sich durchdrungen fühlte, auszudrücken.

Doch die Dame, die nach dem Aufbruch des Don Alvaro ruhiger geworden war, dachte mit einigem Kummer daran, daß sie sich verpflichtet hatte, die Huldigungen eines Verehrers zu dulden, dessen Verdienst sie zwar schätzte, für den ihr Herz aber nichts empfand.

‚Don Federico', sagte sie, ‚ich hoffe, daß Sie den Vorzug, den ich Ihnen gegeben, nicht ausnutzen werden; Sie verdanken dies nur der Zwangslage, in der ich mich für Sie oder für Don Alvaro entscheiden mußte. Zwar habe ich auf Sie immer mehr gegeben als auf ihn; ich weiß sehr wohl, daß er nicht so viele gute Eigenschaften besitzt wie Sie. Sie sind der vollkommenste Kavalier Valencias, diese Gerechtigkeit lasse ich Ihnen gern widerfahren; ich gebe sogar zu, daß die Werbung eines solchen Mannes, wie Sie es sind, der Eitelkeit einer Frau schmeicheln kann. Aber sosehr sie mich auch ehrt, so finde ich doch an ihr – das muß ich gestehen – so wenig Gefallen, daß Sie zu bedauern sind, wenn Sie mich wirklich so zärtlich lieben, wie Sie mich zu lieben scheinen. Ich will Ihnen indes nicht alle Hoffnung nehmen, mein Herz noch rühren zu können. Meine Gleichgültigkeit ist vielleicht nur eine Wirkung des Schmerzes, den ich noch immer über den Verlust meines Gatten, Don Andrea de Cifuentes, empfinde, der mir vor einem Jahr entrissen wurde. Obgleich wir nicht lange verheiratet waren und obgleich er schon in einem vorgerückten Alter war, als meine Eltern, von seinem Reichtum geblendet, mich zwangen, ihn zu heiraten, so bin ich doch über seinen Tod sehr betrübt. Ich beklage ihn noch jeden Tag.

Und verdient er nicht meine tiefe Trauer?' fügte sie hinzu. ‚Er glich durchaus nicht jenen mürrischen und eifersüchtigen alten Ehemännern, die nicht glauben wollen, daß eine junge Frau vernünftig genug sein könne, ihnen ihre Schwä-

che nachzusehen, und die daher alle ihre Schritte überwachen oder sie von einer ihrer Herrschsucht ergebenen Dueña beobachten lassen. Oh, er setzte in meine Tugend ein Vertrauen, dessen ein angebeteter junger Gatte wohl kaum fähig wäre. Übrigens war sein Entgegenkommen unendlich groß, und ich darf wohl behaupten, daß seine einzige Sorge darin bestand, mir alle meine Wünsche von den Augen abzulesen. So war Don Andrea de Cifuentes. Sie können sich wohl denken, Mendoza, daß man einen Mann von so liebenswürdigem Charakter nicht leicht vergißt; er steht mir noch immer vor Augen, und das trägt zweifellos nicht wenig dazu bei, meine Aufmerksamkeit von all dem abzulenken, was man unternimmt, um mir zu gefallen.'
Hier konnte Don Federico nicht umhin, Doña Teodora zu unterbrechen: ,Oh, meine Dame', rief er aus, ,wie freue ich mich, aus Ihrem eigenen Mund zu vernehmen, daß Sie nicht aus Abneigung gegen meine Person meine Huldigungen verschmäht haben! Ich hoffe, Sie werden eines Tages doch meiner Liebe und Treue nachgeben.'
,Es wird nicht an mir liegen, wenn das nicht eintritt', erwiderte die Dame. ,Ja, ich erlaube Ihnen, mich zu besuchen und zuweilen zu mir von Ihrer Liebe zu sprechen. Versuchen Sie, mir Ihre Werbungen angenehm zu machen; sorgen Sie dafür, daß ich Sie liebgewinne. Wenn ich nach und nach Zuneigung zu Ihnen fassen sollte, so werde ich sie Ihnen nicht verheimlichen. Sollten Sie aber trotz aller Ihrer Bemühungen nicht Ihr Ziel erreichen, so bedenken Sie, Mendoza, daß Sie nicht berechtigt wären, mir Vorwürfe zu machen.'
Don Federico wollte antworten, fand aber dafür keine Zeit, weil die Dame die Hand des Toledaners ergriff und ihre Schritte schnell wieder ihrem Wagen zulenkte. Er machte sein Pferd von dem Baum los, an dem es festgebunden war, zog es am Zügel hinter sich her und folgte Doña Teodora, die ebenso aufgeregt in den Wagen stieg, wie sie aus ihm ausgestiegen war. Allerdings war der Grund dafür jetzt ein ganz anderer als vorhin. Der Toledaner und er begleiteten sie bis zu den Toren Valencias, wo sie sich trennten. Sie schlug den Weg nach ihrem Hause ein, und Don Federico nahm den Toledaner zu dem seinigen mit.
Er bat ihn, sich auszuruhen, und nachdem er ihn vortrefflich

bewirtet hatte, fragte er ihn im Vertrauen, was ihn nach Valencia führte und ob er vorhätte, hier länger zu bleiben. ‚Nein, so kurz wie möglich', antwortete ihm der Toledaner. ‚Ich reise hier nur durch, um das Meer zu erreichen und mich auf dem ersten Boot, das die Küste Spaniens verläßt, einzuschiffen; denn ich kümmere mich nicht darum, in welcher Gegend der Welt ich den Lauf eines unglücklichen Lebens beenden werde – wenn es nur fern von diesem unseligen Lande geschieht.'
‚Was sagen Sie da?' erwiderte Don Federico überrascht. ‚Was kann Sie so sehr gegen Ihr Vaterland aufbringen und Ihnen das, was alle Menschen natürlicherweise lieben, so verhaßt machen?'
‚Nach alledem, was mir widerfahren ist', entgegnete der Toledaner, ‚ist mir meine Heimat verleidet, und ich trachte nur danach, sie für immer zu verlassen.'
‚Ach, mein Herr', rief Mendoza von Mitleid gerührt, ‚wie brenne ich darauf, Ihr Unglück zu erfahren! Wenn ich Ihren Kummer auch nicht lindern kann, so bin ich doch zumindest bereit, ihn zu teilen. Ihr Gesicht hat mich sogleich für Sie eingenommen; Ihr Wesen bezaubert mich, und ich fühle, wie ich schon lebhaft an Ihrem Schicksal Anteil nehme.'
‚Das ist der größte Trost, den ich empfangen kann, Don Federico', antwortete der Toledaner; ‚und um Ihnen für die Güte, die Sie mir entgegenbringen, irgendwie zu danken, will ich Ihnen gestehen, daß ich mich vorhin, als ich Sie mit Alvaro Ponce sah, sofort zu Ihnen hingezogen fühlte. Eine Zuneigung, wie ich sie beim ersten Anblick eines Menschen noch nie empfunden, ließ mich befürchten, daß Doña Teodora Ihren Nebenbuhler Ihnen vorziehen könnte, und ich atmete auf, als sie sich zu Ihren Gunsten entschied. Diesen ersten Eindruck haben Sie inzwischen so sehr verstärkt, daß ich Ihnen mein Leid nicht verbergen, sondern Ihnen mein Herz ausschütten will, und ich empfinde eine heimliche Befriedigung, Ihnen mein Inneres zu enthüllen.
Hören Sie also mein Unglück.
Toledo hat mich zur Welt kommen sehen, und mein Name ist Don Juan de Zarate. Ich habe schon in früher Kindheit diejenigen verloren, die mir das Leben geschenkt hatten, und so gelangte ich sehr früh in den Genuß einer Rente von vier-

tausend Dukaten, die sie mir hinterlassen hatten. Da ich über meine Hand frei verfügen konnte und mich für reich genug hielt, um bei der Wahl einer Gattin nur mein Herz befragen zu müssen, so heiratete ich ein Mädchen von vollkommener Schönheit, ohne mich an das bescheidene Vermögen, das sie besaß, und die Ungleichheit unseres Standes zu kehren. Kurz, ich war selig, und um die Freude, eine geliebte Frau zu besitzen, noch mehr zu genießen, brachte ich sie wenige Tage nach unserer Trauung auf ein Gut, das ich in der Nähe von Toledo besitze.

Wir lebten dort beide in glücklicher Ehe, als der Herzog von Naxera, dessen Schloß in der Nähe meines Gutes liegt, eines Tages auf der Jagd bei mir einkehrte, um sich zu erfrischen.

Er sah meine Frau und verliebte sich in sie; ich nahm es wenigstens an, und ich wurde endgültig davon überzeugt, als er sich eifrig um meine Freundschaft bewarb – was er bisher sehr vernachlässigt hatte. Er nahm mich auf seine Jagden mit, drängte mir Geschenke auf und bot mir immer wieder seine Dienste an.

Anfangs war ich über seine Leidenschaft beunruhigt. Ich gedachte mit meiner Gattin nach Toledo zurückzukehren, und diesen Gedanken gab mir zweifellos der Himmel ein. Wahrhaftig, wenn ich dem Herzog jede Gelegenheit genommen hätte, meine Frau zu sehen, so hätte ich das Unglück vermieden, das mir zugestoßen ist. Aber das Vertrauen, das ich zu ihr hatte, beruhigte mich. Es schien mir ausgeschlossen, daß eine Frau, die ich ohne Mitgift geheiratet und aus einem niedrigen Stand erhoben hatte, so undankbar sein könnte, meine Güte zu vergessen. Ach, ich kannte sie schlecht. Ehrgeiz und Eitelkeit, zwei Gefühle, die den Frauen so sehr eigen sind, waren die größten Fehler meiner Frau.

Sobald der Herzog eine Möglichkeit gefunden hatte, ihr seine Gefühle zu gestehen, fühlte sie sich sehr glücklich, eine so bedeutende Eroberung gemacht zu haben. Die Zuneigung eines Mannes, den man mit Hoheit anredete, schmeichelte ihrem Stolz und erfüllte ihren Geist mit hochfliegenden Träumen; sie schätzte sich selbst um so mehr und liebte mich um so weniger. Was ich für sie getan hatte, rief nicht ihre Dankbarkeit hervor, sondern zog mir nur ihre Verachtung zu. Sie betrachtete mich als einen Mann, der ihrer Schönheit nicht würdig sei, und bildete sich ein, daß dieser in ihre Reize so sehr verliebte große Herr, wenn er sie vor ihrer Hochzeit gesehen hätte, sie sicher geheiratet hätte. Berauscht von diesen törichten Ideen und verführt durch einige Geschenke, die ihr schmeichelten, gab sie den heimlichen Werbungen des Herzogs nach.

Sie schrieben sich sehr oft, und ich hatte nicht die geringste Ahnung von ihrem Einverständnis; aber schließlich erwachte ich zu meinem Unglück aus meiner Verblendung. Eines Tages kehrte ich früher als gewöhnlich von der Jagd zurück; ich betrat das Zimmer meiner Frau; sie hatte mich nicht so zeitig erwartet. Sie hatte soeben einen Brief von dem Herzog erhalten und wollte ihn gerade beantworten. Bei meinem Anblick konnte sie ihre Verwirrung nicht verbergen. Ich erschrak darüber, und als ich auf einem Tisch Papier und Tinte sah, erriet ich, daß sie mich betrog. Ich drängte sie, mir zu zeigen, was sie geschrieben hatte; aber sie weigerte sich, so daß ich gezwungen war, Gewalt anzuwenden, um meine eifersüchtige Neugierde zu befriedigen. Ich zog aus ihrem Busen – trotz ihres Widerstandes – einen Brief, der die folgenden Worte enthielt:

Soll ich mich denn nach einer zweiten Zusammenkunft immer nur sehnen? Wie grausam ist es von Ihnen, die süßesten Hoffnungen zu erwecken und sie so lange nicht zu erfüllen! Don Juan geht jeden Tag auf die Jagd oder nach Toledo. Sollten wir solche Gelegenheiten nicht ausnutzen? Bitte, nehmen Sie mehr Rücksicht auf die glühende Leidenschaft, die mich verzehrt; beklagen Sie mich, meine Dame. Bedenken Sie: wenn es eine Freude ist, zu erlangen, was man begehrt, so ist es eine Qual, so lange darauf warten zu müssen.

Ich konnte diesen Brief nicht zu Ende lesen, ohne in Wut zu geraten. Ich legte die Hand an meinen Dolch und war in meiner heftigen Empörung versucht, der treulosen Gattin, die mir die Ehre raubte, das Leben zu nehmen; doch bei dem Gedanken, daß dies nur eine halbe Rache wäre und daß mein Zorn noch ein anderes Opfer forderte, bezähmte ich meine Wut. Ich verstellte mich; ich sagte so ruhig wie möglich zu meiner Frau: ›Meine Liebe, es war unrecht von Ihnen, dem Herzog Gehör zu schenken. Der Glanz seiner Stellung hätte Sie nicht verblenden sollen; aber die Jugend liebt den schönen Schein. Ich will annehmen, daß darin Ihre ganze Schuld besteht und daß Sie mir nicht die schlimmste Beleidigung zugefügt haben. Deshalb entschuldige ich Ihre Unvorsichtigkeit – vorausgesetzt, daß Sie zu Ihrer Pflicht zurückkehren und nunmehr, nur noch für meine Liebe empfänglich, daran denken, sie zu verdienen.‹

Nachdem ich diese Ermahnung an sie gerichtet hatte, ließ ich sie allein, damit sie sich von der Verwirrung, in der sie sich befand, erholen könnte; außerdem bedurfte ich selbst der Einsamkeit, um den Zorn, von dem ich entflammt war, zu besänftigen. Wenn ich meine Ruhe auch nicht wiederfinden konnte, so trug ich doch wenigstens zwei Tage lang ein gelassenes Wesen zur Schau, gab am dritten Tag vor, ich hätte in Toledo eine sehr wichtige Angelegenheit zu erledigen, und sagte meiner Frau, ich wäre gezwungen, sie für einige Zeit zu verlassen, und bäte sie, während meiner Abwesenheit auf ihre Ehre bedacht zu sein.

Ich reiste ab, setzte aber meinen Weg nach Toledo nicht fort, sondern kehrte bei Einbruch der Dunkelheit heimlich in mein Haus zurück und verbarg mich im Zimmer eines treuen Dieners, von dem aus ich jeden, der mein Haus betrat, sehen konnte. Ich bezweifelte nicht, daß der Herzog von meiner Abreise benachrichtigt worden war, und bildete mir ein, daß er nicht versäumen würde, die günstige Gelegenheit auszunutzen. Ich hoffte die beiden zusammen zu überraschen; ich versprach mir eine volle Rache.

Doch wurde ich in meiner Erwartung enttäuscht. Ich bemerkte nicht etwa, daß man sich im Hause vorbereitete, einen Verehrer zu empfangen, sondern sah im Gegenteil, wie man pünktlich die Türen abschloß. Als drei Tage vergangen waren, ohne daß der Herzog oder einer seiner Leute erschien, war ich davon überzeugt, daß meine Gattin ihren Fehler bereut und schließlich jeden Verkehr mit ihrem Liebhaber abgebrochen hätte.

In dieser Voreingenommenheit gab ich den Wunsch auf, mich zu rächen, überließ mich den Regungen einer Liebe, die der Zorn unterdrückt hatte, und eilte zum Zimmer meiner Frau. Ich umarmte sie leidenschaftlich und sagte zu ihr:

›Meine Liebe, ich schenke Ihnen wieder meine Achtung und meine Freundschaft. Ich gestehe Ihnen, daß ich nicht in Toledo gewesen bin. Ich habe diese Reise vorgetäuscht, um Sie auf die Probe zu stellen. Sie müssen einem Gatten, dessen Eifersucht nicht unbegründet war, diese Falle verzeihen. Ich füchtete, daß Ihr Geist, durch großartige Illusionen verführt, nicht fähig wäre, sich zu besinnen; aber dem Himmel sei Dank, Sie haben Ihren Irrtum eingesehen, und ich hoffe, daß nichts mehr unser Eheglück trüben wird.‹
Meine Frau, so schien mir, war von diesen Worten gerührt und ließ einige Tränen fließen. ›Wie unglücklich bin ich‹, rief sie aus, ›Ihnen Anlaß gegeben zu haben, meiner Treue zu mißtrauen! Sosehr ich auch das verabscheuen mag, was Sie gerechterweise gegen mich aufgebracht hat, und so viele Tränen ich auch seit zwei Tagen vergossen habe: All mein Schmerz und all meine Reue sind doch vergeblich. Ich werde Ihr Vertrauen niemals zurückgewinnen.‹
›Ich schenke es Ihnen wieder‹, unterbrach ich sie, tief gerührt von dem Kummer, den sie an den Tag legte. ›Ich will nicht mehr an das Geschehene denken, da Sie es aufrichtig bereuen.‹
Seit diesem Augenblick behandelte ich sie ebenso rücksichtsvoll wie früher und begann wieder Freuden zu genießen, die auf so grausame Weise getrübt worden waren; denn da meine Frau anscheinend alle Spuren der Beleidigung, die sie mir zugefügt hatte, in meinem Gedächtnis auslöschen wollte, gab sie sich mehr Mühe als bisher, mir zu gefallen. Ich fand mehr Leidenschaft in ihren Liebkosungen, und es fehlte nicht viel, so hätte ich mich über den Kummer, den sie mir bereitet hatte, sogar gefreut.
Um diese Zeit erkrankte ich. Obwohl meine Krankheit nicht gefährlich war, kann man sich nicht vorstellen, wie beunruhigt meine Frau darüber zu sein schien. Sie verbrachte den ganzen Tag bei mir, und da wir getrennt schliefen, kam sie nachts zwei- oder dreimal in mein Zimmer, um nachzusehen, wie es mir ging. Kurz, sie zeigte die größte Besorgnis, als wollte sie aller Hilfe und Pflege, deren ich bedurfte, zuvorkommen. Es schien, als hinge ihr Leben von dem meinigen ab. Ich aber war für alle die Zärtlichkeitsbeweise, die sie mir gab, so dankbar, daß ich nicht müde wurde, ihr dafür zu

danken. Doch, Herr Mendoza, sie waren nicht so aufrichtig, wie ich mir einbildete.
Eines Nachts – meine Gesundheit war damals fast wiederhergestellt – weckte mich mein Kammerdiener. ›Herr‹, sagte er sehr erregt zu mir, ›es tut mir leid, daß ich Ihre Ruhe stören muß; aber ich bin Ihnen zu treu ergeben, als daß ich Ihnen verheimlichen könnte, was in diesem Augenblick in Ihrem Haus geschieht. Der Herzog von Naxera ist bei der gnädigen Frau.‹
Ich war von dieser Nachricht so benommen, daß ich meinen Kammerdiener eine Weile anstarrte, ohne ihm ein Wort sagen zu können. Je länger ich über die Meldung, die er mir gemacht, nachdachte, desto schwerer fiel es mir, sie für wahr zu halten. ›Nein, Fabio‹, rief ich, ›es ist nicht möglich, daß meine Frau einer solchen Untreue fähig ist! Du weißt nicht, was du sagst.‹
›Herr‹, erwiderte Fabio, ›wollte Gott, daß ich daran noch zweifeln könnte; aber mich hat kein falscher Schein getäuscht. Seitdem Sie krank sind, habe ich den Verdacht, daß man fast jede Nacht den Herzog in das Zimmer der gnädigen Frau einläßt. Ich habe mich versteckt, um mir darüber Gewißheit zu verschaffen, und ich bin nur zu sehr davon überzeugt, daß mein Verdacht zutrifft.‹
Bei diesen Worten stand ich wütend auf, zog meinen Schlafrock an, nahm meinen Degen und ging zum Zimmer meiner Frau, begleitet von Fabio, der das Licht trug. Bei dem Geräusch, das wir beim Eintreten machten, sprang der Herzog, der auf ihrem Bett saß, auf, griff zur Pistole, die er im Gürtel trug, trat mir entgegen und schoß auf mich, aber so unsicher und überstürzt, daß er mich fehlte. Da stürzte ich mich auf ihn und stieß ihm meinen Degen ins Herz. Dann wandte ich mich meiner Frau zu, die mehr tot als lebendig war: ›Du aber, Niederträchtige‹, rief ich, ›empfange endlich den Lohn für all deine Treulosigkeit!‹ Dabei stieß ich ihr den noch vom Blut ihres Geliebten rauchenden Degen in die Brust.
Ich verfluche meinen Jähzorn, Don Federico, und ich gebe zu, daß ich die Treulose auch hätte strafen können, ohne ihr das Leben zu nehmen; doch welcher Mann könnte in einer solchen Lage wohl Vernunft bewahren? Malen Sie sich aus,

wie besorgt dieses falsche Weib sich wegen meiner Krankheit zeigte; stellen Sie sich alle ihre Zärtlichkeitsbeweise, alle Umstände, die ganze Ungeheuerlichkeit ihres Verrates vor, und urteilen Sie selbst, ob man ihren Tod nicht einem Gatten verzeihen muß, der von so gerechter Empörung erfüllt war.

Um diese traurige Geschichte in wenigen Worten zu beenden: Ich kleidete mich schnell an, nachdem ich meinen Rachedurst voll und ganz befriedigt hatte; denn ich war mir darüber klar, daß ich keine Zeit verlieren dürfte; sicher würden mich die Verwandten des Herzogs überall in Spanien suchen; und da das Ansehen meiner Familie das der seinigen nicht aufwöge, so wäre ich nur im Ausland in Sicherheit. Deshalb wählte ich zwei meiner besten Pferde aus und verließ mit so viel Geld und Schmuck, wie ich besaß, das Haus vor Tagesanbruch, begleitet von dem Kammerdiener, der mir seine Treue so deutlich bewiesen hatte. Ich schlug den Weg nach Valencia ein, um das erstbeste Schiff zu besteigen, das nach Italien segelte. Als ich heute morgen an dem Wäldchen vorbeikam, in dem Sie sich befanden, begegnete ich Doña Teodora, die mich bat, ihr zu folgen und zu helfen, Sie und Don Alvaro zu trennen.‘

Als der Toledaner zu Ende gesprochen hatte, sagte Don Federico zu ihm: ‚Don Juan, Sie haben eine gerechte Rache an dem Herzog von Naxera vollzogen; seien Sie unbesorgt wegen der Verfolgung, die seine Verwandten betreiben könnten. Bleiben Sie bei mir, bis sich die Gelegenheit bietet, nach Italien zu fahren. Mein Oheim ist Gouverneur von Valencia. Sie sind hier in größerer Sicherheit als anderswo und bei einem Manne, der sich wünscht, von heute an durch innige Freundschaft mit Ihnen verbunden zu sein.‘

Zarate antwortete in Ausdrücken voll Dankbarkeit und nahm die Zuflucht an, die ihm der andere anbot.

Bewundern Sie die Macht der Sympathie, Don Cleofas“, fuhr Asmodeus fort. „Diese beiden junge Kavaliere fühlten sich so stark zueinander hingezogen, daß in wenigen Tagen zwischen ihnen eine Freundschaft entstand, die sich mit der von Orestes und Pylades vergleichen ließe. Beide waren an Verdiensten gleich und einander so sehr zugetan, daß alles, was Don Federico gefiel, auch Don Juan gefallen mußte. Sie hat-

ten den gleichen Charakter; kurz, sie waren dafür geschaffen, sich liebzugewinnen. Don Federico war vor allem vom Wesen seines Freundes entzückt; er konnte nicht umhin, es immer wieder Doña Teodora gegenüber zu preisen.
Sie besuchten oft zusammen diese Dame, die noch immer mit Gleichgültigkeit die Aufmerksamkeiten und Huldigungen Mendozas hinnahm. Er war darüber sehr betrübt und beklagte sich zuweilen bei seinem Freund, der ihm zum Troste sagte, auch die gefühllosesten Frauen ließen sich schließlich rühren; es fehle ihren Liebhabern nur die Geduld, diesen günstigen Zeitpunkt zu erwarten; er dürfe den Mut nicht verlieren; seine Dame werde früher oder später seine Ergebenheit belohnen. Obwohl diese Worte der Erfahrung entsprachen, beruhigten sie den verzagten Mendoza nicht, der befürchtete, der Witwe Cifuentes' niemals gefallen zu können. Diese Befürchtung stürzte ihn in tiefe Niedergeschlagenheit, die Don Juans Mitleid erregte; doch war Don Juan bald mehr zu bedauern als er.
Soviel Grund dieser Toledaner nach dem schrecklichen Verrat seiner Gattin auch hatte, über die Frauen empört zu sein, so konnte er sich doch nicht der Liebe erwehren, die er für Doña Teodora zu empfinden begann. Aber er überließ sich nicht etwa einer Leidenschaft, die seinen Freund verletzen mußte, sondern dachte nur daran, sie zu bekämpfen; und in der Überzeugung, daß er sie nur dann überwinden könnte, wenn er die Augen, die sie hervorgerufen, miede, beschloß er, die Witwe Cifuentes' nicht mehr zu sehen. So fand er, wenn ihn Mendoza zu ihr führen wollte, immer irgendeinen Vorwand, um sich zu entschuldigen.
Andererseits besuchte Don Federico nicht ein einziges Mal die Dame, ohne daß sie ihn fragte, warum Don Juan nicht mehr zu ihr käme. Eines Tages, als sie diese Frage wieder stellte, antwortete er ihr lächelnd, daß sein Freund seine Gründe dafür hatte. ‚Und welche Gründ kann er haben, mich zu meiden?' sagte Doña Teodora.
‚Als ich ihn heute zu Ihnen mitnehmen wollte', entgegnete Mendoza, ‚und ihm meine Befremdung darüber zeigte, daß er sich weigerte, mich zu begleiten, da machte er mir ein vertrauliches Geständnis, das ich Ihnen mitteilen muß, um ihn zu rechtfertigen. Er sagte mir, er hätte eine Geliebte gefun-

den, und da er nicht mehr lange in unserer Stadt bleiben würde, wären ihm die Augenblicke kostbar.'

‚Mit dieser Entschuldigung gebe ich mich nicht zufrieden', erwiderte die Witwe Cifuentes' errötend. ‚Es ist den Liebenden nicht erlaubt, ihre Freunde zu verlassen.' Don Federico bemerkte das Erröten der Doña Teodora; er glaubte, daß Eitelkeit der einzige Grund dafür wäre und daß nur der Ärger, sich vernachlässigt zu sehen, der Dame die Röte in die Wangen trieb. Er täuschte sich in seiner Vermutung. Ein lebhafteres Gefühl als Eitelkeit rief die Erregung hervor, die sie durchblicken ließ; aber aus Angst, daß er ihre Empfindungen erraten könnte, wechselte sie den Gegenstand des Gesprächs und täuschte im weiteren Verlauf der Unterhaltung eine Heiterkeit vor, die den Scharfsinn Mendozas auf eine falsche Fährte gebracht hätte, wenn er sich nicht schon vorher hätte irreführen lassen.

Sobald die Witwe Cifuentes' allein war, versank sie in tiefes Nachdenken. Sie fühlte nun die ganze Macht der Zuneigung, die sie für Don Juan gefaßt hatte, und da sie sich verschmäht glaubte, sagte sie sich mit einem Seufzer: Welche ungerechte und grausame Macht findet Gefallen daran, Herzen zu entflammen, die nicht im Einklang miteinander sind? Ich liebe Don Federico, der mich verehrt, nicht und glühe für Don Juan, dessen Liebe einer anderen gehört. Ach, Mendoza, höre auf, mir meine Gleichgültigkeit vorzuwerfen; dein Freund rächt dich nur zu sehr.

Bei diesen Worten trieb ein heftiges Gefühl des Schmerzes und der Eifersucht ihr Tränen in die Augen; aber die Hoffnung, die den Kummer der Liebenden zu mildern weiß, gaukelte ihr gleich darauf schmeichelhafte Bilder vor. Sie hielt sich vor Augen, daß ihre Rivalin nicht besonders gefährlich sein könnte; Don Juan würde vielleicht weniger durch ihre Reize gefesselt als durch ihre Willfährigkeit betört, und solche Bande wären leicht zu zerreißen. Um sich von dem, was sie annehmen mußte, selbst zu überzeugen, beschloß sie, heimlich mit dem Toledaner zu sprechen. Sie teilte ihm mit, daß er sich bald bei ihr einfinden möge; er ging hin, und als sie beide allein waren, ergriff Doña Teodora das Wort: ‚Ich hätte nie gedacht', sagte sie, ‚daß die Liebe einen galanten Mann vergessen lassen könnte, was er den Damen schuldig

ist; doch Sie, Don Juan, besuchen mich nicht mehr, seit Sie verliebt sind. Wie mir scheint, habe ich Grund, mich über Sie zu beklagen. Ich will jedoch annehmen, daß Sie mich nicht aus eigenem Antrieb meiden. Zweifellos hat Ihre Dame Ihnen verboten, mich zu besuchen. Gestehen Sie es mir, Don Juan, und ich entschuldige Sie. Ich weiß, die Liebenden sind nicht frei in ihren Handlungen und würden niemals wagen, ihren Geliebten nicht zu gehorchen.'
,Meine Dame', antwortete der Toledaner, ,ich gebe zu, daß mein Verhalten Sie befremden muß; aber verlangen Sie bitte nicht, daß ich mich rechtfertige. Geben Sie sich damit zufrieden, daß ich Grund habe, Sie zu meiden.'
,Worin dieser Grund auch immer bestehen mag', erwiderte Doña Teodora sehr erregt, ,ich wünsche, daß Sie ihn mir sagen.'
,Nun gut, Señora', entgegnete Don Juan, ,ich muß Ihnen gehorchen; aber beklagen Sie sich nicht, wenn Sie mehr zu hören bekommen, als Sie wissen wollen.
Don Federico', fuhr er fort, ,hat Ihnen von dem Erlebnis erzählt, das mich gezwungen hat, Kastilien zu verlassen. Als ich Toledo für immer hinter mir ließ, das Herz voll Groll gegen die Frauen, war ich fest überzeugt, daß nie wieder eine Frau mich betören könnte. In dieser stolzen Überzeugung näherte ich mich Valencia; ich begegnete Ihnen und hielt – was vielleicht noch niemand fertiggebracht hat – Ihren ersten Blicken stand, ohne in Verwirrung zu geraten. Ich sah Sie sogar ungestraft wieder; aber ach, wie teuer mußte ich einige Tage des Stolzes bezahlen! Sie haben schließlich meinen Widerstand besiegt; Ihre Schönheit, Ihr Geist, Ihre Reize übten ihre Macht auf den Widerspenstigen aus; kurz, ich empfinde nun für Sie all die Liebe, die Sie einzuflößen vermögen.
Das ist es, meine Dame, was mich von Ihnen fernhält. Die Person, von der ich so sehr eingenommen sein soll, besteht nur in der Einbildung. Ich habe Don Mendoza diese falsche Mitteilung gemacht, um dem Verdacht vorzubeugen, den ich in ihm erweckt hätte, wenn ich mich immer wieder geweigert hätte, Sie mit ihm zu besuchen.'
Dieses Geständnis, auf das Doña Teodora nicht gefaßt war, bereitete ihr eine so große Freude, daß sie nicht an sich hal-

ten konnte. Sie gab sich keine Mühe, ihre Freude zu verbergen, und anstatt ihre Augen mit einer gewissen Strenge zu wappnen, sah sie den Toledaner sehr zärtlich an und sagte zu ihm: ‚Sie haben mir Ihr Geheimnis verraten, Don Juan, ich will Ihnen nun auch das meinige enthüllen. Hören Sie zu.
Unempfindlich gegen die Seufzer des Don Alvaro Ponce und von Mendozas Zuneigung kaum gerührt, führte ich ein stilles und zufriedenes Leben, bis mich der Zufall zu dem Wäldchen führte, in dem wir uns begegneten. Trotz der Erregung, in der ich mich damals befand, fiel es mir auf, wie liebenswürdig Sie mir Ihre Dienste anboten, und die Art und Weise, wie Sie die zwei rasenden Nebenbuhler zu trennen wußten, brachte mir eine hohe Meinung von Ihrer Gewandtheit und Ihrem Mut bei. Das Mittel, das Sie vorschlugen, um die beiden zu versöhnen, mißfiel mir. Ich konnte mich nur sehr schwer dazu entschließen, den einen oder den anderen zu wählen; aber um Ihnen nichts zu verheimlichen: Ich glaube, daß Sie schon einen gewissen Anteil an meinem Widerstreben hatten; denn in dem Augenblick, in dem mein Mund notgedrungen den Namen Don Federico aussprach, fühlte ich, daß mein Herz sich für den Unbekannten erklärte. Seit diesem Tag, den ich nach dem Geständnis, das Sie mir gemacht haben, als Glückstag bezeichnen darf, hat Ihr Verdienst die Achtung, die ich für Sie habe, noch gesteigert.
Ich mache Ihnen‘, fuhr sie fort, ‚aus meinen Gefühlen kein Geheimnis. Ich gestehe sie Ihnen mit derselben Offenheit, mit der ich Mendoza gesagt habe, daß ich ihn nicht liebe. Eine Frau, die so unglücklich ist, Zuneigung für einen geliebten Mann zu empfinden, der ihr nicht gehören kann, hat allen Grund, sich zu bezwingen und sich für ihre Schwachheit zumindest durch ewiges Schweigen zu rächen; aber man darf, glaube ich, eine harmlose Neigung unbedenklich einem Mann enthüllen, der ehrliche Absichten hat. Ja, ich bin hoch erfreut, daß Sie mich lieben, und ich danke dafür dem Himmel, der unsere Herzen zweifellos füreinander bestimmt hat.‘
Nach diesen Worten schwieg die Dame, um Don Juan zu Wort kommen zu lassen und ihm Gelegenheit zu einem Ausbruch der Freude und Dankbarkeit zu geben, die sie ihm

eingeflößt zu haben glaubte; aber anstatt von den Dingen, die er soeben vernommen, entzückt zu sein, blieb er traurig und nachdenklich.

‚Was muß ich sehen, Don Juan?' sagte sie. ‚Um Ihnen ein Los zu bereiten, das jeder andere als Sie beneidenswert fände, vergesse ich meinen weiblichen Stolz und zeige Ihnen ein wonnetrunkenes Herz; Sie aber widerstehen der Freude, die Ihnen eine so verbindliche Erklärung bereiten sollte. Sie wahren eisiges Stillschweigen! Ich sehe sogar Schmerz in Ihren Augen. Ach, Don Juan, welche seltsame Wirkung übt mein Entgegenkommen auf Sie aus!'

‚Wie könnte es auf ein Herz wie das meinige anders wirken?' antwortete traurig der Toledaner. ‚Ich bin um so unglücklicher, je mehr Zuneigung Sie mir entgegenbringen. Sie wissen, was Mendoza für mich getan hat; Sie wissen auch, welche innige Freundschaft uns verbindet. Könnte ich mein Glück auf dem Zusammenbruch seiner süßesten Hoffnungen begründen?'

‚Sie haben zuviel Zartgefühl', sagte Doña Teodora. ‚Ich habe Don Federico nichts versprochen; ich kann Ihnen mein Jawort geben, ohne mir seine Vorwürfe zuzuziehen, und Sie können es annehmen, ohne Verrat an ihm zu begehen. Ich gebe zu, daß der Gedanke an einen unglücklichen Freund Ihnen einigen Kummer bereiten muß; aber, Don Juan, vermag denn dieser Gedanke das glückliche Los aufzuwiegen, das Sie erwartet?'

‚Ja, meine Dame', erwiderte er in festem Ton. ‚Ein solcher Freund wie Mendoza hat mehr Macht über mich, als Sie annehmen. Wenn es Ihnen möglich wäre, die Innigkeit, die ganze Macht unserer Freundschaft zu begreifen – ach, wie beklagenswert würden Sie mich dann finden! Don Federico hat kein Geheimnis vor mir; meine Interessen sind die seinigen geworden. Auch das geringste, was mich betrifft, entgeht seiner Aufmerksamkeit nicht, oder um es mit einem Wort zu sagen: Ich teile mit Ihnen seine Seele. Hätten Sie wirklich gewollt, daß Ihre Liebe mir zugute käme, so hätten Sie mir Ihre Gefühle zeigen sollen, ehe ich die Bande einer so festen Freundschaft knüpfte. Entzückt von dem Glück, Ihnen zu gefallen, hätte ich dann Mendoza als einen Nebenbuhler angesehen. Mein Herz hätte sich vor der Zuneigung, die er mir entgegenbrachte, gehütet und sie nicht erwidert, und ich würde ihm heute nicht soviel Dank schuldig sein. Jetzt aber ist es zu spät; ich habe alle Dienste, die er mir erweisen wollte, angenommen; ich habe der Neigung, die ich für ihn empfand, nachgegeben. Dankbarkeit und Freundschaft verbinden mich mit ihm und stellen mich vor die schreckliche Notwendigkeit, auf das glückliche Los, das Sie mir bieten, zu verzichten.'

Hier griff Doña Teodora, in deren Augen Tränen standen, zu ihrem Taschentuch, um sie zu trocknen. Das brachte den Toledaner aus der Fassung; er fühlte seinen Mut wanken; er konnte für nichts mehr bürgen. ‚Leben Sie wohl, Verehrte', fuhr er mit unsicherer, von Seufzern erstickter Stimme fort, ‚leben Sie wohl. Ich muß Sie fliehen, um meine Tugend zu retten; ich kann Ihre Tränen nicht ertragen, sie machen Sie zu gefährlich. Ich verlasse Sie nun für immer und beklage den Verlust so vieler Reize, denen zu entsagen meine unerbittliche Freundschaft mich zwingt.' Bei diesen Worten entfernte er sich mit einem letzten Schein von Festigkeit, die er kaum noch zu bewahren vermochte.

Nach diesem Abschied wurde die Witwe Cifuentes von tausenderlei verworrenen Gefühlen bewegt. Sie schämte sich, daß sie einem Mann, den sie nicht zu fesseln vermochte, ihre Liebe gestanden hatte. Da sie aber nicht daran zweifeln konnte, daß er leidenschaftlich in sie verliebt war und nur aus Rücksicht auf seinen Freund die Hand ablehnte, die sie ihm anbot, so war sie einsichtig genug, eine so außergewöhnliche Freundschaft zu bewundern, anstatt sich durch sie verletzt zu fühlen. Nun kann man aber nicht umhin, traurig zu sein, wenn die Dinge nicht so ausgehen, wie man es wünscht, und so beschloß sie, schon am nächsten Morgen aufs Land zu fahren, um ihren Kummer zu zerstreuen – oder vielmehr zu steigern; denn die Einsamkeit ist eher dazu angetan, die Liebe zu vermehren als sie abzukühlen.

Don Juan aber, der Mendoza nicht zu Hause angetroffen, hatte sich in sein Zimmer eingeschlossen, um sich ungestört seinem Schmerz überlassen zu können. Nach allem, was er für seinen Freund getan hatte, glaubte er, daß es ihm zumindest erlaubt sei, zu trauern. Aber Don Federico störte ihn schon bald in seiner Grübelei; und da er ihm ansah, daß er traurig gestimmt war, zeigte er sich darüber so besorgt, daß ihm Don Juan zur Beruhigung sagen mußte, er bedürfte nur des Schlafes. Mendoza verließ ihn sogleich, um ihn ausruhen zu lassen; aber er ging so bekümmert hinaus, daß der Toledaner sein Unglück um so stärker empfand. Ach Gott, sagte er sich, warum muß die zärtlichste Freundschaft mich für mein ganzes Leben unglücklich machen?

Am folgenden Tag war Don Federico noch nicht aufgestanden, als man ihm mitteilte, daß Doña Teodora mit ihrer ganzen Dienerschaft nach ihrem Schloß Villareal abgereist war und daß sie wahrscheinlich so bald nicht zurückkehren würde. Diese Nachricht machte ihn noch trauriger, allerdings nicht so sehr wegen des Schmerzes, den ihm die Abreise der geliebten Frau bereitete, als wegen der Verheimlichung ihres Entschlusses. Obgleich er nicht wußte, was er davon halten sollte, hatte er doch eine düstere Vorahnung.

Er stand in der Absicht auf, zu seinem Freund zu gehen, sowohl um mit ihm darüber zu sprechen als auch um sich nach seinem Befinden zu erkundigen.

Aber er hatte sich kaum angekleidet, als Don Juan sein Zimmer betrat und zu ihm sagte: ‚Ich komme die Sorgen zu zerstreuen, die ich Ihnen mache. Ich fühle mich heute recht wohl.‘

‚Diese gute Nachricht‘, antwortete Mendoza, ‚tröstet mich ein wenig über die schlechte, die ich soeben erhalten habe.‘

Der Toledaner fragte, worum es sich handle, und nachdem Don Federico seine Diener hinausgeschickt hatte, sagte er: ‚Doña Teodora ist heute morgen aufs Land gefahren, wo sie wahrscheinlich lange bleiben wird. Diese Abreise befremdet mich. Warum hat man sie mir verheimlicht? Wie denken Sie darüber, Don Juan? Habe ich nicht Grund, beunruhigt zu sein?‘

Zarate hütete sich, ihm zu sagen, wie er darüber dachte, und versuchte ihm einzureden, daß Doña Teodora aufs Land gefahren sein könnte, ohne daß man darüber zu stutzen brauche. Doch Mendoza, nicht befriedigt von den Gründen, die sein Freund anführte, um ihn zu beruhigen, unterbrach ihn: ‚Alle diese Worte‘, sagte er, ‚können den Verdacht, den ich geschöpft habe, nicht zerstreuen. Vielleicht habe ich aus Un-

besonnheit etwas getan, was Doña Teodora gekränkt hat. Um mich dafür zu strafen, verläßt sie mich und sagt mir nicht einmal, worin mein Vergehen besteht. Wie dem auch sei, ich kann diese Ungewißheit nicht länger ertragen. Kommen Sie, Don Juan, suchen wir sie auf. Ich lasse die Pferde satteln.'
‚Ich rate Ihnen', sagte der Toledaner, ‚niemand mitzunehmen. Solche Auseinandersetzungen müssen ohne Zeugen stattfinden.'
‚Don Juan kann dabei nicht stören', erwiderte Don Federico. ‚Doña Teodora weiß doch, daß Ihnen nicht unbekannt ist, was in meinem Herzen vorgeht. Sie schätzt Sie, und Sie werden mir nicht lästig sein, sondern mir vielmehr helfen, sie zu meinen Gunsten zu besänftigen.'
‚Nein, Don Federico', lehnte der andere ab, ‚meine Gegenwart kann Ihnen nicht nützen. Brechen Sie allein auf, ich beschwöre Sie.'
‚Nicht doch, mein lieber Don Juan', erwiderte Mendoza, ‚wir reiten zusammen hin. Ich erwarte diese Gefälligkeit von Ihrer Freundschaft.'
‚Welche Tyrannei!' rief der Toledaner unwillig. ‚Warum verlangen Sie von meiner Freundschaft, was sie Ihnen nicht gewähren darf?'
Diese Worte, deren Sinn Don Federico nicht verstand, und der schroffe Ton, in dem sie gesprochen wurden, befremdeten ihn sehr. Er sah seinen Freund fragend an. ‚Don Juan', sagte er zu ihm, ‚was bedeutet das, was ich soeben vernommen habe? Welcher furchtbare Argwohn regt sich in meiner Seele! Ach, Ihre Zurückhaltung geht zu weit und kränkt mich. Sprechen Sie. Woher kommt Ihre Abneigung, mich zu begleiten?'
‚Ich wollte es Ihnen verbergen', antwortete der Toledaner; ‚aber da Sie mich gezwungen haben, es Ihnen anzudeuten, so brauche ich mich nicht mehr zu verstellen. Hören wir auf, mein lieber Don Federico, uns zur Übereinstimmung unserer Neigungen zu beglückwünschen. Sie ist leider allzu vollkommen. Die Pfeile, die Sie verwundet haben, haben Ihren Freund nicht verschont. Doña Teodora ...'
‚Wie', unterbrach ihn Mendoza erbleichend, ‚Sie sollten mein Nebenbuhler sein?'
‚Sobald ich meine Liebe erkannt habe', erwiderte Don Juan,

‚habe ich sie bekämpft. Ich habe die Witwe Cifuentes' stets gemieden; Sie selbst haben mir deshalb Vorwürfe gemacht. Ich habe meine Leidenschaft zumindest unterdrückt, wenn ich sie auch nicht aus meinem Herzen tilgen konnte.
Gestern aber ließ mir die Dame sagen, daß sie mich zu sprechen wünschte. Ich ging zu ihr. Sie fragte mich, warum ich sie scheinbar miede. Ich dachte mir Entschuldigungen aus; sie lehnte sie ab. Schließlich sah ich mich genötigt, ihr den wahren Grund zu gestehen. Ich glaubte, sie würde nach dieser Erklärung meine Absicht, sie zu meiden, gutheißen. Aber infolge einer seltsamen Fügung – soll ich es Ihnen sagen? Ja, Mendoza, ich muß es Ihnen sagen: Ich fand Teodora mir zugetan.'
Obwohl Don Federico den sanftesten und vernünftigsten Geist der Welt hatte, bekam er doch bei diesen Worten einen Wutanfall und unterbrach wieder seinen Freund: ‚Halt, Don Juan!' rief er. ‚Durchbohren Sie mir lieber die Brust, als in Ihrem schrecklichen Bericht fortzufahren. Sie begnügen sich nicht damit, mir zu gestehen, daß Sie mein Nebenbuhler sind; Sie sagen mir auch noch, daß man Sie – liebt! Gerechter Himmel, welches Geständnis wagen Sie mir zu machen? Sie stellen unsere Freundschaft auf eine zu harte Probe. Aber was sage ich? Unsere Freundschaft! Sie haben sie gebrochen, indem Sie, wie Sie selbst mir gestehen, treulose Gefühle genährt haben.
Wie habe ich mich geirrt! Ich hielt Sie für edel, für großmütig, und Sie sind doch nur ein falscher Freund, da Sie fähig waren, eine Liebe zu hegen, die mich verletzt. Ich bin niedergeschmettert von diesem unvorhergesehenen Schlag, ich empfinde ihn um so mehr, als ihn mir eine Hand versetzt, die ...'
‚Lassen Sie mir mehr Gerechtigkeit widerfahren', unterbrach ihn nun der Toledaner. ‚Mäßigen Sie sich einen Augenblick. Ich bin nichts weniger als ein falscher Freund. Hören Sie mir zu, und sie werden bereuen, mir diesen abscheulichen Namen gegeben zu haben.'
Dann erzählte er ihm alles, was sich zwischen der Witwe Cifuentes' und ihm zugetragen hatte: das Liebesgeständnis, das sie ihm gemacht, und all die Worte, die sie ihm gesagt, um ihn so weit zu bringen, sich unbedenklich seiner Leiden-

schaft zu überlassen. Er sagte ihm auch, was er darauf geantwortet hatte, und je länger er von der Standhaftigkeit sprach, die er an den Tag gelegt hatte, desto mehr fühlte Don Federico seinen Zorn schwinden. ‚Kurz', fügte Don Juan hinzu, ‚die Freundschaft hat über die Liebe gesiegt. Ich wies die Hand der Doña Teodora zurück. Sie weinte vor Kummer; aber, großer Gott, welche Verwirrung riefen ihre Tränen in meiner Seele hervor! Ich kann mich dessen nicht erinnern, ohne wieder zu zittern vor der Gefahr, die mir drohte. Ich fing an, mich grausam zu finden, und für einen Augenblick, Mendoza, wurde Ihnen mein Herz untreu. Ich gab indes meiner Schwäche nicht nach und entzog mich durch schnelle Flucht diesen so gefährlichen Tränen. Aber es genügt nicht, daß ich diese Gefahr vermieden habe; ich muß sie auch in Zukunft fürchten. Ich muß schleunigst abreisen. Ich will mich nicht mehr den Blicken der Doña Teodora aussetzen. Wird mich Don Federico auch jetzt noch der Undankbarkeit und Treulosigkeit beschuldigen?"
‚Nein', antwortete Mendoza und umarmte ihn, ‚ich erkenne Ihre Unschuld. Die Augen gehen mir auf. Verzeihen Sie einen ungerechten Vorwurf der heftigen Empörung eines Liebenden, der sich aller seiner Hoffnungen beraubt sieht. Ach, durfte ich denn annehmen, daß Doña Teodora Sie lange sehen könnte, ohne sich in Sie zu verlieben, ohne jener Liebenswürdigkeit zu erliegen, deren Macht ich selbst empfunden habe? Sie sind ein wahrer Freund. Ich schreibe jetzt mein Unglück nur noch meinem Schicksal zu und hasse Sie nicht etwa, sondern fühle, wie meine Zuneigung für Sie wächst. Wie, Sie verzichten um meinetwillen auf den Besitz der Doña Teodora, Sie bringen unserer Freundschaft ein so großes Opfer, und ich sollte davon nicht gerührt sein? ... Sie bringen es fertig, Ihre Liebe zu unterdrücken, und ich sollte mich nicht bemühen, die meinige zu überwinden? Nein, ich darf Ihnen an Großmut nicht nachstehen, Don Juan; folgen Sie der Neigung, die Sie fortreißt, heiraten Sie die Witwe Cifuentes'. Sosehr mein Herz auch darüber klagen mag, so bittet doch Mendoza Sie inständig darum.'
‚Sie bitten mich vergeblich', entgegnete Zarate. ‚Ich gestehe, ich empfinde für Teodora leidenschaftliche Liebe, aber Ihre Ruhe, Don Federico, ist mir teurer als mein Glück.'

‚Und Teodoras Ruhe?‘ erwiderte Don Federico. ‚Darf Ihnen die gleichgültig sein? Machen wir uns nichts vor. Die Neigung, die sie Ihnen entgegenbringt, entscheidet über mein Schicksal. Wenn Sie sich auch von ihr entfernten, wenn Sie, um sie mir zu lassen, fern von ihren Augen ein unglückliches Leben führten, so wäre ich doch nicht glücklicher. Da ich ihr bisher nicht zu gefallen vermochte, werde ich ihr sicher niemals gefallen. Diese Ehre hat der Himmel nur Ihnen vorbehalten. Sie hat Sie vom ersten Augenblick an geliebt; sie empfindet für Sie natürliche Zuneigung; kurz, sie kann nur mit Ihnen glücklich werden. Nehmen Sie also die Hand an; die sie Ihnen bietet, erfüllen Sie ihre Wünsche und Ihre eigenen; überlassen Sie mich meinem Mißgeschick und machen Sie nicht drei Menschen unglücklich, wenn doch einer allein die ganze Härte des Schicksals auf sich nehmen kann.‘“

Hier mußte Asmodeus seine Erzählung unterbrechen, um dem Studenten zuzuhören, der zu ihm sagte: „Was Sie mir erzählen, überrascht mich sehr. Gibt es wirklich Menschen von so edlem Charakter? Ich sehe in der Welt nur Freunde, die sich entzweien – ich meine nicht wegen geliebter Frauen wie Doña Teodora, sondern wegen abgefeimter Buhlerinnen. Kann denn ein Liebender auf ein Wesen, das er anbetet und von dem er geliebt wird, verzichten, nur um einen Freund nicht unglücklich zu machen? Ich glaubte, dies wäre nur in Romanen möglich, in denen man die Menschen schildert, wie sie sein sollten, und nicht, wie sie in Wirklichkeit sind.“

„Ich gebe zu“, antwortete der Teufel, „daß dies etwas sehr Ungewöhnliches ist; aber es liegt nicht nur in der Natur des Romans, es liegt auch in der edlen Natur des Menschen. Aber so wahr das auch ist, so habe ich doch seit der Sintflut nur zwei Beispiele – dieses einbegriffen – dafür gesehen. Kommen wir nun wieder zu meiner Erzählung.

Die beiden Freunde opferten einander auch weiterhin ihre leidenschaftliche Liebe, und da der eine an Großmut dem andern nicht nachstehen wollte, verbargen sie einige Tage lang ihre Liebesgefühle. Sie sprachen nicht mehr von Doña Teodora und wagten nicht einmal ihren Namen zu nennen. Aber während in der Stadt Valencia die Freundschaft so

über die Liebe siegte, herrschte anderswo die Liebe, wie um sich dafür zu rächen, um so tyrannischer und erzwang sich unbedingten Gehorsam.
Doña Teodora überließ sich in ihrem am Meer liegenden Schloß Villareal ganz ihrer Neigung. Sie dachte unaufhörlich an Don Juan und gab die Hoffnung nicht auf, ihn zu heiraten, obgleich sie nach den Freundschaftsgefühlen, die er für Don Federico so deutlich bekundet hatte, nicht darauf rechnen durfte.
Eines Abends, als sie nach Sonnenuntergang mit einer ihrer Frauen einen Spaziergang am Meeresufer machte, bemerkte sie eine kleine Schaluppe, die auf das Ufer zusteuerte. Zunächst schien es ihr so, als säßen in diesem Boot sieben oder acht unheimlich aussehende Männer; aber nachdem sie sie näher betrachtet hatte, erkannte sie, daß sie Masken für Gesichter gehalten hatte. Es waren tatsächlich Vermummte, die mit Degen und Messern bewaffnet waren.
Bei ihrem Anblick erschrak sie, und da sie bei der Landung, zu der sie sich nun anschickten, nichts Gutes ahnte, lenkte sie ihre Schritte schnell wieder dem Schloß zu. Von Zeit zu Zeit sah sie sich nach den Vermummten um und beobachtete sie. Als sie sah, daß sie an Land gegangen waren und sie zu verfolgen begannen, fing sie aus allen Kräften zu laufen an. Da sie aber nicht so gut lief wie die Atalante und die Vermummten flink und kräftig zugleich waren, so holten diese sie vor dem Tor des Schlosses ein und hielten sie fest.
Die Dame und ihre Begleiterin stießen laute Schreie aus, die sogleich einige Diener herbeiriefen, und als diese im Schloß Alarm schlugen, eilten alle Leute der Doña Teodora mit Mistgabeln und Stöcken bewaffnet herbei. Doch zwei besonders starke Männer der maskierten Bande hatten unterdessen die Schloßherrin und die Zofe auf ihre Arme genommen und trugen sie nun, trotz ihres Widerstandes, zu der Schaluppe, während die anderen den Leuten aus dem Schloß, die sie heftig zu bedrängen begannen, die Stirn boten. Der Kampf dauerte lange; aber schließlich führten die Vermummten ihr Unternehmen erfolgreich durch und gelangten, sich auf dem Rückzug heftig wehrend, wieder zu ihrer Schaluppe. Es war für sie höchste Zeit, das Weite zu suchen; denn sie saßen noch nicht alle wieder im Boot, als sie aus

der Richtung von Valencia vier oder fünf Reiter auftauchen sahen, die ihren Pferden die Sporen gaben und anscheinend Doña Teodora zu Hilfe kommen wollten. Bei diesem Anblick steuerten die Räuber so schnell auf das offene Meer zu, daß alle Mühe der Reiter vergeblich war.

Diese Reiter waren Don Federico und Don Juan. Der erstere hatte an diesem Tag einen Brief erhalten, in dem man ihm mitteilte, man hätte aus zuverlässiger Quelle erfahren, daß Alvaro Ponce auf der Insel Mallorca wäre, daß er eine Art Tartane ausgerüstet hätte und mit etwa zwanzig Männern, die nichts zu verlieren hätten, die Witwe Cifuentes' entführen wollte, sobald sie in ihrem Schloß eingetroffen wäre. Auf diese Warnung hin waren er und der Toledaner sofort aus Valencia aufgebrochen, um Doña Teodora von dem ihr drohenden Anschlag zu benachrichtigen. Aus der Ferne hatten sie am Meeresstrand einen Haufen Männer erblickt, die gegeneinander zu kämpfen schienen; und in der Vermutung, daß sich dort das abspielte, was sie befürchtet hatten, ließen sie ihren Pferden die Zügel schießen, um Alvaros Plan zu vereiteln. Aber sosehr sie sich auch sputeten, so erreichten sie doch nur den Strand, um Zeugen der Entführung zu werden, die sie hatten verhindern wollen.

Unterdessen entfernte sich Alvaro Ponce, stolz auf den Erfolg seines Handstreichs, mit seiner Beute von der Küste. Seine Schaluppe steuerte auf ein bewaffnetes kleines Schiff zu, das auf hoher See wartete. Man kann keinen tieferen Schmerz empfinden, als Mendoza und Don Juan in diesem Augenblick empfanden. Sie stießen tausend Verwünschungen gegen Don Alvaro aus und erfüllten die Luft mit ebenso verzweifelten wie vergeblichen Klagen. Alle Diener der Doña Teodora, angeregt von diesem Beispiel, brachen ebenfalls in Wehklagen aus. Das ganze Ufer hallte von Geschrei wider. Verzweiflung und Trostlosigkeit herrschten an diesem traurigen Gestade. Der Raub der Helena hat am Hofe von Sparta keine so furchtbare Bestürzung hervorgerufen."

VIERZEHNTES KAPITEL

Vom Streit eines Tragödiendichters mit einem Komödiendichter

Der Student konnte hier nicht umhin, den Teufel zu unterbrechen. „Herr Asmodeus“, sagte er zu ihm, „soviel Vergnügen ich auch an Ihrer Geschichte finde, so vermag ich doch nicht der Neugierde zu widerstehen, zu erfahren, was das zu bedeuten hat, was in diesem Augenblick meine Aufmerksamkeit ablenkt. Ich sehe in einem Zimmer zwei Männer im Hemd, die sich an der Kehle und am Schopf festhalten, und mehrere Personen im Schlafrock, die sich bemühen, sie zu trennen. Sagen Sie mir bitte, was das bedeutet.“ Der Dämon, der ihn immer zufriedenzustellen suchte, gab ihm sofort die gewünschte Auskunft.

„Die Personen, die Sie dort im Hemd stehen sehen und die sich schlagen“, erklärte er ihm, „sind zwei französische Schriftsteller, und die Leute, die sie zu trennen versuchen, sind zwei Deutsche, ein Flame und ein Italiener. Sie wohnen alle in demselben Haus, einem Hotel, in dem nur Fremde absteigen. Der eine der beiden Autoren schreibt Tragödien und der andere Komödien. Der erste ist wegen Unannehmlichkeiten, die er in Frankreich gehabt, nach Spanien gekommen; und der andere, unzufrieden mit seiner Lage in Paris, hat dieselbe Reise in der Hoffnung angetreten, in Madrid mehr Erfolg zu haben.

Der Tragödiendichter ist ein eitler, anmaßender Mensch, der sich in Frankreich – trotz des einsichtigeren Teils des Publikums – einen ziemlich großen Ruf erworben hat. Um seine Muse in Atem zu halten, dichtet er jeden Tag. Da er heute nacht nicht einschlafen konnte, begann er ein Theaterstück, dessen Stoff er der ‚Ilias‘ entnommen hat. Er hat bereits eine Szene geschrieben. Nun besteht aber seine Schwäche darin, daß er wie seine Kollegen die Sucht hat, die Leute mit dem Vorlesen seiner Werke zu Tode zu langweilen. Er stand also auf, nahm sein Licht, ging im Hemd zum Zimmer des Komödiendichters, der von seiner Zeit einen weitaus besseren

Gebrauch machte und im tiefen Schlafe lag, und klopfte leise an die Tür.
Der Komödiendichter erwachte bei diesem Geräusch und machte dem anderen auf, der mit dem Gesichtsausdruck eines Besessenen eintrat und rief: ‚Knien Sie nieder, mein Freund, verehren Sie ein Genie, dem Melpomene hold ist! Ich habe soeben Verse gedichtet, die ... Aber was heißt ich? Apollo selbst hat sie mir eingegeben. Wäre ich in Paris, so würde ich noch heute von Salon zu Salon gehen und sie vortragen. Ich warte, bis es hell wird, um sowohl unseren Gesandten als auch alle Franzosen, die in Madrid weilen, durch meine Verse zu entzücken. Doch ehe ich sie irgend jemand zeige, möchte ich sie Ihnen vorlesen.‘
‚Ich danke Ihnen für diese Auszeichnung‘, antwortete der Komödiendichter und gähnte herzhaft. ‚Bedauerlich ist dabei allerdings, daß Sie die Zeit dafür so ungünstig wählen; ich bin sehr spät zu Bett gegangen, der Schlaf überwältigt mich, und ich kann nicht dafür bürgen, daß ich alle die Verse, die Sie mir vorlesen wollen, anhören werde, ohne wieder einzuschlafen.‘
‚Oh, dafür bürge ich‘, erwiderte der Tragödiendichter. ‚Wenn Sie tot wären, so wäre die Szene, die ich soeben geschrieben, wohl fähig, Sie ins Leben zurückzurufen. Meine Dichtung ist nämlich keine Mischung von alltäglichen Gefühlen und abgedroschenen Redensarten, denen nur der Reim Geltung verschafft. Es ist echte Poesie, die das Herz bewegt und den Geist beeindruckt. Ich gehöre nicht zu jenen Dicherlingen, deren klägliche Machwerke nur wie Schatten über die Bühne huschen und dann in Utika auf dem Jahrmarkt die Afrikaner belustigen. Meine Stücke, die verdienten, mit meiner Büste in der Palatinischen Bibliothek zu stehen, haben auch nach dreißig Aufführungen noch ein volles Haus. Aber‘, fügte dieser so bescheidene Dichter hinzu, ‚kommen wir endlich zu den Versen, die Sie als erster hören sollen.
Meine Tragödie heißt: Der Tod des Patroklos. Erste Szene: Briseïs und die anderen Gefangenen des Achilles treten auf; sie raufen sich das Haar und schlagen sich die Brust, um den Schmerz zu bekunden, den sie über den Verlust des Patroklos empfinden. Sie können sich kaum noch aufrecht halten. Vor Verzweiflung brechen sie auf der Bühne zusammen. Sie

werden einwenden, dies sei ein wenig gewagt; aber darauf ziele ich ja ab. Mögen die kleinen Geister sich in den engen Schranken der Nachahmung halten und nicht wagen, sie zu überschreiten! Recht so! Es liegt Vorsicht in ihrer Zagheit. Ich aber liebe das Neue und meine, daß man den Zuschauern, wenn man sie erschüttern und hinreißen will, Bilder darbieten muß, auf die sie nicht gefaßt sind.
Die gefangenen Sklavinnen liegen also auf dem Boden. Phoenix, der Haushofmeister des Achilles, ist bei ihnen; er hilft einer nach der anderen, sich wieder aufzurichten. Dann beginnt er die Exposition mit den folgenden Versen:

Priam muß Hektorn bald und seine Stadt beklagen,
die Griechen schreien Rach' für Ajax, den Erschlagnen:
Der stolze Agamem, der edle Camelus,
der göttergleiche Nestor, auch Held Eumelus,
Leontes, dessen Speer den Feind oft überrannte,
der nerv'ge Diomed, Ulyß der wortgewandte.
Achilles wappnet sich; o seht, da peitscht er schon
sein göttliches Gespann voran gen Ilion.*

Nun mag die Schlacht, in die sein Zorn ihn treibt, entbrennen.
Er ruft, obgleich sich seine Blicke schon von ihnen trennen:
Wohlan denn, Xantus, Balius, meine treuen Freunde!
Seid dann des Würgens müde ihr, seht ihr die Feinde,
scharenweise fliehend, in ihre Stadt sich retten,
so kehrt nicht ohne mich zurück zu unseren Lagerstätten.
Doch Xantus senkt das Haupt und sagt verdrossen:
Achill, du sollst zufrieden sein mit deinen Rossen;
sie werden vorwärts stürmen vor den andern allen.
Doch wirst du bald, vom Speer getroffen, fallen.
Die kuhäugige Juno läßt ihn düster dies verkünden.
Achill indes besteigt den Wagen, seinen pfeilgeschwinden.
Das Griechenheer läßt Jubelrufe nun erschallen,
von denen Ilions Gestade weithin widerhallen.
Heller noch als der Morgenstern erglänzt in seinen Waffen

* Die ersten acht Strophen sind aus Homers „Ilias“, 19. Gesang (Übersetzung von J. H. Voß); die folgenden sind von Lesage

der edle Fürst; den Harnisch hat Vulkan für ihn geschaffen.
Er gleicht der Sonne, die strahlend dort soeben
im Osten aufgeht, um der Welt ihr Licht zu geben;
er gleicht dem Feuer, das Bauern auf den Bergen machen
und dort in dunkler Nacht zu heller Glut entfachen.

Ich halte inne', sagte der Tragödiendichter, ,um Sie wieder zu Atem kommen zu lassen; denn wollte ich Ihnen meine ganze Szene in einem Zuge vortragen, so würde die Schönheit meines Versbaus und die Fülle der glänzenden Einfälle und erhabenen Gedanken, die in dieser Szene enthalten sind, Ihnen völlig den Atem rauben. Bemerken Sie, wie treffend der Vergleich ist: Er gleicht dem Feuer, das Bauern auf den Bergen machen ... Nicht jeder vermag das nachzuempfinden; aber Sie, der Sie Geist und echtes Gefühl besitzen, Sie müssen davon bezaubert sein.'

,Das bin ich zweifellos', antwortete der Komödiendichter mit einem boshaften Lächeln. ,Ihre Szene ist einzigartig, und ich bin überzeugt, daß Sie auch nicht versäumen werden, in Ihrer Tragödie darzustellen, wie Thetis sich befleißigt, die trojanischen Mücken zu verjagen, die sich dem Leichnam des Patroklos nähern wollen.'

,Lassen Sie es sich nicht einfallen, darüber zu spotten', versetzte der Tragödiendichter. ,Ein Dichter, der Begabung hat, darf alles wagen. Diese Stelle ist vielleicht gerade diejenige meines Stückes, die mir die herrlichsten Verse liefern könnte. Ich werde sie nicht streichen, verlassen Sie sich darauf.

Alle meine Werke', fuhr er ohne weiteres fort, ,sind wohlgeschliffen. Man muß den Applaus hören, wenn ich sie vorlese. Nach jedem Vers muß ich eine Pause machen, um den Beifall zu ernten. Ich erinnere mich, wie ich einmal in Paris eine Tragödie in einem Haus vorlas, in dem sich täglich um die Mittagszeit Schöngeister einfinden und wo ich, ohne mir zu schmeicheln, nicht für einen Dilettanten gelte wie Pradon. Die berühmte Comtesse de Vieille-Brune war auch zugegen; sie hat einen feinen, ja auserlesenen Geschmack; ich bin ihr Lieblingsdichter. Schon bei der ersten Szene vergoß sie heiße Tränen; im zweiten Akt mußte sie ihr Taschentuch wechseln; während des dritten schluchzte sie nur noch; im vierten wurde sie ohnmächtig, und bei der Katastrophe glaubte ich, sie würde mit dem Helden meines Stückes sterben.‘

Bei diesen Worten brach der Komödiendichter, so gern er den Ernst auch bewahrt hätte, in ein schallendes Gelächter aus. ‚Oh‘, rief er, ‚wie gut erkenne ich diese seelenvolle Gräfin an diesem Zug! Sie kann die Komödie nicht ausstehen. Sie hat eine solche Abneigung gegen die Gattung des Komischen, daß sie gewöhnlich nach dem Hauptstück ihre Loge verläßt, um ihren ganzen Seelenschmerz für sich zu behalten. Die Tragödie ist ihre große Leidenschaft. Ob das Stück gut oder schlecht ist, Sie werden die Gräfin sicher rühren, wenn Sie darin nur ein unglückliches Liebespaar schmachten und seufzen lassen. Offen gestanden: wenn ich ernsthafte Dichtungen schriebe, so möchte ich andere Bewunderer haben als sie.‘

‚Oh, die habe ich auch‘, versicherte der Tragödiendichter. ‚Mir spenden tausend hohe Persönlichkeiten Beifall, Herren sowohl als Damen …‘

‚Ich würde dem Beifall dieser Persönlichkeiten mißtrauen‘, unterbrach ihn der Komödiendichter. ‚Ich würde mich vor ihrem Urteil in acht nehmen. Wissen Sie, warum? Solche Hörer sind meistens zerstreut, während man vorliest, und lassen sich von der Schönheit eines Verses oder der Zartheit einer Empfindung bestechen. Sie loben daher das ganze Werk, so unvollkommen es sonst auch sein mag. Hören Sie dagegen einige Verse, deren Banalität oder Härte ihr Ohr verletzt, so genügt ihnen das schon, um ein gutes Stück zu zerreißen.‘

‚Freilich, freilich‘, erwiderte der Tragödiendichter. ‚Da mir solche Urteile Ihrer Ansicht nach verdächtig erscheinen sollten, so verlasse ich mich nur auf die Beifallsstürme des Parterres.‘

‚Ach, streichen Sie bitte nicht Ihr Parterre heraus‘, antwortete der andere, ‚es ist in seinen Urteilen zu wankelmütig. Zuweilen irrt es sich bei der Aufführung neuer Stücke so gewaltig, daß es von einem schlechten Werk zwei Monate lang überaus entzückt ist. Allerdings verliert sich später dieser Eindruck, und der Autor sieht sich nach seinem Erfolg vom Publikum verachtet.‘

‚Dieses Unglück habe ich nicht zu befürchten', sagte der Tragödiendichter. ‚Meine Stücke werden ebensooft gedruckt wie aufgeführt. Ich gebe zu, daß es bei Komödien anders ist. Werden sie gedruckt, so kommen ihre Schwächen an den Tag, denn Komödien sind nur Bagatellen, armselige Geistesprodukte ...'

‚Sachte, Herr Tragiker', unterbrach ihn der andere, ‚sachte. Ereifern Sie sich nicht und sprechen Sie gefälligst mir gegenüber von der Komödie etwas weniger respektlos. Glauben Sie etwa, ein komisches Stück sei weniger schwer zu schreiben als eine Tragödie? Lassen Sie sich eines Besseren belehren: Es ist nicht leichter, rechtschaffene Menschen zum Lachen zu bringen als zum Weinen. Lassen Sie es sich gesagt sein, daß ein witziges Sujet aus dem Alltagsleben nicht weniger schwer zu gestalten ist als das schönste heroische Sujet.'

‚Sieh mal an', rief der Tragödiendichter in spöttischem Ton, ‚ich bin entzückt, Sie so reden zu hören. Nun gut, Herr Calidas, um allen Streit zu vermeiden, will ich in Zukunft Ihre Werke ebensosehr schätzen, wie ich sie bisher verachtet habe.'

‚Ich mache mir sehr wenig aus Ihrer Verachtung, Herr Giblet', fiel ihm der Komödiendichter ins Wort, ‚und um Ihnen auf Ihr unverschämtes Benehmen die gebührende Antwort zu geben, will ich Ihnen ganz offen sagen, was ich von den Versen halte, die Sie mir soeben vorgelesen haben. Sie sind lächerlich, und die Gedanken sind zwar von Homer entlehnt, aber deshalb in Ihrer Wiedergabe nicht weniger flach. Achilles spricht zu seinen Rossen; seine Rosse antworten ihm. Das ist ein nichtssagendes Bild, genau wie der Vergleich mit dem Feuer, das Bauern auf den Bergen machen. Es heißt den Alten keine Ehre erweisen, wenn man sie auf solche Weise plündert. Zwar sind sie reich an bewunderungswürdigen Momenten, aber man muß mehr Geschmack haben als Sie, um unter den Dingen, die man von ihnen entlehnen darf, eine glückliche Auswahl zu treffen.'

‚Da es Ihnen an erhabenem Genie fehlt', versetzte Giblet, ‚um die Schönheiten meiner Dichtung erfassen zu können, und um Sie dafür zu strafen, daß Sie meine Szene zu kritisieren wagten, werde ich Ihnen die Fortsetzung nicht vorlesen.'

‚Ich bin schon genug gestraft, da ich den Anfang gehört habe', entgegnete Calidas. ‚Es sieht Ihnen ähnlich, meine Komödien zu verachten. Nehmen Sie zur Kenntnis, daß die schlechteste, die ich schriebe, immer noch Ihre Tragödien bei weitem übertreffen würde, und daß es leichter ist, einen gewaltigen Anlauf zu nehmen und sich zu erhabenen Gefühlen hochzuwinden, als einen feinen und treffenden Witz anzubringen.'
‚Dem Himmel sei Dank', sagte der Tragödiendichter mit verächtlicher Miene, ‚daß ich mich wohl zu trösten weiß, wenn ich das Unglück habe, Ihre Anerkennung nicht zu finden. Der Hof beurteilt mich weitaus günstiger als Sie, und die Pension, die er mir gnädig ...'
‚Ach', unterbrach ihn Calidas, ‚glauben Sie nicht, mich mit Ihren Hofpensionen blenden zu können. Ich weiß nur zu gut, wie man solche Pensionen erlangt, als daß ich Wert auf Ihre Werke legen könnte. Noch einmal: Bilden Sie sich nicht ein, Sie seien den Komödiendichtern überlegen. Und um Ihnen zu beweisen, wie fest ich davon überzeugt bin, daß ernste dramatische Gedichte leichter zu schreiben sind als andere, werde ich mich bei meiner Rückkehr nach Frankreich, wenn ich dort in der Gattung des Komischen keinen Erfolg haben sollte, dazu herablassen, Tragödien zu schreiben.'
‚Für einen Possenreißer', erwiderte darauf der Tragödiendichter, ‚sind Sie sehr eitel.'
‚Und Sie,' meinte der Komödiendichter, ‚sind für einen Versemacher, der seinen Ruf nur dem falschen Schein zu verdanken hat, sehr eingebildet.'
‚Sie sind ein unverschämter Kerl', entgegnete der andere. ‚Wäre ich nicht in Ihrem Zimmer, mein kleiner Herr Calidas, so würde die Peripetie dieser Begebenheit Sie lehren, den Kothurn zu achten.'
‚Lassen Sie sich durch diese Rücksichtnahme nicht davon abhalten, mein großer Herr Giblet', antwortete Calidas. ‚Wenn Sie Lust haben, sich mit mir zu schlagen, so verprügle ich Sie in meinem Zimmer ebensogern wie anderswo.'
Nun sprangen sie sich beide an die Kehle und gerieten sich in die Haare; auch ließen sie es beiderseits nicht an Faustschlägen und Fußtritten fehlen. Ein Italiener, der im Zimmer nebenan schlief, hatte den ganzen Wortwechsel gehört

und schloß aus dem Lärm, den die Schriftsteller bei ihrer Balgerei machten, daß sie zu Tätlichkeiten übergegangen waren. Er stand auf und rief aus Mitleid mit diesen Franzosen, obwohl er Italiener war, sämtliche Nachbarn herbei. Ein Flame und zwei Deutsche, die Personen, die Sie dort im Schlafrock sehen, bemühen sich nun, zusammen mit dem Italiener, die beiden Kampfhähne auseinanderzubringen."

„Diesen Streit", sagte Don Cleofas, „finde ich recht lustig. Aber wie ich sehe, bilden sich in Frankreich die Tragödiendichter ein, sie seien bedeutendere Persönlichkeiten als diejenigen, die nur Komödien schreiben."

„Zweifellos", antwortete Asmodeus. „Die ersteren fühlen sich über die anderen ebenso erhaben wie die Helden der Tragödie über die Bedienten der Komödie."

„Und worauf gründen sie ihren Hochmut?" fragte der Student. „Sollte es wirklich schwerer sein, eine Tragödie zu schreiben als eine Komödie?"

„Die Frage, die Sie mir stellen", erwiderte der Teufel, „ist schon hundertmal aufgeworfen worden und wird täglich immer wieder gestellt. Ich selbst – mögen es mir diejenigen, die nicht meiner Meinung sind, nicht übelnehmen – entscheide sie so: Ich behaupte, daß ein Lustspiel nicht leichter zu schreiben ist als ein Trauerspiel; denn wäre das letztere schwieriger als das andere, so müßte man daraus folgern, daß ein Tragödienschreiber eher eine Komödie schreiben könnte als der beste Komödiendichter – was freilich der Erfahrung nicht entspricht. Die beiden Gattungen der Poesie verlangen also zwei Genies von verschiedenem Charakter, aber gleicher Begabung.

Es ist übrigens Zeit", fügte der Hinkende hinzu, „unsere Abschweifung zu beenden. Ich will nun den Faden der Erzählung dort wieder aufnehmen, wo Sie ihn unterbrochen haben."

FÜNFZEHNTES KAPITEL

Fortsetzung und Schluß der Geschichte von der Macht der Freundschaft

„Wenn die Diener der Doña Teodora auch ihre Entführung nicht hatten verhindern können, so hatten sie sich ihr doch zumindest mutig widersetzt, und ihr Widerstand war einigen der Leute des Don Alvaro Ponce zum Verhängnis geworden. Sie hatten unter anderen einen von ihnen so gefährlich verwundet, daß ihm seine Wunden nicht erlaubt hatten, seinen Kameraden zu folgen. Er war fast leblos im Sande liegengeblieben.
Man erkannte in diesem Unglücklichen einen Diener des Don Alvaro; und als man bemerkte, daß er noch atmete, trug man ihn in das Schloß, wo man nichts unversucht ließ, um ihn wieder zum Bewußtsein zu bringen. Es gelang schließlich, obgleich ihn der Blutverlust sehr geschwächt hatte. Um ihn zum Sprechen zu bewegen, versprach man ihm, sein Leben zu schonen und ihn nicht der Strenge der Justiz auszuliefern – vorausgesetzt, daß er gestehe, wohin sein Herr die Doña Teodora entführt hätte.
Er fand dieses Versprechen recht verlockend, obgleich ihm der Zustand, in dem er sich befand, nur wenig Hoffnung ließ, daß er daraus jemals Nutzen ziehen könnte. Er nahm seine letzten Kräfte zusammen und bestätigte mit schwacher Stimme die Nachricht, die Don Federico erhalten hatte. Alvaro Ponce, fügte er dann hinzu, habe die Absicht, die Witwe Cifuentes' nach Sassari auf der Insel Sardinien zu bringen, wo er einen Verwandten habe, dessen Schutz und Ansehen ihm sichere Zuflucht versprächen.
Diese Aussage milderte die Verzweiflung Mendozas und des Toledaners. Sie ließen den Verwundeten im Schloß zurück, wo er nach einigen Stunden starb, kehrten nach Valencia zurück und überlegten unterwegs, wozu sie sich entschließen sollten. Sie beschlossen, ihren gemeinsamen Feind in seinem Schlupfwinkel aufzusuchen. Bald darauf schifften sie

sich beide ohne Gefolge in Denia ein, um nach Puerto-Mahón zu fahren. Sie zweifelten nicht, daß sie dort eine Gelegenheit finden würden, nach der Insel Sardinien überzusetzen. Tatsächlich erfuhren sie gleich nach der Ankunft in Puerto-Mahón, daß demnächst ein Frachtschiff nach Cagliari segeln werde. Diese Gelegenheit nutzten sie aus.
Das Schiff ging bei so günstigem Wind, wie sie nur wünschen konnten, in See; aber fünf oder sechs Stunden nach der Abfahrt trat Windstille ein, und da nachts Gegenwind aufkam, mußten sie lavieren – in der Hoffnung, daß der Wind vielleicht umschlüge. So segelten sie drei Tage lang umher. Am vierten Tag, gegen zwei Uhr nachmittags, erblickten sie ein Schiff, das mit vollen Segeln auf sie zusteuerte. Sie hielten es zunächst für ein Handelsschiff; doch als sie sahen, daß es fast in Schußweite kam, ohne eine Flagge zu hissen, bezweifelten sie nicht mehr, daß es ein Korsar war.
Sie täuschten sich nicht: Es war ein Pirat aus Tunis, der annahm, daß die Christen sich kampflos ergeben würden. Als er aber bemerkte, daß sie die Segel refften und ihre Kanone schußfertig machten, schloß er darauf, daß die Sache doch ernster war, als er angenommen hatte. Deshalb hielt er an, zog ebenfalls seine Segel ein und rüstete sich zum Kampf.
Man begann nun beiderseits zu schießen, und die Christen schienen anfangs im Vorteil zu sein; aber inmitten des Gefechtes tauchte ein Korsar aus Algier mit einem Schiff auf, das größer und besser ausgerüstet war als die beiden anderen, und schlug sich auf die Seite des Piraten aus Tunis. Sie fuhren mit vollen Segeln auf das spanische Schiff zu und nahmen es zwischen zwei Feuer.
Bei diesem Anblick sank den Christen der Mut, und da sie einen so ungleichen Kampf nicht fortsetzen wollten, hörten sie auf zu schießen. Nun erschien auf dem Heck des Schiffes aus Algier ein Sklave, der ihnen auf spanisch zurief, die ganze Besatzung des christlichen Schiffes hätte sich Algier zu ergeben, wenn sie wollte, daß man ihr Pardon gewähre. Nach dieser Aufforderung ließ ein Türke eine grünseidene, mit ineinandergeschlungenen silbernen Halbmonden bestickte Fahne, die er in der Hand hielt, im Winde flattern. Als die Christen sahen, daß aller Widerstand nutzlos wäre,

dachten sie nicht mehr daran, sich zu wehren, sondern überließen sich ganz dem Schmerz, den der Gedanke an die Sklaverei freien Männern bereiten muß, und der Kapitän, der befürchtete, daß weiteres Zögern den Zorn der grausamen Sieger herausfordern könnte, ließ die Fahne am Heck seines Schiffes einziehen, sprang mit einigen seiner Matrosen in ein Boot und steuerte auf den Korsaren aus Algier zu, um sich ihm zu ergeben.
Dieser Seeräuber schickte einen Teil seiner Mannschaft auf das spanische Schiff, um es durchsuchen, das heißt plündern zu lassen. Der Korsar aus Tunis gab seinerseits einigen seiner Leute denselben Befehl, so daß alle Insassen dieses unglücklichen Schiffes im Nu entwaffnet und durchsucht waren. Dann brachte man sie auf das algerische Schiff, auf dem die beiden Seeräuber sie unter sich aufteilten. Hierbei entschied das Los.
Für Mendoza und seinen Freund wäre es immerhin ein Trost gewesen, wenn sie beide in die Gewalt desselben Korsaren geraten wären; sie hätten ihre Ketten weniger drückend empfunden, wenn sie diese zusammen hätten tragen können. Aber das Schicksal, das sie seine ganze Härte fühlen ließ, teilte Don Federico dem Korsaren aus Tunis und Don Juan dem aus Algier zu. Stellen Sie sich vor, wie verzweifelt die beiden Freunde waren, als sie voneinander Abschied nehmen mußten. Sie warfen sich den Piraten zu Füßen und beschworen sie, sie nicht zu trennen. Aber diese Korsaren, deren Unmenschlichkeit auch den rührendsten Schauspielen widerstand, ließen sich nicht erweichen; im Gegenteil: sie nahmen an, daß die beiden Gefangenen angesehene Persönlichkeiten wären und ein hohes Lösegeld zahlen könnten, und beschlossen daher, sie zu trennen.
Da Mendoza und Zarate erkannten, daß sie es mit unbarmherzigen Menschen zu tun hatten, sahen sie einander an und drückten sich durch Blicke ihren tiefen Kummer aus. Doch als die Teilung der Beute beendet war und der Pirat aus Tunis mit den Sklaven, die ihm zugefallen waren, wieder an Bord seines Schiffes gehen wollte, da glaubten die beiden Freunde, sie müßten vor Schmerz vergehen. Mendoza ging auf den Toledaner zu, schloß ihn in seine Arme und sagte zu ihm: ‚Müssen wir uns wirklich trennen? Welche furchtbare

Notwendigkeit! Nicht genug, daß die Verwegenheit eines Räubers ungestraft bleibt; man verwehrt uns auch, zusammen darüber zu klagen und zu trauern. Ach, Don Juan, was haben wir dem Himmel getan, daß wir seinen Zorn so grausam zu spüren bekommen?'
‚Suchen Sie den Grund für unser Unglück nicht anderwärts', antwortete Don Juan, ‚Sie müssen es mir allein zuschreiben. Die Tötung der beiden Personen, die ich meiner Rache geopfert hatte, mag zwar in den Augen der Menschen verzeihlich erscheinen; aber sie hat zweifellos den Himmel erzürnt, der nun auch Sie straft, weil Sie Freundschaft für einen Elenden hegen, den seine Gerechtigkeit verfolgt.'
Während sie so miteinander sprachen, vergossen sie beide so viele Tränen und seufzten so laut, daß die anderen Gefangenen dadurch nicht weniger erschüttert waren als durch ihr eigenes Unglück. Als aber die Soldaten aus Tunis, die noch unmenschlicher waren als ihr Herr, bemerkten, daß Mendoza zögerte, das Schiff zu verlassen, rissen sie ihn roh aus den Armen des Toledaners und schleppten ihn unter Faustschlägen davon. ‚Leben Sie wohl, lieber Freund', rief er, ‚ich werde Sie nicht wiedersehen. Doña Teodora ist nicht gerächt. Die Leiden, die mir diese Barbaren zufügen, werden die geringsten meiner Sklaverei sein.'
Don Juan konnte auf diese Worte nichts erwidern. Die Mißhandlung seines Freundes ging ihm so sehr zu Herzen, daß ihm die Stimme versagte. Da der Verlauf dieser Geschichte verlangt, daß wir dem Toledaner folgen, so lassen wir nun Don Federico auf dem tunesischen Schiff zurück.
Der Korsar aus Algier kehrte in seinen Hafen zurück, wo er gleich nach der Ankunft seine neuen Sklaven zum Pascha und von diesem zum Markt führte, auf dem man die Sklaven zu verkaufen pflegt. Ein Offizier des Dey Mezzomorto kaufte Don Juan für seinen Herrn, bei dem man den neuen Sklaven in den Gärten des Harems arbeiten ließ. So schimpflich diese Tätigkeit auch für einen Edelmann sein mochte, so wurde sie ihm doch allmählich lieb – wegen der Einsamkeit, die sie erforderte. In der Lage, in der er sich befand, konnte ihm nichts erwünschter sein, als ungestört über sein Unglück nachzugrübeln. Er dachte unablässig daran, und sein Geist bemühte sich nicht etwa, sich von den traurigsten Bildern

frei zu machen, sondern schien sogar Gefallen daran zu finden, sie sich immer wieder vor Augen zu halten.
Eines Tages, als er bei der Arbeit ein schwermütiges Lied sang, ohne den Dey zu bemerken, der im Garten lustwandelte, blieb Mezzomorto stehen, um seinem Gesang zu lauschen. Er war von seiner Stimme bezaubert, ging neugierig auf ihn zu und fragte ihn nach seinem Namen. Der Toledaner antwortete ihm, er hieße Alvaro. Als er in den Palast des Dey gekommen war, hatte er es für ratsam gehalten, nach Sklavensitte den Namen zu wechseln, und hatte diesen angenommen, weil er noch immer Teodoras Entführung durch Alvaro Ponce vor Augen hatte und daher dieser Name eher auf seine Lippen gekommen war als ein anderer. Mezzomorto, der die spanische Sprache einigermaßen beherrschte, richtete an ihn mehrere Fragen über die Sitten Spaniens und besonders über das Verhalten, das die Männer dort an den Tag legen, um den Frauen zu gefallen. Darauf antwortete Don Juan in einer Art und Weise, von welcher der Dey recht befriedigt war.
‚Alvaro', sagte er zu ihm, ‚mir scheint, du hast Geist, und ich halte dich nicht für einen Mann von niedriger Herkunft. Aber wer du auch sein magst, du hast das Glück, mir zu gefallen, und ich will dich durch mein Vertrauen ehren.' Bei diesen Worten fiel Don Juan dem Dey zu Füßen und erhob sich erst wieder, nachdem er den Saum seines Gewandes an seinen Mund, seine Augen und seine Stirn geführt hatte.
‚Um dir sogleich einen Beweis meines Vertrauens zu geben', fuhr Mezzomorto fort, ‚will ich dir verraten, daß ich in meinem Serail die schönsten Frauen Europas habe. Unter anderen besitze ich eine, die sich mit nichts vergleichen läßt. Ich glaube nicht, daß der Sultan eine so vollkommene Frau besitzt, obwohl ihm seine Schiffe täglich schöne Frauen aus allen Gegenden der Welt bringen. Es ist, als sei ihr Gesicht der Abglanz der Sonne, und ihr Wuchs ist so schlank wie der Stamm des Rosenstocks im Garten Eram. Du siehst, wie entzückt ich von ihr bin.
Aber dieses Wunder der Natur von so seltener Schönheit hängt immer einer tiefen Trauer nach, welche weder die Zeit noch meine Liebe zu zerstreuen vermag. Obwohl das Schicksal sie meinen Begierden preisgegeben hat, habe ich diese

noch nicht befriedigt. Ich habe sie immer bezähmt, und ganz im Gegensatz zu den Gepflogenheiten der Männer meinesgleichen, die nur Sinnenlust suchen, habe ich mich bemüht, ihr Herz durch eine Zuvorkommenheit und Ehrerbietung zu gewinnen, deren sich auch der niedrigste aller Moslems einer christlichen Sklavin gegenüber schämen würde.
Doch alle meine Aufmerksamkeiten scheinen ihren Kummer nur zu steigern, dessen Hartnäckigkeit mich zu verdrießen beginnt. Der Gedanke an die Sklaverei ist keiner anderen meiner Frauen so tief eingeprägt; meine huldvollen Blicke haben ihn schnell ausgelöscht. Dieser unüberwindliche Gram erschöpft meine Geduld. Doch bevor ich meiner Leidenschaft nachgebe, muß ich noch einen letzten Versuch machen. Dabei will ich mich deiner Vermittlung bedienen. Da die Sklavin Christin und sogar aus deinem Lande ist, könnte sie Vertrauen zu dir fassen, und du wirst sie dann leichter überreden als ein anderer. Rühme ihr meinen Rang und meinen Reichtum; halte ihr vor Augen, daß ich sie unter allen meinen Sklavinnen auszeichnen werde; gib ihr – wenn nötig – auch zu verstehen, daß sie nach der Ehre streben kann, eines Tages die Gemahlin Mezzomortos zu werden, und sage ihr, daß ich ihr mehr Achtung entgegenbringe, als ich einer Sultanin entgegenbringen könnte, wenn mir Seine Hoheit ihre Hand anböte.‘
Don Juan fiel zum zweitenmal dem Dey zu Füßen, und wenn er von diesem Auftrag auch nicht erfreut war, so versicherte er doch, er würde sein möglichstes tun, um ihn zu erfüllen. ‚Nun gut‘, erwiderte Mezzomorto. ‚Laß deine Arbeit liegen und folge mir. Im Gegensatz zu unseren Sitten will ich dich heimlich mit der schönen Sklavin reden lassen. Aber wehe dir, wenn du mein Vertrauen mißbrauchst! Foltern, wie sie selbst den Türken unbekannt sind, wären die Strafe für deine Vermessenheit. Versuche, ihre Trauer zu zerstreuen, und bedenke, daß deine Freiheit von dem Ende meiner Leiden abhängt.‘
Don Juan ließ seine Arbeit liegen und folgte dem Dey, der vorausgegangen war, um die betrübte Sklavin darauf vorzubereiten, seinen Fürsprecher zu empfangen.
Sie war mit zwei alten Sklavinnen zusammen, die sich zurückzogen, als sie Mezzomorto erscheinen sahen. Die

schöne Sklavin begrüßte ihn sehr ehrerbietig; doch konnte sie nicht umhin, heimlich zu zittern. So erging es ihr jedesmal, wenn er sich ihren Blicken zeigte. Er bemerkte es und sagte ihr zur Beruhigung: ‚Liebenswürdige Gefangene, ich komme nur, Ihnen mitzuteilen, daß unter meinen Sklaven ein Spanier ist, mit dem Sie vielleicht gern sprechen möchten. Wenn Sie ihn sehen wollen, so werde ich ihm gestatten, mit Ihnen zu reden – sogar ohne Zeugen.'
Die schöne Sklavin deutete an, daß ihr dies recht erwünscht war. ‚Ich werde ihn zu Ihnen schicken', fuhr der Dey fort. ‚Möge er durch seine Worte Ihren Gram lindern.' Als er zu Ende gesprochen hatte, ging er hinaus; und als er gleich darauf dem Toledaner begegnete, sagte er sehr leise zu ihm: ‚Du kannst jetzt hineingehen. Komme, nachdem du mit der Gefangenen gesprochen hast, in mein Gemach, um mir über diese Unterredung zu berichten.'
Zarate betrat sogleich das Zimmer, schloß die Tür hinter sich und grüßte die Sklavin, ohne die Augen auf sie zu richten, und die Sklavin nahm seinen Gruß entgegen, ohne ihn anzusehen. Doch als sie sich dann aufmerksam musterten, stießen sie einen Schrei der Überraschung und der Freude aus. ‚Mein Gott', sagte der Toledaner und ging auf sie zu, ‚ist es ein Trugbild, das mich täuscht? Ist es wirklich Doña Teodora, die ich erblicke?'
‚Ach, Don Juan', rief die schöne Sklavin, ‚sind Sie es, der zu mir spricht?'
‚Ja', antwortete er und küßte zärtlich eine ihrer Hände, ‚es ist Don Juan selbst. Erkennen Sie mich an diesen Tränen, die meine Augen vor Freude, Sie wiederzusehen, nicht zurückhalten können; erkennen Sie mich an dem Entzücken, das nur Ihre Gegenwart hervorzurufen vermag. Ich hadere nicht mehr mit dem Schicksal, da es mir ... Aber wozu lasse ich mich von übermäßiger Freude hinreißen? Ich vergesse, daß Sie gefangen sind. Durch welche neue Tücke des Schicksals sind Sie in Gefangenschaft geraten? Wie konnten Sie sich der rasenden Leidenschaft des Don Alvaro entziehen? Ach, wie hat sie mich beunruhigt, und ich fürchte nun zu erfahren, daß der Himmel Ihre Tugend nicht genügend beschützt hat.'
‚Der Himmel', sagte Doña Teodora, ‚hat mich an Alvaro

Ponce gerächt. Wenn ich Zeit hätte, Ihnen zu erzählen ...'
‚Sie haben dazu soviel Zeit, wie Sie wollen', unterbrach sie Don Juan. ‚Der Dey erlaubt mir, bei Ihnen zu weilen und mit Ihnen – was Sie überraschen dürfte – unter vier Augen zu sprechen. Nutzen wir diese glücklichen Augenblicke aus. Unterrichten Sie mich von alldem, was Ihnen seit Ihrer Entführung zugestoßen ist.'
‚Und wer hat Ihnen gesagt', fragte sie, ‚daß Don Alvaro mich entführt hat?'
‚Ich weiß es nur zu gut', entgegnete Don Juan. Dann erzählte er ihr kurz, wie er es erfahren hatte und wie er und Mendoza, nachdem sie sich eingeschifft, um ihren Entführer zu suchen, von Korsaren gefangengenommen worden waren. Sobald er seinen Bericht beendet hatte, begann Doña Teodora den ihrigen mit den folgenden Worten:
‚Ich brauche Ihnen nicht zu sagen, wie entsetzt ich war, als ich mich von einer Schar von Vermummten entführt sah. Ich wurde ohnmächtig in den Armen desjenigen, der mich davontrug, und als ich aus meiner Ohmacht erwachte, die zweifellos sehr lange gedauert hatte, befand ich mich mit Inés, einer meiner Frauen, auf hoher See allein in der Kajüte eines Schiffs, das alle Segel gesetzt hatte.
Die unglückliche Inés begann mich zu ermahnen, ich sollte mich in Geduld fassen, und ich hatte Grund, aus ihren Worten zu entnehmen, daß sie mit meinem Entführer im Einverständnis war. Er wagte, vor mir zu erscheinen, und warf sich mir zu Füßen. ›Señora‹, sagte er, ›verzeihen Sie Don Alvaro das Mittel, dessen er sich bedient, um Sie zu besitzen. Sie wissen, wie viele Aufmerksamkeiten ich Ihnen erwiesen und mit welcher Ausdauer ich Ihr Herz Don Federico streitig gemacht habe, bis Sie ihm schließlich den Vorzug gaben. Hätte ich für Sie nur eine gewöhnliche Leidenschaft empfunden, so hätte ich sie überwunden und mich über mein Unglück getröstet. Aber es ist mir bestimmt, Ihre Schönheit anzubeten; ich kann mich ihrer Macht, sosehr Sie mich auch verachten mögen, nicht entziehen. Befürchten Sie indes nichts von der Heftigkeit meiner Liebe. Ich habe Sie nicht der Freiheit beraubt, um Ihre Tugend durch nichtswürdige Anträge zu beängstigen, und ich hoffe, daß an dem einsamen Ort, zu dem ich Sie bringe, ein ewiges und heiliges

Band unsere Herzen vereinen wird.‹
Er sagte mir noch viele andere Dinge, an die ich mich nicht recht erinnern kann; aber es hatte seinen Reden nach den Anschein, als täte er mir keine Gewalt an, wenn er mich zwänge, ihn zu heiraten, und als müßte ich in ihm weniger einen frechen Räuber als einen leidenschaftlichen Liebhaber erblicken. Während er sprach, weinte ich unaufhörlich und gebärdete mich verzweifelt. Deshalb verließ er mich, ohne noch länger in mich zu dringen; aber beim Hinausgehen gab er Inés ein Zeichen, und ich erriet, daß sie die Vorspiegelungen, mit denen er mich täuschen wollte, geschickt unterstützen sollte.
Sie tat dies auch. Sie hielt mir sogar entgegen, daß ich nach einer soviel Aufsehen erregenden Entführung nicht umhinkönnte, die Hand des Don Alvaro anzunehmen, so verhaßt er mir auch wäre; mein guter Ruf verlange dieses Opfer von meinem Herzen. Mir die Notwendigkeit einer so abscheulichen Heirat vor Augen zu halten war gewiß kein Mittel, meine Tränen zu trocknen. So blieb ich denn untröstlich. Inés war ratlos, sie wußte nicht, was sie mir noch sagen sollte … Da hörten wir plötzlich über uns – auf dem Deck – lauten Lärm, der unsere ganze Aufmerksamkeit fesselte.
Den Anlaß zu diesem Lärm, den Alvaros Leute machten, gab ein großes Schiff, das mit vollen Segeln auf uns zukam. Da unser Schiff kein so guter Segler war wie das andere, war es uns unmöglich, zu entkommen. Es näherte sich uns schnell, und schon hörten wir die Rufe: ›Ergebt euch, ergebt euch!‹ Aber Alvaro Ponce und seine Leute wollten lieber sterben als sich ergeben und waren kühn genug, den Kampf aufzunehmen. Das Gefecht war heiß: ich will es Ihnen nicht im einzelnen schildern; ich sage Ihnen nur, daß Alvaro und alle seine Leute umkamen, nachdem sie sich verzweifelt gewehrt hatten. Uns aber brachte man auf das große Schiff, das Mezzomorto gehörte und das Abu Ali Osman, einer seiner Offiziere, befehligte.
Abu Ali sah mich eine Weile erstaunt an, und da er an meiner Kleidung erkannte, daß ich Spanierin bin, sagte er in kastilischer Sprache zu mir: ›Mäßigen Sie Ihren Schmerz. Trösten Sie sich darüber, daß Sie in die Sklaverei geraten sind; dieses Unglück war Ihnen bestimmt. Aber was sage ich –

dieses Unglück? Es ist ein Segen, zu dem Sie sich beglückwünschen sollten. Sie sind zu schön, um sich mit der Huldigung von Christen zu begnügen. Der Himmel ließ Sie nicht auf die Welt kommen für diese räudigen Hunde; Sie verdienen die Verehrung der besten Menschen der Welt. Nur Moslems sind würdig, Sie zu besitzen. Ich fahre jetzt‹, fügte er hinzu, ›nach Algier zurück. Obgleich ich keine andere Beute gemacht habe, bin ich doch überzeugt, daß der Dey, mein Gebieter, mit meinem Streifzug zufrieden sein wird. Ich bin nicht bange, daß er die Ungeduld verflucht, die mich treibt, ihm eine Schöne zu übergeben, die seine Wonne ausmachen und seinem Serail zur Zierde gereicht wird.‹

Bei diesen Worten, die mich erkennen ließen, was ich zu befürchten hatte, weinte ich noch heftiger. Abu Ali, der den Anlaß zu meiner Verzweiflung mit ganz anderen Augen betrachtete, lachte nur darüber und lief Algier an, während ich unendlich betrübt war. Bald richtete ich meine Seufzer zum Himmel und erflehte seine Hilfe; bald wünschte ich, daß uns christliche Schiffe angreifen oder die Wellen uns verschlingen möchten. Schließlich hoffte ich, meine Tränen und mein Herzeleid würden mich so häßlich machen, daß mein Anblick dem Dey Abscheu einflößen müßte. Ach, vergebliche Wünsche, die ich aus Besorgnis um meine Tugend hegte! Wir trafen im Hafen ein; man brachte mich in diesen Palast; ich erschien vor Mezzomorto.

Ich weiß nicht, was Abu Ali sagte, als er mich seinem Gebieter vorstellte, und was ihm dieser antwortete, denn sie sprachen türkisch; aber aus den Gebärden und Blicken des Deys glaubte ich entnehmen zu können, daß ich ihm leider gefiel, und die Dinge, die er mir dann auf spanisch sagte, brachten mich vollends zur Verzweiflung, da sie mich in dieser Meinung bestärkten.

Vergebens warf ich mich ihm zu Füßen und versprach ihm so viel Lösegeld, wie er nur wollte; vergebens suchte ich seine Habgier durch das Angebot meines ganzen Vermögens zu reizen; er sagte mir, er schätze mich mehr als alle Reichtümer der Welt. Er ließ mir dieses Gemach, das prächtigste seines Palastes, einrichten, und tut seitdem alles Erdenkliche, um den Gram, von dem er mich gebeugt sieht, zu bannen. Er führt alle Sklaven und Sklavinnen, die singen kön-

nen oder irgendein Instrument spielen, zu mir. Übrigens hat er mir Inés genommen, weil er fürchtete, daß sie mich in meinem Kummer nur bestärke, und ich werde von zwei alten Sklavinnen bedient, die mir immer wieder von der Liebe ihres Gebieters und von all den Freuden, die mir vorbehalten seien, erzählen.
Aber alles, was er aufbietet, um mich zu zerstreuen, bewirkt genau das Gegenteil. Nichts vermag mich zu trösten. Gefangen in diesem abscheulichen Palast, der täglich von den Schreien der vergewaltigten Unschuld widerhallt, leide ich weniger unter dem Verlust meiner Freiheit als an der Furcht, die mir die verhaßte Zuneigung des Dey einflößt. Obwohl ich in ihm bisher nur einen zuvorkommenden und ehrerbietigen Liebhaber erblickt habe, graut mir doch vor ihm, und ich fürchte, daß er seiner Zurückhaltung, die ihm vielleicht schon lästig ist, schließlich überdrüssig wird und seine Gewalt mißbraucht. Unablässig verfolgt mich diese schreckliche Angst, und jeder Augenblick meines Lebens wird mir zur Qual.'
Doña Teodora konnte nicht zu Ende sprechen, ohne in Tränen auszubrechen. Don Juan war davon erschüttert. ‚Nicht ohne Grund, Señora', sagte er zu ihr, ‚malen Sie sich die Zukunft so düster aus; ich fürchte sie ebensosehr wie Sie. Der Dey wird eines Tages – vielleicht schneller, als Sie annehmen – die Ehrerbietung Ihnen gegenüber aufgeben; dieser Ihnen so ergebene Liebhaber wird schon bald seine vorgetäuschte Sanftmut ablegen; ich weiß es nur zu gut und erkenne deutlich die Gefahr, in der Sie schweben.
Aber', fuhr er in anderem Ton fort, ‚ich werde nicht untätig zusehen. Bin ich auch nur ein Sklave, so ist doch meine Verzweiflung zu fürchten. Ehe Mezzomorto Ihnen Gewalt antut, stoße ich ihm …'
‚Ach, Don Juan', unterbrach ihn die Witwe Cifuentes', ‚welchen Plan wagen Sie zu fassen? Hüten Sie sich, ihn auszuführen. Welche Greuel würden auf diesen Mord folgen! Würden die Türken ihn nicht ahnden? Die gräßlichsten Foltern – ach, ich kann daran nicht denken, ohne zu schaudern! Und hieße das nicht, sich sinnlos der Gefahr aussetzen? Würden Sie mir, wenn Sie dem Dey das Leben nähmen, die Freiheit zurückgeben? Ach, man würde mich

vielleicht an einen Bösewicht verkaufen, der auf mich weniger Rücksicht nähme als Mezzomorto. Zeige nun deine Gerechtigkeit, Himmel! Du kennst die grausame Absicht des Deys, du verbietest mir Dolch und Gift; verhüte also ein Verbrechen, das dich beleidigt.‘

‚Ja, Señora‘, erwiderte Zarate, ‚der Himmel wird es verhüten. Ich fühle schon, wie er mich lenkt. Was mir in diesem Augenblick durch den Kopf geht, ist zweifellos ein geheimer Wink, den er mir gibt. Der Dey hat mir erlaubt, Sie zu besuchen, damit ich Sie so weit bringe, seine Liebe zu erwidern. Ich soll ihm über unsere Unterredung berichten. Wir müssen ihn täuschen. Ich werde ihm sagen, Sie seien nicht untröstlich; sein Verhalten Ihnen gegenüber beginne Ihren Kummer schon zu lindern, und wenn er so fortfahre, dürfe er alles hoffen. Unterstützen Sie mich auch Ihrerseits. Wenn er Sie wieder besucht, soll er Sie weniger betrübt finden als sonst. Tun Sie so, als fänden Sie Gefallen an seinen Worten.‘

‚Welcher Zwang!‘ unterbrach ihn Doña Teodora. ‚Wie kann eine freimütige und aufrichtige Seele sich so sehr verleugnen? Und was wird das Ergebnis einer so qualvollen Verstellung sein?‘

‚Der Dey‘, antwortete er, ‚wird sich zu dieser Wendung beglückwünschen und versuchen, Sie durch sein Entgegenkommen endgültig zu gewinnen. Unterdessen werde ich für Ihre Befreiung sorgen. Ich gebe zu, die Sache ist schwierig; aber ich kenne einen Sklaven, dessen Findigkeit uns wohl helfen wird.

Ich verlasse Sie jetzt‘, fuhr er fort. ‚Eile tut not. Wir werden uns wiedersehen. Ich gehe nun zum Dey und will versuchen, mit Märchen seine ungestüme Leidenschaft hinzuhalten. Bereiten Sie, Señora, sich vor, ihn zu empfangen, verstellen Sie sich, bezwingen Sie sich. Ihre Blicke, die seine Gegenwart verletzt, seien frei von Haß und Strenge. Ihr Mund, der sich täglich nur öffnet, um Ihr Unglück zu beklagen, sage ihm Dinge, die ihm schmeicheln. Fürchten Sie nicht, ihm allzu hold zu erscheinen. Sie müssen alles versprechen, aber nichts gewähren.‘

‚Nun gut‘, erwiderte Teodora, ‚ich werde alles tun, was Sie mir sagen, denn das Unheil, das mir droht, erlegt mir diese grausame Notwendigkeit auf. Gehen Sie, Don Juan, tun Sie

Ihr möglichstes, um meiner Sklaverei ein Ende zu machen. Es wäre für mich der Gipfel des Glücks, wenn ich aus Ihren Händen meine Freiheit empfinge.'
Gemäß dem Befehl Mezzomortos begab sich der Toledaner sogleich zu diesem. ‚Nun, Alvaro', fragte ihn der Dey sehr aufgeregt, ‚welche Nachricht bringst du mir von der schönen Sklavin? Hast du sie umgestimmt? Wenn du mir sagst, ich dürfe nicht hoffen, ihren heftigen Schmerz zu überwinden, so schwöre ich beim Haupt des Sultans, meines Herrn, daß ich noch heute mit Gewalt erreichen werde, was man meiner Güte versagt.'
‚Herr', antwortete ihm Don Juan, ‚es bedarf dieses feierlichen Schwurs nicht: Sie werden sich nicht genötigt sehen, Gewalt anzuwenden, um Ihre Liebe zu befriedigen. Die Sklavin ist eine junge Dame, die noch nie geliebt hat, und sie ist so stolz, daß sie sogar die Werbungen der vornehmsten Herren Spaniens zurückgewiesen hat. In ihrem Vaterland lebte sie als unumschränkte Herrin; hier sieht sie sich gefangen. Eine stolze Seele leidet lange unter einem solchen Umschwung der Verhältnisse. Doch diese hochmütige Spanierin wird sich wie die anderen an die Sklaverei gewöhnen; ich wage sogar zu behaupten, daß sie ihre Fesseln schon weniger drückend empfindet. Die Hochachtung, die Sie ihr entgegenbringen, und die zarte Rücksicht, die sie von Ihnen nicht erwartet, lindern ihren Kummer und besiegen allmählich ihren Stolz. Nutzen Sie diese günstige Stimmung aus, Herr; werben Sie weiter um sie, betören Sie diese schöne Sklavin vollends durch weitere Beweise Ihrer Ehrerbietung, und Sie werden bald sehen, wie sie Ihren Wünschen nachgibt und in Ihren Armen die Liebe zur Freiheit verliert.'
‚Ich bin von deinen Worten höchst erfreut', rief der Dey. ‚Die Hoffnung, die du mir machst, vermag alles über mich. Ja, ich werde meine ungestüme Leidenschaft bezähmen, um sie dann desto besser zu befriedigen. Aber täuschst du mich auch nicht, oder hast du dich nicht selbst getäuscht? Ich werde sofort mit der Sklavin sprechen; ich will sehen, ob auch ich in ihren Augen jene für mich so schmeichelhaften Hoffnungen entdecken kann, die du in ihnen erblickt hast.'
Nach diesen Worten suchte er Teodora auf, und der Toledaner kehrte in den Garten zurück. Dort begegnete er dem

Gärtner, jenem geschickten Sklaven, dessen Findigkeit er benutzen wollte, um die Witwe Cifuentes' aus der Sklaverei zu befreien.
Der Gärtner, der Francisco hieß, war aus Navarra. Er kannte Algier gründlich, weil er dort mehreren Herren gedient hatte, bevor er in den Palast des Deys kam. ‚Francisco, mein Freund', sagte Don Juan zu ihm, ‚Sie sehen mich tief betrübt. Hier im Palast lebt eine junge Dame, eine der vornehmsten Spanierinnen. Sie hat Mezzomorto gebeten, er möge selbst ihr Lösegeld bestimmen; aber er will nicht, daß man sie loskauft, denn er ist in sie verliebt.'
‚Und warum betrübt Sie das so sehr?' fragte Francisco.
‚Weil ich aus derselben Stadt stamme', erwiderte der Toledaner. ‚Ihre Eltern sind eng befreundet mit den meinigen. Es gibt nichts, wozu ich nicht fähig wäre, um ihr wieder zur Freiheit zu verhelfen.'
‚Obgleich das Unternehmen nicht leicht ist', entgegnete Francisco, ‚darf ich Ihnen wohl versichern, daß es mir gelingen würde, wenn die Eltern der Dame geneigt wären, diesen Dienst gut zu belohnen.'
‚Zweifeln Sie nicht daran', antwortete Don Juan, ‚ich bürge für ihre Dankbarkeit und vor allem für die der jungen Dame. Sie heißt Doña Teodora und ist die Witwe eines Granden, der ihr ein ansehnliches Vermögen hinterlassen hat. Sie ist ebenso freigebig wie reich. Kurz, ich bin Spanier und Edelmann, mein Wort muß Ihnen genügen.'
‚Nun gut', erwiderte der Gärtner. ‚Im Vertrauen auf Ihr Wort werde ich einen katalanischen Renegaten, den ich kenne, aufsuchen und ihm vorschlagen ...'
‚Was sagen Sie da?' unterbrach ihn der Toledaner höchst erstaunt. ‚Sie verlassen sich auf einen Schurken, der sich nicht schämte, seine Religion aufzugeben, um ...'
‚Er ist zwar Renegat', fiel ihm nun Francisco ins Wort, ‚aber dennoch ein ehrlicher Mensch. Er scheint mir eher Mitleid als Abscheu zu verdienen, und ich würde ihm seine Sünde vergeben, wenn sie überhaupt Vergebung finden könnte. Hören Sie seine Geschichte in wenigen Worten.
Er ist in Barcelona geboren und von Beruf Wundarzt. Da er in Barcelona nicht recht vorwärtskam, beschloß er, sich in Cartagena niederzulassen; denn er nahm an, daß er nach

dem Umzug mehr Glück haben würde als bisher. Er schiffte sich also mit seiner Mutter nach Cartagena ein; aber sie begegneten auf der Fahrt einem Piraten aus Algier, der sie gefangennahm und nach dieser Stadt verschleppte. Beide wurden verkauft, die Mutter an einen Mauren und er an einen Türken, der ihn so sehr mißhandelte, daß er zum Islam übertrat, um seiner grausamen Sklaverei ein Ende zu bereiten und seiner Mutter, die von dem Mauren, ihrem Herrn, sehr hart behandelt wurde, die Freiheit wieder zu verschaffen. Nachdem er in den Sold eines Paschas getreten war, machte er mehrere Streifzüge mit und scharrte vierhundert Piaster zusammen. Er verwendete einen Teil davon, um seine Mutter loszukaufen, und wollte mit dem Rest ein Schiff ausrüsten, um Seeräuberei auf eigene Rechnung zu betreiben.
So wurde er Kapitän. Er kaufte ein kleines Fahrzeug ohne Verdeck und kreuzte mit einigen türkischen Söldnern, die sich ihm gern anschlossen, zwischen Alicante und Cartagena. Er kehrte mit reicher Beute zurück. Dann stach er wieder in See, und seine Fahrten verliefen so glücklich, daß er sich schließlich in der Lage sah, ein großes Schiff auszurüsten, mit dem er bedeutende Prisen machte. Dann verließ ihn das Glück. Eines Tages griff er eine französische Fregatte an, die sein Schiff so übel zurichtete, daß er nur mit Mühe und Not den Hafen von Algier wieder erreichen konnte. Da man hierzulande das Ansehen der Piraten am Erfolg ihrer Unternehmungen mißt, fiel der Renegat infolge seines Mißgeschicks der Verachtung der Türken anheim. Er war darüber ebenso ärgerlich wie betrübt. Er verkaufte also sein Schiff und zog sich in ein Haus außerhalb der Stadt zurück, wo er seitdem mit seiner Mutter und einigen Sklaven vom Rest seines Vermögens lebt.
Ich besuche ihn oft. Wir haben früher ein und demselben Herrn gedient; wir sind sehr befreundet. Er vertraut mir seine geheimsten Gedanken an, und vor einigen Tagen gestand er mir mit Tränen in den Augen, daß er keine Ruhe mehr fände, seit er seinem Glauben abtrünnig geworden sei. Um die Gewissensbisse, die ihn unaufhörlich quälten, zu verwinden, sei er zuweilen in die Versuchung gekommen, den Turban mit Füßen zu treten und auf die Gefahr, lebendig verbrannt zu werden, durch ein öffentliches Reuebe-

kenntnis das Ärgernis gutzumachen, das er den Christen verursacht habe.
So verhält es sich mit diesem Renegaten, an den ich mich wenden will', fuhr Francisco fort. ‚Ein Mensch von solcher Art kann Ihnen wohl nicht verdächtig sein. Ich werde unter dem Vorwand, zum Bagno gehen zu wollen, das Haus verlassen, mich zu ihm begeben und ihm sagen, er solle sich nicht vor Reue über seinen Austritt aus der Kirche verzehren, sondern vielmehr nachdenken, wie er in ihren Schoß zurückkehren könne. Er brauche zu diesem Zweck nur ein Schiff auszurüsten, als wolle er, seines müßigen Lebens überdrüssig, wieder auf Fahrt gehen. Mit diesem Schiff wollten wir dann die Küste von Valencia erreichen, wo ihm Doña Teodora so viel geben werde, wie er brauche, um den Rest seines Lebens in Barcelona angenehm zu verbringen.'
‚Ja, mein lieber Francisco', rief Don Juan, überglücklich in der Hoffnung, die ihm der navarresische Sklave machte, ‚Sie können dem Renegaten so viel versprechen, wie Sie wollen. Verlaßt euch beide auf eine gute Belohnung. Aber glauben Sie, daß dieser Plan sich so durchführen läßt, wie Sie ihn ausgedacht haben?'
‚Es können Schwierigkeiten eintreten, die ich noch nicht voraussehe', erwiderte Francisco; ‚aber wir, der Renegat und ich, werden sie beseitigen. Alvaro', fügte er beim Abschied hinzu, ‚ich ahne Gutes, ich hoffe, daß ich Ihnen bei meiner Rückkehr erfreuliche Nachrichten zu überbringen habe.'
Nicht ohne Unruhe wartete der Toledaner auf Francisco, der nach drei oder vier Stunden zurückkehrte und ihm sagte: ‚Ich habe mit dem Renegaten gesprochen. Ich habe ihn in unseren Plan eingeweiht, und nach langer Beratung sind wir übereingekommen, daß er ein vollständig ausgerüstetes kleines Schiff kaufen soll. Da es erlaubt ist, Sklaven als Matrosen einzusetzen, soll er alle seine Sklaven dafür verwenden. Um keinen Verdacht zu erregen, will er zwölf türkische Soldaten anwerben, als beabsichtige er wirklich, wieder auf Kaperfahrt zu gehen. Zwei Tage vor der Stunde, die er ihnen für die Abfahrt angegeben, wird er sich nachts mit seinen Sklaven einschiffen, lautlos die Anker lichten und uns mit seinem Boot abholen – an einer kleinen Tür dieses Gartens, unweit vom Meer. Das ist der Plan für unser Unternehmen.

Sie können die Dame, die hier als Sklavin gefangengehalten wird, davon unterrichten und ihr versichern, daß sie in spätestens vierzehn Tagen wieder auf freiem Fuße sein wird.'
Wie freute sich Zarate, Doña Teodora eine so angenehme Nachricht bringen zu können! Um die Erlaubnis für einen Besuch bei ihr zu erhalten, ging er am darauffolgenden Tag zu Mezzomorto, traf ihn auch an und sagte zu ihm: ,Verzeihung, Herr, darf ich Sie fragen, wie Sie die schöne Sklavin gefunden haben? Sind Sie nun zufriedener mit ihr? ...'
,Ich bin von ihr entzückt', unterbrach in Dey. ,Ihre Augen wichen gestern auch meinen zärtlichsten Blicken nicht aus. Ihre Worte, die vorher nur in ewigen Betrachtungen über ihre traurige Lage bestanden, waren mit keiner Klage gemischt, und sie schien meinen Worten freundliche Aufmerksamkeit zu schenken.
Deinen Bemühungen, Alvaro, verdanke ich diese Wandlung. Ich sehe, du kennst die Frauen deines Landes sehr gut. Ich will, daß du noch einmal mit ihr sprichst, um zu vollenden, was du so glücklich angefangen hast. Strenge deinen Geist an und biete deine ganze Geschicklichkeit auf, um mein Glück schnell herbeizuführen. Dann werde ich deine Fesseln sofort lösen, und ich schwöre dir beim Barte unseres großen Propheten: Ich werde dich in dein Vaterland mit so vielen Geschenken zurückschicken, daß die Christen, wenn sie dich wiedersehen, nicht glauben werden, daß du aus der Sklaverei zurückkommst.'
Der Toledaner versäumte nicht, Mezzomorto in seinem Irrtum zu bestärken. Er tat so, als wäre er ihm für seine Versprechungen sehr dankbar, und eilte unter dem Vorwand, ihre Erfüllung beschleunigen zu wollen, zu der schönen Sklavin. Er fand sie allein in ihrem Gemach; die beiden alten Dienerinnen hatten anderes zu tun. Er teilte ihr mit, was der Navarrese und der Renegat im Vertrauen auf die Belohnungen, die man ihnen versprochen, zusammen ausgedacht hatten.
Es war ein großer Trost für die Dame, zu hören, daß man so treffliche Maßnahmen für ihre Befreiung getroffen hatte. ,Ist es möglich?' rief sie überglücklich. ,Darf ich wirklich hoffen, Valencia, meine liebe Vaterstadt, wiederzusehen? Oh, welches Glück, nach so vielen Gefahren und Aufregungen dort

mit Ihnen in Frieden zu leben! Ach, Don Juan, wie wohl tut mir dieser Gedanke! Teilen Sie meine Freude nicht? Bedenken Sie: Wenn Sie mich aus der Gewalt des Deys befreien, so entführen Sie ihm Ihre künftige Gattin.'

,Ach', antwortete Zarate mit einem tiefen Seufzer, ,wie würden mich diese holden Worte beglücken, wenn ihnen nicht die Erinnerung an einen unglücklichen Liebenden eine Bitterkeit beimischte, die ihre ganze Süße vergällt! Verzeihen Sie, Señora, mir dieses Zartgefühl. Geben Sie zu, daß Mendoza Ihr Mitleid verdient. Ihretwegen hat er Valencia verlassen und die Freiheit verloren, und ich bezweifle nicht, daß in Tunis die Last seiner Ketten für ihn nicht so quälend ist wie der verzweiflungsvolle Gedanke, Sie nicht gerettet zu haben.'

,Sicher hätte er ein besseres Los verdient', sagte Doña Teodora. ,Ich rufe den Himmel als Zeugen dafür an, daß ich von all dem, was er für mich getan, tief durchdrungen bin. Lebhaft fühle ich all das Leid mit, das ich ihm bereite; doch unter der Wirkung feindlicher Gestirne kann eben mein Herz nicht der Lohn für seine treuen Dienste sein.'

Dieses Gespräch wurde durch das Eintreten der beiden alten Dienerinnen der Witwe Cifuentes' unterbrochen. Don Juan wechselte den Gegenstand des Gesprächs, spielte die Rolle eines Vertrauten des Deys und sagte zu Doña Teodora: ,Ja, reizende Sklavin, Sie haben den gefesselt, der Sie gefangenhält. Mezzomorto, Ihr Gebieter und der meinige, der zärtlichste und liebenswüdigste aller Türken, ist mit Ihnen recht zufrieden. Kommen Sie ihm weiterhin freundlich entgegen, und Sie werden bald das Ende aller Ihrer Leiden erleben.' Mit diesen Worten, deren wahren Sinn nur diese Dame verstand, entfernte er sich.

So standen die Dinge acht Tage lang im Palast des Deys. Unterdessen hatte der katalanische Renegat ein fast vollständig ausgerüstetes kleines Schiff gekauft und traf nun alle Vorbereitungen für die Abfahrt. Aber sechs Tage, bevor es imstande war, in See zu stechen, erlebte Don Juan neue Aufregungen.

Mezzomorto ließ ihn kommen, führte ihn in sein Zimmer und sagte zu ihm: ,Alvaro, du bist frei. Du kannst, wenn du willst, nach Spanien abreisen. Die Geschenke, die ich dir

versprochen, liegen bereit. Ich habe heute die schöne Sklavin gesehen. Wie verändert erschien mir diese Frau, dir mir soviel Kummer bereitet hat! Täglich wird das Bewußtsein ihrer Gefangenschaft schwächer. Ich habe sie so bezaubernd gefunden, daß ich den Entschluß gefaßt habe, sie zu heiraten. In zwei Tagen ist sie meine Gemahlin.‘
Bei diesen Worten erblaßte Don Juan, und sosehr er sich auch bemühte, an sich zu halten, so konnte er doch seine Verwirrung und Bestürzung nicht dem Dey verbergen, der ihn nach dem Grund fragte.
‚Herr‘, antwortete ihm der Toledaner in seiner Verlegenheit, ‚ich bin zweifellos sehr erstaunt, daß eine der angesehensten Persönlichkeiten des Ottomanischen Reiches sich so weit herablassen will, eine Sklavin zu heiraten. Ich weiß wohl, daß dies bei euch nicht beispiellos ist; aber wie kann der erlauchte Mezzomorto, der doch auf die Töchter der höchsten Beamten der Pforte Anspruch erheben kann …‘
‚Zugegeben‘, unterbrach ihn der Dey. ‚Ich könnte sogar um die Tochter des Großwesirs anhalten und mich in der Hoffnung wiegen, später das Amt meines Schwiegervaters zu übernehmen; aber ich besitze unermeßliche Reichtümer und wenig Ehrgeiz. Ich ziehe die Ruhe und die Freuden, die ich hier genieße, der Würde eines Großwesirs vor; denn sobald wir diese hohe Stellung erlangt haben, werden wir durch die Furcht der Sultane oder durch die Mißgunst der Neider in ihrer Umgebung gestürzt. Außerdem liebe ich meine Sklavin, und ihre Schönheit macht sie des Ranges würdig, zu dem meine Liebe sie erhebt.
Aber‘, fügte er hinzu, ‚sie muß noch heute unseren Glauben annehmen, um sich die Ehre zu verdienen, die ich ihr erweisen will. Glaubst du, daß lächerliche Vorurteile sie davon abhalten könnten?‘
‚Nein, Herr‘, erwiderte Don Juan. ‚Ich bin überzeugt, daß sie einem so hohen Rang alles opfern wird. Doch gestatten Sie mir, Ihnen zu sagen, daß Sie sich nicht so schnell mit ihr vermählen sollten. Übereilen Sie nichts. Es ist nicht daran zu zweifeln, daß die Vorstellung, eine Religion aufzugeben, die sie sozusagen mit der Muttermilch eingesogen hat, sie zunächst abstoßen muß. Geben Sie ihr Bedenkzeit. Wenn Sie sich vorstellt, daß Sie, anstatt sie zu entehren und unter

den übrigen Sklavinnen traurig dahinwelken zu lassen, sie durch eine Heirat, die den Gipfel des Ruhmes bedeutet, an sich binden wollen, so wird ihre Dankbarkeit und Eitelkeit nach und nach ihre Bedenken überwinden. Verschieben Sie die Ausführung Ihrer Absicht wenigstens noch acht Tage.'
Der Dey dachte eine Weile nach. Der Aufschub, den ihm sein Vertrauter vorschlug, war durchaus nicht nach seinem Sinn; dennoch schien ihm der Rat vernünftig zu sein. ‚Ich gebe deinen Gründen nach, Alvaro', sagte er. ‚Sosehr ich auch darauf brenne, die Sklavin zu besitzen, so will ich doch noch acht Tage warten. Gehe sofort zu ihr und mache sie geneigt, nach dieser Frist meine Wünsche zu erfüllen. Derselbe Alvaro, der mir bei ihr so gute Dienste geleistet hat, soll die Ehre haben, ihr meine Hand anzubieten.'
Don Juan eilte zum Gemach Teodoras und unterrichtete sie von dem, was sich soeben zwischen Mezzomorto und ihm zugetragen hatte, damit sie sich danach richten könnte. Er teilte ihr auch mit, daß in sechs Tagen das Schiff des Renegaten bereit sein würde; und als sie wissen wollte, wie sie dann ihr Gemach verlassen solle, da doch alle Türen der Zimmer, durch die sie gehen mußte, um die Treppe zu erreichen, abgeschlossen seien, da sagte er ihr: ‚Seien Sie unbesorgt, Señora. Ein Fenster Ihres Zimmers blickt auf den Garten. Aus diesem Fenster werden Sie auf einer Leiter, die ich Ihnen verschaffen werde, in den Garten gelangen.'
Nachdem die sechs Tage vergangen waren, teilte Francisco tatsächlich dem Toledaner mit, daß der Renegat bereit wäre, in der nächsten Nacht abzufahren. Sie können sich denken, daß diese Nacht mit viel Ungeduld erwartet wurde. Endlich kam sie und war zum Glück sehr dunkel. Sobald der Augenblick zur Durchführung des Unternehmens gekommen war, lehnte Don Juan die Leiter an das Fenster des Gemachs der schönen Sklavin, die ihn bemerkte und sofort in großer Hast und Aufregung herabstieg. Dann eilte sie auf den Toledaner zu, der sie zu der kleinen, zum Meer führenden Gartentür geleitete.
Sie schritten beide schnell dahin und genossen schon im voraus die Freude, sich aus der Sklaverei befreit zu sehen. Aber das Schicksal, mit dem die beiden Liebenden noch nicht recht versöhnt waren, bereitete ihnen nun ein Unglück, das

schrecklicher war als alles, was sie bisher durchgemacht hatten, und das sie am wenigsten hätten voraussehen können.
Sie waren schon außerhalb des Gartens und gingen auf das Gestade zu, um das kleine Boot, das sie erwartete, zu besteigen, als ein Mann, den sie für einen Gefährten ihrer Flucht hielten und gegen den sie nicht das geringste Mißtrauen hegten, plötzlich mit bloßem Degen auf Don Juan zulief, ihm diesen in die Brust rammte und dabei rief: ‚Treuloser Alvaro Ponce, so straft Don Federico de Mendoza einen elenden Entführer! Du verdienst nicht, daß ich als tapferer Mann gegen dich kämpfe.‘
Der Toledaner konnte dem heftigen Stoß nicht standhalten, der ihn zu Boden streckte. Gleichzeitig wurde Doña Teodora, die er stützte, von Furcht, Schmerz und Entsetzen überwältigt, so daß sie ohnmächtig neben ihm zusammenbrach. ‚Ach, Mendoza‘, sagte Don Juan, ‚was haben Sie getan? Sie haben Ihren Freund durchbohrt …‘
‚Gerechter Himmel‘, erwiderte Don Federico, ‚sollte ich wirklich meinen Freund erstochen haben? …‘
‚Ich verzeihe Ihnen meinen Tod‘, unterbrach ihn Zarate. ‚Das Schicksal allein ist daran schuld, oder richtiger gesagt: Es wollte dadurch unseren Leiden ein Ende bereiten. Ja, mein lieber Mendoza, ich sterbe in Zufriedenheit, da ich Ihnen Doña Teodora anvertrauen kann. Sie wird Ihnen versichern, daß meine Freundschaft für Sie sich niemals verleugnet hat.‘
‚Allzu edler Freund‘, sagte Don Federico, außer sich vor Verzweiflung, ‚Sie sollen nicht allein sterben. Derselbe Stahl, der Sie getroffen hat, soll Ihren Mörder strafen. Mag mein Irrtum auch mein Verbrechen entschuldigen, so ist das doch für mich kein Trost.‘ Bei diesen Worten richtete er die Spitze seines Degens gegen seinen eigenen Leib, stieß ihn bis zum Heft hinein und brach neben Don Juan zusammen, der das Bewußtsein verlor, weniger wegen seines Blutverlustes als aus Entsetzen über die Wahnsinnstat seines Freundes.
Francisco und der Renegat, die etwa zehn Schritt davon entfernt waren und ihre Gründe hatten, dem Sklaven Alvaro nicht beizustehen, waren sehr bestürzt, als sie die letzten Worte des Don Federico hörten und seine Wahnsinnstat sahen. Sie erkannten, daß er sich geirrt hatte, daß die Verwun-

deten zwei Freunde und nicht, wie sie angenommen hatten, Todfeinde waren. Nun eilten sie ihnen zur Hilfe. Da sie aber beide bewußtlos fanden und Doña Teodora noch immer ohnmächtig war, wußten sie nicht, wozu sie sich entschließen sollten. Francisco meinte, man sollte sich damit begnügen, die Dame an Bord zu bringen, und die beiden Kavaliere auf dem Strand zurücklassen, wo sie aller Wahrscheinlichkeit nach bald sterben würden – wenn sie nicht schon tot waren. Der Renegat teilte diese Meinung nicht. Er sagte, man dürfe die Verwundeten, deren Wunden vielleicht nicht tödlich seien, nicht verlassen; er werde sie auf seinem Schiff verbinden, auf dem ihm alle Instrumente seines früheren Berufes, den er nicht vergessen, zur Verfügung stünden. Francisco fügte sich dieser Meinung.
Da der Renegat und der Navarrese wußten, daß Eile not tat, brachten sie mit Hilfe einiger Sklaven die unglückliche Witwe Cifuentes' und ihre beiden Verehrer, die noch unglücklicher waren als sie, schnell in das Boot. Sie erreichten in wenigen Augenblicken das Schiff, und als sie alle an Bord waren, setzten die einen die Segel, während die anderen, auf dem Verdeck kniend, mit den inbrünstigsten Gebeten, die ihnen die Furcht vor einer Verfolgung durch die Schiffe Mezzomortos eingeben konnte, die Gnade des Himmels erflehten.
Nachdem der Renegat das Schiffsruder einem französischen Sklaven, der trefflich zu steuern verstand, übergeben hatte, nahm er sich zunächst der Doña Teodora an. Er brachte sie wieder zur Besinnung und bewirkte durch seine Mittel, daß auch Don Federico und der Toledaner wieder zu sich kamen. Die Witwe Cifuentes', die ohnmächtig geworden war, als sie Don Juan zusammenbrechen sah, war sehr erstaunt, Mendoza hier zu finden; und obwohl sie bei seinem Anblick richtig folgerte, daß er sich aus Verzweiflung, seinen Freund mit dem Degen durchbohrt zu haben, selbst verwundet hatte, konnte sie ihn doch nur als den Mörder des Mannes betrachten, den sie liebte.
Es war das ergreifendste Schauspiel der Welt, diese drei Menschen wieder die Augen aufschlagen zu sehen. Der Zustand, aus dem man sie ins Leben zurückgerufen hatte, glich zwar dem Tod, war aber nicht so beklagenswert, wie man an

genommen hatte. Doña Teodora sah Don Juan mit Blicken an, aus denen alle Regungen einer von Schmerz und Verzweiflung überwältigten Seele sprachen, und die beiden Freunde richteten ihre brechenden Augen auf sie und stießen tiefe Seufzer aus.
Nach einer Weile unterbrach Don Federico das ebenso zartfühlende wie düstere Schweigen, das sie alle drei bewahrt hatten, wandte sich an die Witwe Cifuentes' und sagte zu ihr: ‚Señora, ehe ich sterbe, erlebe ich noch die Freude, Sie aus der Sklaverei befreit zu sehen. Wollte der Himmel, Sie hätten Ihre Freiheit mir zu verdanken; doch sein Wille war, daß Sie den Dank dafür dem Manne, den Sie lieben, schulden sollten. Ich habe diesen Rivalen zu lieb, als daß ich darüber klagen könnte, und ich hoffe, daß der Stich, den ich ihm unglücklicherweise versetzt habe, ihn nicht daran hindern wird, sich Ihrer Dankbarkeit noch lange zu erfreuen.'
Die Dame antwortete nichts auf diese Worte. Sie hatte in diesem Augenblick nicht etwa Mitleid mit dem traurigen Los Federicos, sondern empfand gegen ihn vielmehr Abscheu, den ihr der Zustand des Toledaners einflößte.
Unterdessen schickte sich der Wundarzt an, die Wunden zu untersuchen. Er fing damit bei Zarate an und fand seine Verwundung nicht gefährlich, da der Stoß an der linken Brusthälfte abgeglitten war und keine edlen Teile verletzt hatte. Der Bericht des Arztes milderte den Kummer Teodoras und bereitete Don Federico große Freude. Er wandte sich der Dame zu und sagte: ‚Ich bin froh; ich scheide ohne Trauer aus dem Leben, da mein Freund außer Gefahr ist. Nun sterbe ich, ohne mich von Ihrem Haß verfolgt zu fühlen.'
Er sprach diese Worte in so rührendem Ton, daß die Witwe Cifuentes' davon tief bewegt war. Da sie jetzt nicht mehr um Don Juan bangte, haßte sie Don Federico nicht mehr, sondern erblickte in ihm nur einen Menschen, der ihr ganzes Mitgefühl verdiente. ‚Ach, Mendoza', antwortete sie in einer Anwandlung von Großmut, ‚lassen Sie doch Ihre Wunde verbinden; vielleicht ist sie nicht schlimmer als die Ihres Freundes. Überlassen Sie sich der Sorge, die man sich um Ihr Leben macht, bleiben Sie am Leben. Wenn ich Sie auch nicht glücklich machen kann, so werde ich doch immerhin auch keinen anderen glücklich machen. Aus Mitleid und Freund-

schaft für Sie ziehe ich die Hand zurück, die ich Don Juan reichen wollte. Ich bringe Ihnen ein ebenso großes Opfer, wie er Ihnen gebracht hat.'

Don Federico wollte antworten, aber der Wundarzt, der befürchtete, das Sprechen könnte sein Leid verschlimmern, gebot ihm Schweigen und untersuchte seine Wunde. Sie war, wie ihm schien, tödlich, da der Degen in den oberen Teil der Lunge eingedrungen war; dies ersah er aus einer starken Blutung, die schlimme Folgen haben konnte. Sobald er ihm den ersten Verband angelegt hatte, ließ er die beiden Kavaliere auf zwei kleinen Betten in der Hinterkajüte nebeneinander ruhen und führte Doña Teodora hinaus, deren Gegenwart ihnen seiner Ansicht nach schaden konnte.

Trotz aller Vorsichtsmaßnahmen bekam Mendoza Fieber, und gegen Abend wurde die Blutung noch stärker. Der Wundarzt erklärte ihm, sein Zustand wäre hoffnungslos, und machte ihn darauf aufmerksam, daß er keine Zeit verlieren dürfte, wenn er seinem Freund oder Doña Teodora noch etwas zu sagen hätte. Diese Eröffnung versetzte den Toledaner in außergewöhnliche Erregung. Don Federico aber nahm sie gelassen hin. Er ließ die Witwe Cifuentes' rufen, die sich in einem Zustand, der leichter zu begreifen als zu schildern ist, zu ihm begab.

Sie war in Tränen aufgelöst und schluchzte so bitterlich, daß Mendoza davon tief erschüttert war. ‚Señora', sagte er zu ihr, ‚ich bin diese kostbaren Tränen, die Sie vergießen, nicht wert. Bitte, weinen Sie nicht mehr und hören Sie mich einen Augenblick an. Dieselbe Bitte richte ich an Sie, mein lieber Zarate', fügte er hinzu, als er den tiefen Schmerz seines Freundes bemerkte. ‚Ich weiß wohl, daß dieser Abschied für Sie sehr hart ist; ich kenne Ihre Freundschaft zu gut, als daß ich daran zweifeln könnte. Aber wartet beide, bis mein Tod eingetreten ist, um ihn dann durch Beweise der innigsten Anteilnahme zu ehren.

Unterdrückt bis dahin euren Kummer; ich empfinde ihn schmerzlicher als den Verlust meines Lebens. Erfahrt nun, auf welchen Wegen mich das Schicksal, das mich verfolgt, heute nacht zu diesem unseligen Gestade geführt hat, das ich mit dem Blut meines Freundes und meinem eigenen Blut befleckt habe. Ihr wollt sicher wissen, wie ich Don Juan

für Don Alvaro halten konnte. Ich will euch darüber aufklären, wenn die kurze Zeit, die ich noch zu leben habe, ausreicht, um euch diesen traurigen Aufschluß zu geben.
Einige Stunden nachdem das Schiff, auf dem ich mich befand, sich von dem anderen, auf dem ich Don Juan zurückgelassen, getrennt hatte, begegneten wir einem französischen Korsaren, der uns angriff. Er bemächtigte sich des Schiffes aus Tunis und setzte uns bei Alicante an Land. Sobald ich wieder auf freiem Fuß war, dachte ich daran, meinen Freund loszukaufen. Zu diesem Zweck begab ich mich zunächst nach Valencia, wo ich mich mit Bargeld versah, und dann nach Barcelona, weil ich erfahren hatte, daß einige Mönche des Redemptoristenordens von dort nach Algier segeln wollten. Aber bevor ich Valencia verließ, bat ich den Gouverneur, Don Francisco de Mendoza, meinen Onkel, seinen ganzen Einfluß am spanischen Hof geltend zu machen, um die Begnadigung Zarates zu erwirken, den ich zurückbringen und in den Besitz seiner Güter, die seit dem Tode des Herzogs von Naxera beschlagnahmt waren, wieder einsetzen wollte.
Sobald wir in Algier angekommen waren, suchte ich die Orte auf, wohin die Sklaven meistens gebracht werden; aber so eifrig ich auch überall nachforschte, so konnte ich doch nicht finden, was ich suchte. Da begegnete ich dem katalanischen Renegaten, dem dieses Schiff gehört, und erkannte in ihm einen ehemaligen Diener meines Onkels. Ich nannte ihm den Beweggrund zu meiner Reise und bat ihn, mir auf der Suche nach dem Aufenthaltsort meines Freundes zu helfen. ›Es tut mir leid‹, antwortete er, ›Ihnen nicht helfen zu können. Ich muß heute nacht mit einer Dame aus Valencia, einer Sklavin des Deys, von Algier absegeln.‹ – ›Und wie heißt diese Dame?‹ fragte ich ihn. ›Doña Teodora‹, erwiderte er.
Die Überraschung, die ich bei dieser Nachricht zeigte, verriet dem Renegaten, daß ich mich für diese Dame interessierte. Er enthüllte mir den Plan, den er ausgedacht hatte, um sie aus der Sklaverei zu befreien; und als er in seinem Bericht auch den Sklaven Alvaro erwähnte, zweifelte ich nicht daran, daß es Alvaro Ponce war. ›Verschaffen Sie mir Genugtuung‹, sagte ich sehr erregt zu dem Renegaten; ›ver-

schaffen Sie mir die Möglichkeit, mich an meinem Feind zu rächen.‹

›Sie sollen diese Genugtuung bald finden‹, antwortete er mir. ›Aber sagen Sie mir vorher, warum Sie sich über diesen Alvaro zu beklagen haben.‹ Ich erzählte ihm unsere ganze Geschichte, und als er sie vernommen hatte, entgegnete er: ›Das genügt, Sie brauchen mich heute nacht nur zu begleiten. Wir werden Ihnen Ihren Nebenbuhler zeigen, und wenn Sie ihn bestraft haben, nehmen Sie seinen Platz ein und bringen auf unserem Schiff Doña Teodora nach Valencia zurück.‹

Trotz meiner Ungeduld vergaß ich Don Juan nicht. Ich übergab das Lösegeld für ihn einem italienischen Kaufmann, einem gewissen Francesco Capati, der in Algier wohnt, und er versprach mir, ihn loszukaufen, sobald er ihn entdeckt hätte. Endlich wurde es dunkel. Ich begab mich zu dem Renegaten, der mich zum Meeresufer führte. Wir blieben vor einer kleinen Tür stehen, aus der ein Mann trat, auf uns zukam, uns zwei Personen zeigte, die ihm folgten, und sagte: ›Die beiden hinter mir sind Alvaro und Doña Teodora.‹

Bei diesem Anblick werde ich rasend. Ich greife zum Degen, stürze mich auf den elenden Alvaro und durchbohre in der Überzeugung, daß ich einen verhaßten Nebenbuhler töte, den treuen Freund, den ich so lange gesucht habe. Aber Gott sei Dank‘, fuhr er gerührt fort, ‚mein Irrtum wird ihn nicht das Leben und Doña Teodora nicht unendlich viele Tränen kosten.‘

‚Ach, Mendoza‘, unterbrach ihn die Dame. ‚Sie legen meinen Kummer falsch aus. Ich werde mich niemals über Ihren Verlust trösten. Selbst wenn ich Ihren Freund heiraten sollte, so geschähe es doch nur, um zusammen mit ihm um Sie zu trauern. Ihre Liebe, Ihre Freundschaft, Ihr Unglück würden den einzigen Gegenstand unserer Gespräche bilden.‘

‚Das ginge zu weit, Señora‘, erwiderte Don Federico. ‚Ich verdiente nicht, daß Sie und Zarate mich so lange betrauern. Ich beschwöre Sie: Werden Sie die Gattin Zarates, nachdem er Sie an Alvaro gerächt hat.‘

‚Don Alvaro lebt nicht mehr‘, sagte die Witwe Cifuentes'. ‚Er wurde an demselben Tage, an dem er mich entführte, von dem Korsaren getötet, der mich gefangennahm.‘

‚Señora', entgegnete Mendoza, ‚diese Nachricht stimmt mich froh. Um so glücklicher wird mein Freund mit Ihnen werden. Überlassen Sie und Zarate sich unbedenklich einer gegenseitigen Zuneigung. Mit Freude sehe ich dem Augenblick entgegen, der das Hindernis beseitigt, das Ihr Mitleid und seine Großmut einem gemeinsamen Glück in den Weg legen. Mögen alle eure Tage in Frieden verfließen – ungestört von der Mißgunst des Schicksals! Leben Sie wohl, Señora, leben Sie wohl, Don Juan. Gedenken Sie beide zuweilen eines Mannes, der nichts in der Welt so sehr geliebt hat wie Sie.'
Da die Dame und der Toledaner, anstatt ihm zu antworten, noch heftiger weinten, fuhr Don Federico, der es bemerkte und sich sehr schlecht fühlte, also fort: ‚Ich lasse mich allzu weich stimmen. Schon naht mir der Tod; ich aber denke nicht daran, Gott um Gnade und Verzeihung dafür anzuflehen, daß ich mir das Leben, über das nur er zu bestimmen hat, selbst genommen habe.' Als er zu Ende gesprochen hatte, blickte er mit allen Anzeichen einer aufrichtigen Reue zum Himmel empor, und gleich darauf führte ein Blutsturz zu einem Erstickungsanfall, der ihn dahinraffte.
Da legt Don Juan, außer sich vor Verzweiflung, die Hand an seine Wunde und reißt den Verband ab. Er will sie unheilbar machen; aber Francisco und der Renegat werfen sich auf ihn und widersetzen sich seinem Wahnsinn. Teodora ist über diesen Ausbruch entsetzt; sie begibt sich zu dem Renegaten und dem Navarresen, um Don Juan von seinem Vorsatz abzubringen. Sie spricht in so rührendem Ton zu ihm, daß er wieder zu sich kommt; er läßt zu, daß man seine Wunde wieder verbindet, und die Anteilnahme der Liebenden besänftigt schließlich die Verzweiflung des Freundes. Aber wenn er seinen Verstand auch wiederfindet, so macht er doch von ihm nur Gebrauch, um die rasenden Ausbrüche des Schmerzes zu verhindern, nicht aber um das Gefühl des Schmerzes zu unterdrücken.
Da der Renegat unter anderen Sachen, die er nach Spanien mitnahm, vortrefflichen Balsam und wohlriechende Essenzen an Bord hatte, so balsamierte er auf den Wunsch der Dame und Don Juans den Leichnam Mendozas ein, den sie in Valencia feierlich bestatten lassen wollten. Sie hörten auf der ganzen Fahrt nicht auf zu seufzen und zu klagen; anders

verhielt sich dagegen die Besatzung. Da der Wind immer günstig war, erblickte man bald die Küste Spaniens.
Bei diesem Anblick überließen alle Sklaven sich ihrem Freudentaumel, und als das Schiff glücklich in den Hafen von Denia eingelaufen war, fügte ein jeder sich auf seine Weise in sein Los. Die Witwe Cifuentes' und der Toledaner schickten einen Kurier mit Briefen für den Gouverneur und die Familie der Doña Teodora nach Valencia. Die Nachricht von der Heimkehr dieser Dame wurde von allen ihren Verwandten freudig begrüßt; Don Francisco de Mendoza aber empfand tiefes Leid, als er den Tod seines Neffen erfuhr.
Er zeigte deutlich seinen Schmerz, während er sich, begleitet von den Verwandten der Doña Teodora, nach Denia begab, wo er den Leichnam des unglücklichen Don Federico zu sehen verlangte. Der edle Greis benetzte ihn mit seinen Tränen und brach in so bittere Klagen aus, daß alle Umstehenden davon tief ergriffen waren; dann fragte er, wordurch sein Neffe den Tod gefunden hatte.
‚Ich werde es Ihnen erzählen', sagte der Toledaner zu ihm. ‚Ich will dieses schreckliche Ereignis nicht etwa aus meinem Gedächtnis auslöschen, ich finde vielmehr ein trauriges Vergnügen daran, es mir immer wieder zu vergegenwärtigen und so meinen Kummer zu nähren.' Dann berichtete er ihm, wie es zu dem Unglück gekommen war, und dieser Bericht, der ihm wieder Tränen in die Augen trieb, steigerte Don Franciscos Leid. Was Doña Teodora betrifft, so zeigten ihr ihre Verwandten, wie sehr sie sich freuten, sie wiederzusehen, und beglückwünschten sie zu der wunderbaren Befreiung aus der Gewalt Mezzomortos.
Nach der völligen Klärung aller Dinge trug man den Leichnam Federicos in einen Wagen und brachte ihn nach Valencia; doch wurde er nicht dort begraben. Denn da die Statthalterschaft des Don Francisco zu Ende ging, so bereitete sich dieser Edelmann vor, nach Madrid zurückzukehren, und beschloß, seinen Neffen dorthin überführen zu lassen.
Während man alle Anstalten für die Beerdigung traf, überhäufte die Witwe Cifuentes' Francisco und den Renegaten mit Wohltaten. Der Navarrese reiste in seine Heimat ab, und der Renegat kehrte mit seiner Mutter nach Barcelona zurück, wo er wieder zum Christentum übertrat und noch

heute glücklich und zufrieden lebt.
Um diese Zeit erhielt Don Francisco ein Schreiben vom Hofe, in dem die Begnadigung Don Juans mitgeteilt wurde; denn der König hatte trotz aller Rücksicht, die er auf das Haus Naxera nehmen mußte, das Begnadigungsgesuch der Familie Mendoza nicht ablehnen können. Diese Nachricht war für den Toledaner um so erfreulicher, als sie ihm die Möglichkeit verschaffte, den Sarg seines Freundes zu begleiten – was er sonst nicht gewagt hätte.
Endlich brach der Trauerzug auf, gefolgt von zahlreichen hohen Persönlichkeiten; sobald man in Madrid angelangt war, setzte man den Leichnam des Don Federico in einer Kirche bei, in der ihm Zarate und Doña Teodora mit der Erlaubnis der Mendozas ein prächtiges Grabmal errichten ließen. Dabei ließen sie es nicht bewenden; sie trugen ein ganzes Jahr lang Trauer um ihres Freundes willen, um so ihren Schmerz und ihre Freundschaft zu verewigen.
Nachdem sie so hervorragende Beweise ihrer innigen Zuneigung für Mendoza an den Tag gelegt hatten, heirateten sie; aber auf Grund einer unvorstellbaren Wirkung der Macht der Freundschaft blieb Don Juan noch lange in tiefer Schwermut versunken, die nichts zu bannen vermochte. Don Federico, sein teurer Don Federico, schwebte ihm in Gedanken noch immer vor Augen; er sah ihn jede Nacht im Traum, und zwar am häufigsten in jenem Augenblick, in dem er ihn seinen letzten Seufzer aushauchen sah. Doch machte sein Geist sich allmählich von diesen traurigen Bildern frei. Die Zärtlichkeit Teodoras, die er noch immer innig liebte, siegte nach und nach über eine so düstere Erinnerung. Endlich lebte Don Juan wieder glücklich und zufrieden. Doch vor einigen Tagen stürzte er auf der Jagd vom Pferd und verletzte sich dabei am Kopf. Es bildete sich ein Geschwür. Die Ärzte konnten ihn nicht retten. Er ist soeben gestorben, und Doña Teodora, jene Dame, die Sie in den Armen der beiden Frauen sehen, die sie vor einer Verzweiflungstat zu bewahren suchen, wird ihm wohl bald ins Grab folgen.“

SECHZEHNTES KAPITEL

Von den Träumen

Als Asmodeus diese Geschichte zu Ende erzählt hatte, sagte Don Cleofas zu ihm: „Das ist ein sehr schönes Gemälde der Freundschaft. Aber wenn man auch selten zwei Männer findet, die einander so sehr zugetan sind wie Don Juan und Don Federico, so glaube ich doch, daß es noch schwieriger wäre, zwei rivalisierende Freundinnen zu finden, die beide um eines geliebten Mannes willen ein so großmütiges Opfer bringen könnten."

„Zweifellos", antwortete der Teufel, „hat man das noch nicht gesehen und wird es vielleicht niemals sehen. Die Frauen lieben sich nicht. Ich will einmal annehmen, zwei Frauen seien sich völlig einig; ja noch mehr: sie sagten einander nie etwas Schlechtes nach, so innig seien sie befreundet. Sie besuchen häufig die beiden. Sie fühlen sich zu der einen stärker hingezogen als zu der anderen; der Zorn steigt dieser zu Kopf, nicht etwa weil die Erzürnte Sie liebt, sondern weil sie sich bevorzugt sehen möchte. So ist nun einmal der weibliche Charakter. Die Frauen sind aufeinander zu eifersüchtig, als daß sie einer wahren Freundschaft fähig sein könnten."

„Die Geschichte der beiden Freunde ohnegleichen", meinte Leandro Pérez, „klingt wie ein Roman und hat uns weitab geführt. Die Nacht ist weit vorgerückt; wir werden gleich die ersten Strahlen des Tageslichts erblicken. Ich erwarte nun von Ihnen ein neues Vergnügen. Ich sehe viele Menschen noch im Schlafe liegen. Ich möchte, daß Sie mir sagen, was für Träume sie haben."

„Sehr gern", antwortete der Dämon. „Sie lieben die Abwechslung. Ich will Sie zufriedenstellen."

„Ich glaube", sagte Zambullo, „daß ich sehr lächerliche Träume hören werde."

„Warum?" fragte der Hinkende. „Sie kennen doch Ihren Ovid auswendig. Wissen Sie nicht, daß dieser Dichter behauptet, die Träume seien gegen Morgen am wahrsten, weil um diese Zeit die Seele unbeschwert von den Ausdünstungen des Magens sei?"

„Was Ovid auch darüber sagen mag", erwiderte Don Cleofas, „ich glaube jedenfalls nicht an Träume."

„Das ist unrecht von Ihnen", versetzte Asmodeus. „Man darf Träume weder für Hirngespinste halten noch an alle Träume glauben. Es sind Lügner, die aber zuweilen die Wahrheit sagen. Der Kaiser Augustus, der wohl ebensoviel Geist hatte wie ein Student, verachtete Träume, in denen er eine Rolle spielte, nicht. Zu seinem Glück verließ er auf die Erzählung von einem Traum, der ihn betraf, sein Zelt vor der Schlacht von Philippi. Ich könnte Ihnen tausend andere Beispiele anführen, an denen Sie erkennen würden, wie vermessen Ihr Urteil ist; aber ich übergehe sie mit Stillschweigen, um den neuen Wunsch, der Ihnen zusetzt, zu erfüllen.

Fangen wir bei dem schönen Palais dort rechts an. Der Besitzer dieses Palais, den Sie in jenem prunkvollen Gemach schlafen sehen, ist ein ewig verliebter Graf. Er träumt, er sei im Theater, wo er eine junge Schauspielerin singen hört, und erliege der Stimme dieser Sirene.

In dem Gemach nebenan ruht die Gräfin, seine Gemahlin, die leidenschaftlich gern spielt. Sie träumt, sie habe kein Geld und verpfände Schmucksachen bei einem Juwelier, der ihr gegen Wucherzinsen dreihundert Pistolen leiht.

In dem angrenzenden Palais auf derselben Seite wohnt ein Marquis, der die gleiche Veranlagung hat wie der Graf und in eine berühmte Kurtisane verliebt ist. Er träumt, er borge sich eine ansehnliche Summe, um ihr ein Geschenk zu machen; und sein Verwalter, der ganz oben in dem Palais schläft, träumt, er werde um so reicher werden, je mehr sein Herr sich zugrunde richte. Nun, was halten Sie von diesen Träumen? Erscheinen Sie Ihnen verrückt?"

„Nein, gewiß nicht", antwortete Don Cleofas. „Ich sehe ein, daß Ovid recht hat. Aber ich möchte wissen, wer der Mann dort ist, der mir gerade auffällt. Er trägt eine Schnurrbartbinde und wahrt im Schlaf so viel Würde, daß ich annehmen muß, er sei ein ganz außergewöhnlicher Kavalier."

„Das ist ein Landedelmann", erwiderte der Dämon, „ein Vicomte aus Aragonien, ein eitler und hochmütiger Mensch. Seine Seele schwimmt in diesem Augenblick in Wonne. Er

träumt, er sei mit einem Granden zusammen, der ihm bei einer öffentlichen Zeremonie den Vortritt lasse.
Aber ich entdecke in demselben Haus zwei Brüder, die beide Ärzte sind und sehr beängstigende Träume haben. Der eine träumt, daß eine soeben erlassene Verordnung verbiete, Ärzte zu bezahlen, wenn sie ihre Patienten nicht geheilt haben; und sein Bruder träumt, es bestehe eine Verordnung, nach der die Ärzte dem Trauerzug jedes Patienten, der ihnen unter den Händen gestorben ist, voranzuschreiten haben."
„Ich wünschte", sagte Zambullo, „diese Verordnung bestünde wirklich. Ein Arzt müßte dann dem Begräbnis seines gestorbenen Patienten beiwohnen, wie in Frankreich ein Generalstaatsanwalt der Hinrichtung eines Verbrechers, den er zum Tode verurteilt hat, beiwohnen muß."
„Dieser Vergleich gefällt mir", sagte der Teufel. „Man könnte in diesem Falle sagen, der eine lasse sein Urteil vollstrecken, während der andere das seinige schon vollstreckt habe."
„Oho!" rief der Student aus. „Wer ist der Mann dort, der sich die Augen reibt und aus dem Bett springt?"
„Das ist ein vornehmer Herr, der sich um das Amt eines Gouverneurs in Neuspanien bewirbt. Ein entsetzlicher Traum hat ihn soeben geweckt. Er träumte, der Premierminister sähe ihn scheel an. Ich sehe auch, wie eine junge Dame plötzlich aufwacht und mit dem Traum, den sie soeben gehabt, durchaus nicht zufrieden ist. Es ist ein Mädchen aus gutem Hause, ein ebenso kluges wie schönes Geschöpf, das zwei Verehrer hat, die es bedrängen. Sie liebt den einen zärtlich und empfindet gegen den anderen Abneigung, die bis zum Abscheu geht. Kurz zuvor sah sie im Traum den Verehrer, den sie verabscheut, vor ihr knien. Er war so leidenschaftlich und stürmisch, daß sie ihm, wenn sie nicht erwacht wäre, eine Gunst gewährt hätte, die sie dem anderen, den sie liebt, noch nie gewährt hat. Die Natur schüttelt eben im Schlaf das Joch der Tugend und Vernunft ab.
Richten Sie nunmehr Ihre Blicke auf das Haus an der Straßenecke dort. Es ist der Wohnsitz eines Prokurators. Da ruht er friedlich an der Seite seiner Gattin in jenem Zimmer, das eine verschossene, mit allerlei Figuren bemalte Wandverkleidung hat und in dem ein Doppelbett steht. Er träumt, er be-

suche einen seiner Klienten im Krankenhaus, um ihm mit Geld auszuhelfen; und die Frau Prokurator träumt, ihr Mann jage einen stattlichen Schreiber, auf den er eifersüchtig ist, zum Haus hinaus."

„Ich höre irgendwo in unserer Nähe jemand schnarchen", sagte Leandro Pérez, „und ich glaube, es ist der Dicke, den ich in einem kleinen, an die Wohnung des Prokurators grenzenden Haus erblicke."

„Richtig", bestätigte Asmodeus, „es ist ein Kanonikus, der träumt, er spreche gerade sein Tischgebet.

Zum Nachbarn hat er einen Seidenhändler, der seine Ware sehr teuer an vornehme Herrschaften verkauft, aber auf Kredit. Dieser Kaufmann hat von ihnen noch mehr als hunderttausend Dukaten zu bekommen. Er träumt, daß ihm alle seine Schuldner Geld bringen, und seine Geschäftsfreunde träumen, er stehe kurz vor dem Bankrott."

„Diese beiden Träume", meinte der Student, „sind aus dem Tempel des Schlafes nicht durch dasselbe Tor entsprungen."

„Nein, ganz gewiß nicht", versicherte der Dämon. „Der erste ist sicher aus dem goldenen Tor entsprungen, der zweite dagegen aus dem ehernen.

Das Haus, das an das des Kaufmanns stößt, wird von einem berühmten Buchhändler bewohnt. Er hat vor kurzem ein Buch verlegt, das viel Erfolg gehabt hat. Als er es veröffentlichte, versprach er dem Verfasser fünfzig Pistolen, falls er es neu auflege. Jetzt aber träumt er, daß er eine zweite Auflage drucke, ohne dem Autor etwas davon zu verraten."

„Oh, bei diesem Traum", sagte Zambullo, „braucht man nicht zu fragen, durch welches Tor er entschlüpft ist. Ich zweifle nicht daran, daß er in Erfüllung gehen wird. Ich kenne die Herren Verleger; sie machen sich kein Gewissen daraus, die Autoren zu betrügen."

„Ein sehr wahres Wort", bestätigte der Hinkende. „Aber lernen Sie auch die Herren Schriftsteller kennen. Sie sind nicht gewissenhafter als die Verleger. Eine kleine Begebenheit, die sich vor hundert Jahren in Madrid abgespielt hat, soll es Ihnen beweisen.

Drei Buchhändler aßen in einem Gasthaus zu Abend. Das Gespräch kam auf die Seltenheit guter neuer Bücher. ‚Meine

Freunde‘, bemerkte hierzu einer der Gäste, ‚ich sage euch im Vertrauen, daß ich neulich ein ausgezeichnetes Geschäft gemacht habe. Ich habe ein Manuskript gekauft, das mich zwar ziemlich viel Geld gekostet hat, aber dafür von einem einzigartigen Schriftsteller geschrieben ist ... Es war pures Gold!‘
Da ergriff der zweite Buchhändler das Wort und rühmte sich, einen Tag zuvor ein ebenso glänzendes Geschäft gemacht zu haben. ‚Und ich, meine Herren‘, rief der dritte, ‚möchte Ihnen an Offenheit nicht nachstehen. Ich will Ihnen die Perle der Manuskripte zeigen; ich habe sie glücklicherweise heute erworben.‘
Da zog jeder aus seiner Tasche das kostbare Manuskript, das er angeblich erworben hatte; doch als sich herausstellte, daß es ein neues Theaterstück mit dem Titel *Der ewige Jude* war, da waren die drei baß erstaunt, als sie sahen, daß es ein und dasselbe Werk war, das jedem von ihnen separat verkauft worden war.
In einem anderen Haus“, fuhr der Teufel fort, „entdecke ich einen schüchternen und rücksichtsvollen Liebhaber, der soeben erwacht ist. Er liebt eine Witwe, eine sehr muntere Witwe; er träumt, er sei mit ihr in einem dunklen Wald, in dem er ihr zärtliche Worte ins Ohr flüstert, und sie antworte ihm: ‚Oh, wie verführerisch Sie sind! Sie würden mich betören, wenn ich nicht auf der Hut vor den Männern wäre; sie sind nämlich Betrüger. Ich traue Ihren Worten nicht, ich verlange Taten.‘
‚Ach, meine Teure‘, erwiderte der Liebhaber, ‚was für Taten verlangen Sie von mir? Soll ich, um Ihnen die Leidenschaftlichkeit meiner Liebe zu beweisen, die zwölf Arbeiten des Herkules auf mich nehmen?‘
‚Nicht doch, Don Nicasio‘, entgegnete die Dame, ‚so viel verlange ich von Ihnen nicht.‘ Darüber ist er aufgewacht.“
„Sagen Sie mir bitte“, unterbrach ihn der Student, „warum der Mann, der in dem braunen Bett dort liegt, wie ein Besessener um sich schlägt.“
„Nun“, erwiderte der Hinkende, „das ist ein recht tüchtiger Lizentiat, der sich über einen Traum, den er soeben hat, entsetzlich aufregt. Er träumt, er verteidige die Unsterblichkeit der Seele gegen einen kleinen Doktor der Medizin, der ein ebenso guter Katholik wie geschickter Arzt ist ...

Im zweiten Stock wohnt bei dem Lizentiaten ein Edelmann aus Estremadura, ein gewisser Don Baltasar Fanfarrónico, der soeben mit der Postkutsche angekommen ist, um den Hof um eine Belohnung dafür zu bitten, daß er einen Portugiesen durch einen Büchsenschuß getötet hat. Wissen Sie, welchen Traum er hat? Er träumt, man übertrage ihm die Regierung von Antequera, doch ist er damit noch nicht zufrieden. Er glaubt, er verdiene zumindest ein Vizekönigtum.

In einer Herberge erblicke ich zwei bedeutende Persönlichkeiten, die sehr unangenehme Träume haben. Der eine, der Kommandant einer Festung ist, träumt, er werde in ihr belagert und müsse sich nach kurzer Verteidigung mit der ganzen Besatzung ergeben. Der andere ist der Bischof von Murcia. Der Hof hat diesen beredten Prälaten beauftragt, die Leichenrede auf eine Prinzessin auszuarbeiten, und er soll sie in zwei Tagen halten. Er träumt, er stehe auf der Kanzel und verliere gleich nach der Einleitung den Faden."

„Es ist nicht ausgeschlossen", meinte Don Cleofas, „daß ihm dieses Unglück wirklich zustößt."

„Nein, wahrhaftig nicht", antwortete der Teufel, „das ist vor kurzem Seiner Hochwürden tatsächlich zugestoßen.

Soll ich Ihnen einen Schlafwandler zeigen? Sie brauchen nur einen Blick in die Ställe des Palais dort werfen. Was sehen Sie dort?"

„Ich sehe einen Mann im Hemd auf und ab gehen", sagte Leandro Pérez. „Wie mir scheint, hält er einen Striegel in der Hand."

„Nun ja", erwiderte der Dämon, „es ist ein Reitknecht, der tief schläft. Er pflegt jede Nacht aufzustehen und im Schlaf seine Pferde zu striegeln; dann legt er sich wieder hin. Man bildet sich im Palais ein, es sei das Werk eines Kobolds, und der Reitknecht selbst glaubt ebenso fest daran wie die anderen.

In einem großen Haus gegenüber jener Herberge wohnt ein alter Ritter des Ordens vom Goldenen Vlies, der einst Vizekönig von Mexiko war. Er ist erkrankt; und da er zu sterben fürchtet, beginnt ihn sein Vizekönigtum zu beunruhigen. Allerdings hat er sein Amt in einer Weise ausgeübt, die seine Unruhe rechtfertigt. Die Chroniken Neuspaniens melden

von ihm nichts Rühmliches. Er hat soeben einen Traum gehabt, dessen Schrecklichkeit noch nicht zerronnen ist und der vielleicht seinen Tod herbeiführen wird."
„Dann muß dieser Traum", meinte Zambullo, „sehr ungewöhnlich gewesen sein."
„Sie sollen ihn erfahren", erwiderte Asmodeus. „Er hat in der Tat etwas Seltsames. Jener Greis hat soeben geträumt, er wäre im Tal der Toten, in dem alle jene Mexikaner, die seiner Ungerechtigkeit und Grausamkeit zum Opfer gefallen waren, plötzlich über ihn herfielen und ihn mit Vorwürfen und Schmähungen überschütteten. Sie wollten ihn sogar in Stücke reißen; doch er ergriff die Flucht und entzog sich ihrer Wut. Hierauf befand er sich in einem großen, mit schwarzem Tuch ausgeschlagenen Saal, in dem er seinen Vater und seinen Großvater an einem Tisch sitzen sah, auf dem drei Gedecke lagen. Die beiden düsteren Gäste winkten ihn heran, und sein Vater sagte mit feierlichem Ernst, den alle Toten haben, zu ihm: ‚Wir erwarten dich schon lange; nimm neben uns Platz.'"
„Ein scheußlicher Traum!" rief der Student. „Doch ich verzeihe dem Kranken seine überreizte Phantasie."
„Dafür", sagte der Hinkende, „verbringt seine Nichte, die in einem Gemach über dem seinigen schlummert, eine recht angenehme Nacht. Der Schlaf gaukelt ihr die holdesten Träume vor. Es ist ein Mädchen von fünfundzwanzig bis dreißig Jahren, häßlich und schlecht gewachsen. Sie träumt, daß ihr Onkel, dessen einzige Erbin sie ist, nicht mehr lebe, und sieht sich von einer Schar liebenswürdiger Herren umgeben, die sich die Ehre streitig machen, ihr zu gefallen."
„Wenn ich mich nicht täusche", sagte Don Cleofas, „so höre ich hinter uns jemand lachen."
„Sie täuschen sich nicht", erwiderte der Teufel. „Es ist eine Frau, die zwei Schritt von hier lacht, eine Witwe, die gern die Spröde spielt und nichts so sehr liebt wie Klatsch. Sie träumt, sie unterhalte sich mit einer alten Betschwester, deren Geschwätz ihr viel Vergnügen macht.
Ich muß meinerseits auch lachen, da ich in einem Zimmer unter dieser Witwe einen Bürger sehe, dem es schwerfällt, von dem bescheidenen Einkommen, das er hat, einigermaßen anständig zu leben. Er träumt, er scharre Gold- und Sil-

bermünzen zusammen, und je mehr er zusammenscharrt, desto nötiger findet er es, noch mehr zurückzulegen. Er hat schon eine ganze Truhe damit gefüllt."

„Der arme Kerl!" sagte Leandro. „Er wird sich seines Schatzes nicht lange erfreuen."

„Beim Erwachen", erwiderte der Hinkende, „wird es ihm ergehen wie einem wirklichen Reichen, der stirbt. Er wird seinen Reichtum plötzlich verschwinden sehen.

Wenn Sie die Träume zweier Schauspielerinnen, die zusammen wohnen, erfahren wollen, so will ich sie Ihnen verraten. Die eine träumt, sie fange mit der Lockpfeife Vögel, rupfe sie der Reihe nach und gebe sie einem schönen Kater zu fressen, in den sie vernarrt ist und der sie sich gut schmekken läßt. Die andere träumt, sie jage Windspiele und Doggen, an denen sie lange ihr Vergnügen gefunden hat, zum Haus hinaus und wolle nur einen allerliebsten kleinen Spitz behalten, den sie in ihr Herz geschlossen hat."

„Das sind zwei närrische Träume!" rief der Student. „Wenn es in Madrid – wie einst in Rom – Traumdeuter gäbe, so fiele es ihnen, glaube ich, sehr schwer, diese Träume zu deuten."

„Nicht allzu schwer", antwortete der Teufel. „Sobald Sie über alles, was heute unter den Komödianten geschieht, unterrichtet wären, würden Sie darin wohl Sinn und Verstand finden."

„Ich verstehe davon nichts", entgegnete Don Cleofas, „und kümmere mich auch nicht darum. Ich möchte lieber erfahren, wer die Dame dort ist, die in einem prächtigen Bett unter einer gelben, mit silbernen Fransen verzierten Decke schläft und neben der auf einem runden Tischchen ein Buch liegt und ein Leuchter steht."

„Das ist eine sehr vornehme Dame", erwiderte der Dämon. „Sie hat eine glänzende Equipage und findet Gefallen daran, hübsche junge Männer ihre Livree tragen zu sehen. Eine ihrer Gewohnheiten ist, im Bett zu lesen; sonst könnte sie die ganze Nacht kein Auge zumachen. Gestern abend las sie die Verwandlungen von Ovid, und diese Lektüre ist der Grund, warum sie in diesem Augenblick einen höchst wunderlichen Traum hat. Sie träumt, Jupiter habe sich in sie verliebt und trete in Gestalt eines stattlichen, recht gutgewachsenen

Pagen in ihren Dienst.
Bei dieser Verwandlung fällt mir eine andere ein, die mir noch lustiger erscheint. Ich sehe einen Schauspieler, der sich im tiefen Schlaf über einen für ihn sehr schmeichelhaften Traum freut. Dieser Schauspieler ist so alt, daß in Madrid niemand sagen könnte, wann er ihn debütieren sah. Er ist so oft im Theater aufgetreten, daß er selbst sozusagen nur noch Theater ist. Er hat Talent und ist darauf so stolz, daß er sich einbildet, eine Persönlichkeit wie er sei über alle anderen Menschen erhaben. Wissen Sie, welchen Traum dieser großartige Kulissenheld gerade hat? Er träumt, daß er im Sterben liege, und sieht, wie alle Götter des Olymps zusammenkommen, um zu entscheiden, was sie für einen so hervorragenden Sterblichen wie ihn tun sollen. Er hört, wie Merkur dem Rat der Götter auseinandersetzt, warum dieser berühmte Schauspieler, der auf der Bühne so oft die Ehre gehabt habe, Jupiter und die anderen Unsterblichen darzustellen, nicht das Los aller Menschen teilen dürfe, sondern vielmehr verdiene, in die Schar der Himmlischen aufgenommen zu werden. Momus heißt Merkurs Meinung gut; aber einige andere Götter und Göttinnen empören sich über den Vorschlag einer so unerhörten Apotheose, und um die Einigkeit wiederherzustellen, verwandelt Jupiter den alten Schauspieler in eine Dekoration."
Der Teufel wollte fortfahren, aber Zambullo unterbrach ihn: „Halt, Herr Asmodeus", sagte er zu ihm, „Sie achten nicht darauf, daß es schon hell wird. Ich habe Angst, daß man uns auf dem Dach dieses Hauses bemerkt. Wenn der Pöbel Eure Gnaden hier entdecken sollte, so werden wir ein Pfeifkonzert hören, das so schnell nicht enden wird."
„Man wird uns nicht sehen", antwortete ihm der Dämon. „Ich besitze nämlich dieselbe Macht wie jene sagenhaften Götter, von denen ich soeben gesprochen habe, und wie sich auf dem Berge Ida der verliebte Sohn des Saturn in eine Wolke hüllte, um der Welt die Zärtlichkeiten zu verbergen, die er Juno erweisen wollte, so werde ich uns in einen dichten Nebel hüllen, den kein menschliches Auge durchdringen kann, der uns aber nicht daran hindern wird, die Dinge zu sehen, auf die ich Sie nun aufmerksam machen will." Tatsächlich sahen sie sich plötzlich in Dunst gehüllt, der aber,

so dicht er auch war, den Augen des Studenten nichts verschleierte.
„Kommen wir wieder zu den Träumen", fuhr der Hinkende fort. „Aber", fügte er hinzu, „ich vergesse ganz, daß die Art und Weise, in der ich Sie diese Nacht verbringen ließ, Sie sicher ermüdet hat. Ich denke, es ist am besten, wenn ich Sie jetzt in Ihre Wohnung bringe und Sie dort einige Stunden ausruhen lasse. Unterdessen werde ich die vier Weltteile durcheilen und einige Streiche vollbringen, wie sie zu meinem Beruf gehören. Dann werde ich mich wieder zu Ihnen gesellen, um mich mit Ihnen aufs neue zu ergötzen."
„Ich habe keine Lust zu schlafen und bin durchaus nicht müde", antwortete Don Cleofas. „Verlassen Sie mich nicht, sondern verraten Sie mir bitte die verschiedenen Absichten der Leute, die schon aufgestanden sind und, wie mir scheint, gerade fortgehen wollen. Was haben sie am frühen Morgen vor?"
„Was Sie erfahren wollen", erwiderte der Dämon, „ist wirklich beachtenswert. Sie sollen nun ein Gemälde der Sorgen, Aufregungen und Leiden sehen, die sich die armen Sterblichen in diesem Leben hier machen, um den kleinen Zeitraum zwischen ihrer Geburt und ihrem Tod so angenehm wie möglich auszufüllen."

SIEBZEHNTES KAPITEL

Hier lernen wir mehrere Originale kennen,
die jedoch nicht ohnegleichen sind

„Beobachten wir zuerst jene Schar von Bettlern, die Sie schon auf der Straße sehen. Es sind liederliche Gesellen, meist aus guter Familie, Tagediebe, die wie Mönche in einer Art Gemeinschaft leben und fast jede Nacht in ihrem Haus, in dem es an Brot, Fleisch und Wein nie fehlt, gehörig prassen. Sie wollen sich gerade trennen, um ihre Rollen in den Kirchen zu spielen, und heute abend werden sie wieder zusammenkommen, um auf die Gesundheit der wohltätigen Leute zu trinken, die alle ihre Scherflein zum üppigen Leben dieser Bettler beisteuern. Bewundern Sie bitte, wie vortrefflich diese Schelme sich zu verkleiden verstehen, um anderen Mitleid einzuflößen. Gefallsüchtige Frauen können sich nicht geschickter herrichten, um einfältige Männer in sich verliebt zu machen.

Betrachten Sie aufmerksam die drei dort, die zusammen in derselben Richtung gehen. Der eine, der sich auf Krücken stützt, am ganzen Körper zittert und sich so mühsam dahinschleppt, daß er bei jedem Schritt auf die Nase zu fallen droht, hat zwar einen langen weißen Bart und sieht gebrechlich aus, ist aber in Wahrheit ein junger Mann, der so flink und behend ist, daß er im Laufen einen Damhirsch einholen könnte. Der andere, der den Aussätzigen mimt, ist ein hübscher Jüngling, der sich über den Kopf ein Fell gezogen hat, das eine Lockenfülle, wie sie nur Hofpagen haben, verbirgt. Und der dritte, anscheinend ein Krüppel ohne Beine, ist ein Schelm, der seiner Brust so klägliche Töne zu entlocken versteht, daß bei seinen Wehklagen jedes alte Weib aus dem vierten Stock herabkommt, um ihm einen Maravedí zu spenden.

Während diese Faulenzer unter der Maske der Armut den Leuten das Geld aus der Tasche locken, sehe ich, wie viele fleißige Handwerker, obgleich Spanier, sich anschicken, im Schweiße ihres Angesichts ihr Brot zu verdienen. Überall sehe ich Menschen aufstehen und sich anziehen, um ihren verschiedenen Pflichten nachzugehen. Wie viele Pläne, die heute nacht entworfen worden sind, werden nun ausgeführt werden oder in Nichts zerrinnen! Zu welchen Schritten werden Eigennutz, Liebe und Ehrgeiz treiben!"

„Was sehe ich dort auf der Straße?" unterbrach ihn Don Cleofas. „Wer ist diese mit Medaillen überladene Frau, die ein Lakai an der Hand führt und die so eilig dahinschreitet? Zweifellos hat sie eine sehr dringende Angelegenheit zu erledigen."

„Gewiß", antwortete der Teufel. „Das ist eine ehrwürdige Matrone, die zu einem Haus eilt, in dem man ihrer Hilfe bedarf. Sie findet dort eine Schauspielerin, die Schreie ausstößt, und an ihrer Seite zwei Kavaliere, die in großer Verle-

genheit sind. Der eine ist der Ehemann, der andere ein vornehmer Herr, der lebhaften Anteil an dem nimmt, was hier geschieht; denn die Entbindungen der Damen vom Theater gleichen denen der Alkmene. Immer sind ein Jupiter und ein Amphitryon an der Sache beteiligt.
Möchte man nicht, wenn man jenen Reiter mit seiner Flinte sieht, behaupten, er sei ein Jäger, der Hasen und Rebhühner in der Umgebung Madrids erlegen wolle? Doch er hat keine Lust, sich mit der Jagd die Zeit zu vertreiben; er führt etwas anderes im Schilde. Er reitet zu einem Dorf, wo er sich als Bauer verkleiden will, um sich in dieser Tracht in einen Pachthof einzuschmuggeln, in dem seine Geliebte unter der Aufsicht einer strengen und wachsamen Mutter lebt.
Der junge Bakkalaureus, der dort so schnell dahinschreitet, pflegt jeden Morgen einem alten Kanonikus, seinem Onkel, auf dessen Pfründe er ein Auge geworfen hat, seine Aufwartung zu machen. Sehen Sie sich nun in dem Haus uns gegenüber jenen Mann an, der gerade seinen Mantel nimmt und sich anschickt, seine Wohnung zu verlassen. Das ist ein ehrbarer und reicher Bürger, den eine sehr ernste Angelegenheit beunruhigt. Er hat eine einzige Tochter zu verheiraten und weiß nicht, ob er sie einem jungen Anwalt, der um sie wirbt, oder einem stolzen Hidalgo, der sie zur Frau begehrt, geben soll. Er will seine Freunde um Rat fragen; denn er ist in arger Verlegenheit. Wählt er den Edelmann, so fürchtet er einen Schwiegersohn zu bekommen, der ihn verachtet. Hält er sich an den Anwalt, so fürchtet er in sein Haus einen Wurm zu bringen, der alles zernagt.
Betrachten Sie nunmehr einen Nachbarn dieses sorgenvollen Vaters. Sehen Sie in dem prächtig eingerichteten Gebäude dort einen Mann in einem goldgeblümten roten Brokatschlafrock? Das ist ein Schöngeist, der trotz seiner niedrigen Herkunft den großen Herrn spielt. Vor zehn Jahren besaß er nicht einmal zehn Maravedí, doch jetzt bezieht er eine Rente von zehntausend Dukaten. Er hat eine sehr schmucke Equipage, spart sich aber die Ausgabe dafür vom Munde ab; seine Tafel ist so bescheiden, daß er gewöhnlich sein Hühnchen im stillen verzehrt. Doch unterläßt er es nicht, zuweilen aus Großmannssucht hohe Persönlichkeiten großartig zu be-

wirten. Heute gibt er Staatsräten ein Festessen und läßt zu diesem Zweck einen Pastetenbäcker und einen Koch kommen. Er wird mit ihnen um jeden Heller feilschen und dann auf Tischkarten die Gänge schreiben, auf die man sich geeinigt hat."

„Sie reden offenbar von einem großen Knauser", sagte Zambullo.

„Freilich", antwortete Asmodeus, „alle Habenichtse, die das Glück plötzlich reich macht, werden entweder Geizkragen oder Verschwender. Das ist die Regel."

„Sagen Sie mir", fuhr der Student fort, „wer die schöne Dame ist, die ich vor ihrem Ankleidespiegel stehen sehe und die mit einem recht ansehnlichen Kavalier plaudert."

„Ach ja", rief der Hinkende, „was Sie dort bemerken, verdient wahrhaftig Ihre Aufmerksamkeit. Diese Frau ist eine Witwe aus Deutschland, die in Madrid von ihrer Witwenrente lebt und sehr vornehme Besuche empfängt. Der junge Mann aber, der bei ihr weilt, ist ein gewisser Don Antonio de Monsalva.

Obwohl dieser Kavalier aus einem der ersten Häuser Spaniens stammt, hat er der Witwe versprochen, sie zu heiraten. Er hat ihr sogar eine Bürgschaft von dreitausend Pistolen gegeben; aber sein Liebesverhältnis wird von seinen Eltern durchkreuzt, die ihm drohen, ihn ins Irrenhaus zu bringen, wenn er nicht jeden Verkehr mit der Deutschen aufgibt, die sie für eine Abenteuerin halten. Der Verliebte, tief betrübt, weil alle sich gegen seine Neigung auflehnen, hat gestern abend seine Geliebte besucht. Da sie ihm ansah, daß er irgendeinen Kummer hatte, fragte sie ihn nach dem Grund. Er teilte ihn ihr mit und versicherte, daß aller Widerspruch, auf den er bei seiner Familie stieße, niemals seine Treue erschüttern könnte. Die Witwe schien von seiner Standhaftigkeit entzückt zu sein, und beide trennten sich sehr zufrieden um Mitternacht.

Heute morgen ist Monsalva zurückgekehrt. Er fand die Dame vor ihrem Ankleidespiegel und begann, ihr wieder seine Liebe zu beteuern. Während des Gesprächs legte die Deutsche ihre Lockenwickel ab. Der Kavalier nahm zerstreut einen in die Hand, wickelte ihn auf und entdeckte auf ihm seine eigene Handschrift. ‚Wie, meine Dame', fragte er la-

chend, ‚verwenden Sie dazu die Liebesbriefe, die man Ihnen schickt?'
‚Ja, Monsalva', antwortete sie, ‚Sie sehen, wozu mir die Beteuerungen meiner Verehrer dienen, die mich trotz des Einspruchs ihrer Familien heiraten wollen. Ich mache daraus Lockenwickel.'
Als der Kavalier feststellte, daß die Dame in der Tat seine Bürgschaft zerrissen hatte, konnte er nicht umhin, die Selbstlosigkeit seiner Witwe zu bewundern, und schwor ihr noch einmal ewige Treue.
Werfen Sie nun", fuhr der Teufel fort, „einen Blick auf den großen hageren Mann, der dort unter uns vorbeigeht. Er hat ein großes Schreibheft unterm Arm, ein Schreibzeug am Gürtel und eine Gitarre auf dem Rücken."
„Dieser Mensch", sagte der Student, „sieht lächerlich aus. Ich möchte wetten, daß er ein Original ist."
„Sicher", erwiderte der Dämon, „ist er ein ziemlich seltsamer Sterblicher. Es gibt auch in Spanien kynische Philosophen; er gehört zu ihnen. Er will sich im Buen Retiro auf einer Wiese niederlassen, wo eine klare Quelle sprudelt, deren reines Wasser einen kleinen, sich zwischen Blumenbeeten dahinschlängelnden Bach bildet. Dort wird er den ganzen Tag bleiben, um die Schönheiten der Natur zu bewundern, Gitarre zu spielen und tiefsinnige Betrachtungen anzustellen, die er in sein Heft schreiben wird. In seinen Taschen hat er seine gewöhnliche Nahrung, nämlich einige Zwiebeln und ein Stück Brot. Dieses genügsame Leben führt er schon zehn Jahre lang, und wenn irgendein Aristipp zu ihm wie zu Diogenes sagte: ‚Verstündest du die Großen zu hofieren, so bräuchtest du keine Zwiebeln zu essen', dann würde ihm dieser moderne Philosoph antworten: ‚Ich würde die Großen ebenso hofieren wie du, wenn ich einen Menschen dazu erniedrigen wollte, vor anderen zu kriechen.'
Tatsächlich war dieser Philosoph früher den großen Herren sehr ergeben; sie verschafften ihm sogar ein Vermögen. Als er aber sah, daß ihre Freundschaft für ihn nur eine ehrenvolle Knechtschaft bedeutete, brach er allen Verkehr mit ihnen ab. Er hatte eine Kutsche, gab sie aber auf, weil ihm der Gedanke kam, daß er Menschen, die besser wären als er, mit Schmutz bespritzte. Übrigens verschenkte er fast sein ganzes

Vermögen an seine bedürftigen Freunde und behielt nur so viel, wie er brauchte, um so zu leben, wie er jetzt lebt; denn er meinte, es wäre für einen Philosophen nicht weniger schmachvoll, sein Brot unter dem Volk zu erbetteln als in den Häusern der großen Herren.

Bedauern Sie den Kavalier, der diesem Philosoph folgt und den Sie von einem Hund begleitet sehen. Er kann sich rühmen, aus einem der vornehmsten Häuser Kastiliens zu stammen. Er ist früher reich gewesen, hat sich aber zugrunde gerichtet wie der Timon des Lukian. Er bewirtete nämlich jeden Tag seine Freunde und feierte vor allem rauschende Feste bei der Geburt und Vermählung von Prinzen und Prinzessinnen, kurz bei jeder Gelegenheit, die sich in Spanien für Lustbarkeiten ergab. Sobald die Schmarotzer sahen, daß seine Fleischtöpfe leer waren, verschwanden sie aus seinem Haus. Alle seine Freunde verließen ihn; nur einer blieb ihm treu – sein Hund."

„Sagen Sie mir, Herr Teufel", rief Leandro Pérez, „wem die Equipage gehört, die ich vor dem Haus dort halten sehe."

„Das ist der Wagen eines reichen Contadors", antwortete der Dämon. „Er geht jeden Morgen in dieses Haus, in dem eine Schöne aus Galizien wohnt, die dieser alte Sünder aus einem maurischen Geschlecht aushält und in die er blind verliebt ist. Gestern abend ist ihm zu Ohren gekommen, daß sie ihn mit einem anderen betrogen hat. In dem Wutanfall, den diese Kunde bei ihm auslöste, schrieb er ihr einen Brief voller Vorwürfe und Drohungen. Sie könnten kaum erraten, wozu die Buhlerin sich entschlossen hat. Sie war nicht so dreist, das Vorgefallene einfach zu leugnen, sondern teilte dem mit Recht über sie empörten Schatzmeister mit, daß er sie nur noch verachten sollte, da sie es fertiggebracht hätte, einen so liebenswürdigen Mann wie ihn zu betrügen; sie bekenne sich schuldig, sie verabscheue sich selbst, und um sich zu strafen, habe sie schon ihr schönes Haar abgeschnitten, das sie, wie er wohl wisse, abgöttisch liebe; kurz, sie sei fest entschlossen, in ein Kloster zu gehen und dort den Rest ihres Lebens allein der Buße zu weihen.

Der verliebte Greis konnte die angebliche Reue seiner Geliebten nicht ertragen. Er stand sofort auf und begab sich zu ihr. Er fand sie in Tränen aufgelöst, und diese geschickte Komödiantin spielte ihre Rolle so gut, daß er ihr das Geschehene verzieh, ja noch mehr: Um sie über den Verlust ihres Haars zu trösten, verspricht er ihr in diesem Augenblick, daß er sie zur Stiftsdame machen und ihr ein schönes Landhaus schenken wolle, das zur Zeit in der Nähe des Escorial zu kaufen ist."

„Alle Geschäfte sind bereits geöffnet", sagte der Student, „und ich sehe, wie ein Kavalier zu so früher Stunde schon ein Wirtshaus betritt."

„Dieser Kavalier", erklärte Asmodeus, „ist ein Jüngling aus gutem Hause, der die Schreibwut hat und unbedingt für einen Schriftsteller gelten will. Es fehlt ihm nicht an Geist; er besitzt sogar die nötige Intelligenz, um alle neuen Werke, die auf der Bühne erscheinen, zu kritisieren; doch hat er nicht genügend Talent, um selbst ein vernünftiges Stück zu schreiben. Er will in dem Wirtshaus ein großartiges Mahl bestellen; denn er hat heute zum Mittagessen vier Schauspieler eingeladen, die er dazu bewegen will, ein schlechtes Stück aus seiner Feder, das er bei ihrer Truppe einzureichen gedenkt, unter ihre Fittiche zu nehmen.

Da wir gerade von den Schriftstellern sprechen", fuhr er fort, „so sehen Sie sich die beiden an, die sich in der Straße dort begegnen. Beachten Sie, daß sie sich mit einem spöttischen Lächeln begrüßen. Sie verachten sich gegenseitig, und zwar mit Recht. Der eine schreibt seine Werke so leicht wie der Dichter Crispinus, der Horaz mit Blasbälgen vergleicht, und der andere braucht unglaublich viel Zeit, um kalte und geschmacklose Werke zu verfassen."

„Wer ist der kleine Mann dort, der soeben aus dem Wagen steigt, der vor dem Portal einer Kirche hält?" fragte Zambullo.

„Das ist eine bemerkenswerte Persönlichkeit", antwortete der Hinkende. „Vor etwa zehn Jahren verließ er das Büro eines Notars, bei dem er Bürovorsteher war, und begrub sich in der Kartause von Zaragoza. Nach einem Noviziat von sechs Monaten trat er aus seinem Kloster aus und tauchte wieder in Madrid auf; aber alle, die ihn kannten, waren sehr erstaunt, als er plötzlich eines der wichtigsten Mitglieder des Rates von Westindien wurde. Man spricht noch heute von einem so unerwarteten Glück. Manche sagen, er habe sich dem

Teufel verschrieben; andere behaupten, er werde von einer reichen Witwe geliebt, und wieder andere, er habe einen Schatz gefunden."

„Wissen Sie, wie es sich damit in Wirklichkeit verhält?" unterbrach ihn Don Cleofas.

„Sicher", erwiderte der Dämon, „und ich will Ihnen das Geheimnis enthüllen. – Während unser Mönch Novize war, stieß er eines Tages, als er in seinem Garten ein tiefes Loch grub, um einen Baum zu pflanzen, auf eine kupferne Kassette, die er öffnete. Er fand darin ein goldenes Kästchen, das etwa dreißig Diamanten enthielt, sehr schöne Diamanten. Obgleich der Klosterbruder nicht viel von Edelsteinen verstand, ahnte er doch sofort, daß er einen vortrefflichen Fund gemacht hatte. Er faßte also den Entschluß, den in einer Komödie von Plautus jener Crispus faßt, der seinen Beruf an den Nagel hängt, nachdem er einen Schatz gefunden hat. Er zog seine Kutte aus und kehrte nach Madrid zurück, wo er durch Vermittlung eines ihm befreundeten Juweliers die Edelsteine in Goldstücke umwechseln ließ, und tauschte dann seine Goldstücke gegen ein Amt, das ihm in der bürgerlichen Gesellschaft einen hohen Rang verleiht."

ACHTZEHNTES KAPITEL

Was der Teufel sonst Don Cleofas noch zeigte

„Ich werde Sie sicher zum Lachen bringen", fuhr Asmodeus fort, „wenn ich Ihnen jetzt eine kleine Geschichte von dem Mann dort erzähle, der gerade eine Imbißstube betritt. Es ist ein Arzt aus Biskaya. Er will eine Tasse Schokolade zu sich nehmen, worauf er den ganzen Tag mit dem Schachspiel verbringen wird.

Befürchten Sie indes nichts für seine Patienten. Er hat keine, und hätte er Patienten, so wären die Stunden, die er beim Spiel verbringt, für sie nicht die schlimmsten. Er versäumt nicht, jeden Abend zu einer reichen und schönen Witwe zu gehen, die er heiraten möchte und in die er scheinbar sehr verliebt ist. Wenn er bei ihr weilt, bringt ihm ein Schelm von Lakai, der seine ganze Dienerschaft darstellt und mit dem er sich ausgezeichnet versteht, eine falsche Liste, auf der die Namen mehrerer hoher Persönlichkeiten stehen, in deren Auftrag man ihn um ärztliche Hilfe gebeten hat. Die Witwe hält alles für buchstäblich wahr, und unser Schachspieler ist im Begriff, die Partie zu gewinnen.

Verweilen wir einen Augenblick vor dem Palais, an dem wir stehen. Ich möchte nicht weitergehen, ohne Ihnen die Herrschaften, die es bewohnen, zu zeigen. Sehen Sie sich in den Gemächern um. Was entdecken Sie dort?"

„Ich erblicke Damen, deren Schönheit mich blendet", antwortete der Student. „Ich sehe, wie einige gerade aufstehen und andere schon aufgestanden sind. Welche Reize bieten sich meinen Blicken dar! Mir ist, als sähe ich die Nymphen der Diana, wie sie uns die Dichter schildern."

„Wenn diese Frauen, die Sie so sehr bewundern", versetzte der Hinkende, „auch die Reize der Nymphen der Diana haben, so besitzen sie doch gewiß nicht ihre Keuschheit. Es sind vier oder fünf Abenteuerinnen, die einen gemeinsamen Haushalt führen. Ebenso gefährlich wie jene schönen Ritterfräulein, welche einst die an ihren Burgen vorbeiziehenden Ritter köderten, locken sie junge Männer in ihr Haus. Wehe denen, die sich von ihnen betören lassen! Um die Vorübergehenden vor der Gefahr zu warnen, die ihnen droht, sollte man an diesem Haus Warnschilder anbringen, wie man sie an Flüssen aufstellt, um die Stellen, denen man sich nicht nähern darf, zu kennzeichnen."

„Ich frage Sie nicht", sagte Leandro Pérez, „wohin die Herren in dem Wagen dort wollen; zweifellos fahren sie zum Lever des Königs."

„Richtig", erwiderte der Teufel. „Und wenn Sie auch dorthin wollen, so bringe ich Sie gern hin. Wir werden dort köstliche Beobachtungen machen."

„Sie könnten mir nichts vorschlagen, was mir angenehmer wäre", entgegnete Zambullo. „Ich freue mich schon im voraus darauf."

Dann trug ihn der Teufel, immer bereit, seine Wünsche zu erfüllen, zum Schloß des Königs. Aber bevor sie dort anlang-

ten, erblickte der Student Handwerker, die an einem sehr hohen Tor arbeiteten, und fragte, ob sie ein Kirchenportal bauten. „Nein“, antwortete ihm Asmodeus, „das ist der Eingang zu einem neuen Markt. Ein prächtiges Tor, wie Sie sehen. Aber wenn sie es auch bis zu den Wolken bauten, so wäre es doch niemals der beiden lateinischen Verse würdig, die auf ihm angebracht werden sollen.“
„Was sagen Sie da?“ rief Leandro. „Welche Vorstellung erwecken Sie mir von diesen beiden Versen! Ich komme vor Neugierde um, sie zu erfahren.“
„Hören Sie zu“, erwiderte der Dämon, „und bereiten Sie sich vor, sie zu bewundern.

Quam bene Mercurius nunc merces vendit optimas,
*Momus ubi fatuos vendidit ante sales!**

In diesen beiden Versen liegt eines der reizendsten Wortspiele der Welt.“
„Ich empfinde ihre volle Schönheit noch nicht“, sagte der Student. „Ich weiß nicht, was *fatuos sales* heißt.“
„Wissen Sie denn nicht“, entgegnete der Teufel, „daß auf dem Platz, auf dem man diesen Markt errichtet, um Waren feilzubieten, früher eine Klosterschule stand, in der die Mönche die Jugend die Humaniora lehrten? Die Vorsteher dieser Klosterschule ließen von ihren Zöglingen Schauspiele aufführen – langweilige, fade Theaterstücke mit Tanzeinlagen, die so ungereimt waren, daß man darin sogar die Präterita und Supina tanzen sah.“
„Ach, erzählen Sie mir nicht noch mehr davon“, unterbrach ihn Zambullo. „Ich weiß sehr wohl, was für ein Zeug diese Klosterstücke sind. Jene Inschrift erscheint mir fürwahr bewunderungswürdig.“
Kaum standen Asmodeus und Don Cleofas auf der Freitreppe zum Schloß des Königs, da sahen sie mehrere Höflinge die Stufen hinaufeilen. Wann immer einer dieser Herren an ihnen vorüberging, nannte der Teufel seinen Namen. „Der da“, sagte er zu Leandro Pérez, indem er sie ihm nach-

* Wie trefflich verkauft Merkur nun köstliche Waren, wo Momus einst fades attisches Salz feilbot!

einander zeigte, „der da ist der Graf de Villalonso aus dem Hause Puebla de Ellerena; das ist der Marqués de Castro Fueste; der dort ist Don López de Los Ríos, Präsident des Rates für Finanzen, und der hier der Graf de Villa Hombrosa.“ Er begnügte sich nicht damit, ihre Namen zu nennen, sondern spendete ihnen auch manches Lob; doch konnte dieser boshafte Geist sich spöttischer Bemerkungen nicht enthalten und versetzte jedem von ihnen einen entsprechenden Hieb.

„Dieser Edelmann“, sagte er von dem einen, „ist herablassend und zuvorkommend; er hört Sie mit huldvoller Miene an. Bitten Sie ihn um Schutz, so gewährt er ihn großmütig und bietet Ihnen seinen Einfluß an. Es ist schade, daß ein so gefälliger Mann ein so kurzes Gedächtnis hat, daß er nach einer Viertelstunde schon alles vergessen hat, was Sie ihm nahegelegt haben.

Dieser Herzog“, bemerkte er dann zu einem anderen, „ist einer der charaktervollsten Herren des Hofes. Er wechselt nicht wie die meisten seinesgleichen jeden Augenblick das Gesicht. Er kennt keine Launen und Stimmungen. Auch lohnt er die Zuneigung, die man seiner Person entgegenbringt, und die Dienste, die man ihm leistet, nicht mit Undank. Aber leider lohnt er sie sehr langsam. Er läßt Sie auf das, was Sie von ihm begehren, so lange warten, daß Sie es teuer erkauft zu haben glauben, wenn Sie es endlich bekommen.“

Nachdem der Dämon den Studenten über die guten und schlechten Eigenschaften einer großen Anzahl von Herren aufgeklärt hatte, führt er ihn in einen Saal, in dem sich Vertreter aller möglichen Stände, vor allem aber so viele Ritter befanden, daß Don Cleofas ausrief: „Wie viele Ritter! Potztausend, es wimmelt in Spanien von Ordensrittern!“

„Dafür stehe ich ein“, sagte der Hinkende, „und das ist nicht erstaunlich, denn um Ritter des Santiago- oder Calatrava-Ordens zu werden, muß man nicht wie früher, um römischer Ritter zu werden, ein Vermögen von fünfundzwanzigtausend Talern besitzen. Man bemerkt auch, daß diese Ordensritter eine sehr gemischte Gesellschaft sind.

Sehen Sie sich“, fuhr er fort, „das nichtssagende Gesicht hinter Ihnen an.“

„Sprechen Sie leiser", unterbrach ihn Zambullo, „der Mann könnte Sie hören."
„Keine Angst", antwortete der Teufel, „derselbe Zauber, der uns unsichtbar macht, verhütet auch, daß man uns hört. Sehen Sie sich diese traurige Gestalt an. Das ist ein Katalonier, der gerade von den Philippinen zurückkehrt, wo er Flibustier war. Sehen Sie ihm an, daß er ein großer Krieger ist? Dennoch hat er Wunder von Tapferkeit vollbracht. Er will heute morgen dem König ein Gesuch überreichen, in dem er um eine bestimmte Stellung zur Belohnung für seine Dienste bittet; aber ich bezweifle sehr, ob er sie bekommen wird, denn er hat sich vorher nicht an den ersten Minister gewandt."
„Rechts neben diesem Flibustier", sagte Leandro Pérez, „sehe ich einen dicken Mann, der sich aufzuspielen scheint. Wollte man aus seiner stolzen Haltung auf seinen Stand schließen, so müßte er ein sehr reicher Herr sein."
„Durchaus nicht", antwortete Asmodeus. „Das ist einer der ärmsten Hidalgos, der unter dem Schutz eines Granden eine Spielhölle leitet, um sein Leben zu fristen.
Doch mir fällt ein Lizentiat auf, der verdient, daß ich Sie auf ihn aufmerksam mache. Ich meine den dort, der sich am ersten Fenster mit einem in hellgrauen Samt gekleideten Kavalier unterhält. Sie sprechen beide über eine Sache, die gestern vom König entschieden wurde. Ich will Sie darin einweihen.
Vor zwei Monaten veröffentlichte dieser Lizentiat, der Mitglied der Akademie von Toledo ist, ein Buch über Moral, das alle älteren kastilischen Autoren gegen ihn aufbrachte. Sie fanden seine Ausdrücke zu kühn und seine Worte zu neuartig. Sie verschwören sich also gegen dieses absonderliche Produkt. Sie kommen zusammen und entwerfen eine Bittschrift, die sie dem König überreichen, damit er dieses Machwerk, das der Reinheit und Klarheit der spanischen Sprache schaden könne, verdamme.
Die Bittschrift erscheint Seiner Majestät beachtenswert. Der König ernennt also drei Kommissare, die das Werk prüfen sollen. Sie finden den Stil in der Tat verwerflich und meinen, er sei um so gefährlicher, je glänzender er sei. Auf ihr Gutachten hin hat der König die folgende Entscheidung ge-

troffen: Er befahl bei Strafe seiner Ungnade, daß diejenigen Mitglieder der Akademie von Toledo, die im Geschmack dieses Lizentiaten schreiben, in Zukunft keine Bücher mehr verfassen sollen. Und um die Reinheit der kastilischen Sprache besser zu erhalten, dürfen diese Akademiker nach ihrem Tod nur durch Vertreter des ersten Standes ersetzt werden."

„Diese Entscheidung ist merkwürdig", rief Zambullo lachend. „Jetzt haben die Anhänger der Umgangssprache nichts mehr zu befürchten."

„Verzeihen Sie", erwiderte der Dämon, „die Autoren, die Gegner jener edlen Einfachheit sind, die vernünftige Leser bezaubert, gehören nicht alle der Akademie von Toledo an."

Don Cleofas wollte wissen, wer der in hellgrauen Samt gekleidete Kavalier war, den er mit dem Lizentiaten plaudern sah. „Das ist der jüngste Sproß eines katalanischen Adelsgeschlechts", erklärte der Hinkende, „ein Offizier der spanischen Garde. Ich versichere Ihnen, daß er ein sehr geistreicher junger Mann ist. Um Ihnen einen Begriff von seinem Geist zu geben, will ich Ihnen verraten, was er gestern in sehr vornehmer Gesellschaft einer Dame geantwortet hat. Aber um diesen Witz verstehen zu können, müssen Sie wissen, daß er einen Bruder hat, einen gewissen Don Andrea de Prada, der vor einigen Jahren wie er Offizier der Leibgarde war.

Eines Tages wandte sich ein dicker Pächter der königlichen Domänen an diesen Don Andrea und sagte zu ihm: ‚Señor de Prada, ich trage denselben Namen wie Sie; doch sind unsere Familien sehr verschieden. Ich weiß, Sie stammen aus einem der besten Häuser Kataloniens und haben kein Geld. Ich bin dagegen reich, aber nicht von erlauchter Herkunft. Sollte es nicht möglich sein, das Gute, das wir beide haben, auszutauschen? Haben Sie Ihre Adelspatente bei sich?' Don Andrea bejahte. ‚Nun', erwiderte der Pächter, ‚wenn Sie sie mir anvertrauen wollen, so werde ich sie einem geschickten Genealogen übergeben, der sie bearbeiten und uns, ungeachtet unserer Vorfahren, zu Verwandten machen wird. Ich meinerseits werde Ihnen aus Dankbarkeit ein Geschenk von dreißigtausend Pistolen machen. Sind wir einig?' Don Andrea war von der Summe geblendet. Er nahm den Vorschlag

an, überließ seine Urkunden dem Pächter und kaufte mit dem Geld, das er dafür erhielt, ein ansehnliches Gut in Katalonien, auf dem er seitdem lebt.
Nun war sein jüngerer Bruder, der bei diesem Geschäft nichts gewonnen hat, gestern bei einem Gastmahl, wo zufällig die Rede auf Señor de Prada, Pächter der königlichen Domänen, kam. Dabei richtete eine Dame der Gesellschaft das Wort an den jungen Offizier und fragte ihn, ob er nicht mit diesem Pächter verwandt wäre. ‚Nein, meine Dame', antwortete er, ‚ich habe diese Ehre nicht, wohl aber mein Bruder.'"
Der Student lachte laut über diese schlagfertige Antwort, die er sehr lustig fand. Da ihm aber gleich darauf ein kleiner Mann auffiel, der einem Höfling sehr beflissen folgte, so rief er aus: „Mein Gott, wie viele Bücklinge macht der Kleine dort vor diesem Herrn! Zweifellos hat er ihn um eine Gnade zu bitten."
„Es ist wirklich der Mühe wert", erwiderte der Teufel, „daß ich Ihnen den Grund für diese Höflichkeitszeremonien sage. Der Kleine ist ein ehrbarer Bürger, der ein sehr schönes Landhaus in der Umgebung Madrids besitzt, und zwar in einer Gegend, in der es berühmte Mineralquellen gibt. Er hat dieses Haus für drei Monate kostenlos jenem Edelmann überlassen, der dort eine Brunnenkur machte. Der Bürger bittet in diesem Augenblick besagten Herrn sehr inständig, ihm bei einer günstigen Gelegenheit, die sich bietet, zu helfen, und der Herr lehnt sehr höflich ab, ihm diesen Dienst zu erweisen.
Ich darf mir nicht jenen Kavalier von plebejischer Herkunft entgehen lassen, der sich durch die Menge drängt und den vornehmen Herrn spielt. Er ist in kurzer Zeit durch Berechnung phantastisch reich geworden. In seinem Haus gibt es ebenso viele Bediente wie im Palais eines Granden, und seine Tafel übertrifft die eines Ministers an Erlesenheit und Fülle. Er hat eine Equipage für sich, eine andere für seine Frau und eine dritte für seine Kinder. In seinen Stallungen findet man die schönsten Maultiere und edelsten Pferde der Welt. Vor kurzem kaufte er ein herrliches Gespann, das der Infant von Spanien zu kostspielig gefunden hatte, und bezahlte es in bar."

„Welche Frechheit!“ sagte Leandro. „Wenn ein Türke diesen Kerl in einem solchen Wohlstand sähe, so würde er sicher annehmen, daß ihn schon bald harte Schicksalsschläge treffen werden.“
„Ich kenne die Zukunft nicht“, gestand Asmodeus, „aber ich kann nicht umhin, zu denken wie ein Türke.
Ach, was sehe ich?“ fuhr der Dämon sehr erstaunt fort. „Ich traue meinen Augen nicht! Ich erblicke in diesem Saal einen Dichter, der hier nicht sein sollte. Wie kann er es wagen, hier zu erscheinen, nachdem er durch seine Verse spanische Granden beleidigt hat? Offenbar macht er sich nichts aus der Verachtung, die sie für ihn haben.
Sehen Sie sich nun recht gut den ehrwürdigen Greis dort an, der auf seinen Stallmeister gestützt näher kommt. Sehen Sie, wie rücksichtsvoll alle zurücktreten, um ihm Platz zu machen? Es ist Don José de Reynaste und Ayala, der höchste Polizeirichter. Er kommt, um dem König zu berichten, was heute nacht in Madrid vorgefallen ist. Bewundern Sie diesen gütigen Greis!“
„Wahrhaftig“, sagte Zambullo, „er scheint ein guter Mensch zu sein.“
„Es wäre zu wünschen“, erwiderte der Hinkende, „daß alle Corregidore sich ihn zum Vorbild nähmen. Er gehört nicht zu jenen gewalttätigen Naturen, die nur aus Zorn und blinder Leidenschaft handeln, er läßt nie einen Menschen auf den bloßen Bericht eines Alguazils, Schreibers oder Beamten hin verhaften. Er weiß zu gut, daß solche Leute meistens eine käufliche Seele haben und fähig sind, schändlichen Mißbrauch mit seiner Macht zu treiben. Deshalb prüft er, wenn ein Angeklagter ins Gefängnis gebracht werden soll, die Anklageschrift so gründlich, bis er die Wahrheit entdeckt hat. Auch schickt er niemals Unschuldige ins Gefängnis. Er läßt nur die Schuldigen einsperren und überläßt sie nicht der Grausamkeit, die in unseren Gefängnissen herrscht; er sucht diese Unglücklichen auf und verhindert, daß man die Strenge des Gesetzes bis zur Unmenschlichkeit treibt.“
„Ein edler Charakter“, rief Leandro, „ein liebenswürdiger Sterblicher fürwahr! Ich wünschte, ich könnte hören, wie er mit dem König spricht.“
„Ich muß Ihnen, so leid es mir tut, gestehen“, entgegnete der

Teufel, „daß ich diesen weiteren Wunsch nicht erfüllen könnte, ohne mich einem Verweis auszusetzen. Vor den Herrschern darf ich nicht erscheinen. Das wäre ein Eingriff in die Rechte Leviathans, Belphegors und Astarots. Wie ich Ihnen schon gesagt habe, besitzen diese drei Geister allein das Recht, die Fürsten zu plagen. Den anderen Teufeln ist es verboten, an den Höfen zu erscheinen, und ich weiß nicht, woran ich gedacht habe, als ich mir einfallen ließ, Sie hierher zu führen. Ich muß gestehen, es war ein sehr verwegener Schritt. Wenn jene drei Teufel mich hier erblickten, so würden sie sich wütend auf mich stürzen, und im Vertrauen gesagt, ich würde dabei den kürzeren ziehen."
„Wenn dem so ist", erwiderte der Student, „dann wollen wir schnell dieses Schloß verlassen. Ich wäre todunglücklich, wenn ich zusehen müßte, wie Ihre Kumpane Sie verprügeln, ohne daß ich Ihnen helfen könnte. Denn wenn ich mich einmischte, so wären Sie, glaube ich, nicht besser daran."
„Nein, zweifellos nicht", antwortete Asmodeus. „Die anderen würden Ihre Schläge nicht fühlen, und Sie würden unter den ihrigen umkommen.
Aber", fügte er hinzu, „um Sie dafür zu trösten, daß ich Sie nicht in das Kabinett Ihres großen Monarchen einlassen kann, will ich Ihnen nun ein Vergnügen bereiten, das wohl das aufwiegt, um das Sie gebracht worden sind."
Nach diesen Worten nahm er Don Cleofas an der Hand und flog mit ihm zum Kloster der barmherzigen Brüder.

NEUNZEHNTES KAPITEL

Von den Freigelassenen

Sie ließen sich auf einem Haus in der Nähe dieses Klosters nieder, vor dessen Eingang ein großes Gedränge von Personen beiderlei Geschlechts herrschte. „Welche unübersehbare Menge!" rief Leandro Pérez. „Zu welcher Feier strömen hier so viele Menschen zusammen?"

„Zu einer Feier“, antwortete der Dämon, „wie Sie sie noch nie gesehen haben, obwohl sie hin und wieder in Madrid stattfindet. Dreihundert Sklaven, alle Untertanen des Königs von Spanien, werden sogleich eintreffen; sie kehren aus Algier zurück, wo die barmherzigen Brüder sie losgekauft haben. Alle Straßen, durch die sie ziehen werden, füllen sich schon mit Zuschauern.“

„Eigentlich“, erwiderte Zambullo, „bin ich nicht besonders neugierig auf ein solches Schauspiel; und wenn Eure Gnaden es mir vorbehält, so sollten Sie sich davon, offen gestanden, nicht viel Vergnügen für mich versprechen.“

„Ich kenne Sie zu gut“, entgegnete der Teufel, „als daß ich nicht wüßte, daß es für Sie keine Kurzweil ist, Unglückliche zu betrachten. Aber Sie müssen wissen, daß ich sie Ihnen nur zeigen will, um Ihnen die merkwürdigen Umstände, unter denen die einen in Gefangenschaft geraten sind, und die Schwierigkeiten, auf die die anderen bei ihrer Heimkehr stoßen werden, zu enthüllen. Ich bin also überzeugt, daß Sie über den Zeitvertreib, den ich Ihnen dadurch verschaffe, nicht ärgerlich sein werden.“

„Gewiß nicht“, antwortete der Student. „Was Sie mir da erzählen, gibt der Sache ein anderes Gesicht, und ich werde mich wirklich freuen, wenn Sie Ihr Versprechen erfüllen.“

Während sie so zusammen sprachen, hörten sie plötzlich lautes Geschrei, in das die Menge beim Anblick der Freigelassenen ausbrach, die in der folgenden Ordnung daherkamen: Sie gingen zu Fuß, immer zwei nebeneinander, in ihren Sklavenkleidern, und trugen jeder eine Kette auf der Schulter. Eine große Schar von Mönchen des Barmherzigkeitsordens, die ihnen entgegengezogen waren, ritt auf schwarzverhangenen Maultieren voraus, als handle es sich um einen Trauerzug, und einer der frommen Väter trug die Fahne des Ordens. Die jüngsten Freigelassenen bildeten die Spitze; die älteren folgten ihnen, und hinter diesen erschien auf einem kleinen Pferd ein Mönch desselben Ordens, der wie ein Prophet aussah. Es war der Vorsteher der Mission. Er lenkte die Aufmerksamkeit der Schaulustigen sofort auf sich, sowohl durch seinen feierlichen Ernst als auch durch einen langen grauen Bart, der ihm ein ehrwürdiges Aussehen gab; und im Gesicht dieses spanischen Moses las man die unaussprechliche Freude, die er empfand, weil er so viele Christen in ihr Vaterland zurückführen durfte.

„Diese ehemaligen Gefangenen“, sagte der Hinkende, „sind nicht alle gleich froh, die Freiheit wiedergefunden zu haben. Wenn unter ihnen auch einige sind, die sich freuen, bald ihre Angehörigen wiederzusehen, so fürchten doch andere, daß während ihrer Abwesenheit ihren Familien Dinge zugestoßen sind, die für sie schrecklicher seien als die Sklaverei.

Das gilt zum Beispiel für die beiden, die in der ersten Reihe gehen. Der eine, der aus der kleinen Stadt Velilla in Aragonien ist, hat zehn Jahre in der Knechtschaft der Türken verbracht, ohne Nachrichten von seiner Frau zu erhalten; er wird nun feststellen, daß sie zum zweitenmal verheiratet und Mutter von fünf Kindern ist, die nicht von ihm stammen. Der andere, der Sohn eines Wollhändlers in Segovia, wurde vor etwa vierzig Jahren von einem Korsaren entführt. Er fürchtet, daß in so vielen Jahren seine Familie sich gänzlich verändert habe, und seine Furcht ist nicht unbegründet. Seine Eltern sind gestorben, und seine Brüder, die das ganze Vermögen unter sich aufteilten, haben es durch schlechten Lebenswandel vergeudet.“

„Ich mustere gerade einen Sklaven“, sagte der Student, „und schließe aus seinem Gesichtsausdruck, daß er froh ist, nicht mehr der Bastonade ausgesetzt zu sein.“

„Der Gefangene, den Sie betrachten“, antwortete der Teufel, „hat allen Grund, sich über seine Befreiung zu freuen. Er weiß, daß eine Tante, deren einziger Erbe er ist, vor kurzem gestorben ist und daß er in den Besitz eines glänzenden Vermögens gelangen wird. Der Gedanke daran beschäftigt ihn aufs angenehmste und verleiht ihm das zufriedene Aussehen, das Sie an ihm bemerken.

Anders liegen die Dinge bei dem unglücklichen Kavalier, der an seiner Seite dahinschreitet. Eine schreckliche Unruhe quält ihn unaufhörlich, und zwar aus dem folgenden Grund: Als er auf der Überfahrt von Spanien nach Italien von einem Piraten aus Algier gefangengenommen wurde, liebte er eine Dame und wurde auch von ihr geliebt. Er fürchtet, daß die Treue seiner Schönen, während er in Ketten ging, nicht unerschütterlich geblieben ist.“

„War er lange Sklave?“ fragte Zambullo.
„Achtzehn Monate“, antwortete Asmodeus.
„Wahrhaftig“, entgegnete Leandro Pérez, „ich glaube, daß dieser Liebhaber sich einer grundlosen Furcht hingibt; er hat die Treue seiner Dame nicht lange genug auf die Probe gestellt, als daß er sich so sehr beunruhigen müßte.“
„Sie täuschen sich“, versetzte der Hinkende. „Sobald seine Prinzessin erfuhr, daß er in der Gefangenschaft der Barbaresken war, suchte sie sich einen anderen Geliebten.
Würden Sie annehmen“, fuhr der Dämon fort, „daß der Mann, der den beiden, die wir soeben beobachtet haben, unmittelbar folgt und den ein struppiger roter Bart so sehr entstellt, einmal ein recht hübscher Jüngling war? Nichts aber ist so wahr wie dies, und Sie erblicken in dieser häßlichen Gestalt den Helden einer sehr sonderbaren Geschichte, die ich Ihnen nun erzählen will.
Dieser stämmige Bursche heißt Fabricio. Er war etwa fünfzehn Jahre alt, als sein Vater, ein reicher Landwirt in Cinquecello, einem Marktflecken des Königreichs León, starb; und bald darauf verlor er auch seine Mutter. So gelangte er als einziger Erbe in den Besitz eines ansehnlichen Vermögens, dessen Verwaltung einem seiner Onkel, einem redlichen Mann, anvertraut wurde. Fabricio beendete nun sein Studium in Salamanca. Er lernte auch reiten und fechten; kurz, er vernachlässigte nichts, was dazu beitragen konnte, ihm Doña Hipólita, die Schwester eines kleinen Landjunkers, dessen Gut nur zwei Büchsenschuß weit von Cinquecello entfernt lag, gewogen zu machen.
Diese Dame war sehr schön und etwa so alt wie Fabricio, der sie seit seiner Kindheit kannte und sozusagen mit der Muttermilch die Liebe eingesogen hatte, von der sein Herz für sie erglühte. Hipólita hatte ihrerseits sehr wohl bemerkt, daß er ein hübscher Junge war; aber da sie wußte, daß er der Sohn eines Landwirts war, geruhte sie, ihn kaum zu beachten. Sie war unausstehlich in ihrem Hochmut, genau wie ihr Bruder Don Tomás de Xaral, der vielleicht an Armut und Adelsdünkel nicht seinesgleichen in Spanien hatte.
Dieser hochmütige Landjunker bewohnte ein Haus, das er sein Schloß nannte und das eigentlich nur eine Ruine war, die auf allen Seiten einzustürzen drohte. Aber obgleich ihm

seine Vermögensverhältnisse nicht erlaubten, dieses Haus wieder instand setzen zu lassen, und obgleich er kaum das Allernotwendigste zum Leben hatte, hielt er sich doch einen Kammerdiener und bewilligte seiner Schwester eine maurische Zofe.

Es war recht lustig anzusehen, wie Don Tomás an Sonn- und Feiertagen durch den Marktflecken stolzierte – nämlich in einem zerschlissenen karmesinroten Samtanzug und einem kleinen, mit einem gelben Federbusch geschmückten Hut, Kleidungsstücken, die er an den anderen Wochentagen wie Reliquien zu Hause aufbewahrte. In diesen alten Lumpen, die seines Erachtens ebenso viele Beweise für seine adlige Herkunft waren, spielte er den großen Herrn und glaubte die tiefen Verbeugungen, die man vor ihm machte, durch einen gnädigen Seitenblick ausreichend zu belohnen. Seine Schwester war in ihren uralten Adel ebenso vernarrt wie er und außerdem, wie um die Lächerlichkeit voll zu machen, so stolz auf ihre Schönheit, daß sie in der glorreichen Hoffnung lebte, irgendein Grande werde eines Tages um sie anhalten.

So waren die Charaktere des Don Tomás und seiner Schwester Hipólita. Fabricio wußte dies nur zu gut, und um sich bei zwei so hochnäsigen Personen beliebt zu machen, beschloß er, ihrer Eitelkeit durch scheinbare Ehrerbietung zu schmeicheln. Er machte seine Sache so geschickt, daß die Geschwister schließlich meinten, es wäre ganz in der Ordnung, wenn er ihnen in ihrem Hause häufig seine Huldigungen darbrächte. Da ihm ihre Armut ebensogut bekannt war wie ihr Dünkel, geriet er jeden Tag in die Versuchung, ihnen seine volle Geldbörse anzubieten; aber die Befürchtung, dadurch ihren Hochmut gegen sich aufzubringen, hielt ihn immer wieder davon ab. Seine findige Großmut entdeckte jedoch Mittel und Wege, den beiden zu helfen, ohne sie zu beschämen. ‚Mein Herr', sagte er eines Tages unter vier Augen zu dem Junker, ‚ich habe zweitausend Dukaten in Verwahrung zu geben. Seien Sie so freundlich, sie für mich aufzubewahren. Dafür wäre ich Ihnen sehr dankbar.'

Man braucht nicht zu fragen, ob Xaral darauf einging. Es fehlte ihm nicht nur an Geld; er war auch der geborene Treuhänder. Er nahm die Summe gern in Verwahrung, und sobald er sie in den Händen hatte, verwendete er ohne weiteres einen ansehnlichen Teil von ihr, um sein Haus wieder instand setzen zu lassen und sich mancherlei kleine Bequemlichkeiten zu gönnen. Ein neuer Anzug von sehr schönem blauem Samt wurde in Salamanca bestellt und angefertigt, und ein gruner Federbusch, den er dort kaufte, brachte den alten gelben Federbusch um den Ruhm, seit undenklicher Zeit das edle Haupt des Don Tomás geschmückt zu haben. Die schöne Hipólita erhielt auch ihren Anteil und wurde vortrefflich ausstaffiert. So verschwendete Xaral die ihm anvertrauten Dukaten, ohne zu bedenken, daß sie nicht ihm gehörten und daß er wohl nie in der Lage wäre, sie zurückzugeben. Er machte sich darüber keine Gewissensbisse. Er glaubte sogar, es wäre gerecht, daß ein Ackerbürger die Ehre des Umgangs mit einem Edelmann bezahle.

Fabricio hatte dies sehr wohl vorausgesehen, sich aber zugleich mit der Hoffnung geschmeichelt, daß Don Tomás um des Geldes willen freundschaftlich mit ihm verkehren und Hipólita sich nach und nach daran gewöhnen würde, mit Wohlwollen seine Huldigungen hinzunehmen. Vielleicht würde sie ihm schließlich sogar verzeihen, daß er gewagt hatte, in Gedanken seine Augen bis zu ihr zu erheben. Tatsächlich hatte er jetzt freieren Zutritt zu den beiden; sie erwiesen ihm auch mehr Freundlichkeiten als früher. Ein reicher Mann findet in den Augen der Großen immer Gnade, wenn er sich als melkende Kuh für sie hergibt. Sobald Xaral und seine Schwester, die bisher den Reichtum nur dem Namen nach gekannt hatten, die Annehmlichkeiten desselben zu fühlen bekamen, waren sie der Meinung, daß Fabricio eine rücksichtsvolle Behandlung wohl verdiene. Die Aufmerksamkeiten und Gefälligkeiten, die sie ihm nun erwiesen, entzückten ihn. Er nahm an, daß seine Person ihnen nicht mißfiel. Sicher hatten sie sich im stillen gesagt, daß täglich Edelleute gezwungen wären, zu bürgerlichen Verbindungen Zuflucht zu nehmen, um ihren Adel aufrechtzuerhalten. In dieser Meinung, die seiner Liebe schmeichelte, beschloß er, um Hipólita anzuhalten.

Bei der ersten günstigen Gelegenheit, die sich für eine Aussprache mit Don Tomás bot, sagte er ihm, es wäre sein sehnlichster Wunsch, sein Schwager zu werden; um dieser Ehre willen wolle er ihm nicht nur die ihm anvertraute Summe überlassen, sondern ihm obendrein noch ein Geschenk von tausend Pistolen machen. Der stolze Xaral errötete bei diesem Vorschlag, der seinen Hochmut herausforderte, und in der ersten Aufwallung des Zorns hätte er beinahe die Verachtung, die er für den Bauernsohn empfand, durchblicken lassen. Aber so empört er auch über die Frechheit Fabricios war, so beherrschte er sich doch und gab ihm ohne eine Spur von Geringschätzung zur Antwort, daß er in einer so wichtigen Angelegenheit nicht sofort entscheiden könnte; auch wäre es angebracht, Hipólita vorher zu befragen und eine Art Familienrat einzuberufen.

Mit diesem Bescheid entließ er den Freier und berief dann tatsächlich einen Familienrat ein. Dieser bestand aus einigen Hidalgos in der Nachbarschaft, die mit ihm verwandt und alle in den Hidalgotitel ebenso vernarrt waren wie er selbst. Er beriet mit ihnen, aber nicht etwa, um sie zu fragen, ob sie der Ansicht wären, er solle seine Schwester Fabricio zur Frau geben, sondern vielmehr, um zu überlegen, wie man diesen unverschämten Burschen strafen sollte, der trotz seiner niedrigen Herkunft wagte, nach dem Besitz eines Mädchens vom Range Hipólitas zu trachten.

Als er der Versammlung diese Frechheit dargelegt hatte, da hätten Sie sehen müssen, wie bei dem bloßen Namen Fabricio, Sohn eines Landwirts, die Augen aller dieser Edelleute vor Wut funkelten. Jeder speit Feuer und Flammen gegen den Verwegenen; alle sind sich einig darüber, daß er unter Stockschlägen umkommen müsse, um so die Schmach, die er ihrer Familie durch einen so schimpflichen Heiratsantrag angetan, zu sühnen. Nachdem man sich aber die Sache reiflicher überlegt hatte, faßte der Familienrat den Beschluß, den Schuldigen am Leben zu lassen, ihm aber einen gehörigen Denkzettel zu erteilen, den er so bald nicht vergessen würde.

Man schlug verschiedene boshafte Streiche vor und einigte sich schließlich auf den folgenden: Hipólita sollte so tun, als ob ihr Fabricios Zuneigung zu Herzen ginge, und ihm unter dem Vorwand, daß sie den unglücklichen Freier über Tomás' Weigerung, ihn zum Schwager zu nehmen, trösten wollte, nachts ein Stelldichein im Schloß gewähren; doch sobald ihn

die maurische Zofe eingelassen hätte, sollten Aufpasser ihn mit ihr überraschen und unter Anwendung von Gewalt zwingen, sie zu heiraten.
Die Schwester Xarals gab sich zunächst willig zu dieser Niederträchtigkeit her; denn sie meinte, ihre Ehre verlange, die Werbung eines Mannes von so niedrigem Stande als Beleidigung anzusehen. Aber diese hochmütige Haltung wich bald Regungen des Mitleids, oder richtiger gesagt: Die Liebe ergriff plötzlich die stolze Hipólita.
Seitdem sah sie die Dinge in einem anderen Licht. Sie fand, daß die dunkle Herkunft Fabricios durch seine guten Eigenschaften aufgewogen wurde, und erblickte in ihm nur noch einen Kavalier, der ihrer vollen Zuneigung durchaus würdig war. Staunen Sie, Herr Student, über die seltsame Verwandlung, welche die Liebesleidenschaft zu bewirken vermag! Dasselbe Mädchen, das sich eingebildet hatte, daß nicht einmal ein Fürst sie zu besitzen verdiene, verliebt sich im Nu in einen Bauernsohn und ist nun glücklich über seine Werbungen, die sie vorher als einen Schimpf betrachtet hat.
Sie überließ sich ganz der Neigung, die sie hinriß, und dachte nicht mehr daran, der Rache ihres Bruders Vorschub zu leisten, sondern verständigte sich heimlich mit Fabricio, und zwar mit Hilfe der maurischen Zofe, die ihn zuweilen nachts in das verfallene Haus einließ. Don Tomás aber ahnte etwas von diesen Vorgängen; seine Schwester wurde ihm verdächtig; er beobachtete sie und überzeugte sich mit seinen eigenen Augen davon, daß sie die Pläne der Familie nicht förderte, sondern verriet. Sofort unterrichtete er davon zwei seiner Vettern, die bei dieser Mitteilung Feuer fingen und schrien: ‚Rache, Don Tomás, Rache!‘ Xaral, der keines weiteren Ansporns bedurfte, um eine derartige Beleidigung zu ahnden, sagte mit spanischer Bescheidenheit zu ihnen, sie würden bald sehen, welchen Gebrauch er von seinem Degen zu machen wisse, wenn es sich darum handle, seine Ehre zu rächen. Dann bat er die beiden, sich an einem bestimmten Tage bei Einbruch der Dunkelheit in seinem Hause einzufinden.
Sie erschienen sehr pünktlich. Er ließ sie ein und versteckte sie in einer kleinen Kammer, ohne daß irgend jemand im Haus es bemerkte. Dann verließ er sie mit der Bemerkung,

daß er zu ihnen zurückkehren würde, sobald der Liebhaber im Schloß wäre – vorausgesetzt, daß er heute nacht überhaupt käme. Dies geschah denn auch, da der Unstern unseres Liebespaars gewollt hatte, daß sie gerade diese Nacht für eine Zusammenkunft wählten.

Don Fabricio war nun bei seiner teuren Hipólita. Sie begannen sich Dinge zu sagen, die sie sich schon hundertmal gesagt hatten, die aber immer, sooft man sie auch wiederholen mag, den Reiz der Neuheit haben. Da wurden sie plötzlich sehr unsanft von den Kavalieren gestört, die auf der Lauer lagen, um sie zu überraschen. Don Tomás und seine Vettern stürzten sich zu dritt – sehr mutig fürwahr! – auf Fabricio, der gerade noch Zeit hatte, in Verteidigungsstellung zu gehen. Da er aus ihrem Verhalten entnahm, daß sie ihn umbringen wollten, wehrte er sich verzweifelt mit seinem Degen. Er verwundete alle drei, erreichte dann, ihnen immer die Spitze seines Degens entgegenhaltend, glücklich die Tür und entkam.

Als Xaral sah, daß ihm sein Feind entronnen war, nachdem er ungestraft sein Haus entehrt hatte, entlud sich seine Wut gegen die unglückliche Hipólita. Er stieß ihr den Degen ins Herz. Seine beiden Vettern aber, durch den Mißerfolg ihres Komplotts tief gedemütigt, kehrten mit ihren Wunden nach Hause zurück.

Lassen wir es vorerst dabei bewenden“, fuhr Asmodeus fort. „Wenn wir alle anderen Freigelassenen haben vorbeiziehen sehen, werde ich die Geschichte dieses Unglücklichen beenden. Ich werde Ihnen dann erzählen, wie die Justiz anläßlich dieses traurigen Ereignisses sein ganzes Vermögen beschlagnahmte und wie er auf einer Seefahrt das Unglück hatte, in die Sklaverei zu geraten.“

„Während Sie mir diese Geschichte erzählten“, sagte Don Cleofas, „fiel mir unter jenen Unglücklichen ein junger Mann auf, der so traurig und niedergeschlagen aussah, daß ich Sie beinahe unterbrochen hätte, um Sie nach dem Grund seiner Niedergeschlagenheit zu fragen.“

„Sie sollen ihn erfahren“, antwortete der Dämon. „Ich will sogleich Ihre Neugierde befriedigen. Dieser Freigelassene, dessen Niedergeschlagenheit Ihnen auffiel, stammt aus einer vornehmen Familie zu Valladolid. Er war zwei Jahre lang

Sklave bei einem Herrn, der eine sehr hübsche Frau hat. Sie liebte leidenschaftlich diesen Sklaven, der ihre Liebe ebenso leidenschaftlich erwiderte. Sein Gebieter, der dies ahnte, verkaufte schleunigst den Christen, damit er nicht in seinem Hause für weitere Vermehrung der Türken sorge. Der zärtliche Kastilier beweint seitdem unaufhörlich den Verlust seiner Gebieterin; die Freiheit vermag ihn darüber nicht zu trösten."

„Ein gütig aussehender Greis", sagte Leandro Pérez, „fesselt nun meine Blicke. Wer ist dieser Mann?"

„Das ist ein Barbier aus Guipúzcoa", antwortete der Teufel. „Nach vierzigjähriger Gefangenschaft kehrt er in seine Heimat Biskaya zurück. Als er auf der Überfahrt von Valencia nach der Insel Sardinien in die Gewalt eines Korsaren geriet, hatte er eine Frau, zwei Knaben und eine Tochter. Geblieben ist ihm nur ein Sohn, der soeben aus Peru, wo er mehr Glück hatte als sein Vater, mit unermeßlichen Reichtümern in sein Vaterland zurückgekehrt ist, wo er zwei schöne Landgüter erworben hat."

„Welche Freude!" meinte der Student. „Wie glücklich muß dieser Sohn sein, wenn er seinen Vater wiedersieht und zudem in der Lage ist, ihm einen angenehmen und ruhigen Lebensabend zu bereiten!"

„Sie sprechen wie ein gefühlvoller und zärtlicher Sohn", erwiderte der Hinkende. „Aber der Sohn des biskayischen Barbiers ist von Natur ein Geizhals. Die unerwartete Heimkehr seines Vaters dürfte ihm eher Verdruß als Freude bereiten. Anstatt ihn in seinem Haus zu Guipúzcoa zu behalten und es an nichts fehlen zu lassen, um ihm zu beweisen, wie froh er ist, ihn bei sich zu haben, wird er ihn wahrscheinlich zum Vogt auf einem seiner Güter machen.

Hinter diesem Freigelassenen, dessen Gesicht Ihnen so gütig erscheint, geht ein anderer, der haargenau einem alten Affen gleicht. Es ist ein kleiner Landarzt aus Aragonien. Er war kaum vierzehn Tage in Algier. Sobald die Türken erfuhren, welchen Beruf er ausübte, wollten sie ihn nicht länger bei sich behalten. Sie überließen ihn lieber ohne Lösegeld den barmherzigen Brüdern, die ihn gewiß nicht losgekauft hätten und die ihn nur ungern nach Spanien zurückgebracht haben.

Ach, wie würden Sie, der Sie soviel Mitgefühl für die Not der anderen haben, jenen Freigelassenen mit dem braunen Käppchen auf dem kahlgeschorenen Kopf beklagen, wenn Sie wüßten, welche Qualen er in Algier zwölf Jahre lang bei einem englischen Renegaten, seinem Herrn, ausgestanden hat!"

„Wer ist dieser bedauernswerte Mensch?" fragte Zambullo.

„Das ist ein Franziskaner aus Navarra", antwortete der Dämon. „Ich muß Ihnen gestehen: Ich bin eigentlich froh, daß er so viel durchgemacht hat, denn durch seine Moralpredigten hat er mehr als hundert christliche Sklaven davon abgehalten, nach dem Turban zu greifen."

„Ich aber", erwiderte Don Cleofas, „gestehe Ihnen mit derselben Offenheit, daß ich sehr traurig bin, weil dieser gute Pater so lange der Willkür eines Barbaren ausgeliefert war."

„Sie haben keinen Grund, betrübt zu sein, und ich keinen Grund, mich zu freuen", entgegnete Asmodeus. „Dieser gute Mönch hat aus seinen zwölf Leidensjahren so viel Nutzen gezogen, daß er nun besser daran ist, als wenn er in seiner Zelle gegen Versuchungen gekämpft hätte, denen er vielleicht nicht immer hätte widerstehen können."

„Der nächste Freigelassene hinter diesem Franziskaner", sagte Leandro Pérez, „sieht für einen Mann, der aus der Sklaverei zurückkommt, merkwürdig gelassen aus. Es reizt mich, Sie zu fragen, wer dieser Mann ist."

„Sie kommen mir zuvor", erwiderte der Hinkende, „ich wollte Sie gerade auf ihn aufmerksam machen. Sie sehen in ihm einen Bürger Salamancas, einen unglücklichen Vater, einen Sterblichen, der so viel Leid durchgemacht hat, daß er dagegen unempfindlich geworden ist. Ich komme in die Versuchung, Ihnen seine tragische Geschichte zu erzählen und die übrigen Freigelassenen ihres Weges ziehen zu lassen. Auch sind unter ihnen nur noch wenige, deren Erlebnisse wert wären, Ihnen erzählt zu werden."

Der Student, den es nachgerade schon verdroß, so viele traurige Gestalten an sich vorbeischreiten zu sehen, ließ durchblicken, daß er sich nichts Besseres wünschen könnte. Sogleich erzählte ihm der Teufel also die in dem folgenden Kapitel enthaltene Geschichte.

ZWANZIGSTES KAPITEL

Von der letzten Geschichte, die Asmodeus erzählte, und wie zum Schluß der Dämon plötzlich unterbrochen und in schmerzlicher Weise von Don Cleofas getrennt wurde

„Nachdem Pablo de Bahabón, der Sohn eines Dorfalkalden in Altkastilien, mit einem Bruder und einer Schwester das kleine Erbe geteilt hatte, das ihnen ihr Vater, einer der geizigsten Väter der Welt, hinterlassen hatte, reiste er nach Salamanca ab, um die Zahl der an dieser Universität Studierenden zu vermehren. Er war gut gewachsen, hatte Geist und ging damals in sein dreiundzwanzigstes Lebensjahr.
Mit den tausend Dukaten, die er besaß, und dem Hang, sie in kurzer Zeit durchzubringen, machte er in der Stadt bald von sich reden. Alle jungen Leute eiferten um die Wette, ihn zum Freund zu gewinnen; denn es war die Frage, wer an den Lustbarkeiten, die Don Pablo jeden Tag veranstaltete, teilnehmen dürfte. Ich sage ‚Don', weil er sich diesen Titel zugelegt hatte, um mit Studenten, deren Adel ihn sonst vielleicht gezwungen hätte, sich zurückzuhalten, vertraulicher verkehren zu können. Er liebte die Fröhlichkeit und gutes Essen so sehr und schonte seine Börse so wenig, daß ihm schon nach fünfzehn Monaten das Geld ausging; doch lebte er weiter in den Tag hinein, sowohl von dem Kredit, den man ihm gewährte, als auch von den Pistolen, die er sich borgte; aber das konnte kein gutes Ende nehmen, und so war er bald völlig mittellos.
Als seine Freunde sahen, daß er auf dem trocknen saß, hörten sie auf, ihn zu besuchen, und seine Gläubiger begannen ihm zuzusetzen. Obwohl er ihnen versicherte, daß er demnächst eine Geldüberweisung aus seiner Heimat erhalten würde, riß doch einigen von ihnen die Geduld, und sie verfolgten ihn bei Gericht so hartnäckig, daß er nahe daran war, im Gefängnis zu landen. Da begegnete er am Tormesfluß einem Bekannten, der zu ihm sagte: ‚Don Pablo, nehmen Sie sich in acht. Ich mache Sie darauf aufmerksam, daß ein Al-

guacil und seine Häscher Ihnen auf den Fersen sind. Sie wollen Sie festnehmen, wenn Sie in die Stadt zurückkehren.'

Bahabón erschrak bei dieser Nachricht, die nur zu gut seinen Verhältnissen entsprach, ergriff sofort die Flucht und schlug den Weg nach Corita ein; doch verließ er unterwegs die zu diesem Marktflecken führende Landstraße, um einen Wald zu erreichen, den er in der Ferne erblickte, und verschwand in ihm, fest entschlossen, sich in ihm so lange verborgen zu halten, bis er nachts im Schutze der Dunkelheit seinen Weg sicherer fortsetzen könnte. Es war die Jahreszeit, in der die Bäume im vollen Schmuck ihrer Blätter prangen. Er suchte also den am dichtesten belaubten Baum aus, um ihn zu erklettern, und ließ sich auf Ästen nieder, die ihn mit ihrem Laub einhüllten.

Da er sich an diesem Ort wohlgeborgen glaubte, verlor er allmählich die Furcht vor dem Alguacil, und da die Menschen gewöhnlich die erbaulichsten Betrachtungen der Welt anstellen, wenn sie Fehler begangen haben, so hielt er sich seinen schlechten Lebenswandel vor Augen und versprach sich hoch und heilig, einen besseren Gebrauch von seinem Geld zu machen, wenn er überhaupt wieder zu Geld kommen sollte. Er schwor sich vor allem, daß er sich nie mehr von falschen Freunden würde hereinlegen lassen – Schmeichlern, die einen jungen Mann zur Ausschweifung verleiten und deren Freundschaft mit dem Dunst des Weins verfliegt.

Während er so verschiedenen Gedanken nachhing, die ihm durch den Kopf gingen, brach die Nacht herein. Als er sich nun aus den Zweigen und Blättern, die ihn verbargen, herauswand und gerade am Baumstamm herabgleiten wollte, da glaubte er im bleichen Schein des Neumonds die Gestalt eines Mannes zu erkennen. Bei diesem Anblick, der ihm wieder Furcht einflößte, bildete er sich zunächst ein, es wäre der Alguacil, der ihm auf der Spur sei und ihn in diesem Wald suche. Seine Angst wuchs, als er sah, wie am Fuß des Baumes, auf dem er saß, jener Mann sich niederließ, nachdem er zwei- oder dreimal um denselben herumgegangen war."

Der hinkende Teufel hielt an dieser Stelle seiner Erzählung inne und sagte zu Don Cleofas: „Herr Zambullo, ich darf mich wohl ein wenig an der Aufregung weiden, in die ich Ihr

Gemüt in diesem Augenblick versetze. Sie möchten zu gern wissen, wer jener Unbekannte war, der sich dort zu so ungelegener Zeit einfand, und was ihn dorthin führte. Sie sollen es sofort erfahren. Ich will Ihre Geduld nicht länger auf die Folter spannen.

Nachdem dieser Mann sich am Fuß des Baumes, dessen dichtes Laub Don Pablo seinen Blicken verbarg, niedergelassen hatte, ruhte er eine Weile aus. Dann begann er mit einem Dolch den Boden aufzuwühlen und ein tiefes Loch zu graben, in das er einen Lederbeutel versenkte. Schließlich schüttete er die Grube wieder zu, bedeckte sie flink mit Rasen und entfernte sich. Bahabón, der alles sehr aufmerksam beobachtet hatte und dessen Unruhe sich in helle Freude verwandelte, wartete, bis der Mann verschwunden war, kletterte dann von seinem Baum herunter und grub den Beutel aus, der zweifellos Gold oder Silber enthielt. Er bediente sich hierbei seines Messers; aber wenn er kein Messer bei sich gehabt hätte, so hätte er bei dem Feuereifer, mit dem er an die Arbeit ging, wohl auch mit den bloßen Händen das Erdreich tief genug durchwühlt.

Sobald er im Besitz des Beutels war, begann er ihn zu befühlen, und als er sich überzeugt hatte, daß Münzen in ihm enthalten waren, verließ er mit seiner Beute eiligst den Wald. Er fürchtete freilich weniger ein Zusammentreffen mit dem Alguacil als eine Begegnung mit dem Mann, dem der Beutel gehörte. In der Begeisterung über den glücklichen Fund, den er gemacht, ging der Student leichten Fußes die ganze Nacht hindurch, ohne einen bestimmten Weg zu verfolgen und ohne unter der Last, die er trug, Müdigkeit oder Unbehagen zu empfinden. Bei Tagesanbruch machte er unter Bäumen in der Nähe des Dorfes Molorido halt, allerdings weniger um auszuruhen als um endlich seine Neugierde zu befriedigen und festzustellen, was sein Beutel wirklich enthielt. Er band ihn also auf – mit jenem Wonneschauer, der uns überrieselt, wenn wir eine große Freude erleben. Er fand darin schöne Doppelpistolen und zählte, um sein Glück voll zu machen, etwa zweihundertfünfzig.

Nachdem er sie mit Hochgenuß betrachtet hatte, überlegte er ernstlich, was er mit ihnen anfangen sollte; und als er seinen Entschluß gefaßt hatte, steckte er die Goldstücke in

seine Taschen, warf den Lederbeutel weg und machte sich auf den Weg nach Molorido. Dort ließ er sich ein Gasthaus zeigen, in dem er, während man das Frühstück für ihn zubereitete, einen Maulesel mietete, auf dem er noch an demselben Tag nach Salamanca zurückritt.
Aus dem Erstaunen, das man an den Tag legte, als man ihn zurückkehren sah, entnahm er, daß man wußte, warum er so plötzlich verschwunden war; aber er hatte sich schon sein Märchen zurechtgelegt. Er erzählte, er wäre in Geldverlegenheit geraten, und da man ihm aus seinem Dorf kein Geld geschickt hätte, obwohl er es zwanzigmal angefordert habe, so hätte er beschlossen, es selbst zu holen. Als er gestern abend in Molorido angekommen sei, habe er einen Pächter getroffen, der ihm gerade Geld bringen wollte, und so sei er jetzt in der Lage, alle diejenigen, die angenommen hätten, er sei völlig ohne Mittel, eines Besseren zu belehren. Er wolle seinen Gläubigern, fügte er hinzu, klarmachen, wie unrecht es von ihnen gewesen sei, einen ehrlichen Menschen bis zum äußersten zu treiben; denn er hätte sie schon längst zufriedengestellt, wenn ihm zuverlässigere Pächter seine Einkünfte pünktlicher überwiesen hätten.
Er versäumte nicht, schon am nächsten Morgen alle seine Gläubiger zu sich zu bestellen, und bezahlte sie bis auf den letzten Heller. Sobald die Freunde, die ihn in seiner Not verlassen hatten, hörten, daß er wieder im Geld schwimme, fanden sie sich alle wieder ein und schmeichelten ihm wie früher in der Hoffnung, nun wieder ein vergnügtes Leben auf seine Kosten zu führen; aber er machte sich jetzt seinerseits über sie lustig. Getreu dem Schwur, den er in jenem Wald geleistet hatte, machte er endgültig Schluß mit ihnen. Anstatt seinen früheren Lebenswandel wiederaufzunehmen, dachte er nur daran, Fortschritte in der Jurisprudenz zu machen, und ging ganz in seinem Studium auf.
Aber, so werden Sie einwenden, er gab doch immer noch mit vollen Händen Goldstücke aus, die nicht ihm gehörten. Zugegeben: er tat, was die meisten Menschen in einem solchen Falle auch heute tun würden. Zwar beabsichtigte er das Geld eines Tages zurückzugeben, wenn er zufällig entdecken sollte, wem es gehörte; doch im Vertrauen auf diese gute Absicht verbrauchte er es unbedenklich und wartete geduldig auf

jene Entdeckung, die er aber erst nach einem Jahr machte.
In Salamanca ging damals das Gerücht um, daß ein Bürger dieser Stadt, ein gewisser Ambrosio Piquillo, aus einem Wald einen Beutel voller Goldstücke, den er dort vergraben hatte, holen wollte, aber nur noch die leere Grube fand, in der er ihn aus Vorsicht versteckt hatte, und daß dieses Unglück schließlich den bedauernswerten Mann an den Bettelstab brachte.
Zum Lobe Bahabóns muß ich sagen, daß die heimlichen Vorwürfe, die ihm sein Gewissen bei dieser Nachricht machte, nicht unnütz waren. Er erkundigte sich, wo Ambrosio wohnte, und suchte ihn in seiner kleinen niedrigen Stube auf, in der nur ein Stuhl und ein armseliges Bett standen. ‚Mein Freund', sagte er mit scheinheiliger Miene zu ihm, ‚mir ist das bedauerliche Unglück, das Ihnen zugestoßen ist, zu Ohren gekommen; und da die Nächstenliebe uns verpflichtet, einander zu helfen, soweit es in unseren Kräften steht, so komme ich, Ihnen eine kleine Unterstützung anzubieten; doch möchte ich Ihre traurige Geschichte von Ihnen selbst hören.'
‚Mein Herr', antwortete Piquillo, ‚ich will sie Ihnen kurz erzählen. Ich hatte einen Sohn, der mich bestahl; ich bemerkte es und fürchtete, er könnte sich an einem Lederbeutel, in dem zweihundertfünfzig Dublonen waren, vergreifen. Ich nahm an, daß ich nichts Besseres tun könnte, als ihn in einem Wald zu vergraben, zu dem ich ihn auch unvorsichtigerweise trug. Seit diesem Unglückstag hat mir mein Sohn alles, was ich besaß, genommen und ist mit einem Weibsbild, das er entführte, spurlos verschwunden. Als ich mich nun in jener traurigen Lage sah, in die mich die Liederlichkeit dieses mißratenen Sohnes oder vielmehr meine törichte Gutmütigkeit ihm gegenüber gebracht hatte, wollte ich zu meinem Lederbeutel Zuflucht nehmen; aber ach – dieser letzte Rückhalt, der einzige, den ich noch hatte, um mein Leben zu fristen, war mir von einer grausamen Hand geraubt worden.'
Der Mann konnte nicht zu Ende sprechen, ohne zu fühlen, wie sein Kummer wieder erwachte, und brach in Tränen aus. Don Pablo wurde dadurch gerührt und sagte zu ihm: ‚Mein lieber Ambrosio, wir müssen uns über alle Widerwärtigkei-

ten hinwegsetzen, die uns im Leben zustoßen. Ihre Tränen sind nutzlos, sie werden Ihnen Ihre Goldstücke nicht wieder verschaffen; diese sind für Sie unwiederbringlich verloren, wenn irgendein Spitzbube sie sich angeeignet hat. Aber kann man's wissen? Vielleicht sind sie in die Hände eines ehrlichen Menschen geraten, der nicht unterlassen wird, sie Ihnen zurückzugeben, wenn er erfährt, daß sie Ihnen gehören. Vielleicht bekommen Sie sie also wieder; trösten Sie sich mit dieser Hoffnung. Hier', fügte er hinzu und gab ihm zehn Dublonen von denen, die er in dem Lederbeutel gefunden hatte, ,nehmen Sie einstweilen – in Erwartung einer so gerechten Rückgabe – dieses Geld und besuchen Sie mich in acht Tagen.' Nachdem er so zu ihm gesprochen, nannte er ihm seinen Namen und seine Adresse und ging davon – ganz zerknirscht durch Ambrosios Danksagungen und die Segenswünsche, die ihm dieser auf den Weg mitgab. So sind die großmütigen Handlungen meistens; man würde sich hüten, sie zu bewundern, wenn man ihre Beweggründe durchschaute.
Nach acht Tagen suchte Piquillo, der nicht vergessen hatte, was ihm sein Wohltäter ans Herz gelegt, Don Pablo auf. Bahabón empfing ihn recht freundlich und sagte gütig zu ihm: ,Mein Freund, ich habe auf Grund der guten Auskünfte, die man mir über Sie gegeben hat, beschlossen, mein möglichstes zu tun, um Ihnen wieder auf die Beine zu helfen. Ich will dafür meinen Einfluß und meine Geldbörse verwenden.
Wissen Sie', fuhr er fort, ,was ich bereits getan habe, um Ihre Verhältnisse wieder in Ordnung zu bringen? Ich kenne mehrere hohe Persönlichkeiten, die sehr wohltätig sind; ich bin zu ihnen gegangen und haben ihnen so viel Mitleid für Sie eingeflößt, daß ich von ihnen zweihundert Taler erhalten habe, die ich Ihnen nun übergeben will.' Dann ging er in sein Arbeitszimmer, aus dem er gleich darauf mit einem Leinenbeutel zurückkam, in den er diese Geldsumme gelegt hatte, aber wohlweislich in Silber, nicht in Goldstücken, da er fürchtete, der Bürger könnte, wenn er von ihm so viele Dublonen erhielte, die Wahrheit ahnen. Dank dieser Vorsicht erreichte er um so sicherer seinen Zweck, der darin bestand, das Geld in einer Weise zurückzuerstatten, die seinen

guten Ruf mit seinem Gewissen wieder in Einklang brächte.
Übrigens dachte Ambrosio nicht im entferntesten daran, daß diese Taler vielleicht sein ihm zurückerstattetes Geld wären. Er hielt sie wahrhaftig für den Ertrag einer zu seinen Gunsten veranstalteten Sammlung, und nachdem er sich noch einmal bei Don Pablo bedankt hatte, kehrte er in seine niedrige kleine Stube zurück und dankte dem Himmel dafür, daß er einen Kavalier gefunden hatte, der an ihm einen so lebhaften Anteil nahm.
Am folgenden Tag begegnete er auf der Straße einem seiner Freunde, dem es nicht besser ging als ihm und der zu ihm sagte: ‚Ich reise in zwei Tagen nach Cádiz ab, wo demnächst ein Schiff nach Neuspanien absegeln soll. Ich bin mit meiner Lage hierzulande nicht zufrieden, und mein Gefühl sagt mir, daß ich in Mexiko mehr Glück haben werde. Ich würde Ihnen raten, mich zu begleiten, wenn Sie wenigstens hundert Taler besäßen.‘
‚Es würde mir nicht schwerfallen, mir sogar zweihundert zu verschaffen‘, antwortete Piquillo. ‚Ich würde diese Reise gern unternehmen, wenn ich sicher wäre, in Westindien mein Brot verdienen zu können.‘ Hierauf pries ihm sein Freund die Fruchtbarkeit Neuspaniens und zeigte ihm so viele Möglichkeiten, wie man dort reich werden könnte, daß er sich überreden ließ und nur noch daran dachte, alles für die Reise nach Cádiz vorzubereiten. Aber bevor er Salamanca verließ, schrieb er an Bahabón einen Brief, in dem er ihm mitteilte, daß er eine günstige Gelegenheit zur Überfahrt nach Westindien benutzen wolle, um zu sehen, ob ihm das Glück anderswo holder sei als in seinem Vaterland; er erlaube sich, ihn davon zu benachrichtigen, und versichere ihm, daß er die Erinnerung an seine Güte immer bewahren werde.
Die Abreise Ambrosios bereitete Don Pablo einigen Kummer, denn sie durchkreuzte seine Absicht, nach und nach seine Schuld zu tilgen. Aber in dem Gedanken, daß jener Bürger vielleicht in einigen Jahren nach Salamanca zurückkehren würde, tröstete er sich im stillen und widmete sich um so eifriger dem Studium des bürgerlichen und kanonischen Rechts. Dank seinem Fleiß und seiner leichten Auf-

fassungsgabe machte er so große Fortschritte, daß er das hervorragendste Mitglied der Universität wurde, die ihn schließlich zu ihrem Rektor wählte. Er begnügte sich nicht damit, diese Würde durch gründliches Wissen zu behaupten, sondern arbeitete auch an sich selbst so emsig weiter, daß er sich alle Tugenden eines vortrefflichen Menschen erwarb.
Während seines Rektorats erfuhr er, daß sich in den Gefängnissen Salamancas ein junger Mann befände, der eine Frau entführt hätte und bald zum Tode verurteilt werden sollte. Da erinnerte er sich, daß der Sohn Piquillos eine Frau entführt hatte, und erkundigte sich, ob er der Gefangene sei; und als er festgestellt hatte, daß es wirklich der Sohn Ambrosios war, übernahm er seine Verteidigung. Das Wunderbare an der Rechtswissenschaft ist, daß sie uns sowohl Argumente als Gegenargumente liefert; und da unser Rektor sie gründlich beherrschte, nutzte er sie trefflich zugunsten des Angeklagten aus. Allerdings machte er auch den Einfluß seiner Freunde und die besten Empfehlungen geltend, die mehr bewirkten als alles übrige.
Der Schuldige ging also aus diesem Prozeß völlig makellos hervor. Er suchte seinen Retter auf und bedankte sich bei ihm, worauf dieser zu ihm sagte: ‚Ich habe Ihnen diesen Dienst im Gedanken an Ihren Vater erwiesen. Ich liebe ihn, und um Ihnen einen weiteren Beweis dafür zu geben, will ich mich Ihrer annehmen, wenn Sie in unserer Stadt bleiben und hier ein rechtschaffenes Leben führen wollen. Wenn Sie aber nach dem Vorbild Ihres Vater nach Westindien gehen wollen, so können Sie auf fünfzig Pistolen rechnen; ich schenke sie Ihnen.‘ Der junge Piquillo antwortete ihm: ‚Da ich das Glück habe, von Eurer Magnifizenz beschützt zu werden, so wäre es töricht von mir, einen Ort zu verlassen, wo ich einen so großen Vorteil genieße. Ich werde Salamanca nicht verlassen und verspreche Ihnen, hier einen Lebenswandel zu führen, mit dem Sie zufrieden sein werden.‘
Auf diese Versicherung hin drückte ihm der Rektor zwanzig Pistolen in die Hand und sagte: ‚Nehmen Sie dies, mein Freund, widmen Sie sich einem ehrlichen Beruf, wenden Sie Ihre Zeit gut an, und seien Sie überzeugt, daß ich Sie nie im Stich lassen werde.‘
Zwei Monate nach diesem Ereignis erschien der junge Pi-

quillo, der hin und wieder Don Pablo seine Aufwartung machte, in Tränen aufgelöst bei ihm. ‚Was fehlt Ihnen?‘ fragte ihn Bahabón.
‚Señor‘, antwortete der Sohn Ambrosios, ‚ich habe soeben eine Nachricht erhalten, die mir das Herz zerreißt. Mein Vater ist von einem algerischen Korsaren gefangengenommen worden und schmachtet zur Zeit in Ketten. Ein Greis aus Salamanca, der in Algier zehn Jahre lange gefangen war und den die barmherzigen Brüder vor kurzem ausgelöst haben, hat mir erzählt, daß er meinen Vater in der Sklaverei zurückgelassen habe. Ach, ich Elender‘, fügte er hinzu, sich die Brust schlagend und das Haar raufend, ‚ich habe durch meine Liederlichkeit meinen Vater so weit gebracht, sein Geld zu verstecken und sein Vaterland zu verlassen. Ich habe ihn dem Barbaren ausgeliefert, der ihn in Ketten hält. Ach, Don Pablo, warum haben Sie mich aus den Händen der Justiz befreit? Da Sie meinen Vater lieben, hätten Sie ihn rächen und mich das Verbrechen, das ihn ins Unglück stürzte, mit dem Tode sühnen lassen sollen.‘
Bei diesen Worten, die von der Reue und Bekehrung des mißratenen Sohnes zeugten, wurde der Rektor durch den Schmerz, den der junge Piquillo an den Tag legte, zutiefst bewegt. ‚Mein Sohn‘, sagte er zu ihm, ‚ich sehe zu meiner Freude, daß Sie Ihre Schuld bereuen; trocknen Sie Ihre Tränen. Da ich nun weiß, was aus Ambrosio geworden ist, kann ich Ihnen versichern, daß Sie ihn wiedersehen werden. Seine Befreiung hängt nur von einem Lösegeld ab, das ich zahlen werde. So viele Leiden er auch durchgemacht haben mag, so bin ich doch überzeugt, daß er bei seiner Heimkehr, wenn er in Ihnen einen vernünftigen und liebevollen Sohn wiederfindet, sein Mißgeschick nicht mehr beklagen wird.‘
Mit diesem Versprechen entließ Don Pablo den Sohn Ambrosios völlig getröstet. Drei oder vier Tage darauf reiste er nach Madrid, wo er gleich nach der Ankunft den barmherzigen Brüdern eine Börse übergab, in der außer hundert Pistolen ein Zettel war, auf dem geschrieben stand: ‚Diese Summe wird den Brüdern des Barmherzigkeitsordens übergeben als Lösegeld für einen unglücklichen Bürger Salamancas, Ambrosio Piquillo, der in Algier gefangen ist.‘ Die guten Mönche haben auf der Reise, die sie vor kurzem nach Algier

unternahmen, den Willen des Rektors erfüllt; sie kauften Ambrosio los, der jener Freigelassene ist, dessen Gleichmut Sie vorhin bewundert haben."

„Mir scheint", sagte Don Cleofas, „daß Bahabón jetzt diesem Bürger nichts mehr schuldig ist."

„Don Pablo ist anderer Meinung als Sie", antwortete Asmodeus. „Er will das Kapital mit Zinsen zurückerstatten. Seine Gewissenhaftigkeit geht so weit, daß er ernste Bedenken hat, das Vermögen zu behalten, das er sich als Rektor erworben hat. Und wenn er Piquillo wiedersieht, will er ihm sagen: ‚Ambrosio, mein Freund, betrachten Sie mich nicht mehr als Ihren Wohltäter. Sehen Sie in mir nur noch den Schurken, der das Geld, das Sie im Wald versteckt hatten, ausgegraben hat. Es genügt nicht, daß ich Ihnen Ihre zweihundertfünfzig Dublonen zurückgebe. Da ich sie benutzt habe, um zu der Stellung zu gelangen, die ich jetzt in der Welt einnehme, so gehört Ihnen mein ganzes Vermögen. Ich will davon nur so viel behalten, wie Sie mir gütigerweise …'"

Hier verstummte der Teufel plötzlich. Ihn schauderte, und er erbleichte.

„Was haben Sie denn?" fragte der Student. „Welche seltsame Erregung überkommt Sie und raubt Ihnen plötzlich die Sprache?"

„Ach, Herr Leandro", rief der Dämon mit zitternder Stimme, „welches Unglück kommt plötzlich über mich! Der Zauberer, der mich in einer Flasche gefangenhielt, hat soeben entdeckt, daß ich nicht mehr in seinem Laboratorium bin. Er ruft mich durch so wirksame Beschwörungen zurück, daß ich nicht widerstehen kann."

„Wie traurig bin ich darüber!" sagte Don Cleofas tief gerührt. „Welchen Verlust erleide ich dadurch! Ach, wir werden uns jetzt für immer trennen."

„Das glaube ich nicht", erwiderte Asmodeus. „Vielleicht bedarf der Zauberer meiner Hilfe, und wenn ich das Glück habe, ihm einen guten Dienst zu leisten, wird er mich vielleicht aus Dankbarkeit wieder freilassen. Wenn das eintreten sollte, wie ich hoffe, können Sie sich darauf verlassen, daß ich mich sogleich wieder zu Ihnen gesellen werde – vorausgesetzt, daß Sie niemandem verraten, was heute nacht zwischen uns geschehen ist; denn wenn Sie unvorsichtig wären,

es irgend jemand auszuplaudern, so würden Sie mich gewiß nicht wiedersehen.
Was mich bei unserem Abschied ein wenig tröstet", fuhr er fort, „ist das Bewußtsein, daß ich wenigstens für Ihr Glück gesorgt habe. Sie werden die schöne Serafina, die ich in Sie verliebt gemacht habe, heimführen. Don Pedro de Escolano, ihr Vater, ist fest entschlossen, sie Ihnen zur Frau zu geben. Lassen Sie sich eine so vortreffliche Partie nicht entgehen. Ach, barmherziger Gott", fügte er hinzu, „ich höre schon, wie mich der Zauberer beschwört! Die ganze Hölle erschrickt bei den entsetzlichen Formeln, die dieser furchtbare Kabbalist spricht. Ich kann nicht länger bei Ihnen bleiben. Auf Wiedersehen, lieber Zambullo."
Als er zu Ende gesprochen hatte, umarmte er Don Cleofas, trug ihn dann in seine Wohnung und – verschwand.

EINUNDZWANZIGSTES KAPITEL

Was Don Cleofas tat, nachdem ihn der hinkende Teufel verlassen hatte, und wie der Verfasser dieses Werkes es glücklich zu beenden gedenkt

Sobald Asmodeus verschwunden war, begann der Student, der die ganze Nacht auf den Beinen gewesen war und so viele aufregende Dinge erlebt hatte, seine Müdigkeit zu fühlen. Er zog sich aus und legte sich ins Bett, um eine Weile auszuruhen. Bei dem Aufruhr, in dem seine Lebensgeister sich noch befanden, fiel es ihm schwer, sofort einzuschlafen; doch zollte er schließlich Morpheus reichlich den Tribut, den ihm alle Sterblichen schuldig sind, und fiel in einen bleiernen Schlaf, in dem er den ganzen Tag und die darauffolgende Nacht verbrachte.
In diesem Zustand befand er sich schon vierundzwanzig Stunden lang, als Don Luis de Luján, ein ihm befreundeter junger Kavalier, sein Zimmer betrat und mit Stentorstimme rief: „Holla, Don Cleofas, aufgestanden!" Bei diesem Lärm

erwachte Zambullo. „Wissen Sie“, sagte Don Luis zu ihm, „daß Sie seit gestern morgen geschlafen haben?“
„Nicht möglich!“ staunte Leandro.
„Es ist aber so!“ erwiderte sein Freund. „Sie haben zweimal um das Zifferblatt herum geschlafen. Das haben mir alle Bewohner des Hauses versichert.“
Der Student, höchst erstaunt über einen so langen Schlaf, befürchtete zunächst, daß sein Abenteuer mit dem hinkenden Teufel nur ein Traum gewesen sei; doch konnte er es nicht glauben, und als er sich gewisser Umstände erinnerte, zweifelte er nicht mehr an der Wirklichkeit all dessen, was er gesehen hatte. Aber um seiner Sache ganz sicher zu sein, stand er auf, kleidete sich schnell an und ging mit Don Luis fort, der ihn zur Puerta del Sol führte, ohne ihm zu sagen, warum. Als sie angelangt waren und Don Cleofas das Palais des Don Pedro fast ganz in Asche verwandelt fand, tat er so, als wäre er sehr überrascht. „Was muß ich sehen?“ fragte er. „Wie hat das Feuer hier gewütet! Wem gehört dieses unglückliche Haus? Ist es schon lange niedergebrannt?“
Don Luis de Luján beantwortete die beiden Fragen und fügte hinzu: „Dieser Brand hat in der Stadt viel Aufsehen erregt, weniger wegen des beträchtlichen Schadens, den er angerichtet hat, als wegen eines sonderbaren Ereignisses, von dem ich Ihnen jetzt berichten will. Don Pedro de Escolano hat eine einzige Tochter, die wunderschön ist. Sie soll sich in einem Zimmer voll Flammen und Rauch befunden haben, in dem sie sicher umgekommen wäre, wenn sie nicht von einem jungen Kavalier, dessen Namen ich noch nicht kenne, gerettet worden wäre. Ganz Madrid spricht davon. Überschwenglich lobt man den Mut dieses Kavaliers und nimmt an, er könne zur Belohnung für eine so kühne Tat, obgleich er nur ein einfacher Edelmann ist, die Hand der Tochter des Don Pedro erhalten.“
Leandro Pérez hörte Don Luis gleichgültig zu, als hätte er nicht das geringste Interesse an dem, was er ihm erzählte. Dann trennte er sich unter einem Scheingrund schnell von ihm und ging zum Prado, wo er unter Bäumen Platz nahm und in tiefes Nachdenken versank. Zunächst war er ganz von dem Gedanken an den hinkenden Teufel erfüllt. ‚Ich kann meinem lieben Asmodeus‘, sagte er sich, ‚nicht genug nach-

trauern; er hätte mich in kurzer Zeit die Reise um die Welt machen lassen, und ich hätte die Unbequemlichkeiten einer solchen Reise überhaupt nicht gemerkt. Zweifellos habe ich einen schweren Verlust erlitten. Aber', dachte er gleich darauf, ‚vielleicht läßt er sich wiedergutmachen. Warum sollte ich die Hoffnung aufgeben, diesen Dämon wiederzusehen? Es ist doch, wie er mir selbst gesagt hat, möglich, daß ihm der Zauberer wieder die Freiheit schenkt.' Dann dachte er an Don Pedro und seine Tochter und faßte den Entschluß, sie aufzusuchen, und sei es nur aus Neugierde, die schöne Serafina zu sehen.

Sobald er vor Don Pedro erschien, eilte dieser Edelmann mit ausgebreiteten Armen auf ihn zu und rief: „Seien Sie willkommen, edler Kavalier. Ich war schon nahe daran, mich über Sie zu beklagen. Wie, sagte ich mir, ich habe Don Cleofas doch inständig gebeten, mich zu besuchen, und er zögert noch immer mit seinem Besuch? Wie wenig kommt er doch meinem sehnlichen Wunsch entgegen, ihm all die Achtung und Freundschaft zu bezeigen, die ich für ihn empfinde!"

Bei diesem gutgemeinten Vorwurf verbeugte Zambullo sich ehrerbietig vor dem Greis und sagte zu seiner Entschuldigung, er habe gefürchtet, ihm in der Bestürzung, in der er sich an jenem Unglückstag sicher befunden hätte, lästig zu fallen. „Mit dieser Entschuldigung", erwiderte Don Pedro, „kann ich mich nicht zufriedengeben. Sie können in einem Haus, in dem – ohne Ihre kühne Tat – tiefe Trauer herrschen würde, niemals lästig sein. Aber", fügte er hinzu, „folgen Sie mir bitte. Sie haben noch einen anderen Dank zu empfangen." Bei diesen Worten nahm er ihn an der Hand und führte ihn zum Gemach Serafinas.

Die junge Dame hatte soeben ihre Siesta gehalten. „Meine Tochter", sagte der Vater zu ihr, „ich stelle Ihnen den Edelmann vor, der Ihnen so mutig das Leben gerettet hat. Zeigen Sie ihm nun, wie dankbar Sie ihm für das sind, was er für Sie getan hat, da Ihnen dies in dem Zustand, in dem Sie sich vorgestern befanden, nicht möglich war." Da öffnete die Señorita Serafina ihren Rosenmund, richtete das Wort an Leandro Pérez und machte ihm ein Kompliment, das alle meine Leser entzücken würde, wenn ich es Wort für Wort wiedergeben könnte. Da es mir aber nicht getreu übermittelt

worden ist, übergehe ich es lieber mit Stillschweigen, als es zu entstellen.
Ich möchte nur noch sagen, daß Don Cleofas eine Göttin zu sehen und zu hören glaubte und daß seine Augen ebenso entzückt waren wie seine Ohren. Er faßte sofort eine ungestüme Zuneigung für Serafina; doch betrachtete er sie nicht etwa als ein Geschöpf, das er sicher heiraten würde, sondern zweifelte trotz alledem, was ihm der Dämon versichert hatte, ernstlich daran, daß man ihm einen so schönen Lohn für den Dienst gewähren wollte, den er vermeintlich geleistet hatte. Je bezaubernder er sie fand, desto weniger wagte er zu hoffen, sie für sich zu gewinnen.
Was ihn im Hinblick auf einen so herrlichen Gewinn völlig unsicher machte, war der Umstand, daß Don Pedro bei dem langen Gespräch, das sie zusammen führten, diese Seite überhaupt nicht berührte und ihn nur mit Höflichkeiten überhäufte, ohne durchblicken zu lassen, daß er gewillt war, sein Schwiegervater zu werden. Auch Serafina, ebenso zuvorkommend wie ihr Vater, sprach ihm zwar immer wieder ihren tiefen Dank aus, gebrauchte aber dabei keinen Ausdruck, aus dem er hätte entnehmen können, daß sie in ihn verliebt war. So verließ er das Haus des Don Escolano mit viel Liebe und sehr wenig Hoffnung im Herzen.
‚Asmodeus, mein Freund‘, sagte er auf dem Heimweg, als ob der Teufel noch bei ihm wäre, ‚als Sie mir versicherten, daß Don Pedro geneigt wäre, mich zu seinem Schwiegersohn zu machen, und daß Serafina vor leidenschaftlicher Liebe glühte, da wollten Sie sich wohl über mich nur lustig machen. Oder – geben Sie's zu – Sie kannten damals die Gegenwart ebensowenig wie die Zukunft.‘
Unser Student war ärgerlich, daß er diese Dame besucht hatte; und da er die Liebe, die er für sie empfand, als unglückliche Liebe betrachtete, die er überwinden mußte, so beschloß er, nichts unversucht zu lassen, um sie zu bekämpfen. Ja noch mehr: Er warf sich den törichten Wunsch vor, den er wohl geäußert hätte, wenn er den Vater geneigt gefunden hätte, ihm seine Tochter zur Frau zu geben, und hielt sich vor Augen, wie schändlich es wäre, sein Glück einer Täuschung zu verdanken. Er hing noch diesen Gedanken nach, als ihn Don Pedro am nächsten Tag zu sich kommen

ließ. „Herr Leandro Pérez", sagte er zu ihm, „es ist Zeit, Ihnen durch Taten zu beweisen, daß Sie damals, als sie mich Ihnen zu ewigem Dank verpflichteten, nicht an einen jener Höflinge geraten sind, der sich an meiner Stelle damit begnügen würde, Sie mit schönen Redensarten abzuspeisen. Serafina selbst soll die Belohnung für die Gefahr sein, die Sie ihretwegen auf sich genommen haben. Ich habe sie darüber befragt und fand sie bereit, mir ohne Widerstreben zu gehorchen. Ich kann Ihnen sogar versichern, daß ich in ihr mein eigenes Blut wiedererkannt habe, als ich ihr ihren Retter zum Gatten vorschlug. Aus der stürmischen Freude, die sie dabei äußerte, konnte ich ersehen, daß sie mir an Großmut nicht nachsteht. Es ist also eine abgemachte Sache: Sie heiraten meine Tochter."

Als der gute Herr von Escolano so gesprochen hatte, erwartete er mit Recht, daß ihm Don Cleofas für eine so große Huld ganz ergebenst danken würde. Er war also sehr befremdet, als er ihn verwirrt und stumm vor sich stehen sah. „Sprechen Sie, Zambullo", sagte er zu ihm. „Was soll ich von der Bestürzung halten, in die Sie mein Vorschlag zu versetzen scheint? Was haben Sie dagegen einzuwenden? Darf ein einfacher Edelmann denn eine Verbindung ablehnen, durch die ein Grande sich geehrt fühlen würde? Hat der Adel meines Hauses irgendeinen Makel, den ich nicht kenne?"

„Señor", antwortete Leandro, „ich weiß nur zu gut, welche Kluft der Himmel zwischen uns geschaffen hat."

„Warum", entgegnete Don Pedro, „scheinen Sie von einer Heirat, die Ihnen soviel Ehre macht, so wenig erfreut zu sein? Gestehen Sie es mir, Don Cleofas: Sie lieben eine Dame, der Sie Treue geschworen haben, und die Rücksichtnahme auf sie steht nun Ihrem Glück im Wege."

„Wenn ich eine Geliebte hätte, an die ich durch Schwüre gebunden wäre", erwiderte der Student, „so könnte mich zweifellos nichts in der Welt veranlassen, sie zu brechen. Aber das ist nicht der Grund, der mich verhindert, von Ihrer Güte Gebrauch zu machen. Ein Gefühl des Anstands verlangt, daß ich auf die ehrenvolle Verbindung verzichte, die Sie mir anbieten. Es liegt mir fern, Ihren Irrtum auszunutzen, ich will Ihnen die Augen öffnen: Ich bin nicht der Retter Serafinas."

„Was muß ich hören?“ rief der Greis höchst erstaunt. „Nicht Sie haben sie aus den Flammen gerettet, die sie verzehren wollten? Nicht Sie haben eine so kühne Tat vollbracht?“

„Nein, Señor“, erwiderte Zambullo, „jeder Sterbliche hätte sie vergeblich gewagt, und ich muß Ihnen gestehen, daß ein Teufel Ihre Tochter gerettet hat.“

Diese Worte steigerten das Erstaunen des Don Pedro, der sie aber nicht wörtlich nehmen zu müssen glaubte und daher den Studenten bat, sich deutlicher auszudrücken. Hierauf erzählte Leandro, ohne zu bedenken, daß er dadurch Asmodeus' Freundschaft verlöre, ihm alles, was sich zwischen diesem Dämon und ihm zugetragen hatte. Dann ergriff der Greis wieder das Wort und sagte zu Don Cleofas: „Das Geständnis, das Sie mir soeben gemacht haben, bestärkt mich in der Absicht, meine Tochter Ihnen zu geben; denn Sie sind Ihr eigentlicher Retter. Hätten Sie den hinkenden Teufel nicht gebeten, sie dem ihr drohenden Flammentod zu entreißen, so hätte er sie sicher umkommen lassen. Sie sind es also, der Serafina das Leben gerettet hat; kurz, Sie verdienen sie, und ich biete Ihnen ihre Hand mit der Hälfte meines Vermögens an.“

Leandro Pérez warf sich bei diesen Worten, die alle seine Bedenken beseitigten, Don Pedro zu Füßen, um ihm für all seine Güte zu danken. Bald darauf wurde die Hochzeit würdig gefeiert, mit so viel Pracht, wie der Erbin des Herrn von Escolano gebührte, und zur großen Freude der Eltern unseres Studenten, der sich dadurch reichlich belohnt fühlte für die wenigen Stunden der Freiheit, die er dem hinkenden Teufel verschafft hatte.

INHALT